Yo, la peor

Biografía

Mónica Lavín (1955) es autora de las novelas *Café cortado* (Premio Narrativa de Colima 2001), *Hotel Limbo* (2008), *Yo, la peor* (Premio Iberoamericano de Novela Elena Poniatowska 2010), *Las rebeldes* (2011), *La casa chica* (Planeta, 2012), *Doble filo* (2014), *Cuando te hablen de amor* (Planeta, 2017), que fue finalista en la Bienal de Novela Mario Vargas Llosa 2019, y *Todo sobre nosotras* (Planeta, 2019); de los libros de cuentos *Ruby Tuesday no ha muerto* (Premio Nacional de Literatura Gilberto Owen 1996), *Uno no sabe* (2003), *La corredora de Cuemanco y el aficionado a Schubert* (2008), *Pasarse de la raya* (2010), *Manual para enamorarse* (2012) y *A qué volver* (Tusquets, 2018); entre sus ensayos se encuentran *Leo, luego escribo* (2001), *Apuntes y errancias* (2009), *Sor Juana en la cocina* (Planeta, 2021), *Cuento sobre cuento* (2014) y las entrevistas de *Mexicontemporáneo* (2016). Ha conducido los programas de televisión *Contraseñas* y *Palabra de autor*. Actualmente es columnista del diario *El Universal* y pertenece al Sistema Nacional de Creadores de Arte. Es profesora e investigadora en la Academia de Creación Literaria de la Universidad Autónoma de la Ciudad de México.

Mónica Lavín
Yo, la peor

Hace diez años que surgió la idea de escribir *Yo, la peor*. Tenía preguntas sobre sor Juana y la novela fue mi manera de responder a ellas y al tiempo que le tocó vivir. *Yo, la peor*, gracias a la complicidad de sus lectores, me ha dado muchas gratas sorpresas, además del Premio Iberoamericano de Novela Elena Poniatowska. Lectores de todas las edades me han dicho que después de acercarse a la novela quieren leer a sor Juana o a Octavio Paz y *Las trampas de la fe*. A mí me ocurrió lo mismo durante la escritura, en mi atrevimiento me sentí muy cerca de ella y sedienta de sus versos. ¿Qué es un novelista sin atrevimiento? Por eso, aunque le puse punto final a la novela, estoy atenta a lo que los expertos van buscando y encontrando. Sor Juana nunca se acaba.

En esta nueva edición he decidido incluir textos de su autoría que acompañan la lectura de *Yo, la peor*. En «Papeles sueltos», el lector encontrará los poemas, fragmentos y extractos que vienen a cuento en algunos de los capítulos, para que enriquezcan la experiencia lectora.

Celebro la nueva vida de esta novela.

Ciudad de México, abril de 2017

INVOCACIÓN

Santa Paula, patrona de las viudas, eremita que abandonaste los privilegios de tu cuna, los lujos de tu casa, los saraos y las conversaciones con los hombres y las mujeres del mundo para dedicarte a Dios, para servir a Dios y al santo Jerónimo que había sido tu maestro y había reconocido tus virtudes en Roma, cuando el papa Dámaso lo había invitado. Viuda de Toxocio que a los treinta y tres años te encontraste sola en el lecho nupcial, sola bajo el techo de la casa romana, sola en las calles, sola con tu cuerpo que había dado a luz a cinco críos, inútil y desatada. Precisaste un motivo que te protegiera de ti misma y de tu condición de viuda y de tu gusto por los ruidos del mundo, la música y la comida, el vino, los ropajes y las joyas, la mirada dulce de los hombres, el apetito de tu cuerpo y tu inteligencia, y así consagraste todo a la vida religiosa. A dormir en el suelo sobre un saco, a beber poca agua y a la comida frugal. Inculcaste a tus hijas el fervor religioso, tanto que las penitencias mataron a tu hija primera y tu dolor fue muy grande, pero Jerónimo te convocó y te hizo mirar que Blesila estaba en un lugar mejor al de los vivos y que eras egoísta por llorar su pérdida. Partiste con tu hija Eustoquia del puerto de Ostia, dejaste Roma cuando Paulina ya había casado con el senador, aunque tus hijos Toxocio y Rufina protestaron tu abandono.

Viajaste a los lugares santos —Egipto, Palestina, Jerusalén— con Jerónimo como maestro y guía. Ayunaste y fuiste rigurosa con tu dieta y al cuerpo abandonaste de afeites y miramientos, porque era el vehículo de tu alma, y ésta, en el nombre de Dios, te gobernaba. Anduviste los caminos con los eremitas y con Jerónimo fundaste los tres monasterios en Belén; dedicaste tu fortuna toda a esa tarea y hubo espacio para hombres y uno fue casa de mujeres. Y cuando tu hijo casó con Leta mandaron a la niña Paula a educarse contigo, la abuela santa. A vivir la vida austera, devota de Dios, sin desvíos, atenta a la regla, desprovista de lujos, ajena a todo aquello que distrajera la comunicación con el Señor, y tu nieta habría de seguirte en la dirección del monasterio educada por ti, destinada a llevar tu nombre y andar tus pasos.

Las calles de Roma se quedaron sin tus zapatillas bordadas de piedra, Paula; echaron de menos tus pies que descalzos andaban los desiertos o llevaban a tu cuerpo a tumbarse en el piso de chozas de barro, en cuevas, comiendo poco, orando, cantando los salmos en el hebreo que tu padre te había enseñado, atendiendo al santo Jerónimo que envejecía como tú, Paula.

Santa Paula, patrona de las viudas, de las mujeres sin hombre, de las mujeres que han perdido su lugar en lo terreno y no se bastan, y elevan la cara al cielo, buscando la poesía de los afectos, la dedicación y el propósito de su tiempo, de su paso por el mundo; mirando cómo colocar la vida que han dedicado a un hombre en otro, que también exige mucho, pero que ofrece la promesa del divino cielo, de la paz eterna, despojada de egoísmos y menesteres vanos. Santa Paula, fiel de san Jerónimo, a tu vera se cobijan las viudas, las mujeres que siendo esposadas se han quedado solas, sin lugar en el mundo; porque ¿qué son las mujeres sin hombre que les de nombre, techo, alimento, uso al cuerpo, honorabilidad, paso en la calle, silla en la mesa, lugar en la cama?, ¿qué son las mujeres que se quedan huecas de varón sino personas a medias, fantasmas de otra vida? Santa Paula, protégelas de sí mismas, de sus deseos, de su estigma de solas. Santa Paula, acoge en tu seno a las mujeres sin padre, a las mujeres sin marido, a las mujeres sin oficio y también a las que, viudas desde antes de tomar hombre, aceptan la unión con Dios como único sitio en el mundo para que la altura de su inteligencia tenga alas, aire, propósito. Santa Paula, permite a Juana Inés Ramírez de Asbaje, viuda de nacimiento, viuda tres veces —porque dejó una vida en Panoayan, otra en el palacio y la última en los brazos de Cristo; viuda que será del mundo cuando entre a la casa donde riges con el muy santo Jerónimo—, que elija su camino, que lo entinte de signos, que lo ilumine con los luceros de su excepcional inteligencia, con la atinada cosecha de sus versos. Santa Paula, como mujer, como patricia, como viuda a destiempo, protege el camino que elige la mujer nacida a la vera de los volcanes en el intermedio del siglo XVII en Nueva España. Permite que las palabras de las mujeres que la conocieron y que vivieron su tiempo den vida y testimonio. Comprende que tu sed por el conocimiento religioso, las Escrituras que te supiste de memoria para proveer a san Jerónimo de los textos originales en hebreo, en griego, en siríaco y que él tradujera la Biblia al latín, es la sed de otras mujeres. La sed de conocer, la insatisfacción de ser viuda de privilegios. Si en santa te convertiste tú, en monja poeta se convirtió Juana Inés Ramírez, celebridad de su tiempo. Santa Paula, permite que la viudez de la niña del volcán, cortesana favorita, estudiosa sin universidad, encuentre en los libros y en el sosiego del convento el propósito y el sentido de su media persona sin padre, sin hombre en su lecho. Dale a Dios como marido tolerante para que el mundo goce de las luces de una inteligencia no común. Protégela de los hombres que representan a Dios en la Tierra, pero que son hombres al fin en tierra de hombres donde el poder de la inteligencia y la palabra les pertenece.

Santa Paula, viuda por destino, santa por elección, comprende y arropa la decisión de Juana Inés. No permitas que, como tú, al final de tu vida, pierda la voz, su otra mitad: las palabras.

I

La niña del volcán

LOS LOBOS

Noviembre 17 de 1694

Querida y admirada María Luisa:

Te escribo con la certeza de que no tenemos tiempo. Es preciso que procedas de prisa para que los lobos se den cuenta de que su plan ha fallado. Han seguido acorralándome y yo he dado muestras de que me han convencido, pero tú bien sabes la verdad. Tú que has recibido de mi pluma evidencias de afecto y reverencia, de mi amistad y devoción perenne, das ahora pruebas tan altas de tu amor por mi persona que me será imposible estar a la altura de tus gestos de comprensión y tus capacidades de estratega para vencer en la batalla.

Cuántos versos te escribí en los tiempos en que estuviste en Palacio, tan cerca de mi celda en San Jerónimo, tan arropada por los volcanes como yo, son ascuas apenas, *indicios vanos* de la insondable emoción que tu compañía me ha brindado a lo largo del tiempo. Y que hoy, cuando los tres lobos se han puesto en mi contra, cuando quieren comer a su cordera, porque balan con palabras, me recoges en tu seno tan virtuosa como la virgen María, como la madre de Cristo, con el desinterés que sólo un amor incondicional puede proveer. Te escribo atribulada por lo que desde la publicación de la *Carta Atenagórica*, tres años atrás, ha sucedido y emocionada de las providencias que tú has tomado para que ellos no logren lo que se han propuesto; para que si la Santa Inquisición ha de juzgarme como al amigo Palavicino quien en sus sermón sobre las finezas en el convento de San Jerónimo osó darme la razón y llamarme la Minerva de América —lo que atesoro con agradecido honor—, encuentren que aunque mi pellejo se haga costra con las llamas y mis ojos se derritan y mi lengua no sea más que un músculo inservible mis palabras habrán volado antes, habrán surcado mares y despreciado poderosas decisiones de que se me recuerde como a una santa, como una arrepentida de haber dedicado al mundo palabras vanas. Tú ya sabes que mi nombre ha sido llevado al Santo Oficio anteriormente por considerar profanos mis villancicos, porque juzgan pecaminoso que incluya a los negros y sus bailes y sus rebumbes y cadencias en el estribillo final y festivo de los villancicos que se escenifican en lo atrios. Cómo quieren tener la atención de los pueblos sino mezclan sus gozos con religiosos luceros. Muy a propósito he cesado las referencias a los negros cuando la persecución en los oratorios donde se reúnen a bailar ha sido tenaz, pero por más sofocos que hagan en la vía pública, los bailes se hacen a puertas cerradas que lo supe bien por mi negra Juana de San José y por lo que se cuenta en pasillos y patios de este convento que en su encierro tiene muchas ventanas al mundo.

Ahora se añaden a la ojeriza contra mi persona, razones más poderosas para desatar un auto. Siempre pensé que tus ideas eran brillantes, lo mismo ocurrió a tu marido, las sugerencias más notables para su gobierno eran las tuyas porque tenías no sólo una cabeza clara y aguda, sino veloz. Sabías tener contento al arzobispo. En tus tiempos Aguiar y Seijas estaba sosiego, de todas las mujeres que hubiera querido encerrar en el convento de Belén con el loco de Barcia, tú eras la prueba fehaciente de los peligros que representaba una mujer poderosa y de su impotencia. Tú pensabas. Pensabas y actuabas. Tú eras sensible y gobernabas. Eras hermosa. Tú eras la representación del rey y a su imagen y semejanza departías con los poderes de Dios sobre la Tierra porque, ojo, el rey gobernaba sobre lo religioso y lo laico. Pero qué te cuento yo a ti que tú no sepas, y que aún en tu calidad de ex virreina sigues procurando lazos, libros, empaques para que las palabras sobrevivan y nos den un peso en el mapa de las ideas, y de las creaciones, de los altos vuelos del arte que son propios de lo humano y del halo divino con que fuimos insuflados.

Te confieso, María Luisa, que he bajado de peso, que la comida me ha dejado de interesar y que ya no meto mano en las decisiones de la cocina. Mi curiosidad se ha replegado ensombrecida por la ira. Soy un animal acorralado, un animal acusado de su naturaleza: tener colmillos y usarlos, tener garras y encontrar su sitio en el mundo. Si la bestia se alimenta de otros animales, lo mío es alimentarme del pensamiento de los demás, de sus maneras de mirar el mundo, lo mío es apresar el entendimiento en palabras. Encontrar las metáforas del intelecto que me hagan estirar el cuello a las alturas donde la gracia divina lo permita. Pero los hombres no son divinos, los hombres son envidiosos. A uno, lo he llamado de nuevo como mi confesor, qué golpe maestro para tenerlos en paz. La cordera recapacita sobre su antigua decisión de alejarlo y lo llama suplicante. Bien sabemos él y yo que lo atenaza la envidia de que lo que yo escriba sea publicado por obra y voluntad de mi virreina amiga, que mis villancicos tengan más lustro que los suyos. El más cercano y el más alejado de los hombres de mi mundo, Núñez de Miranda el que me trajo al convento, bien sabes que me hice religiosa por sus consejos que no eran errados porque de qué otra manera hubiera dedicado tiempo al estudio, tenido la ventaja de las conversaciones nuestras, la cercanía de tu sensibilidad y de otras inteligencias pertinentes y atrevidas como Kino, Sigüenza, mi muy leal amigo, a quien la envidia nunca ha pesado, pues siempre ha reconocido a la compañera de aula que pude haber sido.

Perdona si mi discurso es deshilado, pero la emoción me embarga, por las dolencias del espíritu, por el temor a ser castigada y por la vergüenza de haber tenido que ceder y firmar la protesta de fe renovada, y llamar a Núñez de Miranda como confesor nuevamente. Lysi, amiga que no he vuelto a ver pero que siento tan hilvanada al corazón como las venas que lo alimentan, qué año ha sido éste. ¿Hay prueba mayor de amistad que lo que tú haces conmigo en este momento de tribulación tan grande donde el desamparo de quienes me protegieron y me acompañaron es casi total? Paradoja de paradojas, quienes están más lejos son las que se me acercan para arroparme con una argucia inimaginable que convoca a las inteligencias y la diligencia de la pluma.

Me sorprendes, María Luisa. Me pregunto si el brillo de tus ojos sigue teniendo la intensidad de antaño, si cuando leas estas líneas tu corazón saltará deseoso y excitado por leer *Los enigmas* que he escrito y enviado a las monjas portuguesas. Ellos confortan mis tribulaciones y son una manera de agradecerte mi salvación, la única posible.

Hace unos días cumplí cuarenta y siete años y no hubo mejor regalo que el avance de tu propuesta deliciosa, acompañada todavía de la insistencia de partir hacia España. Recuerdo cuando me dijiste antes de tomar camino rumbo a Veracruz que me fuera contigo, que verías que entrara al convento más suave posible para las dedicaciones de mi estudio, para el sosiego de los libros. Lo decías con el corazón empañado, y yo no podía entonces concebir el mundo desde lejos, sin el lugar que yo había labrado en el convento y en el palacio: en mi ciudad. Desconocía entonces que el orden de las cosas dependía de tu presencia, que ya nada podría ser como cuando estabas a punto de llegar a la Nueva España y me fue encargado aquel arco para recibirte. Con cuánto gusto escribí el *Neptuno alegórico* sin saber aún que me toparía que con la belleza de tu inteligencia y amistad. Cuán insólito fue entonces que una mujer, una monja letrada, como solían nombrarme, tuviera el estelar en la recepción de los nuevos virreyes. Qué lejos estaba yo, cuando tu partida, de presagiar el derrumbe, de saber que el reconocimiento no se sostiene sólo por meritos propios, que requiere de la aceptación y complicidad de los otros. La tuya sin lugar a dudas, que desde la distancia ha procurado ya dos inmensas alegrías a mi persona: la publicación de mi obra reunida en dos volúmenes, y la que ahora traes entre manos. ¿Será eso por lo que los lobos han cerrado el cerco con más hambre de los jirones de mi carne?

La resaca de tu cobijo y del de mi padrino duró por años; yo, ilusa, percibí que la cordialidad del espacio conquistado sería para siempre, que ya no se podía echar marcha atrás. Que no podía dejar de ser poeta, dramaturga, estudiosa. Que el alimento de mi espíritu no podía renunciar a lo que las miradas de los otros, a lo que la sabiduría de las culturas antiguas y los nuevos hallazgos me prodigaban. Ahora me piden que sea otra de la que soy, que me corte la lengua, que me nuble la vista, que me ampute los dedos, el corazón, que no piense, que no sienta más que lo que es menester y propio de una religiosa, de una esposa de Cristo. ¿Quién ha decidido que no pensar es propio de la mujer del Altísimo?

La ira me vence, me abate el ánimo disfrazarme de otra, te reitero que he aceptado a mi antiguo confesor para sosegarlos y por lo mismo he pretendido el silencio. Me alegro, María Luisa, que tú sepas que sólo es fingimiento y que lo podamos demostrar.

Me detengo aquí por las fatigas del pensamiento y los estragos que los acontecimientos recientes han producido en mi cuerpo. Proseguiré más tarde cuando el sosiego me permita el regocijo de nuestra empresa y no prive la desazón y la ira por la escenificación a la que he sido orillada.

Devota de tu persona,

Juana Inés

AMIGA DE LAS PALABRAS

Refugio Salazar se ató el delantal a la cintura, y aunque le estorbaba aquel chal de lana para moverse y escribir en el pizarrón, el frío de esa mañana no le permitía quitárselo. Sabía que en unas horas el sol estaría más elevado y que al mediodía el calor sería severo y que tendría que pedir a las criaturas que jugaran bajo la sombra de los árboles. Ese sol de montaña era incisivo. Algunos peninsulares, conocedores del clima de montaña de su tierra, insistían en que los rayos en estas latitudes eran harto más bravos y que escocían en la piel con tal velocidad que no había ungüento que mitigara las quemaduras. Por eso ataban sombreros a las criaturas, quienes los abandonaban en el perchero al llegar a aquel salón y luego se olvidaban de ellos al salir al patio. Que no la reprendieran a ella que no estaba para cuidar a hijos ajenos; bastante era ya darles una instrucción que les permitiera entender los números y las letras. Como había sucedido con ella entre las concepcionistas en el convento de Puebla. Pero aquí, en Amecameca, había mucha carencia de enseñanza. El convento más cercano estaba en Tlayacapan y allí sólo a los muchachos se les podía instruir. Refugio miró por la ventana el día recién clareado con esa bruma mañanera que serpenteaba entre los encinos. Tanta quietud la llenaba de tristeza y quería ya que las voces niñas la interrumpieran en tropel, como cuando entraba con sus hermanos a la cocina de la casa en Puebla. Las voces la llevaban al olor de los peroles: el frijol negro con epazote. Podía comer uno tras otro platos repletos de aquel potaje, aunque el estómago le doliera luego y su madre la reprendiera y la hiciera aprenderse de memoria una oración, otra más de las muchas que en casa y en el convento les tomaban las monjas para cerciorarse de que el camino de la fe se iba sembrando. De no ser por Plácido no hubiera dejado la ciudad. ¿Por qué no se había casado con el hermano del alcalde que tan buena vida le hubiera dado y que no se habría muerto a destiempo como su marido y seguiría dando de qué hablar porque aún estaba vivo y era pudiente? Refugio podía ser la señora del muy notable administrador de la alcaldía poblana, Becerra y Acosta, y en cambio era la viuda de Plácido Sanjuanes, navarro de nacimiento, estéril de enfermedad, mentecato de crianza, funcionario del ayuntamiento, cuya dote y origen cautivó a la familia Salazar que no quiso oscurecer el tono de la piel, tan esmerada en conservarlo claro como el queso manchego de oveja que compraba su padre.

Refugio anticipó las voces; parecían brotar de la bruma porque sólo hasta que llegaron al prado frente a la entrada del salón distinguió a los hermanos Gedovius y a la niña Dorotea, quien por la edad ya debía saber más de lo que sus luces le permitían comprender, y del lado derecho y correteando se acercaron los gemelos Mondragón, y aquel niño solo de su cuñada Concepción, que había dado a luz a un pequeño tímido y callado, acompañado de su negro Martín que se sentaba junto a él durante la lección. Refugio advertía que el negro Martín aprendía esas letras y esos números mejor que su sobrino; debía ignorarlo cuando espontáneamente respondiera el resultado de una suma o deletreara una palabra. El negro era un fantasma; era como la bruma espesa de Amecameca y no había que reparar en él. Pero a Refugio le costaba mucho trabajo el fingimiento pues los ni-

ños gritaban: «Que pase Martín, Martín sabe resolver la resta».
Y ella comprendía que los negros también tenían inteligencia,
pero no podía quebrar la regla. La censurarían. Como si no los
hubiera escuchado pedía a su sobrino, al delicado hijo de Concepción, que se acercara al pizarrón, y cuando lo miraba llorar
y ella misma iba por él con la idea de tomarle la mano y conducirla mientras trazaba la *M* en el pizarrón, el chico se replegaba
hacia su esclavo, apenas dos años mayor, y no atendía los ruegos de su tía. Martín se quedaba inmovilizado por la timidez de
su patrón, por la invisibilidad a la que lo obligaba Refugio, hasta que ella cedía y le proponía al sobrino pasar con Martín, que
el chico lo ayudara. Y entonces las cosas funcionaban, el chico
escribía la letra con una pulcra manuscrita y luego leía en voz
alta y para todos: *María*, porque Refugio se cuidaba de que,
ante la afrenta pagana de un negro en clase, se nombraran a los
principales de la fe. En cuanto el chico y el esclavo regresaban a
su asiento, Refugio se persignaba de cara al pizarrón, pero, a decir verdad, cada vez lo hacía menos y cada vez permitía que
Martín hablara más. Había cometido el desatino de dejarlo
como maestro sustituto, explicando unas sumas, cuando sintió
aquel retortijón pavoroso. Era la venganza del plato de frijoles
que almorzó a las seis de la mañana, curioso de que su única
rebeldía fuese almorzar frijoles negros, tan prohibidos en casa,
donde se cocían las alubias por conocidas y por blancas, y sólo
en la cocina, con las indias, ella podía probar ese manjar oscuro.
Cuando le daba la melancolía, sólo la comida la consolaba. Era
una suerte que no le hiciera provecho, pues a sus veintisiete
años seguía siendo esbelta.

Los chicos iban entrando al salón y saludaban a la maestra,
que les recordaba colgar el sombrero en el perchero, igual que
los gabanes y las piezas que les pudieran incomodar para trabajar en clase. Las últimas en llegar fueron las hermanas Ramírez.
Desde que Josefa traía a su hermana pequeña, llegaba tarde. Se

disculpaba siempre por interrumpir con su llegada, pero cuando Refugio miraba a Juana Inés, comprendía. Era tan pequeña, que venir desde la hacienda de Panoayan la debía fatigar. La primera vez que vio entrar a Josefa con aquella pequeña a quien acomodaba en la banca a su lado, se acercó y preguntó quién era la visitante.

—Es mi hermana Juana Inés —dijo Josefa, orgullosa.

—Es muy pequeña para la instrucción —se defendió Refugio, observando las manos pequeñas de la niña, que sin atenderla garabateaba en un papel.

—Pero es muy lista —la defendió Josefa.

—¿Don Pedro sabe que la traes hasta acá?

Josefa bajó la cabeza y Juana Inés susurró algo al oído de su hermana, que respondió por ella:

—Mi abuelo sí sabe porque le gustan los libros. Mi mamá no.

A Refugio le pareció bien la sinceridad de la pequeña, pero le parecía raro que alguien eligiese venir a la escuela por cuenta propia. Lo que sucedía con frecuencia es que los chicos se quedaban a jugar por el bosque y que la viuda tuviera que dar cuenta a sus padres de las faltas.

—Si quieres volver, debes pedir permiso a tu madre.

Mientras Refugio hacía esa advertencia sabía que tal vez sería inútil. Isabel Ramírez vivía con don Manuel de Asbaje y se ocupaba de la hacienda en Nepantla, y era el abuelo quien atendía a las criaturas. Don Pedro era muy respetado, y en la región el único letrado; por eso procuraba que las criaturas tuvieran alguna instrucción.

No fue necesario que Refugio cumpliera la advertencia. Al ver el papel donde Juana Inés garabateaba notó que había copiado con bastante precisión la palabra «Junio» en el pizarrón. Refugio siempre escribía la fecha antes de comenzar la clase. Hacía algunas alusiones religiosas si se trataba de una fecha emblemática y luego refería a la estación del año, a las cosechas y al clima. Porque más allá de las palabras, o para retenerlas, como ella había aprendido a hacerlo bordándolas, era preciso llenarlas de imágenes. Por eso al final de la clase los chicos dibujaban.

A partir de entonces, ver entrar a las hermanas Ramírez de la mano se convirtió en rutina de la escuela Amiga. Y de alguna manera ver a aquella criaturita copiar las letras y pronunciarlas con esmero, le producía una emoción particular. La misma que le provocaba cada vez más el esclavo Martín, pero que con Juana Inés no era preciso disimular. Todo lo contrario, aplaudir y señalar su asombro frente a los demás. Como ocurrió esa mañana del 24 de junio, cuando después de poner la fecha y señalar que era el día de san Juan, responsable del bautismo de Cristo nuestro Señor, pidió a los chicos que felicitaran a la compañera más joven. Cuando Refugio la animó a pedir un deseo, Juana Inés dijo que quería aprender a escribir una palabra.

Señaló el cuaderno de su hermana Josefa y la maestra se acercó a ver el dibujo de la clase anterior.

—Es el Iztaccíhuatl —dijo riendo—. La mujer blanca.

Juana Inés intentó repetir «Iztaccíhuatl» lentamente. Se notaba que le gustaba que estuviera cargada de tantas letras difíciles de pronunciar.

—Es más fácil que aprendas a escribir mujer blanca —insistió Refugio.

—Iztaccíhuatl —repitió Juana Inés y se puso de pie asombrada de poder decirla mejor cada vez. El grupo empezó a imitarla intentando pronunciar aquella palabra extraña.

Vencida, Refugio anotó en el pizarrón el nombre náhuatl de la montaña, letra por letra. Titubeó cuando llegó a la doble *c*, y más aún cuando apareció la *h*. Juana Inés sonrió.

—*Cíhuatl* es mujer —explicó la maestra.

El escaso náhuatl que sabía lo había aprendido de la cocinera india de su casa paterna.

—¿Entonces *Iztac* es blanca? —preguntó Juana asombrada de haber podido descifrar aquella palabra misteriosa.

Y abajo del dibujo de su hermana copió la palabra difícil, sonora, que Refugio fue paladeando esa tarde de regreso a su casa vacía, mientras contemplaba los volcanes fulgiendo de blancura. La palabra le sentaba bien al señorío de la montaña.

COMER CONEJOS

Jacinto entró a la cocina cargando los conejos por las orejas; parecía llevar un trofeo delicado. Los mostró, orgulloso, a su hermana María. Se acercó hasta donde ella pelaba las papas y los dejó caer sobre la mesa. María observó el producto de la caza: dos grises, uno marrón y uno pardo y pequeño. Se burló de su hermano:

—El más oscuro es como tú: esmirriado.

Para mostrar su aprobación le sirvió un tazón de café con leche de la ordeña del día. Puso un pedazo de pan del que hacían allí mismo en Panoayan y le acercó los frijoles para que los untara y se repusiera de aquella pesquisa matutina. María sabía que no era fácil atrapar cuatro conejos al hilo, cuando la neblina mañanera estorbaba la vista y cuando había presión por que no fallaran las vituallas para el festejo del patrón. Ya doña Beatriz había dispuesto que se hiciera el conejo como le gustaba a su marido, y que, si no había suerte en el campo, se usaran pollos con la misma receta. No era lo mismo; María y doña Beatriz lo sabían, pero la mesa no se podía sujetar a la suerte de la cacería, sobre todo cuando la familia entera se reunía alrededor del viejo. Pero su hermano menor era ágil como una liebre y había aprendido de Manuel, el viejo, a tirar con puntería. Era, por una extraña razón, el más oscuro de los hermanos y éstos aprovechaban para reír de su condición. Encontraban una ventaja en aquella oscuridad: resaltaba en la niebla. Su madre solía contarlo: «A ti es al único que encuentro fácilmente en el día; de noche no, mi negrito». Lo abrazaba la niña Josefa, y a María le daba gusto ver esas ternezas, porque de todos, Jacinto era el menos dotado para los trabajos del arreo y la trilla, pues su cuerpo era escuálido y su tamaño pequeño; casi lo alcanzaba la niña Juana Inés que estaba por cumplir los seis años.

—Le van a gustar a don Pedro —dijo María—; mejor los despellejas para que estemos a tiempo.

Nada más decir eso se fijó en aquellos cuerpos aún tibios sobre la mesa. Les miró las pieles y los ojos abiertos y sintió asco. Ella que no se arredraba con nada y que tan pronto cocinaba lengua de vaca como lechón o guajolotes engordados en el patio, ahora sentía pena por aquellos animales recién muertos. Le miró al marrón la pata que tenía pasto adherido e imaginó la carrera: el animal advirtiendo el peligro que lo acechaba, los pasos de su hermano tras él, el zacate escudándolo, los agujeros de la nariz abiertos, las patas elevándolo de la tierra para volar entre trancos. Se quedaría con la pata del conejo. La colocaría en la puerta de su habitación para que al hijo que traía en el vientre lo protegieran los espíritus del volcán. La pondría junto a la virgen rubia que su patrona le dio: la Virgen del Rocío. Y si era niña la criatura que llevaba en el vientre y nacía completa y sana, le pondría el nombre de la señora porque en esa casa nadie se llamaba Beatriz, y porque tal vez así podría encontrar un Pedro, como el patrón, que cuidaba de ella y que, por las noches, cuando merendaban junto a la chimenea, le decía «Solecito». ¿Y si mejor le ponía Solecito? Dejó el cuchillo sobre la mesa y observó el cerro de papas peladas. Volvió a ver la cara del conejo marrón y sintió un vahído. Quizás el embarazo la hacía frágil frente a la muerte. No comería el guisado de esa tarde. Tal vez las papas con chorizo, pero no las piernas ni el lomo del conejo; mucho menos el pecho tierno en el que el animal había confiado para retener el aire necesario y así vencer al enemigo, aunque al final la velocidad del perdigón lo alcanzó. Jacinto entró cargando el cuerpo rosado del primer conejo desollado y buscó una atarjea para colocarlo. María señaló las que colgaban en la pared y le pidió que lo dejara allá, junto a la ventana. Aliviada, miró cómo tomaba al conejo marrón por las orejas.

—Quiero la pata —le dijo contundente.

Jacinto la miró preocupado.

—Nada, debe ser la criatura —dijo.

La Beatriz, pensó. Si le salía hombre ya vería cómo llamarlo. Ya había tenido otros hijos, pero se sentía diferente; sus aureolas se habían puesto moradas antes de tiempo y los mareos la asaltaban pasados los cuatro meses. Iba a ser una terca. Por lo menos tendrá techo, pensó aliviada. Era una suertuda como ella: su negrita nacería en casa de la familia Ramírez y les darían comida, techo y ropa para que el frío de los volcanes no le dañara los pies hechos para el sol. Eso decía su madre, que qué diablos hacían ellos en tierra de nieve si estaban hechos sus pellejos para resistir el calor. Lo decía porque el frío de enero y el de febrero le calaban los huesos. Por negra y por vieja, insistía Catalina mientras la señora Beatriz le mandaba a los cobertizos las medias de lana y su vasito de brandy.

—Tómeselo como mi marido, con el café. Con un carajillo cualquiera aguanta. Que si lo sabré yo, que vengo de los calores.

María estaba absorta rebanando las papas, cuando escuchó unos pasos menudos en la cocina.

—Me asustaste, criatura —dijo cuando descubrió a Juana Inés que se inclinaba en la tinaja de caracoles.

La niña sonrió por respuesta y se quedó mirando el hervidero de conchas que oleaba allá dentro. María sabía a qué venía. Era una niña muy lista que sólo necesitaba que le explicaran las cosas una vez. Juana Inés tomó el preparado de avena y puso un poco sobre la tina. Luego levantó uno de aquellos animales y lo colocó al lado de la avena. María se acercó temerosa de que la criatura estropeara la purga de los babosos, pero Juana Inés volteó hacia ella deseosa de saber por qué en lugar de comer el animal había desaparecido bajo la concha. Volvió a tomar la concha y hurgó con su vista en ese fondo gris que disimulaba la longitud del molusco.

—Tu abuela se va a enojar si los molestas, luego amargan —la reprendió María, aunque le gustaba la persistente curiosidad de la niña.

Juana Inés se quedó quieta esperando que el animal hiciera algo. María le explicó que se escondía cuando se asustaba. Así se defendía del peligro.

—Cada quien tiene sus maneras —añadió María—. Mira, es como la criatura de mi panza; te aseguro que si se asomara ahorita y viera esos conejos despellejados, y la neblina del campo, preferiría estar calientita en mi panza.

Juana Inés puso la mano sobre el abdomen de María.

Las antenas del caracol asomaron por la concha. La niña se olvidó de María, pero la negra siguió pensando en voz alta.

—Los conejos se esconden en sus madrigueras; a mí me gustaba meterme en el tronco del árbol hueco del cerro. Y tú, Juana, ¿dónde te escondes?

Juana Inés seguía el recorrido del animal que se deslizaba hacia la comida, ajena a las palabras de María.

—Qué bien saben dónde está lo bueno. Y así la tripa les va a quedar bien limpia.

—Ya no quiero avena —dijo de pronto la niña.

—A ti no te vamos a cocinar —se rio María, mostrando sus dientes blancos—. ¿Sabes dónde se esconde Jacinto? —dijo observando a su hermano que completaba la limpieza de los conejos afuera—. En la carreta de tu abuelo, pero no le digas nada. Dice que desde allí se puede ir corriendo si el volcán explota. Quién sabe de dónde sacó esas ideas, si estas montañas heladas están bien muertas.

—Iztaccíhuatl —pronunció despacio Juana Inés.

—Ay, criatura, si pareces señor de la iglesia; ésos son los únicos que hablan bien.

—*Iztac*, blanco —añadió Juana Inés.

—¿Dónde andas aprendiendo esas cosas? ¿Será cuando acompañas a la Josefa?

—Jacinto no *Iztac* —se rio María cuando vio a su hermano entrar con el último conejo limpio.

—No *Iztac* —la secundó Juana Inés.

El chico no comprendió de qué se reían.

ISABEL, SIN HOMBRE

Isabel Ramírez había aprendido a sumar y a restar. Su padre se había empeñado en ella desde que se establecieron en Nepantla, pero la crianza de las tres niñas la había tenido muy ocupada y además estaba el capataz, adiestrado por don Pedro, y estaban Francisca y su marido, y a todos les confiaba, aunque de números y de letras sólo el capataz era entendido. Y su padre estaba al tanto desde Panoayan de los gastos y productos a los que la hacienda obligaba. Pero las letras era cosa que ella no sabía y era preciso que el capataz le dibujara los asuntos para que Isabel supiese si se trataba de nogales o de trigo, de becerros o de ovejas. Levantó la cara y miró por la ventana de la estancia hacia la bruma mañanera de Panoayan. Cuando las niñas eran pequeñitas, venían aquí con frecuencia, para que las tres disfrutaran a los abuelos, para que ella resolviera problemas de labranza y aparcerías con su padre, y para entregar el dinero de la venta de los frutales. Le gustaba más el clima de Nepantla, cálido, floral. Aquí la melancolía se le venía de golpe, porque le ofendía su soltería involuntaria, y que Pedro de Asbaje se hubiera marchado con una despedida corta, rotunda, a resolver asuntos de familia en Vizcaya. Isabel adivinó que estaba allá la otra familia y que por eso no la había hecho su esposa por la Iglesia como estaban casados sus padres, ni había podido jurar que estaría con ella para toda la vida. Y por ser joven más ira le producía aquel abandono y esa ropa que aún colgaba en el armario de la habitación de Nepantla, que ella, después de olerla repetidas veces en las noches de insomnio, pidió a Francisca quemarla, y enfatizó que no quería verla puesta en nadie, así no tuvieran trapos los negros para cubrirse el cuerpo. Su padre había sido adusto en su respuesta. Escondió la rabia por la hija abandonada, por el honor violentado, porque de caballeros era despedirse y su yerno no lo había hecho; a él le había dejado la responsabilidad de esas cuatro mujeres. «Quién hubiera pensado —le dijo a Isabel— que me tocaría cargar con hijos y los hijos de mis hijos.» Isabel pidió disculpas y se aplicó a las enseñanzas de los números ahora que no había hombre en Nepantla y que el capataz no podía estar a su aire y que, además, por viejo, podía morir en cualquier descuido. Pero fue bueno que estuviera allá en Panoayan, mirando por la ventana mientras ajustaba dibujos y números para charlar con su padre, porque había visita en la biblioteca y su madre le dijo que debía esperar a que don Pedro acabara los tratos con el capitán. Isabel aprovechó para andar por el jardín brumoso y caminar hacia la vereda del río. Procuró no alejarse mucho porque en cuanto su padre dispusiera tendrían acuerdos. Escuchó las voces de las niñas; Josefa e Inés corrían hacia ella y la llamaban. Era hora de la comida, decían festivas, y había un invitado. Cuando Isabel entró por la puerta mayor, vio a lo lejos la figura de un hombre junto a la de su padre. Caminaban hacia el comedor cruzando el patio central. No sabía por qué ante ese cuerpo de hombre fornido, apenas visto de espaldas, su corazón latió de más. Comprendió que debía esperar para no ser vista y así deslizarse a la habitación que ocupaban cuando estaban de visita; quería lavarse la cara y las manos en el aguamanil, recogerse el pelo de nuevo. Miró su atuendo, la blusa de lana marrón, la falda larga y oscura. Ni un solo adorno más que aquella mantilla cruda, regalo de su madre, sobre los hombros. Pero las niñas llamaron al abuelo y los dos hombres voltearon e Isabel se sintió perdida con la orilla de la falda manchada de lodo de río. Isabel se acercó ante la llamada de su padre que le presentó al capitán Diego Ruiz Lozano. Él dejó los ojos en ella más de la cuenta e Isabel pudo notar que eran intensos y oscuros y que su modo era sereno y seguro, y eso le agradó.

—Capitán, bienvenido.

Las niñas, tímidas, se pegaron a la falda de su madre, cubriéndose casi con ella, girando de tal manera que parecían quererla arrebatar de aquel hombre.

—¿Sus nietas? —preguntó el capitán a don Pedro, con desgano.

—Traviesas y deliciosas, pero viven en Nepantla. Isabel, que está tan ocupada con los menesteres de la administración, viene poco con ellas.

Isabel se alejó despacio a la habitación; quería escuchar la conversación sobre ella. Conociendo a su padre la podía imaginar. Le contaría que el padre de las niñas, un peninsular, había vuelto a su tierra, y que Isabel era muy trabajadora. Lo habría hecho de manera inocente, como quien incluye en el aro de su confianza al visitante. Lo comprobó cuando al volver al comedor, el capitán se puso de pie y le cedió el lugar al lado de él; fue amable y contó cómo había enviudado al poco de tomar mujer, antes de que le pudiera dar hijos. Alabó la gracia de las dos niñas y Juana Inés, recelosa, dijo que eran tres, pero que su hermana Marieta tomaba la siesta porque había estado mala del vientre. Y la abuela Beatriz sonrió advirtiendo que allí, en la mesa, algo se empezaba a tejer, que las mujeres del lugar —Juana Inés, contestando; Josefa, que no paraba de golpear con los pies la silla; María, que no aparecía, e Isabel, que había reconocido la complicidad de su madre— atestiguaban.

María, la propia cocinera, saludó con desmesura al capitán tras llevar el perol con las alubias y se atrevió a manifestar su aprobación cuando el invitado pidió tortillas en aquella casa donde a la mesa sólo se llevaba pan.

—En casa siempre comí en la cocina, y allí no faltaban las tortillas.

La casa de don Diego estaba en Puebla, como lo platicó, donde su padre había sido comerciante de grano; eso intrigó mucho a Isabel, que hasta entonces no conocía ciudad mayor que Amecameca.

—Pero me gusta la campiña —dijo mirando hacia la ventana y luego volviendo los ojos a Isabel.

Aquella noche, cuando hizo cuentas con su padre y éste le confesó que había pedido un préstamo a don Diego porque necesitaba invertir en crías para antes de la matanza, Isabel no pudo dormir tranquila. Compartía la habitación con sus tres hijas; a su lado en la cama estaba Juana Inés. Temía que lo desacompasado de su respiración despertara a su hija. Sentía un leve atisbo de felicidad, y pensó que había sido torpe en no invitar al capitán a Nepantla, cuando se refirió a la campiña, y tuvo miedo de que aquello fuera un espejismo.

A la mañana siguiente, procurando no despertar a las criaturas, se vistió de prisa, refrescó su rostro y se envolvió en el mantón de lana. El día apenas despuntaba y ya podía escuchar las voces de los arrieros que se llevaban a las ovejas al camino. Sobre la cúpula de la capilla distinguió el lucero de la mañana. Pensó que era una buena señal: una estrella sobre la capilla de San Miguel en Panoayan. Atravesó de prisa y sigilosa el patio; no quería que la descubriera el servicio y esperaba que su madre no estuviera metida en la capilla porque ella quería un momento de solaz con el señor. Empujó la puerta de madera desde el patio y cruzó el pequeño vestíbulo. Apoyó su rostro en la puerta contigua a la biblioteca de Pedro Ramírez para asegurarse del silencio. Los rezos de su madre eran un murmullo siempre distinguible. Pero, afortunada Isabel, la capilla era toda para ella. Se hincó frente al altar, apoyó la cara entre las manos y contuvo una rabiosa alegría que se le había metido en el cuerpo y el ánimo desde la noche anterior. Semejante alborozo sólo lo había sentido cuando ella y Nicolás, el hijo de Catalina, salían por la vereda de los nogales y, sentados después de llenar un saco con el fruto seco, le estremecía la cercanía tibia del brazo oscuro del muchacho contra el suyo. Entonces había cerrado los ojos esperando que Dios comprendiera ese amor temprano. Después de ese día, el olor poderoso que emanaba el cuerpo de Nicolás la torturaba. Los dos habían dejado de reír, de tirar piedras a los pájaros, de molestarse el uno al otro. Se respiraban y miraban al frente ignorando sus miradas, al trigal que estaba al otro lado de la cortina de árboles sin atreverse a romper el encanto de la quietud. Una de esas veces Isabel cerró los ojos un momento y se dejó flotar en el viento que corría entre los árboles. Volteó el rostro hacia Nicolás, que muy despacio y con temor recorrió los labios de Isabel. Entonces Isabel abrió los ojos y encontró los de él, atentos al meneo de sus manos, y ella miró esa mano cercana, oscura, y con la suya, blanca y contrastante, la hizo a un lado y se acercó al chico, a sus labios carnosos, y lo besó. Ella lo besó a él. Impuso su designio de patrona; eso lo supo mucho después, cuando él —el día de la Asunción en que todos, sus padres y sus hermanos, habían partido ya para Chimal, dejándola en casa, pues los dolores del mes la tenían en reposo— tocó a la puerta y sin esperar su voz entró y se lanzó sobre ella, como un animal en celo, como los caballos que montaban a las yeguas, como los perros que se peleaban feroces por la posesión de la hembra. Los ojos de Nicolás tenían un brillo inusual que asustó a Isabel. Sentado junto al camastro, sus manos recorrían su cuerpo. Ella lo alejó. Era verdad que otras veces, después de aquel beso en la nogalera, habían andado por los caminos de la mano y que ella se había dormido sobre las piernas de él, y que él la había besado suavemente, como si fuera una flor. Siempre alejados de la casa, siempre protegidos por la hierba o por la fronda de los árboles; pero Nicolás había sido cuidadoso. Y eso había encendido a Isabel, que no sólo soñaba en las noches con la negrura espesa de la piel del muchacho, sino con su protectora dulzura. Por eso su arrebato salvaje la contrarió. Pero Nicolás no hacía caso de sus ademanes; parecía pensar que eran pudores femeninos, acostumbradas negativas para que el placer dilatara. Había visto eso en su propia habitación, como María se ponía terca cuando Pedro iba sobre su cuerpo, sobre todo en las noches de sábado en que el pulque le quitaba lo callado y lo ceremonioso. Había fingido dormir cuando todavía lo creían demasiado pequeño, pero aquel forcejeo inicial que acababa en gemidos y jadeos, en contorsiones que imaginaba, lo excitaba y acababa explotando bajo las sábanas, invitado involuntario del espectáculo amatorio de los esposos. Isabel volteó el rostro hacia el lado contrario cuando Nicolás se inclinó buscando sus labios; enojado él tomó la mano de la chica y la colocó sobre su pantalón para que ella sintiera con aquella prueba del deseo cuán poderosa era la atracción por Isabel. Pero Isabel temió que Nicolás la embistiera como un toro, que aquella carne punzante entre sus piernas la perforara, la lastimara y la sangrara más de lo que en ese momento, en sus días, le ocurría. No encontró mejor manera de acallar sus temores que hiriéndolo.

—No eres más que un esclavo de la familia. Y eres negro.

Nicolás la miró, herido en su hombría, y descubrió que ahora encontraba vergüenza en su color y en su condición. Le subió las faldas mientras Isabel se revolvía. Notó una gran mancha de sangre en sus bragas blancas. La observó asustado.

—¡Yo no hice nada! ¡Yo no hice nada!

Mientras Isabel se bajaba las sayas ocultando su condición, rabiosa por el pudor violentado, Nicolás abandonaba la habitación.

—Perdóname, Jesús mío —dijo Isabel—, por haber contravenido a mis padres y por haber lastimado a Nicolás, a quien tanto quería.

Alzó los ojos hacia la luz que entraba por las aberturas de la cúpula y que bañaba suavemente la imagen del Arcángel.

—Dime, san Miguel, enviado de Dios, ¿por qué ante la vista del capitán Diego Ruiz Lozano un azoro me invade y, queriendo consultarte sobre los arrebatos de mi alma, me entregas el recuerdo de Nicolás, la negrura aromática de su piel? ¿Qué me quieres decir? ¿Me estás previniendo de mis arrebatos o de los desaires? Parece que conoces las inclinaciones de mi carne, cómo los olores de las pieles me inflaman y no me dejan dormir.

Isabel cerró los ojos porque le empezaba a doler el momento en que descubrió que Nicolás ya no estaba más en Panoayan. ¿Quién había arreglado la venta? ¿El negro Manuel o su abuelo? Fue después de aquel incidente que Isabel le pidió que la acompañara a Amecameca en el caballo, pues necesitaba comprar hilo para bordar el mantel, y como lo había hecho frente a Catalina y Manuel, sus padres, el joven no había podido negarse y todo el camino había mantenido su distancia, hasta que Isabel se detuvo en una playa del río y se apeó del caballo.

—Hay que dejarlos beber.

—Como usted mande —contestó Nicolás, punzante.

Isabel se acercó y lo abrazó, y buscó su boca, pero el chico se resistió.

—Dame un beso —pidió Isabel—, me asusté aquel día.

—Como usted mande —volvió a responder, pero el beso desmintió su distancia y su coraje, y se abandonó a la pasión que Isabel le confesaba.

Debieron haberlos visto en la caballeriza, donde solían encontrarse. Lo hacían al atardecer, cuando suponían a los otros descansando; tal vez había sido Miguel, su hermano. No lo sabrían, aunque Isabel le reclamó a Miguel y luego a Catalina y a

Manuel. Les fue a manotear en la puerta de la casa por la noche cuando se dio cuenta de que Nicolás no aparecía en la caballeriza y supo, por María, que no lo vería más.

—Lo vendieron —dijo la cocinera.

—¿Dónde está el negro Nicolás? ¿Dónde está? —les reclamó llorosa.

Cuando Manuel abrió la puerta, hundió la cara en su pecho y les dijo que ella lo amaba.

Se acercó a Catalina buscando consuelo, pero la mujer no tuvo para ella gesto alguno ni lo volvió a tener. Con aquella confesión sólo aseguró el destino irreparable de Nicolás.

Hasta que Pedro Asbaje apareció en los festejos de Chilma, invitado por los Gonzaga, a quienes compraba piel para curtir y vender en la capital, Isabel no había reparado en otro hombre. Y si se había fijado en Pedro Asbaje, que era bastante mayor que ella, había sido porque él se apersonó, se presentó con la familia Ramírez y de inmediato la invitó a acompañarlo a los puestos de la feria, ofreciéndole su brazo. Ni sus hermanos ni sus padres chistaron; era un comerciante español. Por fin, Isabel se dejaría de tonterías. Doña Beatriz y don Pedro se miraron, asintiendo. No objetaron tampoco que ella se asentara en Nepantla con el curtidor, que para mejor fortuna era de Vizcaya y debía provenir de una familia de ricos y no de agricultores andaluces como ellos. Porque ésa era su condición, por más que el propio Pedro Ramírez se hubiera cultivado a la vera de la biblioteca del párroco de Sanlúcar de Barrameda, que era hombre letrado y había sido su condiscípulo de escuela. Isabel conocía los reproches que se hacía su padre por no haber instruido a su hija Isabel en el arte de la lectura. Pero, mujer al fin, don Pedro querría de ella otros servicios que no fueran la conversación, y por fortuna su hija tenía la hermosura y afabilidad que le granjeaba a un hombre y protector. Cuando se juntó con Asbaje, don Pedro se ilusionó de poder iniciar conversaciones sobre el material de su biblioteca. Isabel sabía que, de todas las hermanas, ella era la que estaba más cercana a sus padres.

Ella conoció los pensamientos de su padre cuando volvió a Panoayan, desencajada, a decir que hacía meses que Pedro Asbaje no volvía de Vizcaya. Su padre se arrepintió de haber creído en la honorabilidad del vizcaíno, con quien, además, no había podido conversar sobre lecturas. Ser español rico no era suficiente.

Isabel se persignó cuando escuchó pasos en la biblioteca. La capilla tenía acceso por la puerta contraria y acaso su padre estaba allí haciendo anotaciones, pues no era lo suyo leer por las mañanas cuando todas las faenas del campo lo requerían. Tal vez apuntaba algo en la libreta que Isabel no podía descifrar. Debía apresurarse, pues el ruido comenzaba a arrebatarla de su conversación con el Arcángel.

—Dime —susurró por lo bajo, temiendo que la oyeran—: ¿fue acaso una señal divina la posición del lucero sobre este templo? Lo único nuevo que me ha ocurrido es mirar los ojos color miel del capitán. Y también brillaban. ¿Es el hombre que me acompañará en la vida? ¿Nos protegerá a mis hijas y a mí?

La puerta de la biblioteca se abrió.

—Hija, ¿tan temprano?

Isabel, intimidada, miró a su padre sin encontrar palabras para engañarlo. Le pareció que adivinaba lo que traía a su hija tan de mañana a los pies del mensajero.

LAS HERMANAS

Josefa tomó las bragas de algodón del cajón del armario y las colocó en la cama, junto al resto de la ropa de Inés. Extendió una para ver el tamaño.

—No me vayas a dejar sin ropa —le dijo a su hermana en tono de broma.

Comprobó que no eran las suyas ni las de la María. Ella siempre heredaba las de su hermana mayor, y si estaban en buen estado (que no era lo usual por las lavadas frecuentes) llegaban a la propia Inés. Bragas de algodón bordadas por la abuela, primero, y luego por la nana Catalina, antes de que sus ojos se pusieran amarillos y torpes para colocar cenefas y encajes. El baúl estaba al pie de la cama de Inés. Al fondo habían colocado los botines que se usaban para el frío y que tenían mejor aspecto que los zapatos negros de todos los días, aunque Inés calzaría estos últimos para la travesía. Josefa miró a Inés inclinada sobre las faldas que alisaba con sus manos. Era un gesto ocioso —las pasaba afanosamente por las telas, como planchándolas—, pues al fin y al cabo no librarían dignamente las batallas de la diligencia y la embarcación. En casa de los Mata habría que plancharlas de nuevo. Tal vez eso era lo que anunciaba ese gesto distraído de Inés, una vida para la que requería otro arreglo. La vida de la ciudad. Una vida desconocida. Josefa sintió deseos de abrazarla y se sentó a su lado.

—¿Sabes qué voy a hacer con tu cama?

—Mudarte a ella; tiene mejor vista al pie de la ventana —contestó Inés, eludiendo todo sentimentalismo.

—No, es la más fría. Voy a colocar tu muñeca Serafina y por las noches, antes de dormir, le voy a contar una historia de miedo. Sobre todo cuando el viento roce las tejas y no se sepa si son piedras las que ruedan o pisadas de animales extraños —Inés se apretujó al cuerpo de su hermana, embelesada y temerosa—. Y cuando Serafina se ponga fría de miedo, voy a saltar a su cama y voy a abrazarla así —dijo apretando a su hermana— hasta que se quede dormida.

Josefa sintió el calor de su hermana. Miró la habitación y comprendió que cuando Inés partiera quedaría un hueco en aquel cuarto para tres, y que verdaderamente tendrían que disponer de la cama vacía. Marieta, la mayor, a quien llamaban así para distinguirla de la esclava María, no se interesaba igual por las historias que Inés y ella escuchaban en la cabaña de Catalina. Aquello sobre los cocodrilos que roban los brazos de los niños perezosos, de los murciélagos que se enamoran de las doncellas desveladas, de las tuzas que sienten las vibraciones del volcán bajo la tierra y sacan la cabeza a horas extrañas avisando a los hombres que viene la lava, y de la cueva el Sacromonte donde se aparece el franciscano Martín de Valencia.

Josefa e Inés solían salir de la casa grande después de la merienda, cuando el abuelo se retiraba al salón a fumar su puro y la abuela, en el mismo lugar, tejía la ropa para el invierno. Daban las buenas noches y cuando la nana María terminaba sus labores en la cocina, ellas le pedían que las dejara acompañarla a su casa. Marieta advertía su complicidad pero, sumida en sus rezos, fingía no verlas. Salían por la parte trasera, envueltas en las capas de niebla del invierno, aunque en Panoayan no había temporada del año en que el frío de la noche no acosara el valle bajo los volcanes. Josefa sentía la mano de Inés pegada a la suya, como un imán. Las dos temían a la niebla que cubría el trigal y los robles de la vereda. A Inés le atraía el poder de ese velo en el campo. «El velo de la niebla —le había dicho a Josefa—, cuando camino y cuando muevo los brazos, se descorre.» A Josefa le gustaba la imaginación de Inés, pues veía en los objetos otras cosas. En verdad la niebla era un velo, tan ligero como el tul del vestido de la Virgen, o como la mantilla de su abuela. Bastaba alzar los brazos para que se abriera un hueco que permitía ver delante la figura de la cocinera María, guiándolas hacia el calor de las cabañas. Entraban a la más grande, que tenía chimenea y en cuyo interior se alineaban algunas sillas. Las niñas se subían a la cama de Catalina, porque allí podían recargarse contra la pared y mirar el fuego trepando por la boca de la chimenea, mientras Catalina soltaba las palabras que la llevaban a una tierra de palmas y cacao, de brisa de mar, que imperaba en esa habitación y permitía que Josefa e Inés miraran olas amarillas en aquel fuego que danzaba frente a sus ojos. Fue Inés quien una noche, mientras regresaban somnolientas y embrujadas de tanto cuento poblado de animales y voces que no conocían en la montaña, puso nombre a aquella sensación. «El fuego se alzaba como el agua del mar y reventaba contra los troncos», dijo con sed de conocer otras geografías. Josefa comprendía que las palabras de Catalina pronunciadas desde su ancho tórax, desde su boca grande en la cara negra, eran en sí un lugar extranjero. Ir a la cabaña por las noches era profanar la quietud de la casa de los abuelos y habitar un mundo ajeno. Inés resistía; Josefa era quien caía dormida primero. En el camino de vuelta, tomadas de la mano de María y en voz baja, para que los abuelos no se despertaran, pedía a Inés que terminara la historia que no acabó de escuchar. Pero Inés no podía repetir la historia; pronunciaba palabras, «se deleitaba con ellas y allí se quedaba, como atrancada», pensaba Josefa. Palabras como *colorado, torbellino, crepúsculo*. Se quedaba con su sonido, mezclado con vocablos que no eran del castellano. Cantos de arrullo de Catalina Guatzen, Galanta, Galdunái, musicales y suaves, que Inés iba murmurando por lo bajo como una canción, para no olvidarlas, para informar a Josefa de esa historia que no podía concluir y que le tenía sin cuidado.

—Tú te cargas de palabras —le había dicho Josefa, una noche antes de dormir; pero Inés ya dormía profunda, sosegada; rellena «como el lechón navideño», pensó Josefa, nada más que de puras palabras que había recogido durante el día y guardado en su cabeza.

Ahora, aquel baúl que se llenaba de los sobretodos y los chales y las calcetas tejidas por la abuela, y las blusas de algodón y el saquito rojo de ceremonia y las bragas y enaguas bordadas, se llevaría las palabras de su hermana. Esas cuentas inconexas que le soltaba por las noches, o por las veredas, o que pronunciaba mientras rezaba porque añadía a la oración alguna cosa más que le parecía que la aderezaba, se marcharían de la casa de Panoayan, con los ojos de su hermana, con la mano que ella había guiado hasta la escuela Amiga.

La mañana que supieron que Inés se iría había amanecido nublada y la abuela les pidió que fueran a la vereda por los sanjuaneros. Pasaron a la cocina por los canastos para recoger en la vereda aquellos hongos de lluvia, extensos como sombrillas, de carne blanca y esponjosa. El bosque olía a brea y el frío le rasgaba las mejillas a Josefa. La abuela lo había dicho en el desayuno. La tía María y Juan Mata, su marido, invitaban a Juana Inés a vivir con ellos en la ciudad. Juana Inés se había sonrojado pero Josefa había resentido la elección. En todo caso ella era la mayor y a quien correspondía semejante oportunidad. La abuela Beatriz miró a Inés y recalcó que, conocedores del premio que le había sido dado en Ameca por su loa al Santísimo, pensaban que la capital podía ser un lugar adecuado para su talento. Josefa escuchó aquellos halagos y el veredicto para el futuro de su hermana como si la yunta le atravesara el cuerpo y la convirtiera en terrones. Eso era, al fin y al cabo, lo que pasaría con ella. Se quedaría en el campo, sería labriega como sus abuelos, como su madre y el esposo que conocería en las inmediaciones; su horizonte sería la montaña y el bosque, el riachuelo que pasaba por la hacienda; mientras su hermana estaría en la ciudad de los palacios, entre carrozas y reyes, con músicos y vendedores, entre indios y negros vestidos de calle, y españoles ataviados a la moda. Lejos de la bosta de las vacas, lejos de los hongos sanjuaneros que esa mañana, mientras Inés los desprendía de la tierra y trozaba su fuste renegrido, ella pateaba encorajinada, celosa de la fortuna que no era para ella. Antes de que Inés llegara al mazo de hongos ella ya se había adelantado y los había pisoteado, desfigurando las sombrillas dentadas, haciendo un despedazadero de carne húmeda que no era posible recoger para que en la cocina les añadieran ajo y aceite y prepararan esa sopa que sólo se podía comer en lluvias. Juana Inés le reclamó y se adelantó corriendo para encontrar un claro donde los hongos estuvieran intactos. Josefa detuvo su ira y contempló la manera en que tomaba aquel hongo blanco y al trozarlo hundía sus dedos entre las laminillas del reverso.

—Mira —le mostró a Josefa cuando llegó—. Me encanta cómo son por el revés. ¡Cuántas repisas tienen!

Josefa hundió el dedo en aquella carnosidad y desbarató las láminas como quien recorre las teclas del piano con fiereza. Juana Inés, atónita, la miraba con aquella maravilla hecha polvo entre sus manos. Ese día no se hablaron más. Cada una tenía sus razones. Ninguna probó la sopa con rama de epazote que tanto les gustaba. Josefa tuvo que dejar que pasaran los días para comprender que aquella injusticia no era culpa de Inés. Pero ahora que realizaban las últimas tareas antes de la despedida, ella comprendía que había algo que la lastimaba más allá de la envidia por el destino de su Inés, y la separación de su compañera de cuarto, de juegos; la única con quien podía hablar del mismo padre al que habían dejado de ver hacía cinco años y a quien contarle lo que la chiquilla no recordaba: cómo lucía su barba espesa y cómo era suave cuando la besaba antes de dormir. Era la indiferencia de Juana Inés hacia su propio dolor, la ausencia de culpa de su hermana que no había dicho nunca: «Deberías ser tú quien se fuera», que no había tenido un miramiento con el agravio que significaba no haber sido elegida.

—Te voy a extrañar —le dijo Josefa cuando cerraron el baúl, como si al hacerlo aceptara el destino. Pero Inés no contestó, se asombró por el rigor con que la lluvia caía justo en ese momento y salió al pasillo para mirar el espectáculo. Josefa contempló a Juana Inés, con aquella larga trenza oscura cayendo en la espalda, que miraba el resbalar del agua en las tejas planas y la caída de la cascada furibunda frente al alero. Se puso a su lado para abarcar lo que los ojos de su hermana registraban en esa última tarde en Panoayan.

—Voy a extrañar la lluvia —le dijo Inés.

BEATRIZ, LEJOS DEL MEDITERRÁNEO

Beatriz Ramírez había aceptado su destino de mujer que se embarca con el marido, cruza el Atlántico y llega a la Nueva España, con sus vestidos de verano, airosos para pasear en el malecón de Sanlúcar de Barrameda, demasiado airosos y frescos para la sierra de Huichapan, difíciles de usar en las humedades frescas de Nepantla, imposibles en Panoayan. Mientras hacía vainica a aquella saya de lino de su nieta, bajo el alero de la casa grande, pensaba en aquel vestido de pintas verdes que había estrenado a los dieciséis años. Tenía un escote pronunciado y era preciso que lo llevara con un mantón blanco. Aun así, cuando su madre la perdía de vista y ella se escabullía con las amigas en aquel paseo donde bebían horchata y gozaban el frescor del domingo, ella dejaba que el mantón le resbalara hasta los codos y lucía ese escote con senos firmes y vistosos. Su piel apiñonada, su cabello oscuro y el verde le ganaban las miradas de los chicos. Algunos pasaban por la panadería de su padre para seguir mirándola entre semana, cuando ella ayudaba a la hora de la merienda despachando la bollería. Beatriz sonrió porque la tarde plácida, con el revoloteo ocasional de un petirrojo en el único árbol del patio, le devolvía la fortaleza de su pelo bruno, su propia sonrisa. Cómo le hubiera gustado que alguien la pintara, como a los grandes señores, y conservar una imagen de lo que había sido para no estar tan sola con su recuerdo. Era verdad que a veces Pedro, por las noches, se le acercaba en el lecho inesperadamente, deseando todavía las lindeces caídas de su cuerpo, y así, en penumbra, la lisonjeaba. «Cuando iba por el pan, quería robarme los bollos de tu escote.» Pedro los acariciaba inventando su pasada altivez y Beatriz, bajo las manos toscas de su marido, recobraba su jugosa mocedad. Quién hubiera dicho que tanto atrevimiento de Pedro Ramírez la arrancaría del olor a pan recién horneado por su padre, del dulce canto de su madre, de su hermano Juancho, tan dispuesto a la bellaquería y a la risa, de su perra Petronia, del burro Pancrasio en el que cargaban el pan que repartían a la alcaldía y a los caseríos de las afueras del pueblo. Quién hubiera imaginado, cuando andaba revoloteando con su vestido verde alunarado en las fiestas de la Almudena, que su primo Pedro Ramírez ya la tenía en la mira, para herirla con su pupila, con sus palabras y sus manos que la pedían en matrimonio. Qué fácil dijo entonces que sí al casorio con el joven de las ideas firmes, que presumía de criar las ovejas del padre y de haber hecho dinero con ello, el suficiente para que tomaran el barco a la Nueva España y tuvieran casa, dinero y se volvieran los señores que Sanlúcar de Barrameda no permitió. Ya no más el pastor y la panadera. Beatriz lo debió sospechar cuando Pedro Ramírez, viviendo a pie de mar y viendo todos los días los barcazos y barquitos zarpar, se enorgullecía de que Cristóbal Colón hubiera partido de Sanlúcar a su tercer viaje a América. No era difícil que se le ocurriera treparse en el barco sin ovejas pero con el oficio de ganadero y con la mujer del vestido de lunares verdes y con la idea de cruzar el océano para empezar una vida incierta. La colonia no tenía ni cien años de fundada y ya se hablaba de sus maravillas. Llegaban noticias de los que regresaban cargados de riquezas, o de los que nunca volvían y permitían que quienes se quedaban en la España de Carlos V se solazaran en imaginerías de paisajes coloridos en flores y aves, en chorrear de agua y verdor permanente, en casas con muchas habitaciones y servidumbre, y un clima en que el frío era la excepción. Tanto viajero ensalzando, y Pedro Ramírez tan aguerrido, que a Beatriz no le costó trabajo empacar en aquel baúl de estreno su ajuar de recién casada, sus sábanas bordadas, sus mantillas y su entusiasmo, y hacerse a la mar. Hacerse al amar. Porque de qué otra manera hubiera partido tan ligera, sabiendo que no volvería a ver a su familia. Dejó a un lado la saya blanca y la silla de bejuco que sostenía su espalda y caminó a la cocina. Preguntó a María si ya estaba horneado el pan de la merienda. Pero la negra le señaló una tortilla en el comal.

—Es temprano para los recuerdos, señora Beatriz —le dijo.

La conocía. Sabía que cuando se le metía en la cabeza la tierra que había dejado, tenía que desatragantarse con miga de pan recién hecho, como si se le hubiera atravesado una espina de pescado.

Pero Beatriz no comía tortilla, no le gustaba el sabor del maíz, y aunque Pedro se había amoldado a las costumbres de esta tierra y comía lo mismo los cactus rebanados que las espesas salsas de pimientos, almendras y chocolate, ella no se podía hacer a los sabores mezclados de lo dulce y lo picante. Miró en el horno donde crujía la leña y pidió a María que le avisara en cuanto saliera un bollo.

—¿Le falta el mar? —le preguntó María.

Beatriz no contestó, porque no le gustaba compartir sus tristezas. Tenía un buen hombre a su lado, y después de dejar tanto, eso la consolaba. Tenía suerte. Sería la Virgen de la Almudena que la amparaba en su habitación, con su vestido blanco, lavado y relavado en los trajines de la mudanza. Tenía suerte de seguir acompañada. Sus hijos varones no habían hecho vida con mujer alguna, su hija Isabel se quedaba sola con tres criaturas y ahora comenzaba nuevos lances en Nepantla. Y ella seguía con el hombre que le había dicho al otro pretendiente, Andrés, que si le rondaba bajo la ventana de casa lo colmaría a patadas, el que la llevó del brazo en la procesión de la Virgen para la Semana Santa, y así, entre saetas, pegadito a ella, embelesado por sus ojos oscuros, su cuerpo acinturado, sus redondeces, le susurraba que era más guapa que la Virgen y que la quería para él solito. Que no la iba a compartir con ningún moscardón y que él sabría hacerla feliz; le daría casa, comida, compañía, placeres y palabras, y Pedro Ramírez, cuarenta años después, lo seguía haciendo. Quiso decirle cuánto extrañaba el vestido verde de pintas con que él la asaeteó con la mirada. Pero ella no compartía sus tristezas. Maldito bollo que todavía estaba crudo. Quién iba a imaginar: señora de Almudena, que pariría en el otro lado del mar once hijos de Pedro Ramírez de Santillana.

Decidió buscar a su marido. La tarde caía franca y no esperaba que siguiera en el campo. Después de la siesta, su marido solía caminar un poco y luego apartarse a la biblioteca. Aquí, en Panoayan, habían podido construir capilla y biblioteca, una al lado de la otra, para que la bendición de Dios los colmara de dones y conservara la salud de los hijos nacidos en Nepantla y en Huichapan, y ahora la de los nietos, y que su marido pudiera dedicarse a las lecturas que tanto le placían, pues había sido varón afortunado en tener instrucción. Que no todos la tenían y ellas casi ninguna, pero Pedro fue a las enseñanzas, y como su padre era amigo del alcalde y del cura, le había escuchado sus conversaciones y había visto que se perdía entre las tapas de aquellos libros que se antojaban secretos.

—Por eso me gustan, Beatriz —había dicho a su mujer—. Con ellos me desaburro; puedo ver nuestra España y me entretengo con las andanzas de los caballeros.

Beatriz recorrió el pasillo hasta la biblioteca; al ver la puerta entornada asomó la cara. Frente a la mesa, en su silla de lectura, Pedro tenía a Inés en las piernas, mientras le mostraba el libro

50

que estaba sobre la mesa. Beatriz se acercó despacio; no quería interrumpir, pero no podía resistir contemplar aquello que los tenía absortos y juntos. Los dos apenas levantaron los ojos, y sin emitir palabra siguieron en lo suyo. Beatriz se colocó a espaldas de su marido y con la luz de la vela asistió a lo que ellos miraban. Eran mapas del mundo. Lo que le faltaba.

—Así creían que era el mundo hasta que Cristóbal Colón llegó a esta tierra donde tú naciste —y Juana Inés, con su dedo, recorría el camino desde Portugal hasta las islas del Caribe.

—¿Aquí llegó, abuelo? —y con su voz menuda y ronca, descifró el nombre del sitio donde había puesto el dedo: Santo Domingo.

Beatriz asistía a un diálogo imposible de entender para ella. La niña leía. Ninguna de sus hijas había aprendido. Sería que ahora su marido tenía el tiempo de sentarse a compartir libros y que antes las faenas del campo lo tenían tomado. Ahora había más servidumbre y las tareas mayores las hacían otros. Pedro se había ganado el tiempo de lectura y con ello la cercanía de su nieta.

—Pero, ¿así se llamaba la isla cuando llegó Colón?

—Así le puso; el castellano es cosa que se trajo del otro lado del mar. Aquí había indios, nada más.

—¿Y negros? —preguntó inquieta.

Beatriz quería escuchar la respuesta. Comprendía que la presencia de la nieta le daba luz a Pedro, como cuando charlaba con su yerno Juan Mata durante las pocas veces que venía desde la capital, o como la que había iniciado con Diego Ruiz Lozano, quien pretendía a Isabel y quien, como capitán, tenía una conversación que agradaba a Pedro. Las preguntas de la niña le gustaban.

—Vinieron por barco, desde África, pero no por su voluntad, como nosotros. Ellos están hechos para el trabajo; por eso son negros.

Juana Inés pasó la hoja hasta que dio con el mapa.

—Mira, abuelo, esto es África.

Entonces, Beatriz se acercó al cuaderno para comprender de qué hablaba y cuando reconoció lo cerca que África estaba de España, sintió que ellos, los que trabajaban en su casa, no eran tan lejanos, y que también padecían de *arrancamiento*. Ésa era una palabra que se le había ocurrido un día al recoger setas de san Juan, mientras les tronaba el tallo para zafarlas del suelo. Ese arrancar tan fácil e irreversible le recordaba su situación.

—Pero algunos ya nacieron aquí. Como tu madre —explicó Pedro.

—¿Entonces son de dos lados? —preguntó Inés.

—De dos lados no; del más nuevo que es hijo de España.

—¿Pero no hay Nueva África?

—No, hija, ellos sí son de dos lados.

Beatriz sintió esas palabras como dardos que se clavaban en los lunares de su vestido verde aceituna y que le sacaban puntitos de sangre. Tal vez sus hijas Beatriz, Isabel y María sí eran de este lado; pero ella, Beatriz Ramírez, siendo de dos lados, era sólo de uno: de Pedro Ramírez.

Salió de la biblioteca por la capilla y oró frente a san Miguel; pidió por la larga vida de su marido, porque sin él ella no tendría sitio. Esa noche, después de comer el pan recién horneado de la merienda, Beatriz fue quien se acercó al cuerpo recio de su marido, fue ella quien rozó sus pechos contra la espalda porque quería que le mostrara una vez más que ella era suya. Y Pedro no pudo resistir la provocación de su mujer.

MARÍA IZTA DE LOS VOLCANES

Ser la mayor no era fácil. No era raro que el padre se ausentara, pues a menudo iba a la capital o al puerto de Veracruz a vender las pieles de becerro o de cabra o las de oveja de cuya suavidad presumía; pero esta vez había transcurrido más de un mes y dos y entendía que algo no estaba bien. Su madre se había puesto enferma, alegaba que eran las jaquecas y pedía que las tres niñas la dejaran sola en la habitación de la casa grande de Nepantla.

—Llévate a Josefa y a Juana Inés a pasear, vayan por la miel. La miel me hará bien.

María, Marieta, como la llamaba su familia, prudente por demás, no se atrevía a preguntar por el padre; sólo sentía un extraño cosquilleo en la panza. Advertía que la normalidad se había violentado. Pedro de Asbaje tardaba no más que un mes en aquellas ausencias de comercios, y al regreso las colmaba con regalos: a su madre, zarcillos que tanto le gustaban; a ella un abanico de caras chinas; a Josefa y a Juana, un juego de té en miniatura. Eso era lo que había traído el padre en su último viaje. María estaba pendiente aquella mañana del trote de caballos mientras se alejaba con sus hermanas. Miraba de cuando en cuando hacia la entrada de la finca junto al camino, pero no había más ruido que un pasmoso zumbar de abejas y las voces de Josefa y Juana que cantaban la tonadilla de los peines. María se resignó y alejó la vista y los oídos de la promesa del galope que anunciaría el regreso de su padre. Se concentró en el verdor al frente, en que bajaran con cuidado por la ladera de la barranca hasta el borde del río. Su madre no enfermaba fácilmente, era alegre. A veces callada, pero no se encerraba como estos días en que la luz del sol le molestaba. Tal vez sabía algo que María y sus hermanas ignoraban.

Se enteró días después, ya que su madre seguía en cama y, siendo la mayor, la mandó llamar. Estaba recostada, con el pelo recogido en una trenza oscura que caía sobre su hombro. A María no le gustaba verla así; que estuviera enferma era como si permaneciera lejos. ¿Acaso se enteró de que la sangre le había empezado a escurrir entre las piernas y que había sido Francisca quien le dio los paños para que los colocara en las bragas, atados a la cintura para evitar que se movieran? Y ella asustada, y la negra diciéndole que no molestara a su madre. Ella harta, aburrida de que su madre fuera una cosa ajena. ¿Qué no imaginaba que a ella y a sus dos hermanas también les dolía la ausencia de su padre? María no preguntó nada; se acercó disimulando la rabia que le producía la postración de su madre.

—Estoy sin fuerzas —la escuchó—. Nos iremos a Panoayan, a la casa del abuelo Pedro.

A María le pareció que las palabras caían como el agua de la cascada en el río, que le pegaban en la coronilla y que escurrían por su cuerpo llevándosela de esos campos, alejándola para siempre de los paseos con su padre, quien le describía la tersura de las pieles, cómo las secaban y les daban color, y cómo las había crespas o blandas; cómo unas eran buenas para cinchos, otras para calzado y sólo algunas para las chaquetillas y los gabanes. Y su madre insistía:

—¿Escuchaste, Marieta? Ve con tus hermanas para que guarden sus cosas en los baúles.

María, sin moverse, sus pies fundidos con la esterilla de la alcoba.

—Marieta, ¿estás bien? —preguntó su madre.

—¿Empacar todo, mamá?

Y ahora estaban de vuelta en Nepantla, para celebrar el bautizo de Antonia; nada más que en esa casa de Nepantla ni Josefa ni Juana ni ella tenían ya lugar. Inés y ahora Antonia ocupaban su antigua habitación. Francisca las recibió con una sonrisa cuando bajaron de la carreta. Ese día su padrastro festejaba por todo lo alto. Dispuso dos carretas que llevaron a la familia de su mujer desde Panoayan hasta la iglesia en Chimal y luego a Nepantla.

—Querubines —dijo la negra, manoteando en el aire. Y aunque besó mucho a Josefa y a Juana la vio muy grande y lo resaltó; a María la apretó contra su pecho como si se la hubieran desprendido sin quererlo ella. Pero María había aprendido como hermana mayor a no llorar, a pesar de que la tibieza oscura de Francisca la ablandaba como a una ciruela en dulce.

—Y tú, ¿vas a la escuela con tus hermanas?

María hizo un gesto de desdén; ella bordaba como su abuela, con muchas linduras, y por ser la mayor ayudaba en las faenas de la casa, como lo había hecho en Nepantla. Y aunque sus hermanas insistieron en los primeros días de Panoayan que jugara al té con las muñecas, ella había desistido ante la vista de ese juego de cerámica en miniatura que su padre presumía venía desde China. Solía encaramarse al piso alto junto a la capilla y sentada en un poyete se abanicaba primero suave y luego más fuerte mirando los volcanes que allí se contemplaban más cercanos, como si del cono del Popocatépetl fuese a brotar Pedro de Asbaje con una vasija llena de lava dorada: «Para la princesa de estos lares», como solía llamarla. En tardes así, en las que se iba acostumbrando a no verlo más, se solazaba en el tesoro de sus recuerdos. De las tres hermanas sólo ella había sido la «princesa de esos lares» y si las otras dos andaban jugueteando —Juana husmeando en la biblioteca del abuelo Pedro, Josefa en la cocina con la negra María—, ella podía soñar con su padre y en esos momentos estaba segura de que no la había olvidado.

Pero volver a Nepantla era un crudo recordatorio; pensó negarse. Aquella mañana del bautizo de su hermana Antonia Ruiz, inventaría, como su madre, una jaqueca. Su abuela diría que era una maldita herencia y pasaría el día encerrada en Panoayan, o caminando por el bordo de las hayas, lejos de todos, tan lejos de la nueva familia de su madre como de su padre, que pasados ya tres años no había enviado una línea y algunos sospechaban que estaba muerto, aunque su madre no. Bien decía que de los muertos siempre se sabe, sobre todo si son de cierta importancia. Y su padre, curador y vendedor de pieles de Vizcaya, lo era. Aquella mañana del bautizo vio desde su cama a Josefa y a Juana lavarse la cara en el aguamanil y luego ponerse aquellos vestidos que la abuela y ella habían confeccionado para la ocasión. Era la segunda hermana que le nacía a su madre de ese nuevo padre que vivía con ella en Nepantla y María ya debía haber pasado los sofocos pero en aquella ocasión el bautizo de Inés fue en Amecameca y el ágape allí mismo, en Panoayan: el patio central se había convertido en enorme comedor. Qué contentas sus hermanas, iban a una fiesta y verían a su madre y a la pequeña Inés Ruiz, y eso las alegraba. Para ellas, Pedro de Asbaje era un fantasma. Josefa recordaba su bigote y sus ojos claros, pero precisaba la confirmación de la mayor.

—¿Verdad, Marieta, que tenía los ojos verdes?

Juana, en cambio, de esos tres primeros años no poseía más que una voz, eso le dijo un día a María.

—¿Papá hablaba muy bajo?

Curioso que su hermana pequeña recordara esa voz susurro de su padre. María pensó que tras aquella voz Juana debía guardar algunas palabras. Se le ocurrió preguntarle desde la cama que aún no abandonaba:

—¿Qué te decía papá, Juana?

Con el vestido azul cielo que Josefa le abotonaba a la espalda, Juana, desconcertada, miró a su hermana.

—¿Papá?

—Sí, el de la voz suave.

—Ah, ése —contestó sorprendida, como recuperando algo entre velos.

María recordó la cascada de la barranca y aquella noticia de su madre, y vio a Juana al otro lado de la cortina de agua. Parecía que hacía un gran esfuerzo; luego dijo, aunque no eran palabras de niña y era una mentira:

—*Óyeme con los ojos.*

Sus hermanas volvieron al arreglo y María, perpleja y aliviada, sintió la cercanía del padre. Se puso de pie a todo vuelo y le plantó a Juana un beso en el cachete. Se dieron prisa para estar a tiempo cuando llegara la carreta para Chimal.

Esa mañana, María no quería separase de Juana Inés. La llevaba de la mano, aunque Josefa recelara, para entrar al atrio de la iglesia. Quizás ella había estado demasiado distante, enfurruñada con su madre y con su padre, para notar esa clara sagacidad de su hermana menor. Por algo la maestra de la escuela Amiga no protestó cuando, desde pequeña, Josefa la llevó consigo. Ahora que Juana Inés había cumplido siete años la miraba por primera vez. Ya no como una muñeca a quien coser vestidos, o alguien a quien cantar canciones a la hora de dormir, porque desde que su madre se mudó a Nepantla con el capitán, ella había adoptado la misión materna. Por nada en el mundo iba a permitir que sus hermanas sintieran el hueco que ella sufrió durante los días de enfermedad de su madre.

Curioso como ahora, aunque la madre viviera lejos, no la sentía así. Su rostro era vivaz, se reía a menudo y cuando comían todos juntos en las celebraciones, el capitán tenía muchas atenciones con ella. La llamaba Bellota cuando pedía el pan en la mesa o para avisar que saldría con el abuelo a hablar de negocios —lo cual a Josefa y a María les daba mucha risa—; pero su madre no se daba cuenta, estaba volcada con Inesita y ahora Antonia había nacido en ese hogar de mujeres.

—Estoy condenado a las mujeres —suspiraba el abuelo cuando se veía entre todas ellas.

Esperaba que algún hombre rompiera ese rosario.

Caminaron atrás de sus abuelos y de sus tíos Diego y Magdalena, y de Pedro Ramírez, su primo, que ya era un joven, por entre los fresnos cubiertos de heno hacia el pórtico de la iglesia. Allí, a la entrada, María podía ver a su madre, vestida de gris perla, cargando a la nueva hija que parecía un capullo de mariposa, toda blanca. Juana se desprendió y corrió para abrazar la falda de su madre. María la alcanzó junto con Josefa. Notó que Juana, en lugar de ver la carita rosada de su nueva hermana, que hacía gestos, hundía el rostro entre la tafeta aperlada de su madre. El capitán acarició la cabeza de Juana, que remolona lo evitó.

Era momento de ser la hermana mayor, y después de besar a su madre y saludar al capitán, tiró de Juana.

—Mira a la criatura. Le van a hacer lo mismo que a ti en este lugar. Unas gotas de agua en la cabeza.

Juana, intrigada, se desprendió por lo que su hermana sabía.

—Aquí te bautizaron —dijo María y la jaló al interior de la parroquia de San Vicente Ferrer, hasta el borde de la misma fuente. Observó el asombro de Juana y cómo miraba el agua cristalina del interior—. Es agua bendita —le explicó, metió un dedo a la fuente y la dejó escurrir sobre la cabeza de Juana—. Yo te nombro «Princesa de estos lares».

Juana la miró, sorprendida de que fuera tan fácil mudar los nombres.

Ella también metió su mano e hizo que María se inclinara para que pudiera rociarle la cabeza.

—Yo te nombro Izta. María Izta de los Volcanes.

Josefa se acercó; había advertido un juego que le intrigaba, pero ya las voces del coro comenzaban a entonar el «Ave María» y el cura, que cruzaba desde el altar, severo, las observó.

María tomó a Josefa con una mano y a Juana con la otra. Y así, ungida con un nombre nuevo, salió de la capilla para unirse al cortejo que acompañaba a su nueva hermana, a su madre y al capitán, segura de que con sus manos enlazadas a las de sus hermanas evitaba que el Asbaje de su sangre y la voz susurrada de su padre se perdieran para siempre.

UN POEMA ANTES DEL BAÑO

A Refugio Salazar no le sorprendió la noticia. Fue el sacristán quien tocó a la puerta de su casa el Domingo de Ramos para que, por orden del vicario de San Miguel en Amecameca, fray Gabriel de Neira, avisara a su alumna que la esperaban para premiar su trabajo. Fray Gabriel no tuvo duda de que si alguien escribía en aquel pueblo era porque asistía a la Amiga como seguramente lo hacía la que firmaba aquella loa al Santísimo Sacramento, rimada impecablemente, escrita con caligrafía minuciosa, mezclados el náhuatl y el español, que hablaba de los indios de esa tierra, de novillos y de una abuela española, con un solo tachón que se podía pasar por alto dada la juventud de quien firmaba: Juana Inés Ramírez de Santillana, siete años.

Refugio hizo pasar al sacristán; hacía frío en aquella conversación de puerta abierta, pero el muchacho insistió en que las actividades de aquel domingo no le permitían aceptar el chocolate que la viuda le ofrecía. Así que, en cuanto cerró la puerta, Refugio vertió el chocolate caliente en el tazón y se sentó al borde de la ventana de la cocina. Durante los domingos la casa no tenía ruidos, Casia descansaba o se iba a misa y a pasear, y tenía amigas en las casas vecinas y un muchacho chalco que la cortejaba y quien, temía Refugio, acabaría por dejarla preñada; entonces su renta menguaría y las donaciones de las familias adineradas, por su labor de enseñanza, serían insuficientes para la crianza del niño, y —quién quitaba— existía la posibilidad de que el muchacho se instalara para vivir con la familia inaugurada.

Refugio se santiguó apreciando la quietud y saboreó a tragos acanelados la feliz noticia. Conocía aquella loa; fue ella quien instó a sus alumnos a participar en el concurso para niños y jóvenes. Pasaron varias semanas desde que había atizado aquel fuego y sólo Juana Inés le había dado a revisar su trabajo con rima natural y dulce en octosílabos: «Eso que los indios hacen / para eso los de mi tierra / que lo hacen con bizarría / y no aquesta borrachera». Josefa fue quien lanzó a su hermana al ruedo al final de la clase.

—Mi hermana trae un poema para el concurso que usted dijo.

Juana Inés sacó de su cuadernillo aquella hoja doblada que la maestra recibió y leyó en su escritorio, mientras los ojos oscuros de las dos hermanas la contemplaban incisivos. Cuando Refugio desprendió la mirada de aquellas líneas releídas, Josefa se distraía con el alboroto de los pájaros carpinteros y los de pecho azul, y Juana Inés, en cambio, no la había dejado de observar. Refugio trató de aplacar la emoción de la voz; mesurada le explicó que era preciso corregir la escritura de dos o tres palabras, pero que la música del texto y su tersura eran asombrosas. Juana Inés sonrió discreta. Refugio le dijo que allí mismo reescribiera la loa y que si las chicas tenían tiempo la podían entregar juntas en la iglesia. Josefa salió del aula, mientras Refugio acercaba el manguillo y la tinta a su alumna y señalaba las palabras defectuosas. Un buen rato se quedó mirando aquella mano menuda que con esmero hundía la plumilla en el frasco de tinta oscura y delineaba sobre la hoja, copiando la versión anterior, haciendo las enmiendas y alterando de última hora algunas palabras. Refugio pensaba que observar aquello era como cuando un crío se pone de pie y anda sin la mano de la madre, como cuando un pájaro echa a volar;

que estaba siendo testigo de un manantial que brotaba en la superficie de la tierra. En el cielo de marzo un rayo irrumpió; Josefa entró apresurada: habría tormenta, tenían que volver. ¿Y si se quedaban en su casa?, propuso la maestra. Mandaría un chico a Panoayan para que avisara. Había sido una propuesta espontánea, un deseo de que aquel prodigio se prolongara, de saber cómo las palabras habían venido a aquella mente niña con tal música y tal soltura, y cómo podía tejer la lengua de la tierra, la de la casa y la del campo. Pensaba, también, que era bueno que el poema entrara hoy a la iglesia, antes de que venciera el plazo, para que quien lo leyera lo saboreara y volviera a él, y atrapada entre las mieles de aquellas imágenes sonoras supiera que estaba ante el parto de una poeta.

Juana Inés buscó la aprobación de su hermana, pero Josefa decidió que la maestra entregara el poema y que ellas volvieran porque no tenían la costumbre de dormir fuera de casa, salvo cuando se quedaban en Nepantla. La maestra tomó la loa y abrazó a Juana Inés.

—¿De dónde sacas las palabras?

—Las oigo y las veo —contestó Juana Inés.

—Se la pasa en la biblioteca del abuelo —agregó Josefa, entretenida con la rareza de su hermana.

—¿Y dónde la escribiste?

—Sobre la mesa del abuelo, con su tinta y su plumilla.

—Sólo a mí me lo dijo —intervino Josefa, que comenzaba a comprender que la maestra estaba gratamente sorprendida.

—¿Y lo leíste? —preguntó Refugio.

—Es largo y yo no entiendo de poemas, por eso se lo trajimos a usted —se defendió Josefa.

—Han hecho bien. Corran a casa y tengan cuidado de los rayos.

Cerró la puerta que el viento azotaba y observó a las chicas hasta que se perdieron por el lado opuesto. Olía a lluvia cercana, el cielo se iluminaba de improviso en aquella tarde de marzo que adelantaba las lluvias de verano. Echó a andar con el poema protegido bajo su capa, pensando en la espontánea gracia de los versos, y ahora, mientras acercaba el chocolate humeante a su boca, sentía el peso de la palabra *orgullo*.

Gozó esa noticia que todavía era sólo suya. Iría más tarde hasta Panoayan; no permitiría que nadie más hiciese saber a Juana Inés y a su familia que había ganado el concurso y que se requería su presencia el Sábado de Gloria, cuando se haría la ceremonia de premiación. Esa mañana se saltaría la misa, que Dios la perdonara; aunque, por lo pronto, tenía mucho que agradecerle, pues a pesar de no haberle dado hijos y de arrebatarle al marido, poseía las palabras para enseñarlas y ahora la revelación de un don en una de sus alumnas. Ella, Refugio Salazar, había enseñado las letras y los vocablos, y de todas las tierras infértiles o sosegadas en las que había desparramado la semilla, ese día era suya la dicha de que brotara un vergel. Aun si fuera lo único que escribiera Juana Inés, aun si ese poema fuera un rayo pasajero como los que esa noche la acompañaron a casa preocupada por la travesía de las niñas Ramírez en el bosque, se daba por bien servida.

No podía saltarse el baño porque era domingo y así lo acostumbraba. Casia había dejado el agua hervida en la tina para que, a jicarazos, lavara su cuerpo, poco mirado desde que el marido muriera y se llevara sus calores y sus deseos. Era curioso, pero la noticia le había inflamado el ánimo, y el gozo del agua resbalando en su piel cetrina era mayor y era celebratorio. El sonido del agua vertida que caía en la tinaja le prodigaba un deleite infantil. ¿O era acaso que las palabras de la niña poeta le devolvían la vida? Ese poema no existía y escribirlo era llenar un espacio vacío, era poblar un pedazo invisible. No lo había pensado nunca porque no había estado en el filo preciso donde algo se produce. La loa sería leída en público y los escuchas tendrían nuevos acomodos de palabras que no poseían antes y todo porque una niña se había sentado a construir imágenes y emociones desde su sabiduría menuda y asombrosa.

Si hubiera tenido un hijo —pensaba mientras se restregaba el vientre que nunca había crecido como el de otras mujeres— le habría leído los versos de los libros, los rezos, los salmos, para que su alma se llenara del poder de las palabras. Habría construido tal vez un cura o un obispo que cautivase con la verdad de sus sentencias, con la belleza de las verdades divinas, o un licenciado que litigase con las palabras para convencer a los jueces de su verdad, o un gobernante que trajera consuelo por las cosechas perdidas y que prometiese puentes y sanatorios y un futuro de grandeza y bienestar. O un hombre que con palabras se explicase el mundo, los planetas y las estrellas en el cielo, el crecimiento de las plantas, las dolencias del cuerpo. Porque un poeta no era cosa corriente, y menos en una mujer tan niña, tan de campo, tan lejos de las universidades y de la capital.

Una vez vestida y protegida con la capa de paño de aquel clima cambiante de primavera, caminó a la casa de mulas para que la llevaran a casa de los Ramírez, en Panoayan. Confiaba en encontrarlos y sorprenderlos. Además, ella misma quería ver cómo era la biblioteca de don Pedro Ramírez, que tanto bien hacía a la pequeña poeta. Pero el mulero estaba dormido sobre los sacos de trigo en el tejabán y tuvo que acercarse mucho y soportar su olor a pulque rancio mientras lo zarandeaba para que despertara. Y aunque dudó de la solvencia física de Pancrasio, no tuvo más remedio que ponerse en sus manos en el camino. Un poema como el de Juana Inés bien valía el riesgo.

LA VOLUNTAD DE PEDRO RAMÍREZ

Estar alrededor de aquella mesa, rodeada de sus hermanos y sobrinos, le producía a María Mata gran desasosiego. Podría jurar que el aire del campo ya no le venía bien y que, a pesar de haber vivido en Panoayan, su cuerpo padecía el polen de los nogales, el ondular de las espigas, la bosta de las vacas. El negro Jacinto virtió el agua de limón en su vaso y María lo apuró, pero no fue suficiente para quitarle el mareo que tal vez le venía de aquel largo trayecto desde la capital. Observó la cara de su hermana Isabel, que ya la miraba asustada porque se había desplomado de lado sobre la silla vacía, justo en el momento en que la pequeña Juana Inés se había levantado para ayudar con el cesto de pan que no estaba en la mesa.

—Eso de viajar sola no te va bien —le dijo Isabel a su hermana con una sonrisa cuando la vio abrir los ojos y entrar en color.

La mirada de María vagó entre las vigas del techo del comedor y las palabras de su hermana. Notó que las manos de Isabel desataban la falda un tanto ceñida en la cintura. Se sabía que esas acciones ayudaban, aunque no se supiera la razón del vahído súbito, del trastorno de la vertical. Tal vez Isabel tenía razón; no acostumbraba venir sola a Panoayan. El trayecto desde Santa Anita a Chalco por agua era lento, largo y húmedo, y en Chalco era preciso abordar la diligencia hasta Amecameca y, apeándose en la ciudad, ir en mula o a pie hasta Panoayan. Por otro lado, desde que se casó y emigró a la capital no había hecho el viaje a solas. Aunque cuando se incorporó, ayudada por las sales de enhebro que alguna de sus hermanas o cuñadas le acercó a la nariz, y vio a su madre impávida, ajena a lo que ocurría del otro lado de la mesa, comprendió que era la falta de su padre, el gran hueco que había dejado Pedro Ramírez, lo que la había violentado así, adelantando las respuestas de su cuerpo a los pesares del pensamiento. Beatriz Ramírez salió del ensimismamiento preguntando a diestra y siniestra qué pasaba. Y cuando se le puso al tanto, le dijo a María que tal vez era una locura venir de tan lejos habiendo dejado a los críos y sin el cuidado de su yerno, a quien tanto estimaba. María se ofendió con los comentarios de su madre. Juan era su yerno favorito, pero tal vez no sólo era su yerno favorito, sino que su presencia resultaba más grata que la de ella misma. Juan era afable, conversador versado; el comercio de los vinos lo había colocado en muy buen lugar. Sabía lo que pasaba entre virreyes y nobles porque estaba convidado a las tertulias de palacio. Su madre gozaba el cotilleo de aquel mundo ajeno, el de los palacios y las plazas, de obispos y de grandes mercados, de vestimentas vaporosas y de damas empolvadas.

—Pues no ha venido, madre, pero yo sí —dijo María, ya compuesta, y de nuevo bebiendo limonada que Jacinto dócilmente insistía en verter—. Y vengo por cuestiones que mi marido y yo hemos discutido y que quiero exponer aquí a mis hermanos todos y al capitán Diego Ruiz Lozano.

De inmediato, el capitán hizo callar a los pequeños de los hermanos Ramírez que cuando se reunían formaban una prole extensa. María, la negra, salió de la cocina con el puchero para servir a los invitados, pero Isabel, que vivía allí, pues había recibido Panoayan como herencia de su padre, como dueña y señora, indicó que aguardara. María esperó a que la negra reculara con el perol y dijo a su madre que Juan y ella querían invitarla a vivir con ellos en la capital. Que no les parecía que estuviera sola en esa gran casa, con los fríos y las lluvias, y que al fin Isabel y Diego ya se encargaban de la crianza y la cosecha. Que sus nietos apreciarían mucho su presencia. María, que tanto tiempo llevaba lejos de Panoayan, había emulado la cordura y las acciones de Pedro Ramírez. «De quedarse sola Beatriz, acogedla y dadle una vida tranquila y amorosa», habría dado por sentado su padre. María había hecho suya esa misión inexistente. Tal vez porque haberse mudado a la ciudad le hacía culpable de la distancia que ahora, a falta del patriarca Ramírez, debía subsanar con la presencia de su marido.

Hijos y nietos miraron a Beatriz, que pellizcaba la miga del pan y la moldeaba entre sus manos huesudas. Por fin, Diego, que sintió su deber de yerno no oficial ultrajado, indicó:

—Pero ésta es su casa, doña Beatriz. Isabel y yo no tenemos intención de que se vaya, pero si los climas de la capital y la vista de sus nietos Mata la alegran, todos estaremos de acuerdo con su bienestar.

María miró severa al capitán. Así como le había alegrado que acompañara a su hermana, le parecía que usurpaba el cargo de su padre, con elegancia, pero resobándolo a los demás. Era increíble que su hermano Diego —para colmo, con el mismo nombre que el capitán—, desde que se había asentado en Nepantla con Magdalena Cortés, pagando el arriendo de la finca con dificultades, no emitiera palabra alguna para proteger a su madre. María conocía el tamaño de su carácter, pero fantaseaba con saberlo algún día protector como su padre o como su marido.

La negra María volvió a aparecer con el perol y esta vez no esperó instrucciones; conocía los horarios alimenticios de su patrona y cómo le crispaba contravenir las órdenes del estómago, así que sirvió en el plato a la señora Beatriz, que ya metía la cuchara.

—Piénsalo, mamá.

Beatriz la miró y, después de dos cucharadas de aquel caldo de carnes y papas que la reconfortaba, contestó con un vago «Ya veremos, ya veremos».

María no dijo más, y el comedor se fue llenando del ruido de cucharas y masticaciones y risas de los niños que correteaban cerca de sus madres, inquietos, de pie sobre las bancas. Juana Inés le dijo por lo bajo a su tía que la abuela ya no era la misma. María volteó a ver a su sobrina como si en aquellas palabras hubiera un eco de Pedro Ramírez, no el que ella se había impuesto, sino una calca niña.

—Pero no se irá —prosiguió Juana Inés.

María no respondió porque la aseveración de su sobrina la intrigó; parecía más sabia de lo que a su edad correspondía. No en vano había ganado un concurso en Amecameca.

—Te gustan los libros, ¿verdad?

Juana Inés asintió. Las bandejas con chorizos y manteca para aplicarla al pan recién horneado, y la que llevaba los trozos de queso fresco, pasaron de mano en mano. María miró la mano de Juana estirarse hacia el queso y luego retirarse bruscamente, como prevenida de algo.

—¿No te gusta el queso?

—Sí, pero no —contestó Juana Inés.

—Pero si es de ovejas de la hacienda; nada así se consigue en la capital.

Sin tomar un trozo, Juana Inés pasó aquel plato a sus primos que se abalanzaron hacia aquellos terrones blancos, frescos y olorosos. María notó el esfuerzo de la chiquilla por no lanzarse a ellos.

—¿Te han hecho daño alguna vez?

—No son buenos para pensar, tía —contestó Juana Inés, para el asombro de María.

Después de comer, las mujeres se fueron a sentar al pórtico frente a la capilla, porque la tarde era buena y era un placer contemplarla con su limpidez azul. Los hombres, animados por Diego, se alejaron hacia el herradero. María miró a su cuñado, que realmente no lo era porque no se había casado con su hermana, tal vez porque Isabel no tenía dote sino tres hijas de un hombre anterior, aunque sí unas tierras por las cuales había que devengar doscientos pesos, pero en cambio algunos esclavos y cabezas de ganado y maíz. Eso era bueno, pero demasiado tarde para que fuera dote. Diego vivía allí ya como señor de Isabel, y había que reconocerlo, pensó María al mirar a su hermana de natural alegría y no apta para valérselas sola; se le veía contenta. Se necesitaba suerte o encanto para que, aun teniendo hijos anteriores, un hombre desease encargarse de ellos y de la nueva prole; sabía que la deuda de su padre con el capitán había sido perdonada una vez que Isabel y él ocuparon la misma habitación. Acaso era porque su hermana sabía entretener a un hombre en la cama de manera que no se quedara sola. No era su caso, pensó María.

Había tenido la suerte de que Juan Mata se fijara en ella en las fiestas de Amecameca y que, gustándole la joven por empeñosa, consistente y sensata, la llevase a la capital, donde Juan vivía, para que le diera hijos, un hogar a la usanza española, que era la única que conocía, y una serenidad para su vida ajetreada por asuntos de embarques, aduanas, oficialías, mercedes y privilegios. María fue el antídoto para curarse de amores con la india de Amecameca; por ello había vuelto a las fiestas, sin saber que María le daría la opción de no tener que aprender otra lengua ni otras costumbres. La india, la india… se le había clavado en el corazón. Se lo contó a María una noche después del vino bebido, atribulado en insomnios, sudando. Le contó y él agradeció haberlo salvado de un mundo de nahuales, de hierbas palmeándole el cuerpo, de ritos lunares, de dioses oscuros a los que era preciso ofrendar el hígado. Y mientras María lo consolaba como a un niño con pesadillas, sus palabras la llenaban de rasguños. Abrazarlo, apretarlo contra el lino blanco de su camisón, en tanto la ciudad se desperezaba en pregones que llegaban hasta la ventana de la habitación, fue rubricar su condición de salvadora. Hubiera querido que Juan buscara ansioso sus pechos bajo la finura de la tela, que los mordisqueara sediento de placeres y arropo, y le devolviera su condición de amante. No lo sería nunca ya. María cumplía con la serenidad, mientras la india lo hacía soñar. Con aquella ríspida certeza vivía María al lado de Juan; por ello las visitas a sus padres habían sido poco frecuentes, por ello había insistido en venir sola y también —y no sólo por cumplir con lo que imaginaba la voluntad de su padre— había venido por su madre. Para que se acabaran las razones de estar en Amecameca, para que el resto de la familia, si quería, la visitara en la ciudad donde tenía una habitación para ello. No más Amecameca, no más la fantasmal presencia de una piel oscura llamando a su marido en dulce náhuatl, doblegándolo, rindiéndolo a sus pies, ebrio de amores. Isabel le dijo que cuando quisiera llevarse a una de las negras, María o Catalina, para la ciudad, que no dudara, que tan suyas eran como de ella. O había indias en Amecameca, dijo, que eran diestras en la sazón y se les podía enseñar guisos españoles que luego combinaban de muy buena manera con los chiles y los frutos de la región.

—No —dijo brusca María—. No necesito nada.

Y echó a andar rumbo a la capilla, para buscar la cordura que había estado obligada a cargar. Cómo le hubiera gustado zarandear entonces a su marido, decirle que ella no salvaba a nadie, que se hubiera ido con la india, que le hubiera aguantado sus pesadillas de vino pero que ella no era ningún paño de lágrimas, maldito Mata, que no creyera que por su dinero y sus roces sociales la tenía con él. Le hubiera cerrado las piernas para siempre cuando llegaba meloso y travieso para que no intentara poseerla como poseyó a la india; ya nada era igual después de aquella confesión. Maldita cordura; le hubiese encajado la peineta que se acababa de quitar. Entró a la capilla ofuscada por tanta violencia como se le había agolpado de pronto. Se hincó frente a san Miguel y hundió la cabeza en las manos rezando de prisa, muy de prisa. Los ruidos contiguos la distrajeron; alguien podía notar su tribulación. Por la puerta entreabierta la descubrió: Juana Inés, sentada en el escritorio de don Pedro, soltaba tinta en un papel. Y como recompuesta de su desatino, supo lo que correspondía hacer.

A lo mejor lo había presentido desde el velorio hacía tres años en aquella capilla, pero no le había sido del todo claro, cuando cada uno, después de los rezos frente al ataúd abierto de Pedro Ramírez, pasó a dejarle flores y a besarlo, y Beatriz se abrazó a los pies de la caja, como sin vida, y Juana Inés estuvo allí frente al rostro, como si le dijera algo, como si le prometiera algo, como si algo se trajeran entre manos. Y sin llorar había vuelto a su lugar.

Se acercó despacio hacia la niña, y cuando ésta reparó en la presencia de su tía, la miró mortificada, como si hubiese sido descubierta en algo indebido.

—Juana Inés —se plantó María frente a ella—, ¿quieres venirte a vivir con nosotros a la capital?

SANGRE DE MI SANGRE

Cuando llegó Refugio Salazar a la casa de Diligencias de Amecameca, nerviosa porque no estaba muy segura de la hora en que llegaría Juana Inés y quería tener tiempo de disfrutar lo que le quedaba de su compañía, también aguardaban Isabel y el capitán Diego Ruiz Lozano. Le pareció extraño al principio que la niña no viniera acompañada de su madre, pero —le explicó atento el capitán, parsimonioso porque así era y estaba acostumbrado a tener todo en orden— se habían adelantado para arreglar el traslado de Juana Inés hasta el embarcadero de Chalco. Había pedido a un cercano amigo suyo, el contador Cabrera, que le hiciera compañía en el trayecto y que viajara ese día a la Ciudad de México.

—Lo hacía a menudo, de cualquier manera —explicó el capitán a Refugio.

Esta vez le había pedido que le diera la fecha de su próximo viaje para hacerlo coincidir con Juana Inés. Se lo dijo mientras miraba hacia la puerta de la estación porque ni Hermilo Cabrera ni Juana Inés ni sus hermanas aparecían. Isabel estaba pálida, como si no estuviera preparada para este acontecimiento, como si algún susto se recogiera en su cuerpo y no se atreviera a expresarlo ante el capitán. Refugio extendió una mano hacia el hombro de la mujer con ánimo de consolarla.

—Todo estará muy bien —dijo—. La chica es muy inteligente.

—Pero la ciudad… —pronunció Isabel.

—Hará suya la ciudad —insistió Refugio, pero la madre ya no la oyó porque al momento de ver entrar a las chicas corrió jubilosa hacia ellas.

La sangre llamaba. Así eran las familias, el latido del corazón se prolongaba de uno en otro. Sangre de mi sangre, se repitió Refugio ante la escena de abrazos. El capitán, en cambio, permaneció impávido, sin atender la escena de cariño intercambiado y visiblemente alterado por la demora de su amigo.

—Espero que no le haya pasado nada —se disculpó con Refugio.

—Los tíos de Juana Inés estarán esperando en la ciudad —dijo para aplacar al capitán ante la posibilidad de que el viajante no se presentara.

—Supongo, supongo —repitió irritado el capitán. Refugio no tuvo que ir hacia su alumna porque Juana Inés ya corría hacia ella. Parecía sorprendida de que allí estuviera Refugio para despedirla.

—¿Ha venido?

—¿Cómo no desear lo mejor a mi alumna más brillante? —dijo Refugio con voz suave, para no herir la susceptibilidad de las otras hermanas que permanecían al lado de su madre, entretenidas en la colocación del baúl en la carreta.

Con tanto atender la llegada de las chicas y la expectación del que no se presentaba, Refugio no había reparado en que la diligencia ya estaba allí. Como vio que la madre no acertaba a moverse del lado de sus dos hijas y que miraba hacia Juana Inés como si ya fuera una cosa lejana, insistió a la niña que fuera con su madre mientras ella observaba la comodidad de los asientos. A Refugio le gustaba el orden y la limpieza; no iba a tolerar que se subiera la niña a un muladar. En el trayecto la gente comía y arrojaba sobrantes al piso. Pero la diligencia estaba limpia. Los asientos de piel parecían garantizar un viaje cómodo. No sabía a qué obedecía su impulso, pero Refugio se sentó y observó por la ventana. Sintió la fricción del movimiento, la expectación del viaje. Justo como cuando ella había ido a la capital para alcanzar a su marido que participaba en las fiestas de recibimiento del Marqués de Villena. O como cuando viajó a Puebla para la boda de su hermana, o a Perote, donde su marido era visitador del hospicio que tanta buena fama tenía entonces por esmero del alcalde. Nada más de sentir el movimiento impuesto por el trote del caballo y el paisaje con su verdor exhibirse por la ventana, la exaltación la tomó. Alguna vez llegó a pensar que la sensación de ser tomada por el viaje era como la que experimentaba cuando su esposo buscaba su cuerpo bajo el camisón. Uno y otro la cubrían de caricias y placeres, de incertidumbre. Y esa sed de aventura relegada en las repisas de la memoria le volvía de golpe allí sentada. Por la ventana observó al hombre que se acercaba al grupo y la reprimenda y el alivio en los gestos de Diego Ruiz Lozano. Isabel parecía haberse relajado y retenía la mano de Juana Inés entre las suyas. En verdad era pequeña, la criatura. Ocho años y ya se iba a la ciudad. De ser ella madre la hubiera llevado atravesando el lago y hasta la casa donde iba a vivir su nueva vida de citadina. ¿Cómo no le habían encargado a ella el acompañamiento? Lo hubiese hecho gustosa para ver con los ojos de Juana Inés el mundo que se abría inesperado para sembrar ese campo curioso que eran su cabeza y su sensibilidad. Sentir la anchura del lago en el embarcadero de Chalco, temer al agua cuando nunca se ha viajado en canoa, descubrir que se está tan cerca de ella, que el agua es un cristal apacible y extendido, que en los juncos de la orilla las aves gorjean mientras los viajeros se desprenden de la tierra, y aunque no son peces, ni patos, ni esos insectos patones, van sobre el agua como si nada y se deslizan sin hundirse, sin mojarse; descubrir que los remos entran y echan el agua hacia atrás y eso provoca el avance de la embarcación; reconocer la sabiduría del hombre que descubrió que un tronco hueco puede desafiar al líquido sin que se lo trague a uno; abandonarse a las seis horas de suave deslizar, protegidos los cuerpos del viento helado por las mantas, por el atole caliente que una mujer expende a jicarazos rellenando recipientes de barro, ollas que entibian las manos; adormecerse con la suavidad del agua y la vista de las orillas y los poblados y las canoas que cruzan en el sentido inverso y las que vienen detrás y van por delante con viajantes y bultos; detenerse en Santa Catarina para evacuar el cuerpo, para comer tamales de mosco de agua, tortas de huevo con peces, camarón seco, y dar un trago al pulque si se precisa; escuchar a los indios hablar su lengua musical y musitada; reconocer y desconocer, atisbar la ciudad difuminada a lo lejos y avanzar hacia su precisión, la torre de la catedral visible como un cerro, y lo único permanente: los volcanes al oriente que se enrojecen con la tarde y afirman que no se ha ido uno del todo del lugar de donde se vino; penetrar a la ciudad por una acequia, sintiendo la cercanía de casas y personas; llegar al muelle y pasmarse con los ruidos de vendedores y de músicos, de aguadores y cargadores que esperan al viajero para ganarse la vida; pisar la tierra y descubrir que se está a unos pasos del corazón de la ciudad, de la Plaza Mayor donde virreyes y nobles, obispos, curas, monjas, licenciados y comerciantes rodean el núcleo sagrado santo y oficial que también fuera el centro de la ciudad azteca. Desembarcar en el centro mismo de la ciudad de los lagos, olvidarse de mirar atrás porque todo lo que uno espera está adelante, hacia donde los pasos lo llevan. Uno más, otro más, entre los cientos de viajes diarios.

El relincho de los caballos la alertó. Ya los traían recién comidos para atarlos al vehículo. Los miró asombrada de que aquellos alazanes oscuros fuesen los responsables de cambiar un destino. Ellos tan ajenos, aún rumiando la paja que se asomaba atravesada en su hocico. Lejanos de la tarea que los acometía esa mañana. Nada más y nada menos que ofrecer a una niña un pastel distinto de la vida. El capitán tocó a la ventanilla cuando descubrió a la maestra metida en la diligencia. Refugio salió ofuscada por haberse instalado tanto tiempo en los sillones y en sus pensamientos. El capitán le ofreció la mano y todos la miraron bajar. Hermilo Cabrera se presentó y añadió con simpatía:

—De haber sabido que usted gusta del viaje, me hubiera ahorrado el discurso de un padre nervioso.

Refugio se ruborizó.

—Ya habrá oportunidad de que lo haga —añadió Diego Ruiz Lozano—. Isabel no irá sola a ver a su hija; usted dirá entonces, señora Salazar.

Ya el cochero llamaba a apearse y Refugio había sido asaltada por una juventud a destiempo. Hermilo Cabrera, su deseo de viaje descubierto, la posibilidad de un futuro. Futuro. Juana Inés iba dejando un camino para que ella, so pretexto de acompañar a algún familiar, la siguiera algún día. Juana Inés inauguraba un futuro distinto. Refugio todo eso pensaba mientras daba la mano al capitán que la ayudaba a descender y luego extendía una mano para saludar al contador de baja estatura pero vivaces ojos. Ya Juana Inés abrazaba a sus dos hermanas al tiempo y formaban un ramillete apretado. Josefa lloraba, María se rascaba los ojos ahuyentando las lágrimas que las primogénitas no deben verter. Isabel se hincó para estar a la altura de su hija, se quitó la pañoleta que llevaba amarrada en el cuello y la ató a la cabeza de la niña. Temía el viento de la laguna, le dijo a Refugio a manera de disculpa cuando la diligencia salió del cobertizo y se enfiló por el camino. Diego, en un gesto desusado, alzó a la chiquilla cuando notaba que la madre comenzaba a resquebrajarse y la colocó en la puerta de la carreta mientras Isabel se quedaba allí hincada, inmóvil. «Sangre de mi sangre», pensó Refugio conteniendo un sollozo inesperado. Así como ella inauguraba el futuro con la gentil despedida de Hermilo Cabrera, Isabel sellaba el tiempo pasado en las haciendas de Panoayan y Nepantla con su hija Juana Inés.

—Haga favor de cuidarla bien. Es una chica inquieta —dijo al hombre, atribuyéndose encargos que no le correspondían.

—Descuide, que la pasaremos muy bien —contestó esperando la respuesta de la niña, pero la chica miraba con asombro a Refugio, pues había sentido los meneos del caballo y no había dado un beso a su maestra.

Extendió su mano como despedida; entonces Jacinto gritó porque entre las emociones del momento el baúl reposaba en la banca. La diligencia se detuvo; Jacinto trepó el baúl a la parte trasera mientras el cochero, un tlaxcalteca enfurruñado, decía improperios por lo bajo en la lengua que Jacinto sí podía distinguir.

—Aquí va la señorita, cuidado —advirtió.

Refugio alcanzó la mano de Juana Inés por la ventanilla y sus labios alcanzaron a esbozar un consejo: «Escribe». Jacinto levantó la mano y gritó: «Adiós, Juana Inés», y con su grito todos corearon un adiós de manos levantadas. Sólo Refugio siguió dibujando con los labios la última palabra para su alumna:

—Escribe, escribe, escribe… —hasta que la carroza dio la vuelta al camino y se perdió rumbo a Tenango.

II

La favorita de la virreina

LOS LOBOS

Diciembre 17 de 1694
Convento de San Jerónimo

María Luisa, divina Lysi, leal amiga:

¿Es posible que me haya tomado un mes retomar el cálamo y proseguir con las palabras que a ti te dirijo y que por tan escasas, pareciera ingratitud de mi parte? Nada hay de ello y quiero que para estas navidades mis palabras te encuentren con bien, con salud y con regocijo por la próximidad de la publicación que tenemos entre manos. Como ves el tono con que te escribo es más animado ahora pues he leído con deleite los poemas que sor Feliciana de Milâo y sor María de Céu me han enviado desde la Casa del Placer en Portugal. Qué inteligencia y qué luminosa dificultad la de sus versos. Espero que ellas encuentren deleite en las redondillas que les he enviado para que descifren sus entretelas. Como puedes ver, María Luisa, aquí en el papel, en las lides de los retos y acertijos de palabras me encuentro a mis anchas, respiro; lo que no me es dado hacer con libertad en el cuarto vacío, desprovisto de los libros que lentamente fui acumulando. Es este despojo tan grande que me es preciso referirlo, perdonarás que le dedique las líneas que debieran estar destinadas a la empresa que nos preocupa.

Comprenderás que para quien ha vivido sumergida entre los lomos de los libros y las líneas de los impresos, perderlos es quedarse en un encierro de ausencia. A veces me siento hermanada con las mujeres de Barcia. No sé si te conté lo que ocurrió a una de las religiosas de este convento que al visitar a su madre, encerrada desde tiempo atrás por adúltera, se encontró con un mundo de agresiones, abusos, reclamos, locura y despropósito. Mujeres sin esperanza. Volvió desgajada, contó algunas cosas, me recriminó no haberle advertido del infierno con el que se encontraría, pues yo participé de las diligencias para que se le diera el permiso de acudir. La verdad es que desconocía la dimensión del propósito del jesuita. Aunque tengo aún acceso a las noticias del mundo, y entonces más, desconocía el estado extremo en que aquel religioso, apoyado por el lobo mayor, el arzobispo, tenía a las mujeres. Esta desnudez de los muros, este silencio impuesto por los libros que no existen ha sido provocado por Aguiar y Seijas que nos odia a las mujeres. No lo dice así con las cuatro letras del verbo y porque el odio no es propio de un buen católico que debe poner la otra mejilla cuando ha sido injuriado. Pero la verdad es que tal desprecio nos tiene que no nos puede mirar a los ojos, que ha aceptado que el desquiciado Barcia encierre en Belén a cuanta mujer hace daño con su existencia. El arzobispo es enemigo del teatro, ha clausurado las salas de teatro y no permite los bailes que considera pecaminosos, y a las religiosas que escribimos obras, comedias o tragedias si es el caso, nos tiene repulsión. Si por él fuera nos tendría como a las mujeres de Belén, pero no es un loco como Barcia, que cree en la redención del género. Nuestro rostro de hembras le da tal temor, le inflige tan poco respeto y le parece tan cercano al diablo que nos ignora a todas, hasta a la madre superiora que no comenta nada por honor a su puesto. Este lobo mayor hizo que sor Filotea naciera como un disfraz del tercer lobo, el menos ofensivo en apariencia y el que comenzó los estragos que ahora me tienen desatendida de libros, pero no de tinta y de papel ni de palabras y de complicidades como la tuya, María Luisa, y la de las monjas portuguesas. Debo decirte, por cierto, que el poema que acompaña el libro y que me has hecho llegar para mis enmiendas es de una factura sorprendente y que tu modestia es infinita cuando sólo incluyes uno, en lugar de tener el mismo espacio que a mí me ha sido concedido.

¿Ves cómo me gana el placer del texto?, menos mal que se filtra impositivo y quita espacio al desvelo que me ha provocado el disfraz de quien se decía mi amigo, Manuel Fernández de Santa Cruz. Reprenderme públicamente es imperdonable, y hacerlo desde una hermana, una mujer religiosa, es vil por cuánto envilece nuestra condición. Pretendiendo ser una igual, nos ha denigrado creyendo que una mujer señalaría a otra que se ha salido de su cauce, sus deberes de esposa. Claro, hacerlo desde la voz de hombre y de autoridad eclesiástica ofendería la pretendida libertad de sus ideas. Recordarás cómo él gozaba de nuestras tertulias, de la lectura de textos, de la representación de las obras, cómo reconocía mi talento y no ponía reparos en que siendo monja dedicara tiempo a los poemas de ocasión y a las conversaciones sobre ciencia y otros temas. Apoyó mi gusto por saber de cometas como el propio padre Kino lo había hecho polemizando con mi amigo Sigüenza. Puedo imaginar su discurso si volviera a presentarse en el locutorio de San Jerónimo en estos tiempos. «¿Te acuerdas que le diste la razón a Eusebio Kino porque era amigo de la duquesa de Aveiro que era parienta de la virreina María Luisa? Pues yo me he visto en la misma situación, debo complacer a mi superior el arzobispo.» «No es lo mismo, Manuel, que yo no acusé de desacato a nadie, ni de vanidad, sólo di argumentos para inclinarme hacia una u otra teoría. Sí, algo había de complacencia, ¿quién es inmune a ello? Yo mejor que nadie lo puedo entender. Pero las formas importan, las lealtades íntimas también y tú fuiste cobarde. Te llamaste Filotea, aunque debo agradecerte que me permitiste responder y aclarar mi posición en el mundo. Si me han de excomulgar o quemar en la hoguera tú serás responsable, pero quedará esa carta a sor Filotea, para que la sinceridad de mi corazón sirva y dé luz a quienes sean reprendidos y silenciados injustamente.» María Luisa, habrás de perdonar estos devaneos pero mi ira con el lobo más cobarde no ha sido ventilada con todas sus palabras, a Manuel no lo he vuelto a ver ni lo veré. Sé que le enviaste el segundo tomo de mis obras y te lo agradezco, ese gesto presagia nuestra última estocada en este juego de autoridades, la de la permanencia de las palabras. Por ello, mi agradecimiento infinito al progreso de tus gestiones, al tejido que has logrado entre las monjas portuguesas y mi persona. Ya la tierra lusitana y el prodigio de su lengua, ya las saudades y el mar que baña ese país me han cincelado el corazón.

Bienaventurada tu idea y tu compañía. Desde el encierro de las paredes desnudas de mi celda, te honro y te lleno de afectuosas reverencias.

Tuya,

Juana Inés

EN CASA DE LOS MATA

A Isabel, la pequeña Mata, no le parecía bien compartir la habitación con su prima Juana Inés, que no sólo era mayor, sino que tenía la costumbre de quedarse leyendo hasta muy tarde sentada en la escribanía. Le molestaba ese parpadeo de la vela y ser la única con habitación propia sólo por haber nacido la última de su familia. Acaso ella había escogido que su prima viviera con ellos. Acaso ella había pedido que alguien estuviera en vela como un fantasma durante la noche. A veces despertaba atribulada y la contemplaba desde la cama: su cara blanca fulgía nacarada bajo el pabilo; el pelo oscuro atado a la nuca definía el rostro ovalado de su prima mayor. Isabel Mata ponía sus manos juntas y rezaba porque no sabía si era su prima la que estaba allí sentada con la bata de noche blanca o un espectro antiguo. Trini decía que en esa casa había vivido una señorita que por enamorarse de un indio y escaparse una noche por la ventana, colgándose de las sábanas amarradas, había caído hasta la calle y al amanecer sus padres descubrieron el cuerpo de la hija muerta rodeada de flores y un hombre arrodillado, con guaraches y traje de manta, que le lloraba. Trini contaba que lo azotaron en el ayuntamiento con un látigo hasta dejarlo medio muerto. Como era del barrio de indios allí lo fueron a tirar, para escarmentar a quienes se metían con las hijas de los españoles. Con las niñas blancas.

—Por eso, criatura, yo no me ando fijando en los señoritos de capa y espada. Por la Tonantzin que no iba yo a tener fingimientos con las lisonjas de ajenos, tan apuestos y pellizcadores, ni con sus hermanos que me chulean los ojos y mi piel oscura.

María no entendía tanta explicación que le daba Trini ni podía imaginar a sus hermanos persiguiéndola por el patio ni en la cocina para arrellanarse con ella, para restregarla, como decía Trini, persignándose y sacando su ojo de tigre y acercándolo de paso a Isabel para que los malos espíritus se fueran todos. Isabel recordaba los lamentos del indio, porque Trini los repetía dolida, como si ella fuera la que, hincada junto a la novia muerta, sufriera su cuerpo descoyuntado, su sangre desparramada.

—Un lago, niña, un lago rojo oscuro y el indio queriendo ser el muerto porque no hay peor cosa que les pase algo a los más cercanos. Yo me quisiera morir. Huitzilopoxtli, toma mi corazón.

Isabel Mata veía al indio llevarse las manos al corazón, al tiempo que Trini lo hacía.

—Sácalo, llévatelo, pero no me dejes sin ella.

Trini volvía a la historia en las lluvias del verano que cimbraban los techos, cuando los rayos aluzaban el patio y develaban sombras y siluetas que no parecían las macetas ni las columnas del alero, sino animales y nahuales y hombres y nauyacas. De pronto Trini se quedaba callada y decía:

—Oye, criatura, oye; allí está el indio.

Y María, como Trini, confundía la voluntad del viento con el dolor del hombre. Se quedaban mudas, abrazadas la una a la otra junto al hogar de la cocina. Los padres de María regresaban tarde de convivios y festejos. María se levantaba sobresaltada después de haberse quedado dormida en el regazo de la nana. Pensaba que era el indio que venía de nuevo por su novia para tener hijos moreno claro, como decía Trini que salían los mestizos.

—Como noches de luna —explicaba, y la cara de la india con su blusa verde manzana se dulcificaba.

Para apaciguar la tragedia visitada le gustaba sospechar la felicidad de los amantes.

Ya se habían acostumbrado a aquella escena de la niña y la nana dormidas en la cocina frente al hogar. Isabel sentía la mano de su madre alcanzar la suya y luego los brazos de su padre que la cargaban y la subían por las escaleras hasta su habitación. La depositaban en la cama y la madre la cubría con las cobijas. Lo hacían en silencio, procurando no despertar a Juana Inés si es que ya estaba dormida. Las más de las veces la vela parpadeaba y María se refugiaba en los brazos de su padre como si la llama la hiriera y podía escuchar las palabras de sus padres sorprendidos de ver a Juana Inés tomando notas, sin fatiga.

—A descansar —decía su padre—, que es preciso que el cuerpo se sosiegue para que las ideas se queden.

Pero ni su madre ni él pensaban en el sueño de Isabel, en el miedo de Isabel, en la novia muerta cayendo desde esa misma ventana frente a la cual Juana Inés escribía e Isabel veía su cara reflejada. Dos veces el fantasma. ¿Y si Juana Inés era la novia que había vuelto convertida en prima? Trini decía que los muertos no descansaban, por eso había que hacerles comida el día de los difuntos. Que había que contentarlos con lo que más les gustara en vida para que se acabaran de despedir. Isabel apretó su mano al corazón agitado y la quitó enseguida recordando la petición del indio y aquello que Isabel le había dicho que hacían los antiguos mexicanos: ofrecían el corazón vivo para alegrar a los dioses. Su Dios no pedía el corazón.

—Santa María, madre de Dios.

Juana Inés la miró extrañada, Isabel se persignó.

—¿Eres la novia? —le preguntó.

Juana Inés seguía mirándola con el ceño fruncido; sus cejas oscuras se juntaban y la hacían más temible.

—¿Qué te gustaba en vida? —Isabel se atrevió a preguntarle apenas asomando la nariz y los ojos por el embozo de la cama.

—¿Qué dices? —escuchó la voz de la novia.

—Tu vestido favorito, tu cepillo del pelo, tu muñeca, tu pulsera —enumeró Isabel, intentando descifrar los objetos que pondría en el altar de Trini.

—Isabel, ¿estás bien? —caminó Juana Inés hacia ella.

Parecía que venía de un lugar distante; Isabel no podía reconocer que los libros podían ser ese lugar. Juana Inés debió pensar que era un juego y siguió la corriente a la niña porque dijo que el vestido rojo era su favorito. Y María se incorporó confirmando que sus sospechas eran ciertas y que podía encontrar la manera de acabar con su miedo.

—Mi pulsera de zafiros, la que me dio mi abuela, ni *La Eneida* de Virgilio, ni la *Metamorfosis* de Ovidio…

Isabel empezó a dudar. No sospechaba que la novia muerta hubiese leído un libro, porque salvo su padre y sus hermanos no conocía persona mujer que se metiese entre las letras como lo hacía Juana Inés, la que había venido en canoa desde los volcanes, cuando ella, Isabel Mata Ramírez, era una recién nacida.

—No eres la novia muerta —le dijo decepcionada. Juana Inés se sentó a su lado.

—¿Qué ideas tienes? —preguntó asombrada.

—La que se quiso bajar por las sábanas atadas y cayó en la calle descoyuntada.

—¿La Coatlicue?

Isabel empezó a sollozar y su prima la abrazó. Parecía notar por primera vez los temores de la pequeña.

—¿Todos los días te da miedo?

Isabel asintió sin despegar la cara de los hombros de su prima. Juana Inés miró hacia la escribanía donde ella había estado. El libro estaba abierto, la luz vibraba. Comprendió a la pequeña. Había estado tan atenta a las lecciones de latín que se había olvidado de los temores que acompañan a los niños.

—¿La Coatlicue era la novia muerta?

Isabel vio desde su cama cómo Juana Inés dejaba los libros aquellos, soplaba a la vela y se volvía a su lado para contarle de un reino muy lejano donde las princesas se visten con velos y están encerradas en una torre porque el rey puede tener muchas esposas y todas son muy felices bañándose juntas, hablando, paseando por el jardín, cortando flores, escuchando música sobre cojines de seda, y cómo las niñas de las esposas del sultán se vuelven princesas que saben poemas y danzas y por las noches deleitan a su esposo... La voz persistente, musical, de su prima, fue entibiando los oídos temerosos de Isabel, que se abandonó a un dulce sueño entre azahares, camellos y desiertos que nunca había visto.

AROMA DE HOMBRE

El capitán Diego Ruiz Lozano no hablaba a tontas y a locas; si bien era un hombre que celaba a Isabel y demandaba su presencia continua como si la trajera hilvanada a la piel (se adivinaban regocijos de alcoba en sus miradas traviesas y en sus roces discretos, aun después de tantos años amancebados), y eso hasta parecía chocante a quienes los tenían al lado, también era un hombre de palabra: lo que decía una vez se cumplía. Por ello era la tercera vez que Refugio Salazar viajaba a la Ciudad de México y la primera en que lo hacía en compañía de caballero. El mismísimo Hermilo Cabrera, quien había custodiado el viaje de la niña Juana Inés por la laguna de Chalco hasta la acequia de la capital para entregarla en manos de Juan y María Mata, la acompañaba. El mismo con el que Refugio se sonrojó cuando lo conoció siete años atrás en la casa de coches de Amecameca. Hoy lo volvía a ver en el mismo lugar: el semblante moreno claro, la nariz ancha, los labios gruesos, los ojos finos y la plática cautivadora: un conocedor de las palabras. Refugio hubiera querido reclamarle al capitán esa tardanza de siete años para que cumpliera la promesa, porque al poco de irse Juana Inés, viajó sola para avisar a los Mata y a la criatura que la abuela Beatriz había muerto, que sus huesos menudos, cada vez más torcidos, no habían resistido la ausencia de su marido y lo buscaban a ras de suelo curvándose hasta que su porte de espiga cedió del todo.

—Así le decía mi padre a mi madre —dijo Isabel a la maestra durante el entierro—. Espiga, tráeme el café; Espiga, mis calzas; Espiga, el tabaco.

Encomendaron a Refugio el aviso de muerte y aquél fue un viaje atropellado, con el sinsabor de llevar en la lengua las palabras que harían sufrir a otros, por más que se les suavizara: no sufrió, murió en la cama, ya está con don Pedro Ramírez. Pero ahora era distinto, Refugio Salazar llevaba a Juana Inés los obsequios para su onomástico: el chal de lana que mandaba Catalina, tejido en grises jaspeados (ignoraba que en la ciudad el frío no era lo que en aquellas montañas neblinosas); los pendientes de zafiro que el capitán e Isabel habían mercado para la jovencita; la bolsa para peines bordada por Josefa con un colibrí y las iniciales JIRS. Cuando la maestra vio aquel monograma, se persignó. Esperaba que no indicara. Marieta, en cambio, enviaba un cuaderno de tapas marrón que encontró en la estantería de la biblioteca y que contenía algunas notas del abuelo; sin duda su hermana lo apreciaría. María negra colocó un envoltorio con requesón y queso de oveja en el regazo de la maestra y le prometió a su vuelta darle uno semejante para su propia casa. Refugio Salazar, acompañada del chico Jacinto, que la llevó a caballo, había salido enfiestada, contenta de cambiar de aires y con aquella frase de María negra retumbándole en el oído: su propia casa. Últimamente, por más que echaba a andar cada día rumbo a la Amiga, por más que asistía a misa, a los festejos de los santos, a los bautizos y a las primeras comuniones que amadrinaba, por más que leía y bordaba, las paredes se le habían vuelto un cascarón para su soledad, un inclemente refugio, como su propio nombre, para reposar su viudez intocada.

Jacinto le contaba que por aquellas veredas andaba con la niña Juana Inés. Se reía recordando que cuando la chica veía a los insectos que no se hundían en el agua del estanque, aunque nadaban sobre ella, quería saber a toda costa de qué estaban hechas sus patas que les permitían flotar en la superficie como Jesucristo.

—Un milagro, niña —le contestaba Jacinto.

Pero Juana Inés no estaba satisfecha y quería saber por qué unos pájaros tenían un canto agudo y otros uno más recio y penetrante. Suponía que se decían algo, pero no sabía si los azules comprendían a los cenzontles o si era entre ellos que se hablaban como los mexicas que no pronunciaban castellano al principio. Pero Refugio no escuchaba al negro; iba nerviosa, segura de que no viajaría sola y aquello borraba la importancia del resto, de la propia encomienda de festejar a Juana Inés, de verla de nuevo, de estar en la ciudad de los palacios. El bosque le pareció más denso y oscuro y paladeó la felicidad de salir de él. El templo en el monte, conforme se acercaban a Amecameca, le pareció un engorroso vigía al que había pedido por el bienestar de su esposo difunto, pero no por ella, no por su felicidad, porque la felicidad era algo impensable cuando la viudez la condenaba al sufrimiento. Un marido muerto no era asunto para desear reírse de vez en cuando, o para sentir en el pecho una rara inflamación, o para mirar la mano de un hombre como miraría la de Hermilo Cabrera ayudándola a apearse de la diligencia. Sospechaba que sentiría el deseo de dejarla allí reposando para siempre entre esas palmas de buen tamaño.

Claro que en siete años podían haber pasado muchas cosas, entre ellas que el contador se hubiera casado y que no tuviera ningún miramiento para con ella, porque al tiempo que Juana Inés estaba en la ciudad aprendiendo latín, como bien contaban los Mata en sus misivas, o la propia niña cuando escribía, Refugio había envejecido. Notaba que sus vestidos de cintura apretada le quedaban chicos y que sus ojos remataban en una telaraña de arrugas menudas, aunque reconocía, cuando se miraba desnuda al espejo, que sus senos aún tenían la turgencia y colocación que alababa su difunto y que sus caderas eran amplias pero justas y que el vello de su sexo seguía siendo espeso y oscuro, no ralo y gris como el de su madre antes de morir. Qué miedo le daba encanecer en sus partes íntimas, qué miedo saberse vieja bajo la ropa. Era absurdo pensar en esas cosas, que si el hombre que la escoltaría era casado o no poco importaba cuando ella no tenía intenciones mayores ni andaba sospechando en cambiar su destino. Eso fue lo último que se dijo cuando Jacinto la ayudó a bajar del caballo y le acercó el bolsón con los obsequios para la niña y todavía añadió uno propio: una cáscara de nuez donde había pintado los volcanes. Refugio dejó sus sensiblerías —así se dijo apelando a la cordura que necesitaba para viajar con aquel hombre— y miró el diminuto paisaje que Jacinto colocó en su mano.

—¿Tú lo hiciste? —preguntó asombrada.

—Para que no me olvide la niña —asintió Jacinto.

Refugio envolvió la nuez en el pañuelo que llevaba en la manga y la metió en el bolso de mano.

—Le encantará —dijo al muchacho.

Los ojos de ella ya divagaban con nerviosismo cuando el chico insistió:

—Dígale que los volcanes se los manda Jacinto.

Cuando descendieron en la Ciudad de México, Refugio estaba asombrada de la velocidad con que habían corrido las horas sobre el agua. Hermilo Cabrera estuvo atento a las molestias del viento y ofreció su capa para que no pasara frío; había hecho observaciones poéticas sobre el paisaje y había recitado a los poetas griegos y a Manrique, el español, y a fray Luis de León. Refugio se olvidó de la compañía de los otros, como si en aquella canoa sólo existieran el remero y ellos dos. Debió haber

contribuido la cercanía del cuerpo de Hermilo; ese estar sentado el uno al lado del otro, irremediablemente su cadera embo-
nando con la de él, su muslo adherido al del hombre. Si bien al
principio se había esforzado por que sus piernas estuvieran
muy juntas y separadas de las de él, conforme pasaba el tiempo
el cuerpo se le había ablandado y con el natural bamboleo de la
embarcación se había ido toda ella repegando al hombre fornido. El hombro de él, por encima del de ella, había servido para
que se recargara unos minutos alentada por el propio Cabrera que
le sugirió reposar un poco.

Por eso, cuando bajó a un costado de la Plaza Mayor, Refugio Salazar ya no era la misma. Había respirado el aroma de un
hombre y sentido su corpulencia, había poseído su voz y el calor natural de sus cuerpos —tan alejados en su recuerdo—. Así
que mientras caminaban hacia el puesto de aguas, pues Hermilo Cabrera había sugerido mitigar la sed antes de echar a andar
por las calles, Refugio estaba segura de que su destino cambiaba; no en grande ni espectacularmente, como cambia el destino de los más jóvenes, sino suavemente, dándole algo que añorar, que desear; pero ahora estaba allí en la plaza con la catedral
imponente a su lado derecho y el palacio a sus espaldas, y las
palomas revoloteando y los vendedores gritando, y Hermilo
Cabrera mirándola y ella descubriendo su mirada.

—Espero que el viaje no le haya resultado fatigoso —dijo
él, descubierto.

—Para nada —se turbó Refugio.

Hubiera querido enfatizar que, al contrario, si para tenerlo
cerca era preciso recorrer cada lago del valle lo haría gustosa,
sin bajarse nunca, pegada a su cuerpo y a sus palabras gentiles y
a sus silencios elocuentes.

Pero las campanas señalaron la hora y los viajeros echaron a
andar hacia casa de los Mata, sin saber del todo qué hacer con
sus presencias desprendidas de la intimidad lacustre.

Antes de que Refugio llamara a la puerta del número 39 de la calle de Mercaderes, acompañada del contador Cabrera, no supo lo que iba a acontecer. Si cuando le abrieran debía despedirse del caballero que solícito y protector la había acompañado, cargando su maletín y dejando que caminara por el lado del muro, bajo la balconería y frente a los portales que asombraban a la maestra, o debía decirle que pasara y presentarlo con los señores Mata. A Refugio le había gustado la ciudad más que las visitas anteriores: los ruidos, el paso de las carretas sobre el empedrado, el metálico trotar de los caballos herrados, los vendedores, el gorjeo de las aves enjauladas, los saludos, los cantos, las campanas a lo lejos, el chirriar de los altos portones, las lenguas que se confundían castizas, mestizas, indígenas, y sobre todo los atuendos de los hombres y las mujeres de ciudad. A la luz de aquellos faldones de tafeta y los mantones bordados, se sintió como una campesina deslucida. De pronto allí, esperando a que cediera el portón de los Mata, tuvo una preocupación vana y añeja, tan añeja como su matrimonio quince años atrás: qué se pondría para la celebración del onomástico de Juana Inés. Miró a Hermilo, turbada por la espera y por la sensación de que podría ser vista por alguien más que la parentela de la festejada.

La india abrió la puerta y dio paso a los señores. Ya María Mata bajaba al vestíbulo con pasos sonoros dando voces de alegría porque tener a alguien de Amecameca era traer un pedazo de su historia familiar a la Ciudad de México. Después de las presentaciones y de que Hermilo Cabrera se excusara para irse a alojar a la posada en que acostumbraba quedarse, María insistió en que se quedara para el almuerzo, que en qué lugar lo iban a tratar mejor que en la casa Mata y que además la maestra Refugio era querida amiga de la familia, importante formadora de las criaturas Ramírez Santillana, y que cualquier atención era poco merecimiento. Refugio, aliviada por la prolongación de la presencia de Hermilo, miraba hacia la balconería de la parte alta de la casa, deseosa de ver el rostro de Juana Inés. Ya la mazahua traía el agua de chía en jarrones de vidrio verdoso para que los señores se refrescaran, cuando la voz de una chiquilla los sorprendió. Refugio volteó hacia el mazo de geranios que bordeaba la escalera esperando ver aparecer a su entenada, pero fue María Mata Ramírez quien surgió descalza y aún sin peinar. Su madre la reprendió y le encargó avisar a la prima que tenía visitas.

—Visitas especiales —subrayó.

María los miró curiosa intentando descifrar aquello que los distinguía de otras visitas acostumbradas en la casa Mata.

—Hazme caso, criatura, que los señores vienen de muy lejos, de la casa de tus abuelos, y están cansados y ansiosos de felicitar a Juana Inés.

—No creo que quiera —contestó con gesto desinteresado—; está como siempre, con las narices metidas en los libros, y ni siquiera se ha arreglado.

—La tendrás que regañar también.

Los mayores sonrieron. Refugio comprendió que la pequeña tenía celos de aquella chica con la que compartía la habitación.

Mientras la niña se perdía de nuevo tras las flores, su madre explicó que su marido tenía debilidad por Juana Inés, que después de la merienda pasaban tiempo hablando de filósofos griegos y de los dramas que ya la chica había leído; ella recitaba algunos versos memorizados y poco a poco sus hijos mayores se aburrían y se borraban hasta que desaparecían de la mesa sin que su padre se diera cuenta siquiera.

—Eso no ha sido bueno —concluyó—. Es una chica especial y Juan no sabe ocultar su asombro.

Hermilo había permanecido en silencio y sólo hasta ese momento comentó cómo en aquel trayecto sobre la laguna, cuando la criatura tenía ocho años, le había sorprendido que estuviera tan atenta al habla de los indios, como si apresara las palabras. Esos ojos curiosos e intensos sobre el paisaje y las personas se le habían quedado grabados. Uno podía mirar las cosas por encima pero ella las escudriñaba. Y a las palabras les arrancaba el alma. Miró a Refugio, aprovechando que la dueña de la casa se había puesto de pie para atender asuntos de cocina. Las palabras de Hermilo le habían gustado a ella, porque en su haber sólo había hombres muy versados y dispuestos a discernir y lucir en asuntos de política, del campo y el ganado, pero cuando se trataba de las cosas invisibles no había quién las resaltara. Hermilo le hizo señas de que volteara; no se había dado cuenta de que a su lado una chica delgada, con el pelo oscuro cubriendo las orejas y pulcramente recogido en un moño en la nuca, la miraba esperando que saliera de las cosas invisibles.

Refugio no podía creer que tuviera ante sí a una mujer. La había dejado niña, las mejillas más llenas, los brazos regordetes, y ahora la figura grácil de una jovencita con mirada intensa, cejas oscuras y más marcadas que antes, la reconocían de inmediato. Se abrazaron y Refugio alabó su hermosura y lo mucho que había crecido, y luego recordó que debía presentar a Hermilo de nuevo.

—¿Lo recuerdas de tu viaje?

—Cómo no, si me contó de los muchos lagos que había en la ciudad y cómo unos eran salados y otros dulces y los unos se comunicaban con los otros.

Juana Inés hizo una leve caravana ante el caballero, que se puso de pie y presentó sus saludos renovados. María Mata se acercó con la niña recién peinada y Refugio tuvo el acierto de alabar el arreglo de la pequeña y de preguntarle cuál era su juego favorito antes de que la atención se dedicara por entero a Juana Inés, que muy compuesta se sentó bajo el alero a esperar que la maestra reconociera sus muchos adelantos en los estudios.

—Así que no pudiste entrar a la universidad como querías —dijo sonriendo por la insensatez de la niña Ramírez—; pero me dice María que los libros de tu tío han hecho las veces de enseñanza.

Y ya comenzaba la conversación plagada del recuento que hacía Refugio de cada uno de los familiares de Juana Inés, de su madre, de Josefa, de María, de María negra, de Catalina, de Jacinto… En ese momento recordó el obsequio que le había dado el chico; sacándola del envoltorio, le acercó la nuez a Juana Inés. La chica colocó los ojos oscuros en aquel paisaje diminuto de los volcanes lejanos. Refugio creyó ver un leve asomo de melancolía. Juana Inés contó que se veían desde la azotea de su casa, y que sería sensacional verlos desde el campanario de la catedral, cuando Juan Mata entró e interrumpió la escena diciendo a todas voces que los veía desde el Palacio Virreinal.

Cada uno, a modo de saludo, o pidiendo una explicación, se puso de pie, lo miró, preguntó. Refugio no estaba clara de lo que quería decir, pero Juana Inés ya había comprendido.

—¿En verdad, tío?

—Pasaremos tu cumpleaños en Palacio; los marqueses de Mancera te quieren conocer; desde luego también a tus amistades —dijo ceremonioso mirando a Refugio y a su acompañante.

Juana Inés le plantó un beso explosivo.

—¿A Palacio? —musitó Refugio y luego le preguntó a Hermilo—. ¿A Palacio? —pero éste no contestó.

LAS TIJERAS DE CASA

María Mata estaba disgustada. Había buscado las tijeras en su costurero, había revuelto los cajones de la cómoda y sumido los brazos en el bargueño. Llamó a Trinidad pero la mujer juró no haberlas visto ni tocado. Y ella que estaba en un apuro, rematando aquella toquilla para lucirla en la fiesta de la condesa Ibarra. Entró en la habitación de los chicos y luego en la de las niñas que habían salido a la panadería por los bollos. Juan se pondría furioso si ella no estaba a tiempo; era menester que las relaciones de su marido se deslizaran aceitadas de cordialidad pues su clientela eran españoles y criollos. Necesitaba estar bien con cabildos y abogados; incluso tenía clientes mestizos porque aquello de la mezcla no se podía parar. Comentaba divertido en las reuniones:

—¿Qué va a hacer un español cuando su virilidad reclama mujer? ¿Esperar a las peninsulares? ¿Y si se le atraviesa una india con su misterio y su cuerpo de hembra tentándolo? Pues familia. Malo está que una mujer se interese por indio porque españoles sobramos. Eso sí que no había de tolerarlo mi suegro, que en paz descanse. Y tuvo suerte de que sus hijas no hicieran mezclas ni sus hijos tampoco, de que lo indio no llegara a la sangre de su descendencia. Aunque yo he visto cómo de india y español salen criaturas hermosas que bien criadas en el cristianismo y el castellano no desmerecen. Por eso yo surto de vino a las familias aunque la sangre se haya entintado con la de esta tierra. No nos podemos traer a todos de allá.

María ya lo podía escuchar riendo, hablando como tanto le gustaba, y luego advirtiendo que si sus hijos embarazaban a la Trini los desheredaba, que nada más le faltaba emparentar con la sirvienta. Ya había visto casos así. De no tener curas, había de tener abogados o militares. Y cuando le preguntaban de la niña, era rotundo: casada o monja. María estaba nerviosa y cuando eso le ocurría se le instalaba en la cabeza el escenario inmediato: su marido enérgico, fustigante porque iban retrasados. Todo estaba bien mientras no quedaran mal con los otros, mientras María Ramírez luciera sin demasiada coquetería; no como la esposa de Balbuena, que a la menor provocación sonreía a los hombres subrayando lo poca cosa que era su marido. Qué inquietos ponía a los señores con sus escotes, con sus escarceos; qué molestas, a las señoras. Y, sin embargo, todos tenían que ir a rendirle pleitesía al jefe de aduanas porque si no cómo vender los vinos y las sedas, las piedras preciosas y la pimienta, las almendras y los marfiles. Juan Mata vivía bien de su negocio de importaciones. Los curas y los conventos eran sus mejores clientes porque para ellos eran los relicarios de marfil, las sotanas de seda púrpura, los misales de tapa de concha, los clavicordios florentinos, los cálices romanos. Con ellos sí que había que estar bien, obsequiar al obispo con golosinas y vinos y una que otra agua de colonia para perfumar su cuerpo tan cerca de Dios.

Las malditas tijeras no aparecían. María buscó en la habitación de su hija; sobre la mesilla de estudio de Juana Inés, en la estantería de libros, en las camas, por el suelo, y allí estaban brillando a un lado de la jofaina. La sensación fue de alivio y de ira a la vez. Por qué las habían tomado sin avisarle, por qué no estaban en su sitio. Ya hablaría con esa María cada vez más traviesa, cada vez más tiempo en la cocina con esa Trini. Las ideas de la india no le debían hacer bien; tampoco sus comidas de hongos negros. Eso es lo que enturbiaba el sueño a su niña que por las noches los llamaba como si no tuviese allí la compañía de su prima. Prohibiría los hongos negros en su cocina; además quedaban rastros de ellos en los cazos y en las ollas. Su negrura no era fácil de despejar. Con sus padres nunca los había comido pero en la ciudad todo se colaba por las puertas y las ventanas. Lo que uno no se imaginara se vendía en la Plaza Mayor o en el baratillo, pero ella jamás mercaría los frutos negros ni la fruta, esa verde con el alma oscura. María se persignó. Había mucho que enseñarles a estos indios, pero sobre todo que no malenseñaran a su María. Tal vez cuando Juana Inés vino a la ciudad hubiera convenido que la niña suya se criara un rato en el campo, con sus abuelos, pero desde que nació la niña fue demasiado tarde; primero eran unos ancianos y luego se murieron. Y con Isabel y el capitán, ni loca. Su hermana parecía tener golondrinas en la cabeza; muchos apetitos en el cuerpo. Tanto hijo y dos hombres, uno después de otro. Era hermosa, es cierto. La mejor de las tres, pero algo tenía con los hombres que la voluntad se le perdía. Qué decía ella, pensó ya sentada en la silla de costura, con el hilo entre sus dedos, la aguja punzando el lino para moldear las figuras de la puntilla. Que las señoras no dijeran que ella no era un dechado de virtudes, que supieran que su madre le había enseñado el punto como lo había aprendido en Sanlúcar. Su voluntad estaba en la tela y en sus dedos. Ése era el mundo que podía gobernar. Fuera de casa ella no mandaba. Oyó los pasos de las criaturas en la escalera, se asomó por el alero y llamó a su hija.

Cuando su madre acabó con la retahíla de reproches y mencionó los hongos negros de Trini, la niña lloraba sin comprender. Se defendía alegando que ella no las había tomado, que las tijeras no eran cosa suya y que Trini nada tenía que ver. Y María no comprendía que le mintiera y más ira le daba con aquella mujer de la casa que estaba volviendo a su hija desleal con su propia madre. Yo soy tu madre, porfió María. Y la niña se le echó a las rodillas insistiendo en que ella no era. Parecía querer decir algo más que la torturaba. Entonces su madre tuvo piedad. Reconoció que algo le pasaba y la escuchó. María había visto desde la cama, en aquellas noches de insomnio en que su prima permanecía con la vela encendida y ella no podía dormir, a Juana Inés, que frente al espejo se desataba la trenza para dormir y poniendo las tijeras cerca del pelo suelto cortaba las puntas. A María le perturbaba la mirada de rabia de Juana Inés en el espejo. Se cortaba el pelo con ira. Después salía de la habitación con la jofaina y seguramente la vaciaba en el vertedero de basura. Así no quedaba huella.

—Es verdad, mamá. La última vez le pregunté por qué hacía eso y me dijo que de qué le servía esa cabellera y las lindeces de su cabeza si no podía retener lo que leía en los libros.

Con esto último, María confirmó la tozudez de su sobrina. ¿O sería una voluntad descomunal, un rigor que no es de este mundo, por aprender y retener? Abrazó a su hija como si la quisiera proteger de esa criatura fuera de lo normal con quien pasaba las noches y los días. Era verdad que era dulce y diligente y siempre estaba dispuesta a la ayuda doméstica, pero en todos esos años nunca quiso desatender el estudio para volver a Panoayan unos días, no insistió en ver a sus hermanas ni a su madre. Cuando Refugio trajo la triste noticia de la muerte de Beatriz, su abuela, Juana Inés no quiso acompañarla a los funerales. El tiempo le era precioso. Su capacidad de estudio solitario rebasaba a cualquier bachiller. Una cosa le estuvo clara a María: Juana Inés no podía permanecer bajo su techo para siempre. Su hija no podía sufrir más la desatención de su padre ni la sombra que le haría siempre la virtuosa Juana Inés. Lo hablaría con Juan esa noche. Colocó a su hija fatigada en llanto sobre la cama y acarició su rostro de niña. Le miró las pecas salpicadas por la cara e hizo un ademán de comérselas para que su hija sonriera.

Por qué había dudado de ella. Su hija no mentía y haber delatado a su prima no le había sido fácil. Trini entró a la habitación con las jarras de agua para el aseo de la señora; sabía que en unas horas ésta se acicalaría. María le hizo señas de que guardara silencio pues ya la niña dormía. Observó la figura menuda de Trinidad, los pies descalzos, el pelo trenzado mientras se inclinaba para colocar la jarra en su sitio. Tomó el frasco de agua de rosas y vertió un poco para perfumar el agua. María se regodeó en lo bien que conocía sus costumbres. Iba a reclamarle aquello de los hongos negros, pero desistió. No era con Trini con quien tenía que hablar sino con Juan. En su casa ella gobernaba.

NOTICIAS DEL VOLCÁN

Josefa metió el manguillo en la tinta y escurrió el exceso en el papel donde escribiría la carta a su hermana. Aunque María, la cocinera, le había dicho que ése no era lugar para escribir, pues tintas y cebollas no debían mezclarse, Josefa no hizo caso. El lugar propicio era la biblioteca del abuelo, deshabitada ahora, salvo por las ocasiones en que su padrastro entraba allí para hacer cuentas o recibir al capataz. Pero a Josefa aquel sitio le parecía un mausoleo. Cuando había partido Juana Inés y ella entraba intentando comprender por qué su hermana la pasaba tan bien allí, sentía miedo. Recorría las cuatro paredes muy pegada a la estantería de los libros y dejaba que su mano rozara los lomos como si de las texturas del papel y el cuero emanase aquel misterio que detenía a su hermana. Lo hacía con la vela en la mano, pero aquella llama temblorosa sobre los rasgos de las letras y su mano tanteadora desfiguraban las proporciones y por momentos sentía que le fallaba a Dios, porque con Dios en la capilla de junto se había propuesto ser buena y contestarle al capitán Diego cuando le hablara, por más que le cayera mal su fanfarronería y la manera en que acaparaba a su madre y cómo prefería que ella dedicase el tiempo a los pequeños hermanos hijos de él y no a ella ni a María. Pero allí, frente a la luz centelleante que lamía los lomos, le daba por pensar que algo malo se le iba a meter de tanto rozar aquellas cajas secretas que a su abuelo gustaban y a la maestra Refugio y a su hermana. Pero ella, Josefa, no era buena para las letras ni para las cuentas; lo suyo eran los afanes del bordado como lo eran para su propia abuela Beatriz. Las manos de Josefa eran tan delicadas y pacientes que no había enser de la casa que no le fuera encomendado para composturas ni vestido nuevo que no requiriera de su labor de encaje para el cuello y los puños, y mantelería que no precisara de los ribetes de ganchillo o de la vainica sobre el lino. Mientras pasaba su mano fina por los lomos sospechaba que los libros le robarían los secretos de sus dedos, los entendimientos de la aguja y el hilo, la poesía de las formas para volverlos palabras y sellarlos, dejarlos allí ajenos y prohibidos, libres sólo para aquel cuyo adiestramiento e intelecto le permitiese saborear los significados de ese bordado de tinta. Mientras lo pensaba, un terror frío la fue invadiendo; comprendió que su propia abuela no entraba a ese recinto porque sabía que los libros le quitarían a sus manos el poder de soñar, que la vista la entretendría en versos y salmos y no en el arillo, la tela y el hilado. Salió de prisa, apagando apresurada la vela y prometiéndose nunca entrar a ese territorio que había sido de su abuelo y luego de su hermana.

Sobre la mesa de la cocina le escribía a Juana Inés y no hacía caso de los rezongues de María ni del olor de la cebolla y de los pimientos alaciándose en el sofrito. Le había costado tres días comenzar la carta. No pudo hacerlo antes porque ese ronquido sordo, provocado por la misma tierra, la había arrancado del sueño. María, que dormía siempre a palmo suelto, también se incorporó. Aquello era un rugido profundo, como si un animal despertara. Y ya se escuchaban pasos por la casa, puertas que se abrían, los pequeños que lloraban; venían los negros desde la cabaña porque Josefa y María, de pie y detenidas las respiraciones, descifraban desde los pasillos qué era lo que había zarandeado el sueño de todos los que dormían en Panoayan. Los perros ladraban y se oía el relinchido inquieto de los potros en las caballerizas. Se echaron encima las capas de lana y se calzaron las alpargatas para unirse al llamado de lo incierto. Allí, justo, Josefa debió haber tomado el manguillo y el papel porque pensó en ese momento en su hermana Juana Inés y se preguntaba cómo hubiera reaccionado ante aquel fiero resonar. Josefa buscó a su madre entre aquel grupo desconcertado en el pasillo e intentó arroparse en sus brazos ocupados por sus hermanastros. María y ella se tomaron de la mano. La negra Catalina se había hincado en el patio y pegaba con unas ramas a la piedra de la fuente que en la noche oscura se adivinaba porque el cielo, notó Josefa, sin duda tenía otro destello. Entonces la tierra se movió, fue un temblor como de agua, rápido y crujiente, y el rugido les permitió ver por encima del tejado una lengua roja crecer y desaparecer. Los niños lloraron y María, la cocinera, se acercó a ellos fraguando una explicación, como cuando arrojaba los huevos a la cazuela y se le rompían y entonces decía que ese día había que tener cuidado en el paseo por el bosque o en las labores de la casa.

—No te subas al tejado —reprimía a Jacinto, antes siquiera de que lo pensara el muchacho—. Es el volcán; se enojó la montaña.

Y Josefa miró al resto de la familia que necesitaba mejores explicaciones y que seguía al capitán Diego hacia la escalinata que llevaba a la torre de la entrada. Josefa observó su figura negra y resuelta, y por un momento sintió que allí no les podía pasar nada. Buscó la mirada de su madre y comprendió que ella veía al capitán con la misma certeza, que alguien allí los protegería de las montañas enojadas. Diego intentó disuadir a los que lo seguían pero cedió cuando supo que la curiosidad y el temor no los dejarían tranquilos. Dio la mano a su mujer y luego tomó a la más pequeña en brazos. Jacinto ayudó a Josefa y a María, y desde ese mirador todos pudieron observar al Popocatépetl, que como un dragón gastado lanzaba humo blancuzco contra la noche oscura. Las mujeres se persignaron y se arrodillaron. Catalina decía palabras en el idioma de sus padres y tocaba una piedra que tenía en el cuello, y el negro Francisco hacía unos cantos que los otros negros repetían por lo bajo y el capitán Diego no dijo que se callaran porque él, como Josefa, sintió alivio en aquel himno de tierra, en aquel canto venido de África —el abuelo le había explicado una vez a las niñas que así se llamaba el lugar de donde los trajeron, de la tierra de los negros, allí así son todos, África tan grande como América—. Y por un instante Diego, el capitán, comprendió la necesidad del cariño y extendió su mano hacia la cabeza de Josefa, acariciándola, mientras miraban todos apretujados los negros y los indios, y ellos, criollos y españoles. Y después todos quedaron en silencio, como si fuera el turno de la montaña, como si a ese cerro como un cono perfecto le fuera cedida la palabra. Y Josefa, aunque el capitán había olvidado su cabeza, se le quedó cerquita y se sintió bien. Esperaron en el frío de la noche mientras María subía la olla del café y daba a todos un poco del líquido oscuro endulzado con piloncillo. Josefa bebió de la jícara que pasaba de mano en mano, de boca en boca y vuelta a llenar por María y el silencio que no se rasgaba más que con el verter del café y el sorbido más ruidoso de algunos. Jacinto subió petates para extenderlos en el piso de la torre. Y ya los niños se quedaron dormidos en los brazos de María, la cocinera, y de su madre, y Diego sobre su padre; María se había recargado en Jacinto y ella en su hermana. No querían separarse; parecían temer que la montaña les hablase a solas con su ira y su antiguo vientre de lava. La palabra le gustó a Josefa cuando su padrastro dijo, después de un largo rato: «La lava no llegará hasta acá; parece que fue todo».

A lo mejor el capitán no tenía la certeza de la actuación del volcán, como se lo escribía a Juana Inés en la carta, pero dijo aquello con tal aplomo que descendieron la escalera adormilados y tranquilos, y los negros se fueron a sus cabañas y los indios a sus casas y su madre al cuarto de los pequeños para acostarlos y ella y su hermana a su habitación de siempre y fue de nuevo cuando quiso escribirle a Juana Inés porque los volcanes eran lo que su hermana siempre mencionaba en las cartas. Cómo extrañaba el blanco altivo de las montañas, su silencio y su estatura imponente. Josefa quería contarle en ese momento, excitada como estaba por la imagen de la lengua rojiza y el temblor, el rugido y luego el humo como imaginaba ocurría en las guerras. ¿Y si todo había sido devastado y las casas quemadas y no quedaba nada más en pie que la casa grande de Panoayan? Pero no se atrevió a ir sola a ningún sitio y menos a tomar la tinta de la biblioteca. Y aunque esperaba escribirle a la mañana siguiente no lo hizo hasta tres días después, cuando las habladurías parecieron aquietarse y los negros dejaron de cantar por las noches y bailarle al volcán, y su madre dejó de obligarlas a ir a la capilla y a la misa de Amecameca.

Por fin, esa mañana, mientras María preparaba el almuerzo, Josefa podía contarle a su hermana cómo se había rasgado el volcán, cómo el capitán Diego había tenido razón y la lava no había llegado a ningún lado, cómo sólo cayó un poco de ceniza blanca en el campo y en los patios de la casa, y cómo el humo se iba haciendo más pequeño. Pero el volcán había hablado y desde entonces Josefa —y eso le quería decir a Juana Inés— sabía que podía hacerlo de nuevo, a cualquier hora, cualquier día, y que el volcán era más que el paisaje imponente que permitía reconocer a Panoayan, vivo en la nostalgia de su hermana.

EL ARROPO

Mientras caminaban hacia el templo de San Francisco, Refugio Salazar recordó las impresiones de Josefa, la hermana de Juana Inés, cuando la había visitado dos años atrás. «Hay muchos caballos y carretas en esas calzadas tan amplias. No es como aquí en Amecameca, donde apenas circulan unos cuantos y espaciados. Allá en la ciudad parece que todo es herraduras apisonando la tierra, relinchos y ruedas girando.» La maestra Salazar se mareaba; Juana Inés en cambio andaba por las calles como si no le fueran ajenas, como si su pie hubiese nacido entre edificios y carretas. Los ruidos la embelesaban, el ajetreo de colores y voces la seducían. Su paso era seguro y ella era quien indicaba a Refugio cuando había que detenerse, porque las carretas y los jinetes difícilmente lo hacían. Refugio notaba cómo los muchachos que cabalgaban miraban a la jovencita que la acompañaba. Vestida de azul marino satinado, con el pelo recogido en la nuca y el óvalo perfecto de su cara fresca resaltando, Juana Inés y su andar seguro llamaban la atención. Refugio no acertaba a concentrarse en la ciudad, porque la chica, esa jovencita con paso decidido, la asombraba hasta la médula. Tal vez la Juana Inés que hoy miraba era una natural consecuencia de esas virtudes silvestres, de esa inquietud precoz que ya había revelado en el salón de clases, en el concurso, en la reverencia y en el silencioso pacto con su abuelo lector. Pero ahora en ese cuerpo de formas femeninas, con esa gracia a la que obliga el caminar con cierto garbo y calzado por la ciudad, a Refugio la tenía boquiabierta. Al llegar al atrio del templo otras chicas y otros chicos —aderezados como ella—, algunos indios católicos ataviados de blanco y uno que otro mulato y mestizo, andaban a la espera de que las últimas campanadas anunciaran el comienzo de la misa. Entre las chicas jóvenes, Refugio constató que Juana Inés seguía destacando y que llamaba la atención de algunos grupos de caballeros, por cierto no de los más tiernos, sino de los hombres en edad de casarse. No era que su ropaje fuese más exquisito y adornado, no; el único adorno que llevaba era la medalla de plata de la Virgen de Guadalupe al cuello y unos pendientes de perlas de Japón, que su padrastro le había obsequiado en este cumpleaños. Refugio había ido a la Plaza Mayor a mercarlos, siguiendo los deseos del capitán de escoger algo que adornase a la criatura, que la apartase de los libros y la encendiese a la vista de los caballeros. Por lo bajo y en tono de broma había dicho que no pensaba mantenerla eternamente y que su dote no daba para mucho; así que debía seducir con su lucimiento. A Refugio no le habían gustado los comentarios añadidos a la petición. Le bastaba con saber que su padrastro quería halagar la vanidad de una muchachita en la ciudad. Lo demás estaba de sobra. Juana Inés la distrajo de sus pensamientos y curioseo entre los asistentes a la misa que estaba por comenzar. Compraron un cucurucho de esquites y Refugio escuchó la explicación de la criatura sobre la cruz inmensa del atrio, que habían hecho con un olmo de Chapultepec: una cruz tan grande que aventajaba a la torre de la catedral, puntualizó. Y lo más gracioso, contaba Juana Inés, es que no la podían alzar entre muchos hombres hasta que alguien obligó al demonio a dejar de asirse al palo y entonces los mismos que antes habían intentado elevarla lo lograron al punto. Ante el desconcierto de Refugio, Juana Inés aclaró risueña: no comprendían que había que hacer palanca y que la colocación importaba mucho; seguramente agarraron distinto acomodo. El diablo debió retirarse para que se diera el entendimiento de las leyes para mover los objetos. Refugio la miró perpleja sin saber de cuándo acá la niña se ocupaba de palancas y leyes de movimiento. No bastaba ser muy perspicaz para reconocer que era la de Juana Inés una mirada de inteligente curiosidad, la que le daba una hermosura que la distinguía y que los hombres que pasaban los treinta apreciaban.

Ya las campanas llamaban a misa, por lo que tuvieron que apurar el maíz desgranado en la boca y echar a andar rumbo a la iglesia. La más antigua de la ciudad, le explicó Juana Inés al tiempo que Hermilo Cabrera se les unía para entrar con ellas al recinto.

Refugio no atendió el discurso del cura, que normalmente disfrutaba, pues entendía algo de latín, ni apreció los coros. A duras penas se alertó cuando llamaron a la comunión y Juana Inés echó a andar por delante de ella. Hermilo le dio el brazo y la ayudó a unirse a la larga fila que avanzaba hacia el altar para cumplir con el rito de la misa. Refugio no podía concentrarse en el cuerpo de Cristo porque el olor a madera suave de Hermilo la había devuelto al viaje en canoa y a las bondades del arropo masculino. Que Dios la perdonara, pero no estaba para arrepentirse de desear a aquel hombre discreto, sensible y gentil. Sabiendo que él la seguía, sospechando que tal vez su mirada se anclaba en su nuca, se deslizó impulsada por una levedad olvidada o jamás sentida. Cuando se hincó frente al cura y cedió su boca a la ostia, blanca y tersa, tuvo la certeza de que amar era algo bueno. Y ella se lo dijo allí, frente al altar, mientras Juana Inés hundía la cara entre las manos, concentrada en su constricción: amaba a Hermilo Cabrera. El hombre se hincó a su lado. Refugio observó sus manos toscas y oscuras, trenzadas la una en la otra, y pensaba cómo desearía que fuera en su cuello y en su talle que esas manos se empalmaran. Hermilo debió reconocer su llamado, ese silencio sonoro que alguna vez había destilado desde el fondo de su cuerpo cuando estuvo casada, porque posó los ojos en los de ella.

Al final de la misa, los tres caminaron rumbo a la Plaza Mayor. Hermilo, en medio de las dos mujeres, intentaba hablar con Juana Inés de sus planes futuros.

—¿Y qué le espera a una jovencita como tú?

Juana Inés miró los edificios de la plaza, envuelta por su señorío.

—Quedarme en la ciudad.

—Yo prefiero el campo —indicó Hermilo.

Refugio los miraba atenta al debate de sus sensibilidades.

—Aquí no me aburro —dijo Juana Inés—, y además quiero ir a la universidad.

Hermilo sonrió. Refugio observó su talante discreto que evitó pisotear las ilusiones de la joven, pues las mujeres no estudiaban, si acaso se instruían como ella y enseñaban, como las monjas; pero las mujeres no eran ingenieros ni abogadas. No construían edificios, no detenían inundaciones, no ofrecían misas, no curaban enfermos, no cobraban impuestos, no importaban vinos ni sedas. Las mujeres atendían trabajos delicados y dignos, sublimes, le explicaría luego a Refugio cuando tuvieron un rato a solas en el portal de la casa de los Mata hasta donde Hermilo las acompañó y se despidió, pues debía atender negocios. Pasaría por Refugio al atardecer para ir a tomar unas aguas, le dijo. Y cuando Juana Inés se metió deprisa como si asuntos importantes la aguardaran, Refugio preguntó si asistiría al festejo del cumpleaños de la joven en Palacio; los Mata habían extendido la invitación a ambos. Ella desde luego no podía faltar, de alguna manera era la madrina de la chica.

—Nada me gustaría más —contestó Hermilo, con cierta vaguedad.

CAFÉ POR LA MAÑANA

María Mata bajó a la cocina por el café de olla que Trini no le había llevado a la habitación. El frío de noviembre era incómodo para cruzar en ropa de cama por los pasillos y bajo los aleros. Se había puesto el mantón de lana sobre los hombros, pero el aire se arremolinaba bajo el vuelo del camisón y le helaba las piernas. Esta muchacha, venía pensando, harta de que a las indias hubiera que explicarles todo hasta cuatro veces. Iba impulsada por el enojo, o por los nervios, porque al día siguiente irían a Palacio a festejar el cumpleaños de Juana Inés con los virreyes. No es que ellos hicieran una fiesta para la niña, ni mucho menos; qué les importaba a funcionarios, nobles y cortesanas y menos a los marqueses de Mancera que la chica celebrara sus dieciséis primaveras, pero bajo el argumento de que era una joven muy estudiada y memoriosa, Juan había logrado sacudir la curiosidad de los virreyes Antonio Sebastián de Toledo y Leonor Carreto, bien allegados a la reina Mariana de Austria. Menos mal que amanecía y ya no era necesario usar la antorcha para caminar por el pasillo. Una de ellas aún palpitaba encendida en la esquina. Se acercó para apagarla. Si Juan hubiese llegado la habría usado para alumbrar el camino hasta la habitación; luego habría tenido el cuidado de colocarle el capuchón para aplacarla. Que Juan llegara tarde no era cosa que le agradara, pero nunca se había excedido de esa manera. No quiso atrancar sus pensamientos en esa conducta que la irritaba y prefirió pensar en la desobediencia de la india. Mientras bajaba la escalera divisó la leña encendida en el fogón de la cocina. Y vio dos siluetas alrededor de la mesa. Escuchó voces y se detuvo. Reconoció a Refugio y a Juana Inés, quienes conversaban y seguramente bebían el café que no había sido llevado a la patrona, como Dios mandaba. Trini hablaba. Su voz era suave y su sobrina y la maestra escuchaban. No quiso interrumpir; prefirió escuchar desde el comedor contiguo donde se introdujo y se sentó discreta. El deseo de café se le mudó por el de las voces, por las palabras que la distrajeran, como parecían distraer a la «arrimada». Que no supiera que en la alcoba Juan y ella le decían así a Juana Inés, y ahora que Refugio había venido a pasar esos días, también llevaba el mismo apelativo. Y cómo se habían reído Juan y ella del contador Cabrera, de sus labios gordos y de su pelo rizado; lo negro le resaltaba aunque no en la piel. Tenía tierras, seguramente mal habidas. No pertenecía, y Refugio, pretendiendo que la acompañara a Palacio, si estuviera vivo el difunto marido se iba a morir de nuevo. En cambio ella podía estar en Palacio porque Juan tenía sus influencias y porque su tez blanca y sus facciones y su conversación educada lo permitían. Aunque el Palacio no le entusiasmaba. Era el lugar de donde Juan llegaba cada vez más tarde.

Quería oír la plática de la india, pero sus pensamientos la asaltaban, los mismos que la habían sacado de la cama tan temprano; sintió una punzada de celos. La viuda ocupaba la habitación del rincón, la que tenían prevista para las visitas, justo donde la antorcha permanecía encendida. Y si Juan llegó y se metió en su cama, y con aquello de que es mujer que ha conocido hombre, la maestra se dejó hacer la voluntad de su marido. ¿Y si estaba hospedando a una ramera en casa? Y encima que hablaba bonito porque conocía de libros. Qué va, Refugio estaba muy vieja para su Juan; a él le gustaban tiernitas. Algo le habían dicho de una de las damas de compañía de la virreina, una valenciana soltera de ojos verdes y cabellos dorados. Pero las mujeres eran muy chismosas y podían ser malas. Y eso lo había insinuado la mujer de Olmos, el visitador en la cena. Que si los señores iban demasiado a Palacio, que a cuanto sarao y festejo se apersonaban y ni siquiera les pedían su compañía. Para María era natural que ellas no estuvieran invitadas; en las conversaciones de las altas esferas el que hacía los negocios era su marido.

—Pues dicen —había proseguido Catalina Olmos con la taza del té en las manos— que tienen carne para merendar, y carne joven; preparan a las chicas para el matrimonio, son sus mentores de cama.

María había abierto los ojos como plato. Juan Mata no podía ser de ésos; era un hombre respetable que incluso... la respetaba demasiado. Sólo una vez la había forzado a abrir las piernas a mitad del sueño, no importándole que ella tuviera los sangrados del mes, sudoroso y agitado como un animal, sin escuchar razones, y le había hecho daño. Había forzado sus brazos hacia atrás ostentando su virilidad y su mando. Sólo esa vez había sido así; las demás fueron suaves, con permiso, sin violencia. Sin placer, reconocía María, porque descubrir a su marido embravecido no le había disgustado del todo. Y aunque se confesó con el cura por haberse sentido sucia, domingos después tuvo que admitir su pecado mayor: que deseaba que su marido la violentara por la noche, poseído por el demonio, lúbrico y animal. El padre había guardado tal silencio que María, encerrada en el confesorio, sintió que le faltaba el aire.

—Reza mucho, hija, mucho, porque la poseída eres tú. Y que no se entere nadie. A las mujeres como tú las pueden quemar vivas.

Sus pensamientos parecían haberse mezclado con las voces que llegaban de la cocina y que pasaban sin dificultad por la puertecilla para acercar los alimentos, que comunicaba los espacios.

—No hace mucho a mí me tocó de ver cómo quemaban a la dominica en la plaza del Volador, ésa que ahora es mercado porque después del incendio los fruteros y los tocineros y las panaderas se mudaron ahí y no les dio miedo que estuviera teñida de tragedia. Era abril y habían pasado los días santos, y la monja fue quemada viva para que todos viéramos su retorcimiento y que de nada le servían los trajes de la iglesia, que cuando el demonio se adentraba en alguien no respetaba creencias ni rezos; sólo entraba y hacía sus desfiguros y por ello había que quemar ese cuerpo que ahora era vehículo del demonio. Yo era así como la niña Juana Inés y me arrebujaba a las faldas de mi madre. Me dolía que fuera mujer a la que achicharraban porque parecía que nosotras teníamos más tratos con el demonio. Huitzilopoxtli no nos podía ayudar; cómo iba a ser, si le habíamos destruido su templo; si no impedimos, nosotros los cuidados por Moctezuma, que su casa y sus jardines se descompusieran y se convirtieran en esa plaza donde ahora quemaban a la religiosa. No habíamos hecho nada por que el templo del dios Huitzilopoxtli no fuera arrasado y hecho iglesia. Unos nos habíamos muerto para no ver que nuestros dioses no tenían quién les diera cuidado, rezo, corazones; pero unos nos quedamos vivos, dice mi padre, dice mi madre, para seguir viendo con los ojos de los antepasados el sufrimiento de los dioses nuestros que no son diablo, aunque así quieren hacernos creer porque se alimentaban de hígados de hombre y era necesario dar corazones de nosotros para la felicidad de ellos, los dioses.

María escuchaba ese discurso enfebrecido de la india y temía a la iglesia y a los templos de los antiguos que decidían cuándo abrir cuerpos y sacar corazones, cuándo quemar mujeres poseídas, blasfemos, herejes. Eran los hombres y no ellas quienes delataban, sentenciaban y ejecutaban. Trini y ella estaban perdidas, condenadas de la misma manera. De haberse quedado sin el dios español, tal vez su cuerpo hubiese sido sacrificado a su dios.

—En Amecameca no supimos nada de la dominica —dijo Refugio.

María no quería ser descubierta, aunque ganas le daban de compartir palabras con las mujeres pero no era prudente. Alguien diría que el demonio la habitaba, alguien la condenaría. Necesitaba una limpia, iría con los brujos que Trini seguramente conocía para que le sacaran tanto pensamiento malo, tanta furia y celos que la ocupaban y no la dejaban dormir.

Cayeron en cuenta que lo de la dominica había ocurrido al año de nacida Juana Inés y Trini guardó silencio un rato. La plática parecía haberla cansado. María escuchó que Juana Inés preguntaba sobre el incendio de la plaza; quería saberlo todo ahora que entraría a Palacio al día siguiente. No era su ciudad pero ocho años viviendo allí la habían hecho apreciarla, sobre todo por los edificios, las iglesias y sus pinturas, por las conversaciones que podía escuchar en los atrios, en las calles, en las tertulias de sus tíos. La habían llevado poco fuera de casa; no habían sabido qué hacer con una sobrina que no era hija y que eclipsaba con sus ojos intensos y su cabellera oscura, su cintura breve, sus caderas amplias. No habían sabido qué hacer con ella virgen y arrimada y muy preparada. María sintió que en casa habitaba un monstruo y que pronto todos los hombres tocarían a la puerta para embestirla como toros desbocados, y que uno de ellos podía ser su marido. Dio un grito de horror. En el cuarto de al lado se hizo un silencio. Contuvo la respiración.

Las mujeres, después de cerciorarse de que aquello seguramente provenía de la calle, continuaron. María se entretuvo con la historia del chino al que se le quemó el cajón de su mercadería en la plaza, y cómo un cajón tras otro se fueron prendiendo allí en la plaza. El arzobispo, horrorizado, sacó al Santísimo Sacramento de catedral para que aquellas llamas cesaran y hubo gran movilización de infantería y el propio virrey y los oidores, el corregidor, todos haciendo lo suyo para que cesara el fuego que duró dos horas.

—Lo mismo que tardó la beata en morir —agregó Trini—. Eso fue cuando recién habías llegado a casa de tus tíos; por eso se lo llevaron todo al Volador, donde quemaron a la santa. Los puesteros quieren volver a la Plaza Mayor y no allí donde los huesos de la Quemada suenan cuando barren en las mañanas. Allí espantan, maestra Refugio. Temprano ni los comerciantes se aparecen. Cuando vayan no miren mucho a la fuente. Allí la amarraron.

María escuchó lo que contaba Trini, como si la lengua le anduviese sin control, distraída ya de su desazón primera.

—Yo vi cuando quitaron a los de los puestos que se habían instalado de nuevo en la plaza. Iba por la compra con Gil que llevaba la carreta para cargarlo todo, pero aparecieron las yuntas guiadas por los guardias y arremetieron con los cajones como si no existieran; como si arasen la tierra echaron a rodar los jitomates y las calabazas, la carne y el pescado, ajos, granadas, manzanas, anafres, ollas, cobijas, carbón, alfalfa, todo era un desparramadero que la gente no podía defender porque los bueyes iban tras ellos. Los que comprábamos nos espantamos y nos refugiamos en los portales hasta que amainó el griterío y los animales se fueron y quedó un silencio de vegetales machacados, de tablas reventadas. Los puesteros entendieron que había que volver a donde la muerta paseaba. Claro, ni los señores virreyes ni los encopetados oían tanto hueso dolido porque no pasean por allí. Si no, segurito que les temblaba todo y entendían a los que venden y a los que compramos.

María escuchó abrirse el portón de la casa; las mujeres en la cocina también porque se quedaron en silencio. Juan Mata entraba directo al comedor, seguramente para dirigirse a la cocina. María no tuvo tiempo de ocultarse. Le vio el traje desarreglado, la capa mal puesta, el semblante agotado. Pero fue él quien tomó la delantera, sorprendido de verla sentada en la penumbra.

—No me tenías que esperar, mujer, ya estoy grandecito.

Y se siguió a la cocina como si nada, seguro de que él mandaba y decidía cuándo su mujer debía dormir, preocuparse, esperar. María sonrió para sí. ¿Esperarlo? No lo quería cerca de ella. No si había estado con otra exhibiendo su animalidad y su deseo. No quería migajas; tampoco quería que se le metiera el diablo. Se levantó y siguió a Juan a la cocina. Y entró de golpe ante el gesto atónito de Juana Inés y Refugio que habían descubierto que estaba al lado.

—Ya te he dicho, Trini, que quiero mi café en la cama. ¿No has entendido?

—Todavía no es la hora, señora —se disculpó Trini, desconcertada.

Pero María no tuvo clemencia.

—La hora es cuando yo decido que sea la hora.

Y con su marido se retiró a su cuarto. No fueran a creer que ella padecía celos por su marido. Luego Juana Inés le podía contar a su hermana Isabel y la familia entera sabría. Él era intachable; por lo menos a ellas les debía quedar claro. Arrimadas, murmuró por lo bajo. Juan exclamó «shhh» y la siguió.

EL CANARIO DE PALACIO

Desde la columna que la protegía de ese momento, Bernarda Linares distinguió a Juan Mata que entraba a la catedral de México seguida de su familia. Ya se lo había dicho:

—En este día, hermosa, las cosas serán diferentes. Me acompaña mi familia a Palacio, los virreyes quieren conocer a mi sobrina Juana Inés y he aprovechado que es su cumpleaños para acercarla a ellos.

Bernarda encontraba esa pretensión un tanto pueblerina; de alguna manera a la chica le parecía sospechoso aquel deseo de presentar a su sobrina a los virreyes y, claro, la fastidiaba que con ello tuviera que tolerar la presencia de la mujer de Mata en Palacio, en su territorio. Por eso prefirió ubicarse en una banca muy cerca del costado de la nave central. Sabía que los virreyes aparecerían tarde y ocuparían los lugares al frente en el lado derecho. Eso le permitía escoger un lugar protegido: cerca de la virreina pero a distancia. Le hubiera gustado permanecer atrás, en la penumbra y entre la chusma, aunque le molestaran los olores a pueblo, a arriero, a aguador, a mestizo, a negro y hasta a español de segunda. Porque los había como su tío Gervasio, que nada más vino a agusanarse a esta tierra y a añorar a su Pamplona y a beber y a tirarse a las calles. Hasta que lo abandonó su mujer y lo recogió la negra que lo limpió, lo visitó y lo cuidó. Su padre no lo había vuelto a ver más, sobre todo desde que Bernarda había sido aceptada en Palacio. Mira que pensar en el tío Gervasio cuando eran otros los temores que la asaltaban y cuando no debía ser, siendo ella una de las damas de la corte de la recién llegada virreina. Tal vez fueron sus caireles rubios y sus ojos aceitunados lo que gustó a la marquesa de Mancera, o su acento castizo, porque habiendo nacido en México sus padres no permitieron que los giros locales, el náhuatl y el habla callejera, mezclada y sucia, contaminara su dominio de un español de cuya herencia árabe no se hablaba. Tal vez fue que la chica era alegre, risueña, porque habían sido muchas las familias que asistieron a la recepción de bienvenida, muchos quienes rindieron los honores a los virreyes y presentaron a sus hijas a la virreina alardeando virtudes y la necesidad de que fueran educadas en las maneras de la aristocracia europea, otros tantos los que alardearon de las nociones de baile de las chicas, que lucían sus torsos mínimos, encorsetados, sus breves senos en el escote intocado, los lazos y los refajos, los zapatos de seda y los abanicos de marfil. O tal vez su fortuna había sido cantar aquella tonadilla de la tierra de sus padres cuando el sarao de bienvenida terminaba y los músicos se entretenían con canciones populares alemanas que gustaban mucho a la virreina, pues su padre había sido un diplomático germano en la corte de Carlos II. Sin el consentimiento de sus padres, quienes seguramente se habrían abochornado de que su hija exhibiera su espontaneidad festiva y aprovechando una melodía que el músico insinuara en el laúd, comenzó a cantar y alegró de tal manera a la concurrencia con su voz traslúcida, que cuando la virreina inclinó la cabeza aprobatoria los padres de Bernarda supieron que había sido aceptada.

Entraron por el pasillo central. Por primera vez Bernarda observaba un pedazo de la vida de todos los días de aquel hombre con el que se encerraba en el salón de música, sin que la virreina notara los jugueteos entre ellos. Además, las otras chicas de la corte, todas ellas jóvenes solteras, sostenían conversaciones con los hombres que allí asistían y de cuya presencia consentían los virreyes, pues aquella forma de intercambio de palabras y mundos suponía una educación para ellas; así se lo había hecho saber Juan Mata cuando ella temió la desaprobación de la virreina. Ese escarceo de las chicas era una preparación para el matrimonio con los criollos o los españoles más ricos de la Nueva España. Le pareció extraño verlo entrar sosteniendo en su brazo la mano de aquella mujer vestida de oscuro, con un velo tapándole el rostro y con un paso inseguro pero altivo. Se acercaron atrás de la fila reservada a los principales, y para su fortuna, en el lado opuesto de la nave. La mirada de Juan, imperturbable, le pareció pedante, y su postura la de un viejo; era increíble cómo una mujer mayor podía afear a un hombre. Lo encontró mucho más parecido a su padre y le irritó haber dejado que sus manos le mostraran el placer de las caricias en los pechos. El órgano dio los primeros acordes; la misa comenzaba y todos se ponían de pie. Bernarda se detuvo de la pilastra; le produjo asco ese gozo que la piel ajada de Juan provocaba sobre la suya, delicada y nueva. El llamado del arzobispo la volvió al altar y pensó que algún día ella entraría del brazo de un hombre joven para que se oficiara su santo matrimonio, y que entonces se vengaría de Juan Mata. Lo invitaría para que imaginara las manos del joven estremeciendo su piel con las ansias salvajes de la edad. Contemplaría la espalda figurándose la redondez de sus hombros que le gustaba lamer. No voltearía, no quería ver el cuerpo flojo de la mujer con la que había procreado, no quería saberse de segunda; ella era «el canario de Palacio», como le decía el virrey, un tanto coqueto y un tanto celoso al percibir la cercanía con Juan Mata. Pero por fortuna, los hombres, su padre mismo, tenían ocupaciones más serias que observar los devaneos de una muchacha; si no, ya la hubieran retirado de

Palacio, donde esperaban que a la par que aprendía las maneras cortesanas, la gracia y el roce que le darían un buen matrimonio, conservaría su virginidad y la devoción a sus padres y a Dios. Habiendo confesor en Palacio, los pecados de las niñas estaban contenidos.

Bernarda, temerosa de Dios, pero sobre todo del padre Antonio Núñez de Miranda y de su mirada severa, ocultaba el escote de su vestido con las manos cuando lo veía voltear la cara a la vista de alguna chica. Le aterraba cómo exaltaba los conventos a donde las jóvenes debían entregar su juventud, su recato, su pasión. Más que a Dios, temía al padre Núñez. De saberla impura, entregada a un hombre casado que la desvirgara con su consentimiento en la oscuridad de su habitación, la habría condenado a la vida monacal, a la vergüenza y a la deshonra en casa de sus padres, a la penitencia permanente. A la culpa. Y Bernarda, que cantaba con más ahínco y más belleza después de haber estado en brazos de Juan, no podía sentir culpa por la ingravidez de su cuerpo, por aquel mareo celestial que le provocaba la pérdida de realidad cuando Juan la poseía. Por eso tenía que mirarlo, era irremediable no sentirse suya; pero era la mujer de Juan Mata que asistía a misa y que iría a Palacio con él, y con aquella sobrina que intentaba reconocer entre los fieles; allá, al lado derecho de Juan. Cuando se pusieron de rodillas fue más fácil ver la nuca delgada de la joven de cabellos oscuros y vestido de seda avellana y celeste. De lejos, Bernarda observó sus pendientes, pero ninguna joya al cuello. Ya le había dicho Juan que la chica era pobre, que, como su mujer, venía de haciendas más allá de Chalco y que no tenía padre que respondiera por ella. Que muerto el abuelo, él había protegido a la criatura por su inteligencia y porque era mejor que traerse a cualquiera de las otras. Y que algo había que hacer por la familia, pero que la pobreza era un mal que él no podía resolver. Bernarda miró el anillo de zafiros en su dedo, sin concentrarse en las palabras del cura que no entendía porque sólo tenía nociones de latín, y lo acercó a sus labios. Lo besó como besaba la boca de Juan Mata, una boca dispuesta a todo, una boca que la hacía cantar. Y pensó en lo afortunada que era en ser una Linares, una hija de oidor; de tener un solar grande y una dote para casarse con un hombre que le mercara anillos, le pagara cocineras y caballerangos, la ataviara con sedas y tafetas, la llevara a misa en carroza, al campo, a las romerías con el cargamento de embutidos y quesos y vinos y músicos. Podía tener un marido que pagara a un pintor para que la retratara, como lo había visto hacer a otros principales de la corte. Si no, que Juan pagara al pintor, o su padre, ahora que todavía era un capullo, como le decía su amante. Un capullo al que hay que arrancar los pétalos. ¿Le habría arrancado todos y cada uno a María Mata, su mujer, y por eso lucía tan sosa? Juan aprovechó el momento en que se levantaban los fieles a la comunión para buscarla. Eso le pareció a Bernarda que, no queriendo ser descubierta, alejó la vista. No quería que supiera que lo estaba padeciendo. Se tuvo que unir a la procesión que comulgaba, pues no era bien visto que ninguna dama de la virreina se abstuviera de cumplir con sus obligaciones católicas. Se cubrió el rostro con el velo amarfilado y se encaminó a la procesión. Allí pudo ver de frente a aquella sobrina que era la causante de que esa noche Juan no le prodigase sus atenciones y arrumacos. Volvía con los ojos bajos y las manos engarzadas al frente sobre la falda de terciopelo de su atuendo de fiesta. Era demasiado sobrio para una joven y demasiado austero para Palacio. Pero había algo en su andar seguro, en la serenidad que emanaba, que le produjo una inquietante curiosidad. Una chica muy inteligente y estudiada, había dicho su tío, y eso le había asombrado sobremanera, pues no conocía a ninguna chica apegada a los libros. Su fuerza la perturbó y olvidó el malestar por María Mata. Se hincó, cerró los ojos y abrió la boca. Sintió la delgada película de trigo entre sus labios; dijo «Amén» y apretó con fuerza. Le parecía que el peligro en Palacio sería otro; esa noche, aunque quisiera la virreina, no cantaría.

VESTIDA Y ALBOROTADA

Miraba hacia el borde de la escalera de entrada porque esperaba verlo aparecer de un momento a otro. Más que el asombro por aquel salón de Palacio, ricamente decorado con tapices orientales, con cuadros alusivos a los reyes católicos, a la travesía de Colón, y en el centro el retrato de los reyes Felipe IV y Marina de Austria, Refugio esperaba halagar sus ojos con la presencia de Hermilo Cabrera. Sentada en el salón, con una copa con jerez entre las manos, la maestra sintió que el cuerpo se le vencía, que toda la tensión anterior se escurría entre su piel y la tela del vestido hasta los pies y que la abandonaba como un charco de metal derretido. El charco podría formar un cuenco de plata, pero eso que le pesaba tanto ya no era más suyo. Se sentía bien en aquel vestido rosa, con el remate de encaje verde pálido, la cintura remarcada y la botonadura de pequeñas rosas talladas en hueso al frente. Aquello no era fácil de apreciar y se necesitaba una vista delicada para notar aquel trabajo detallado, propio de una prenda sofisticada y costosa que no era suya. La carroza que había pedido Juan Mata para la ocasión había tenido que esperar a que se resolviera el drama doméstico desatado minutos antes de salir a Palacio. Refugio observó, desde el pasillo del piso segundo, que Juan y María aguardaban al resto de la comitiva en la sala de estar; tocó en la habitación de Juana Inés para que bajaran juntas. No podrían llevar a la pequeña María por su edad. En las fiestas de Palacio, por la noche no estaba bien vista la presencia de los niños. Refugio la había consolado y la encontró ahora repuesta aunque llorosa. Dijo que bordaría con su nana las letras que les había dibujado Refugio esa tarde. Así que una vez plantado el beso en la frente de la niña, Refugio observó el arreglo de Juana Inés: el vestido de seda avellana con encaje ahuesado, las mangas con remates azul cielo igual que el bajo de la falda. Las caderas se le veían más abultadas y el torso más fino por el efecto de los refajos que por primera vez usaba.

—Estás hermosa —dijo a la joven, quien le replicó que ella también.

Refugio tenía sus dudas respecto de aquel atuendo que le había comprado su marido cuando todavía vivía, doce años atrás, y que a duras penas le entró.

—No puedo respirar —se rio, y contagiada del placer juvenil de ataviarse para una fiesta, bajó detrás de Juana Inés hasta el recibidor donde Juan y María aguardaban impacientes. Escuchó los halagos que brindaron a la festejada; la tía había elegido el modelo y lo había mandado a hacer con la modista de la familia.

—Costó una fortuna, mujer; cómo no iba a lucir la sobrina con él —dijo Juan.

Pero cuando Refugio ocupó sus miradas, todo fue silencio. La mujer perdió el paso y la juventud que había estrenado en lo alto de la escalinata. Se enfundó con la capa de terciopelo oscuro pero María no pudo contener el comentario.

—Así no nos puedes acompañar —dijo tajante.

Juana Inés la miró compasiva, pero Refugio le reprochó no haberla defendido en este momento.

—¿Por qué no me lo dijiste, Juana Inés? —atacó sin saber dónde colocar su malestar.

—Me parece bien, tía —insistió Juana Inés.

—Para Palacio no, criatura —dijo Juan Mata—. Allí es puro lucimiento, última moda. La virreina ama el fasto, los atavíos, y es buena conversadora.

—No voy —insistió Refugio, subiendo ya la escalera.

—Ni yo —la siguió Juana Inés.

Ya la tía corría a su habitación buscando algo con que resolver el desaguisado. Refugio se sintió como una niña caprichosa, absurda, y obedeció a María sabiendo que tendría que ceder a lo que ella dispusiera porque en el fondo no quería dejar de encontrarse con Hermilo, como lo habían dispuesto días antes. Los ojos se le habían enrojecido con el llanto agolpado y se sentía herida de vanidad; pero se probó, uno tras otro, los mejores vestidos de María Mata, que para la ocasión se había hecho uno especial en terciopelo vino. Pero María era más baja y más ancha, y la cintura no rimaba con el punto donde estaba la de Refugio, que tenía el torso muy largo y muy delicado, como una niña, y en el que los pechos frondosos desentonaban. No le importó estar allí en medio de tía y sobrina, con las bragas largas y el corsé luido, ajustado al talle. Se desplomó sobre la silla mecedora e insistió en que se fueran y la dejaran. La misa debía haber comenzado.

María gritó a Trini, que subió a toda prisa ante ese imperativo que denotaba el estado alterado de la señora.

—Lleva este mensaje a la señora Argüelles; a prisa, ve a caballo con Hilario, y esperas antes de volver a que te dé lo que le pido.

Juana Inés acariciaba la cabeza de Refugio vencida y avergonzada que volvía a insistir en que la dejaran. Era el cumpleaños de la niña, nada menos que en Palacio.

—Nos invitaron a todos y no podemos fallar —dijo María—. A la misa siempre llegan tarde los virreyes.

Juan Mata subió y tocó en la habitación, pero Refugio no dijo nada. Dejó que la mujer le explicara y esperó a que, por primera vez desde hacía mucho, alguien solucionara los problemas. Un problema menor si se mira bien, porque haber sido viuda temprana, tenérselas que valer con una renta mínima, tener un padre distante que no la ayudó, hermanos que se avergonzaron de su condición de viuda joven que la malcolocaba frente a los hombres, después del aborto que la dejó imposibilitada de tener hijos, qué era un vestido para una fiesta; se avergonzó de su banalidad y su pensamiento pareció cruzarse con el de Juana Inés, que disimuló su fastidio tomando el libro que acompañaba la mesa de noche de su tío Baltasar Gracián.

María Mata se quitó los ceñidos botines y se sentó en la cama. Refugio notó que la ira de Juan, que subía de nuevo las escaleras, le arrancaba una leve sonrisa de triunfo.

—Ya vamos, ya vamos —lo tranquilizó.

Por fin los pasos descalzos de Trini irrumpieron con un traje envuelto en una funda de cuero que María extrajo con delicadeza y entregó a Refugio.

—Te esperamos abajo, esto debe quedarte. Deja el libro, criatura —tomó a Juana Inés de la mano—, hoy es tu cumpleaños. No te empaches de letras.

Cuando por fin descendió, María la miró aprobatoriamente.

—Es bueno que te deban favores —dijo a su marido—; si no pagan la deuda por lo menos que se desprendan de su ropa un rato. Claro está que si un día van a Palacio, Josefina Argüelles no podrá usar este vestido. Tal vez hasta te quedes con él, mi querida Refugio; después de todo ser maestra debe tener su recompensa.

Refugio no estaba segura, ahora que miraba ansiosa hacia la escalinata, de quién había sido la recompensa: si de la propia María que deseaba hacer esperar a su marido, vengándose de la noche anterior en que no llegó, o si de ella, que tendría la suya en breve, cuando Hermilo la tomara de la mano y la llevara al centro del salón donde algunas parejas ya bailaban, esperando la entrada de los virreyes que siempre permanecían ocultos mientras los invitados llegaban. Ellos no debían ser quienes esperaran, aseguraba Juan Mata.

—Ni con el arzobispo estaban dispuestos a llegar primero. Sólo a su muerte llegarán antes —murmuró la señora junto a Refugio, que ya le preguntaba de dónde era ella y su familia, y por qué estaba allí.

Juan Mata y su mujer estaban en una esquina conversando con Juana Inés, pero la verdad es que Refugio no resistía estar de pie con aquellos zapatos que, aunque hacían juego con el rosa del vestido prestado, le quedaban chicos y no quería moverse del sitio donde Hermilo entraría vestido elegantemente, imaginaba ella. Miró a los Mata por un rato; no sabía si le agradaban. No alcanzaba a comprender si lo suyo era una actitud generosa o una obligación que no habían tenido más remedio que cumplir. Después de todo, Juana Inés llevaba ocho años con ellos; pero estaba claro, no se podía quedar para siempre. La música calló de pronto y la puerta al fondo del salón se abrió de par en par para que entraran los marqueses de Mancera: «Antonio Sebastián de Toledo y Leonor Carreto, virreyes de la Nueva España», anunció el maestro de ceremonias y ante el aplauso la música continuó. Las mujeres hicieron discretas reverencias para saludar a la pareja y el virrey besó las manos de las señoras.

Refugio sintió temor por la tardanza de Hermilo. Y si llegara tarde, ¿qué pensarían los virreyes que no esperaban a nadie? Se afligió al punto que le dolió el estómago y estuvo pálida cuando se acercó a los Mata para ser presentada a la par que Juana Inés.

—Mi sobrina, Juana Inés Ramírez, excelencias —dijo Juan—; su maestra primera, Refugio viuda de Salazar, y mi mujer María Mata.

Ya María lo miraba ofendida por ser la última de la lista y porque el virrey y la virreina, después de saludarlas, preguntaban a Juana Inés si era verdad su sed de estudio, su deseo de haber ido a la universidad, su inteligencia.

Refugio presumió que había ganado aquel concurso en Amecameca a los ocho años con una loa al Santísimo Sacramento y la virreina aplaudió sorprendida. Mirando alrededor, dijo por lo bajo:

—Aquí lo que falta son inteligencias.

Todos rieron. Refugio notó que la virreina estaba contenta con la presencia de la pequeña y por un momento se situó en lo que allí los había traído: festejar a Juana Inés. Además, ahora que la miraba de cerca, le pareció una mujer astuta e inquieta. Eso le gustó. En cuanto los virreyes siguieron su ronda de saludos después de darles la bienvenida, Juan Mata, inquieto, se retiró para hacer otros saludos. María, incómoda, tomó del brazo a Refugio. Juana Inés, en cambio, ya conversaba animada con un grupo de bachilleres con el que la había presentado el virrey.

La tristeza le fue ganando. Aquella ligereza de la llegada a Palacio, cuando caminaron desde la catedral y entraron por la puerta mayor, entre puestos y vendedores que estaban en el patio y tomaron rumbo a la planta alta donde sólo algunos podían pasar, se le fue volviendo un polvillo estorboso. El aula de Amecameca, con sus pupitres maltrechos y la vista de los volcanes, se le fue instalando en el ánimo; se miró con su falda azul de lana frente al grupo, caminando de regreso a su casa para comer sola, durmiendo en su cama después de los rezos, pudriéndose en sus sábanas, sin anhelos, sin otro camino más que el de todos los días fríos de la montaña y se fue resquebrajando. Le dolían las rodillas. Buscó una silla para sentarse con María y esperar a que diera la hora de desprenderse de ese absurdo vestido rosa y verde de la señora Argüelles, que absurdamente ya nunca lo podría usar en Palacio.

—¿Ya lo viste? —la distrajo la pregunta de María.

Por un momento pensó en Hermilo y su corazón dio un salto, pero se refería a Juan Mata, que bailaba con una chica rubia y muy joven.

—Así son las cosas en Palacio —intentó apaciguarla Refugio.

Un mensajero se acercó titubeante, preguntó su nombre y le entregó una nota. Mientras María seguía rumiando sobre la coquetería de la chica, Refugio leyó la nota de Hermilo: «Disculpe usted que no haya podido asistir; le explicaré todo, si me perdona. Estaré esperando en la puerta de su casa el momento de su regreso para ponerme a sus pies. Suyo, Hermilo Cabrera».

Refugio se tomó de la última frase que María soltó al aire, para proponerle que se fueran.

—Pues a mí no me gusta cómo son las cosas en Palacio.

María Mata la miró sorprendida por esa respuesta inesperada. Juana Inés estaba en el centro de aquel grupo de caballeros que conversaba con ella, Juan Mata bailaba en el centro y Refugio llevaba a María Mata del brazo hacia la escalinata sin mirar atrás, sin despedirse, saliendo donde el cochero esperaba para indicarle que las devolviera a casa y estuviera de nuevo a la puerta de Palacio. Que si preguntaban por ellas dijera que se habían sentido mal. Y mientras María sollozaba sigilosa, Refugio le daba un pañuelo y pensaba ansiosa que Hermilo estaría allí esperándola, y que después de depositar a María Mata saldría a andar con él por las calles de la ciudad hasta donde el agua impidiera sus pasos, y lo seguiría hasta el fin del mundo.

OCURRENCIA DE LEONOR

Leonor Carreto estaba agotada. La velada se había prolongado y en parte ella había contribuido haciendo que Bernarda los deleitara con algunas canciones; pero luego la muchacha no deseaba callar nunca. Leonor tuvo que bostezar ostensiblemente para que la chica se diera cuenta de que era hora de concluir. Los virreyes nunca se retiraban antes que sus invitados. Bernarda terminó la tonadilla y agradeció el aplauso de la concurrencia. Juan Mata, afortunadamente, comprendió que ya era un exceso seguir con su sobrina en Palacio, pero ni él ni la chica habían tenido tiempo de advertir que estaban siendo imprudentes. Al menos eso le pareció a Leonor, que recordaba no haber visto a Juan Mata por algún tiempo y, en cambio, sí a la chica del vestido color avellana conversando airadamente con un grupo de caballeros, que una vez que la habían abordado no la soltaron. Ella tuvo que acercarse un momento y tomarla del brazo apartándola para ver si no estaba cansada con el asedio masculino. Juana Inés le dijo que al contrario, que hablaban de historias médicas, de lo que ella había leído de Hipócrates y de Leonardo da Vinci. Leonor se asombró. Ella sabía poco del tema, pero le habría gustado estar más enterada. Le fascinaban las ilustraciones que hacían referencia a los órganos del cuerpo.

Felizmente la velada había concluido. Cuando las chicas desataron el corsé sintió que sus entrañas se expandían, que los órganos se liberaban de esa atadura que, lo tenía que consultar con Juana Inés, no debía ser nada buena para la salud. Cada cosa tenía su acomodo interno como para que se les apretujara e impidiera el paso de los humores.

Cuando apartó a Juana Inés para pasear con ella por algunas salas del Palacio le preguntó si sabía dónde estaba su tío y su tía y la maestra que tanto significaba en su inicio a los estudios. Juana Inés había salido como de un sueño; poseída por la conversación no había advertido más que la música que era muy grata y las viandas que eran suculentas, pero se había olvidado de todos. Se disculpó con la virreina, pero el asunto le hizo gracia a Leonor; Juana Inés, a sus dieciséis años, era capaz de embeberse entre ideas y palabras, y no atenerse al mundo que la rodeaba. ¿Qué clase de jovencita era ella que no actuaba como una chica de su edad? Su hija era aún pequeña para poder hacer comparaciones, pero pensó en ella misma a los dieciséis años en Madrid, en la casa de su padre el embajador, tan rodeada de mimos e institutrices que le daban lecciones de piano, de alemán y de español, que le enseñaban arte y tantos bailes en los que su madre la obligaba a charlar y ser amable. Recordaba una noche en que no había soportado más la amabilidad que le requería la vida de su familia y había abandonado el salón de fiesta con el vestido de ocasión y se había ido a la calle. Así, en medio de la noche había echado a andar furiosa con su destino, con aquello que consideraba esclavitud. Qué corta era la vista entonces. Cuándo se iba a imaginar que desde entonces sus padres la preparaban, como ahora sucedía, para gobernar un país. Qué corta era su vista, pues no suponía que niñas de su misma edad vivieran descalzas, con frío y hambre. Pero aquella noche, en la plaza mayor de Madrid, hasta donde había caminado, vio en círculo, alrededor del fuego, a unas mujeres en andrajos y abrazadas de unos hombres borrachos. Una de ellas tenía el escote vencido y mostraba un seno; se rio cuando notó que ella, vestida de fiesta, la veía. «Anda, hija, vente a putear.» Se asustó mucho y corrió en dirección opuesta. Pero ya la carreta había salido por ella y la encontraron en el camino, asustada, mirando a sus espaldas como si aquella realidad la fuese persiguiendo. Leonor Carreto se dejó sacar las mangas ceñidas con agujetas al brazo y luego, ajena a sus movimientos, dejó caer los refajos y se sentó en el banquillo para que le desanudaran los botines invernales —que en la Nueva España acaloraban mucho— y deslizaran hacia los pies las medias de seda bordadas. Una pena que el vestido las cubriera de tal manera que no se vieran.

—Con cuidado —indicó a las dos damas en turno—; son un regalo de la reina Marina.

Cerró los ojos y sonrió para sí; en la noche de bodas con Antonio de Toledo, su desnudez había sido total, excepto por aquellas medias gris perla. Eran aliadas en placeres.

Después de que la virreina le preguntara a Juana Inés por sus familiares, la chica se preocupó y, acompañada por Leonor, volvieron al salón para buscarlos. Leonor llamó al mayordomo que vigilaba la puerta y describió a los tres ausentes. Allí supieron que María Mata y Refugio habían abandonado el sarao muy pronto. Ignoraba el mayordomo las razones, pero sabía que Juan Mata, a quien conocía por sus frecuentes visitas, aún no había salido. Lo descubrieron en la sala chica, sentado en un sofá al lado de Bernarda. La virreina se ocupó de presentar a la chica con Juana Inés. Juan Mata se disculpó de no haberlo hecho él antes, pero quería suplicar a la señorita que los deleitara con una canción, como solía hacerlo, sobre todo ahora que celebraban el cumpleaños de Juana Inés. Leonor sintió que aquello había sido una salida artificial del invitado y que atestiguaba un romance ilícito, pero no le dio importancia. Entre cortesanos sucedían tantas cosas; si ella se tuviera que preocupar por aquello, hubiera atendido un monasterio, un colegio de niñas. Ella sólo sabía que las chicas de la corte estaban protegidas, se les procuraba un ambiente lujoso, se codeaban con los más importantes del reino y tarde o temprano resultaban bien casadas. Algunas incluso se iban a España o a otros países como embajadoras. No, ella no iba a supervisar lo que ocurría bajo sus faldas. Bernarda ya había cumplido los veinte años y Juan Mata era un hombre respetado.

Estiró los brazos hacia el techo y las chicas deslizaron el camisón de algodón suizo por los brazos y el torso. Bernarda había cantado un tanto desafinada al principio, y después, conforme recuperó el aplomo y ya no miró a Juana Inés a quien dedicó las primeras canciones, la voz fluyó líquida, incisiva, y caldeó a los asistentes, que acomodados en sillas y rincones no dejaron de beber y escuchar. Juan Mata mismo no advirtió cómo su sobrina lo miraba escudriñando esa extraña alegría; la virreina pensó que tal vez no se la conocía en casa. Después de los aplausos a Bernarda, Leonor dijo a Juan Mata que había sido una grata sorpresa conocer a Juana Inés. Que por favor volviera a traerla. Y a Juana Inés le susurró:

—Se me figura que tú y yo podríamos tener muy gratas conversaciones.

Cuando se dirigió hacia la alcoba, con el pelo recogido en una trenza, Leonor sintió el vencimiento del sueño que ya había hecho presa de su marido. Roncaba en el lado de la cama cuando ella se metió bajo las espesas colchas. Esa habitación de Palacio no era caliente, o el cansancio le había dado frío. Temió abrazarse del virrey; después de los festejos, el contacto con su mujer lo despertaba excitado y Leonor no estaba para caricias. Quería dormir y dormir y olvidarse de que la vida eran esas fiestas interminables que con tanta frecuencia ocurrían a un lado de sus aposentos. De alguna manera envidió a Juana Inés las horas entre libros, silenciosas y solitarias, que le permitían entendimientos y conversaciones de gran riqueza. Pensó en su padre, en cómo se podía hablar con él cuando ella era joven y tenía tiempo de lectura. Le gustaba hablar con quienes la llenaran de entusiasmos por comprender. Entre ronquidos y con aquel frío que desapareció bajo los cobertores, fue cocinando una idea. Ya la platicaría con Antonio al amanecer. Estaba segura de que la aprobaría. Él siempre procuraba complacerla.

LOS BRAZOS DE HERMILO

Las mujeres bajaron de la carroza cuando Refugio lo descubrió embozado en una capa junto al portón de la casa de los Mata. María se tomó del brazo de la maestra, temerosa de que fuese un bandolero. Aunque Refugio sabía que otros temores la asaltaban. Allí, bajo la luz del farol, la miró vieja y descompuesta mientras la tranquilizaba.

—Es Hermilo Cabrera.

María arremetió contra el hombre que se acercó solícito a saludarlas.

—Usted tenía que ir a Palacio —lo reprendió.

Y Refugio, que había olvidado la decepción de no verlo llegar, al encontrarlo ahora esperándola, también se unió.

—Nos tuvo preocupadas.

—Ya le explicaré, si me lo permite —se acomidió y María tocó al portón para que la chica le abriera.

—No son horas —reprendió a Refugio cuando notó que estaba decidida a escuchar al hombre.

Pero ella no hizo caso; cuando María Mata desapareció por el portón, cansada y abatida, Refugio sintió que sus treinta y cinco años la hacían ligera como la capa de Hermilo, que él tuvo a bien quitarse para protegerla del frío de la ciudad. Y así, tomada del brazo del hombre y sin pedir más explicación, echaron a andar por la calle; iban despacio por donde aún las antorchas estaban encendidas. Se subirían a una canoa como propuso Hermilo y Refugio aceptó. La canoa era un espacio reducido para estar muy juntos y fuera del peligro de bandoleros en la ciudad. Hermilo le dio la mano para que subiera y ordenó al remero que los llevara a Santa Anita; «de ida y vuelta», aclaró. El indio no emitió respuesta ni gesto alguno. Tal vez aquellos paseos nocturnos eran algo común, pensó Refugio y se acomodó al lado de Hermilo. Su corpulencia la resguardaba del viento que se desprendía del agua. Un agua quieta apenas disturbada por el sonido de los remos y las embarcaciones que sobre ella se deslizaban, que aunque eran menos que durante las horas de luz, no cesaban. Desde el canal observó la línea oscura de la catedral y la torre de San Francisco que sobresalían por encima de casas y edificios. Se imaginó —y así se lo hizo saber a Hermilo— cómo pudo haber sido el contorno de la ciudad de los indios.

—Severa y rectangular —dijo Hermilo, que imaginó las enormes pirámides como vigías de la noche.

—Esos templos debieron parecerse a los volcanes —agregó Refugio.

Hermilo aclaró que esperaba no haberla ofendido no yendo a Palacio, que lo lamentaba por ella, por su arreglo. «Se veía muy hermosa», añadió. Refugio sintió el brazo del hombre muy pegado al de ella y se atrevió a decirle que más que preocupación era deseo de verlo. De estar con él. Entonces el hombre tomó su mano y contó su historia. Había algo dulce y apacible en las maneras de Hermilo que daban paz y seguridad a Refugio, algo que no había sentido desde muy niña y que apenas recordaba haber vivido junto a su marido: un hombre flemático y caprichoso. Apasionado, sí; pero nada suave en su trato. Un criollo testarudo, más parecido a su padre en el genio y las demandas.

—Mi padre fue negro y mi madre española. Un asunto delicado —subrayó—. Mi madre me dio al colegio del Niño Jesús pero me visitaba los domingos. Iba vestida de oscuro y con la cara cubierta para que nadie la reconociera. Como había otras españolas y criollas en la misma situación, cosa que yo no advertí entonces, la visita se realizaba en un cuarto pequeño, aislados del resto de los niños que vivían conmigo. Cuando partían las visitas y a los niños nos llevaban al comedor, todos íbamos mudos, como si ellas, las tías, abuelas, madres o quienquiera que allí fuese, se hubiese llevado nuestra voz. Nuestras bocas se iban prendidas a la falda, porque el alimento no nos entraba. Nos tenían que obligar los hermanos; nos decían que Dios se ofendería si abandonábamos el alimento. Y comíamos a fuerza aquella sopa de avena, que nos pasaba como tezontle por el gaznate. Yo siempre quedaba asombrado por la belleza de mi madre, sus ojos oliva, su cara ovalada y fina, sus manos delgadas y blancas. Cuando tomaba las mías entre las suyas, su blancura era más notoria. Con ese gesto sonreía. Ella miraba a mi padre en el grosor de mis dedos y de mis labios, y le estaba doliendo, no sólo el hijo sino el amante. «Llévame contigo», le pedía. «Lo haré, lo haré», decía de prisa, llorosa. Por qué no podíamos entender ninguno de los que allí nos quedábamos que habiendo esa dulzura afuera nosotros no gozáramos de ella, que habiendo madre y casa no tuviésemos ese techo personal. Y teníamos suerte porque había quienes no recibían cariño alguno, quienes desconocían sus lazos con el mundo de afuera: caras de indios muchas de ellas, pieles oscuras con ojos claros, pelos rizados y torsos gruesos. Yo tenía una madre de nombre Genoveva que me visitó todos los domingos mientras crecí y se ocupó de que entrara al seminario para mi bien, pero yo quise ser bachiller y ella convenció a sus conocidos siempre y cuando nadie supiera que yo era su hijo. Y se ocupó de mi renta, y de mis estudios y de mi vestido; y un día, ya habiendo dejado el colegio del Niño Jesús, cuando nos encontrábamos en la puerta de la catedral que ella consideraba el sitio prudente para hablar y ser vistos sin causar sospechas, pues ella había dicho a los virreyes y a la corte que hacía caridades pagando la educación de un joven brillante, le pregunté por él, mi padre. «¿Vive?» Ella no lo sabía. «¿Su nombre?» Tampoco lo sabía, me dijo o me engañó o sólo llamó amor y querido en una noche de pasión. Cuando ella murió y me avisaron en la facultad que era preciso ir al notario porque había muerto Genoveva Arnaiz y se procedería a leer su testamento, supe que mi padre se llamaba Matías, y que a él, si es que vivía, le dejaba parte de sus bienes. Allí, en el testamento, confesaba ser mi madre y señalaba a mi padre. El notario y los testigos, que eran su hermana y su cuñado, se sonrojaron y me miraron, no con cariño, ni con asombro, sino con desprecio. Yo era una mancha que Genoveva y su pasión temprana con el capataz de la hacienda les había legado. Hermilo Cabrera, hijo ilegítimo del esclavo Matías Cabrera, capataz de la hacienda ovejera de Domingo y Genoveva Arnaiz.

Hermilo tomó la mano de Refugio y la colocó entre la suya y comparó el color de la piel.

—Soy hijo de negro, ¿ves? Y desde entonces mi parentela Arnaiz me tiene alejado de la capital. Atiendo un negocio pulquero en Ápan; me dieron ocupación y distancia para que no los avergonzara, para que no fuera por allí ostentando hijos mitad negro y mitad español, como pensaron que ocurriría, porque no querían saber cómo aquel hombre de confianza de don Domingo se metió bajo las faldas de la niña de la casa y cómo ella consintió que esas manos oscuras le ultrajaran el cuerpo y le hicieran un hijo del demonio, porque esos negros no rezaban al mismo dios y se les ponían los ojos muy rojos con la ira. Todo eso pensaban los Arnaiz, que saliendo de la notaría me pidieron discreción; absoluta discreción para con los favores de mi madre, subrayaron la demanda. Comprendí que mi madre había sabido de la muerte de Matías Cabrera; si no, no se hubiera arriesgado a clarificar mi origen en el testamento, no hubiera querido que lo mataran a latigazos, a trabajos forzados, porque endeudado ya estaba, como lo estaban todos allí en el rancho. Domingo les daba medicinas, alimento; les prestaba su propia capilla para rezar. Le debían la vida y la de sus hijos. Luego lo supe, cuando no resistí conocer la hacienda Golondrinas donde trabajó mi padre. Nada más entré a las casas de los trabajadores, a aquellas chozas de palo, algunas mujeres se dijeron cosas entre sí que yo no entendía y pedí hablar con el más viejo. Era una mujer. Nada más me vio lo supo: «Eres el hijo de Matías». Tengo sus mismos ojos, y sus manos y sus labios; de mi madre, la nariz y los pómulos; de los dos un color revuelto. De mi madre, tal vez el carácter; de mi padre la melancolía. Todo eso me lo dijo la vieja; me contó cómo se volvió loco de tristeza cuando se llevaron a la señorita para la capital nada más nací yo, cómo agarraron a todos los negros y los amarraron a las paredes y los dejaron en las noches de frío y bajo el sol cuando vieron que el niño era oscuro como la piedra de los volcanes. Pero Matías confesó que él era el padre para que no pagaran todos, principalmente los más viejos, que ya se morían de frío por la noche y no paraban de toser. Y Genoveva pidió clemencia para Matías; pidió que lo dejaran ir, que lo vendieran, que no le hicieran nada. La condición fue que nunca más lo viera, y Matías volvía a escondidas a las Golondrinas en las noches sin luna para preguntar por la señorita Genoveva que estaba en la capital, y también por su hijo. La vieja dijo que se murió borracho y helado en una de esas noches que se acercaba a la hacienda. También dijo que a lo mejor lo mataron los indios untados de dinero, los gañanes que trabajaban con Domingo Araiza, mi abuelo. De él eran las haciendas que administro; mi madre fue la única hija y los llenó de vergüenza. No quiero estar donde ellos.

Refugio llevó la mano oscura de Hermilo a su boca y la besó.

—Cuánto sufrimiento —pensó—. Cuánto en nombre del amor. Pero se quisieron —dijo.

Hermilo no contestó, miró el agua al frente y Refugio contempló su semblante que ahora, a la luz de la historia de su origen, le pareció más poderoso, cargado de una extraña pasión que lo había condenado a la tranquilidad y al rechazo. Cuando Hermilo pasó su brazo fuerte por la espalda, rodeándola, defendiéndola de todo aquello que la pudiera lastimar, ella deseó quedarse a su lado.

—¿Conoces Ápan? —le preguntó más como una propuesta que como una curiosidad.

Refugio sonrió. No tenía nada que perder; en cambio podría pasar las noches del resto de su vida amaneciendo junto al cuerpo de ese hombre. Cerró los ojos y se acodó en el cuello de Hermilo; el aula de la escuela Amiga se empequeñecía, las campanadas de San Miguel en Amecameca sonaban muy lejanas, sus pasos se hacían más livianos; la suspendían en el aire. Que Dios la perdonara, pero si Hermilo volvía a preguntar, ella se iría con él.

EL DESPECHO DE BERNARDA

Bernarda Linares había dedicado ese jueves de tertulia a prepararse especialmente para la noche: se dio un baño en la tina caliente que tenía en su habitación, pidió a la negra Virgilia que salpicara el agua con magnolias cuyo aroma embriagante no sólo le gustaba, sino que se le metía por la piel. Se volvía ella pétalos de carne lechosa y perfumada que después Juan Mata acariciaba y probaba con su lengua experta. Luego de relajarse en el agua tibia, tuvo cuidado de untarse el cuerpo con aceite de almendras, de ponerse unas gotas de limón en el pelo que Virgilia desenredó pausadamente; aquellos rizos eran difíciles de controlar pero la mujer sabía domarlos. Colocaba la diadema de carey para que el pelo no cayera en la cara y luego retenía las puntas de la cabellera en un atado que dejaba ver lo esponjado de su melena rubia. Se frotó los dientes con bicarbonato frente a la palangana para asegurarse de su blancura diamantina. Hizo gárgaras con el agua de hojas de menta para que la voz se le transparentara al cantar, lo que ocurría antes de los escarceos amorosos con su hombre. Todo eso para nada aquella noche, para que Juan Mata apenas pasara rozándola y fingiera que no tenía esa cercanía con ella. El hombre había permanecido cerca del virrey y de algunos principales, mientras que la virreina se paseaba acompañada muy de cerca de Juana Inés, la sobrina.

Todo era culpa de la estorbosa sobrina, de esa remilgosa que se hacía la sabihonda y que en todo momento tenía palabras inteligentes y agudas para responder a las dudas y a los comentarios de los virreyes.

Menos mal que ella se había negado a compartir su habitación cuando la virreina le dijo que habría una chica nueva y que seguramente le produciría a ella, Bernarda, una enorme alegría saber que esa chica era familiar de Juan Mata, con quien tanto trato tenía. Lo dijo con esa especial y atenta manera de hablar, sin herirla pero haciéndole saber que suponía que las enseñanzas del señor Mata iban más allá del baile, la conversación y los temas de la política del reino.

«¿Cuál alegría?», pensó Bernarda con la cara hundida en la almohada, con los rizos desperdigados y fuera de control, mientras escuchaba la música que venía del salón, esa música que siempre la regocijaba tanto y que ahora le parecía un insulto. Tenía ganas de volver a casa donde ella era una hija consentida por su padre y por su madre, y por sus hermanos. Cuando le preguntaron si quería entrar al convento a educarse con las madres o a la corte no lo dudó un segundo. Le gustaba la risa, el desenfreno, todo lo que la música y el vestir provocaban. Los rezos no eran para ella; cuando se confesaba decía mentiras. No había imaginado que a pesar de estar entre virreyes y lujos tendría que lidiar con las obligaciones religiosas, con aquel padre que olía mal y que usaba ropas raídas, y que se acercaba a las chicas a la hora de la merienda y con el chocolate ribeteando sus dientes gastados les hablaba de la pureza, de la necesidad de hacer votos de castidad, pues eran muy jóvenes aún para decidirse por esposarse con Cristo o con un hombre de la Tierra; pero en cualquier caso, la devoción, la obediencia, la bondad eran las que debían ensayar desde ahora, y no permitir que Satanás ocupara sus cuerpos llevándolas, con esas poderosas maneras del ángel caído, hacia el placer que desemboca en el abismo.

«Hacerse respetar, no mirarse el cuerpo desnudo», decía cerrando los ojos; «a vuestra edad es una joya de blandura, una dulzura al tacto, un bálsamo a la vista». No mirarlo para no cargarse de vanidad y arrogancia por sus formas redondas, jugosas, convocadoras de las pasiones de los hombres. Y mucho menos tocarlo; ellas que estaban en Palacio podrían pedir a las mucamas que se encargaran de su aseo para que no tuvieran que pasarse las manos por esas partes ocultas cuyo secreto la vida aún no les había descubierto. Esas partes ocultas pertenecían a Dios, eran jardín del Señor y él era el único que podía permitir que se las ofrecieran en santo matrimonio al hombre que prodigara sus cosechas para que los hijos de Dios en la Tierra se multiplicaran adorándolo y esparciendo su amor por todos los confines del planeta. Estar en ese palacio y en esa tierra híbrida de dioses derrocados, de costumbres paganas, de dioses hígado, de dioses muerte, de dioses viento, ofrecía peligros que las mujeres del reino al otro lado del mar no tenían que sortear, pero aquí corrían los conjuros y las supersticiones, las pócimas mágicas. Por ello debían cerrar sus oídos a lo que decían las indias, o las negras, y no hacer caso de la palabra de los hombres, a menos que esos hombres tuvieran la bendición de él, que era el padre confesor de los virreyes y por ello la moral de los mandatarios estaba bajo su cuidado.

Tener que escuchar todo aquello de un hombre tan desagradable al principio le había dado ganas de marcharse a casa, de aceptar las bondades del convento antes que el extremo desagrado que le producía el padre Antonio Núñez de Miranda y el temor que alcanzaba a despertarle su mirada, cuando se acercaba a ella, como hacía con cada una, en la capilla de Palacio, y preguntaba si tenía algo que confesar. Algún pecadillo del cuerpo, una tentación a la que hubiese cedido su pureza inmaculada, el don que la Virgen María había depositado en todas las mujeres. Pero ahora Juan Mata la había hecho fuerte; ella resistía, aunque el padre la miraba tan a los ojos, resbalándose por ellos hasta el extremo del pubis que Juan Mata hacía estremecerse de placer con sus sabidurías amatorias, que imaginaba un arroyo de lodo vertido en su cuerpo, volviéndolo oscuro y feo. Tan verdadera era la sensación que las palabras pronunciadas por el padre producían que viera la lengua de Mata volverse morada y al hombre alejarse con una mueca de asco y grandes arcadas, reteniendo el vómito que ese cuerpo sucio le producía. Guardaba silencio pero no estallaba en sinceridad, porque el propio Mata le había dado la certeza de que el placer la hacía mejor persona, mejor esposa del hombre con el que contraería nupcias algún día, más alegre, y que la alegría era un don al que todo caballero quería acogerse, y también se sabía rica, para casarse con un hombre que le diera buena vida, y por ello no sentía el desprecio divino que el padre quería infundirle.

Si entonces decía un no rotundo, un no piadoso que convencía de su virtud; ahora, si el mismo padre entrara y con su cuerpo hediondo se reclinara sobre ella y le susurrara al oído que todavía se podía salvar, que confesara a qué enjuagues del diablo había cedido su juventud y su virginidad, lo haría sin remedio, porque su única razón de ser era la aprobación de Juan, el deseo de Juan, los piropos de aquel hombre que le había mostrado lo que era propio de su cuerpo y que precisaba de un descubridor. «Navegarte, fundar una ciudad en ti», le decía; «América precisó un navegante para constatar su existencia». Su hombre de mar era Mata, ella su América; él la había nombrado y le había construido una plaza en el pubis donde retumbaban las campanas de catedral, un palacio en los pechos donde se erguían los pendones de la realeza. Ella era mujer territorio nuevo, ya no Bernarda virtuosa sino Bernarda elevada por los cielos. Los anchos cielos azules de su propia religión donde ella era templo y él un devoto. Pero sin el orador, sin el hombre que venerara su cuerpo de rodillas ella no era nada; era un templo

147

desocupado, una pirámide sin Quetzalcóatl, sólo piel y huesos, piedras para ser demolidas.

Bernarda Linares no había pensado en la muerte porque la vida le había prodigado una frescura y una luz que no tuvo que buscar. Su existencia había sido ligera como una pluma, pero verlo allí entre los otros, sin buscar pretextos para comenzar a charlar con las chicas y luego con ella hasta desaparecer juntos por los pasillos y entrar en su habitación, levantarle las faldas y miriñaques y llenarla de su virilidad diestra, eso era la oscuridad. Había recorrido los rostros de los otros hombres que se reunían en el salón, pero ninguno tenía esa mirada de astuta complicidad, de protección infinita, que le daba su amante.

Había estado equivocada cuando pensó que la presencia de Juana Inés en Palacio haría que Juan acudiese con más frecuencia; que la chica tan admirada por la virreina lo ataría a esas paredes de otra manera. Qué tonta había sido; Juana Inés era la sobrina de su mujer, eran ojos y oídos atentos que podían diseminar esa verdad que todos conocían en Palacio pero que afuera se ocultaba a sus propios padres y hermanos, a la familia de Mata.

Bernarda, que se había colocado cerca de la virreina junto a las demás damas aquella velada, escuchó con ira las palabras de Juana Inés, que conversaba con Leonor Carreto sobre alguna tragedia griega, una obra que recién había leído y que Leonor gozaba enormemente. Juana Inés habló de la unidad dramática y de la precisión del armado, de la geometría de las escenas; y ella, Bernarda, no entendió nada porque no leía latín ni le interesaban esos nombres, Lisístrata, Aristófanes, todos tan lejanos como la mirada de Juan esas últimas noches.

Poco a poco se fue serenando, resignándose a que Juan Mata no estuviera con ella un tiempo, tal vez mientras Juana Inés se aflojaba y conocía las leyes de la corte, porque la chica tendría que convertirse en cortesana como ella. ¿O no? Aquel pensamiento le dio bríos. Juana Inés también tendría que acercarse a un hombre casado, como ella, que fuera su maestro en las formas de Palacio, que le diera conversación y andar de mujer, actitud para el galanteo, cortesías y gratitudes que la volverían una noble. Sí, aquello tendría que suceder; al fin y al cabo, ella había entrado a Palacio también a los dieciséis años y ahora era sólo dos años mayor que Juana Inés. Ella vería la manera de acercarle a un amante, un hombre a cuyos vuelos y mundo no se podría resistir. Había visto que el mundo más allá de la capital y del resto de la Nueva España le atraían poderosamente. Esa curiosidad de la recién llegada le serviría para que cayera en brazos de alguien y entonces Juan Mata se olvidaría de los cuidados y las formas y los lazos se tejerían para proteger los pactos entendidos. Se limpió las lágrimas, se calzó los zapatos satinados, se miró en el espejo y se acomodó los rizos. Volvería al salón, ya no para encontrarse con Juan Mata y tampoco para cantar. Miraría con atención a los caballeros asiduos a la corte para elegir a alguno para Juana Inés. La virreina sería su cómplice.

LA FELICIDAD ES UNA LUPA

Había pensado en hacerlo antes, pero sólo ahora, cuando Juana Inés cumplía dieciocho años, Refugio se decidía a escribirle una carta. El tiempo se había deslizado plácido y veloz. Como si viviera una historia falsa, una escenografía de teatro de comedias que se pudiera desgajar en cualquier momento, no había querido convocar al pasado para no agujerar su territorio de felicidad. Así lo asentó en la carta *Queridísima Juana Inés*; esperaba que comprendiera las razones de su silencio y no las tomara como un agravio personal. Refugio miró por la ventana el lento amanecer que se desplegaba en la planicie frente a la hacienda. Hermilo estaba de viaje en la capital y aunque su ausencia le dolía siempre y pensaba como las niñas pequeñas que tal vez no volvería, tenía ese momento para ella sola, para sentarse como ese día con la mañanita sobre los hombros, la chimenea de la habitación encendida y el papel y la tinta en la escribanía. Quién hubiera pensado que la viuda Refugio Salazar desaparecería de pronto, que no daría razón de sus pasos, aunque todos ya sabían que vivía con Hermilo Cabrera, el mulato que la había tomado como mujer sin mayor ceremonia que el carruaje hasta la puerta de su propiedad en Ápan, sus brazos elevándola y su cuerpo tomado en su cama de hombre solo, de mestizo incierto, de mulato rico, de bastardo afortunado. Refugio tomó la plumilla y describió a Juana Inés el rosado temprano en el cielo que la llevaba al punto dos años atrás, también un 12 de noviembre, en que los destinos de ambas tuvieron otra oportunidad. Juana Inés, siempre con buena estrella, se quedó en Palacio. Ella celebraba que la chica y sus talentos la hubieran convertido en *la favorita* de la virreina, pues hasta ese solitario paraje donde ella vivía llegaban noticias, los rumores que Hermilo le devolvía al regreso de sus viajes de negocios: conversaciones en los mesones, en el atrio de la iglesia, encuentros con Juan Mata que seguía siendo un cercano a los virreyes. A Mata le interesaba el pulque que producía Hermilo y los atrevimientos también; quería conocer con detalle el rapto de la viuda Salazar. Al fin y al cabo él vivía uno soterrado, de Palacio para dentro. También eso le había contado Hermilo divertido, pero a Refugio no le había gustado enterarse del cinismo del tío de Juana Inés; pensó en María y no quiso ser cómplice de hipocresías. Esa vez en que Hermilo trajo noticias de la capital, Refugio se sobresaltó con el relato de la querida de Juan Mata. Él le pasó el brazo por la espalda.

—Las pasiones siempre rebasan las formas. Mírame a mí.

—Pero las formas te condenaron al orfanatorio —espetó con ira la viuda.

Nada de eso escribió a Juana Inés, nada que hiriera su sensibilidad de poeta, que diera armas a su inteligencia extrema para odiar al tío que al fin y al cabo la había colocado en Palacio. Si no había escrito, explicó a Juana Inés, en parte era por la extrema felicidad que vivía desde que, a la mañana siguiente de la fiesta en Palacio, la recogió Hermilo Cabrera en casa de sus tíos Mata y ella se despidió como si volviera a Amecameca aunque ya tenía decidido no separarse del hombre que le había pedido irse con él. No quería herir su respetabilidad de viuda, su oficio de maestra. Mientras le decía aquello de camino al embarcadero, Refugio estaba segura de que ninguno de los dos le importaba tanto, ni el oficio ni la respetabilidad, como estar al lado de ese hombre. Que Dios la perdonara, ya sabía que su familia no lo haría.

Si vieras Juana Inés cuánto lee. ¿Habrás escuchado de un poeta español que es la novedad, un tal Góngora que Hermilo ha traído a casa y me lee en voz alta? Debes leerlo, aunque tal vez subestimo lo cerca que está España de Palacio. Y que estás entre virreyes ilustrados. Aprovecha, querida mía.

Eso es lo que ella había hecho, aprovechar un veta luminosa de la vida, decir sí a sus impulsos, vivir en pecado con un hombre que no era su marido, pero que ella sentía como tal, y para quien ella era una esposa que merecía sus consideraciones. *No es como los otros hombres*, pensó escribir, pero desistió.

Hermilo habla del mundo conmigo, y de sus sentimientos; no piensa que debo callar y obedecer. No se parece a mi padre ni a mis hermanos.

Pero no lo escribió; no quería justificar su pasión, pues aunque Juana Inés era una chica muy joven, Refugio sentía que la podía comprender y que si incluso le compartiera el placer de dormir con un hombre como Hermilo, sería capaz de acompañarla en sus gozos y en su serenidad. Pero no haría eso; un pudor mayor que la intención de la amistad la detuvo. En vez de contarle cuánto le gustaban los labios gruesos de Hermilo besándola suave o bruscamente por las noches, pero sobre todo en la frescura del amanecer, escribió que por primera vez sentía el deseo de ser madre, de tener un pequeño que se pareciese a su marido.

Perdón por llamarlo así, pero estoy segura de que Dios con su infinita bondad comprenderá el sentido de la palabra más allá de las ceremonias y el protocolo; le soy fiel, lo pienso amar para siempre, cuidarlo, procurar su alimento, estar a su lado, ser suya sobre todas las cosas porque siendo suya soy más yo, más fuerte, mejor.

La emoción la había traicionado y soltó palabras de más. La tinta se secaba y ni modo que Juana Inés entrara en el éxtasis de las pieles, pues era verdad que aunque había conocido hombre, su primer marido, no recordaba que la entrega de su intimidad fuese tan placentera. No sabía si eran los dedos toscos de Hermilo, su paciencia para recorrer sus senos, su cintura, o si era la confianza que él le había procurado, ese miedo de años disuelto o el permiso para disfrutar que se daba ella. Porque Hermilo había sido un capricho del cuerpo y del corazón, no un arreglo familiar, no un enlace más con un criollo de puesto importante. Había sido la sinceridad del entendimiento y la piel. ¿Lo vivían otras mujeres? Las mujeres del campo, las esclavas, los más pobres eran los que podían elegir y cambiar. Mucho más libres para amar que los que eran como uno.

Ay, Juana Inés, espero que tu inteligencia te permita el libre albedrío, que bajo la infinita bondad de Dios encuentres el camino que no ataje tu sed de saber, tu elocuencia, tu don de la palabra. Que no permitas que otros estorben tu don de crecer. Hasta ahora no lo has hecho; no dudo que la buena estrella y tu fortaleza, así como la voluntad de Dios, te elijan para caminar por una estela de astros.

Refugio detuvo el deslizar de la tinta, miró de nuevo el campo amarillento y extendido, y notó que la luz era más blanca y que sin querer se había metido en su ánimo de escritura haciendo más optimistas sus pensamientos. La felicidad era una lupa para mirar la vida, lo más pequeño, y hacerlo grande y único. Como los ojos de Hermilo, como la espalda de Hermilo. Dormir junto a una piel de hombre. Sintió su cuerpo menudo bajo el camisón. Era suyo por primera vez, porque había quien lo mirara de nuevo con deleite.

Y por eso, querida Juana Inés, espero que en medio de esta dicha pueda tener un hijo que mezcle nuestros quereres y encarne lo mejor de cada uno. Si mi edad aún permite que sea así. Mientras, no pienso volver a mi casa; he mandado dinero a la criada para que la siga preservando y que la mantenga cerrada y cuidada de ladrones. Lo que tal vez haga, por insistencia de Hermilo, es, ya que sigo siendo viuda, poner una Amiga por acá para continuar la enseñanza. Aunque sé, querida mía, que no habrá otra Juana Inés en el aula; inteligencias como la tuya son una excepción divina y ellas pueden cultivarse para sorprender a los mortales o sucumbir en el arbitrio de las circunstancias. Por ahora lo tuyo ha sido crecer y brillar. Sigue así. Tuya, Refugio Salazar.

LA FAVORITA DE LA VIRREINA

Esa mañana Bernarda caminó con Leonor Carreto hacia el patio donde habrían de festejar el cumpleaños del virrey. A Antonio le gustaban las corridas de toros y ella tenía preparada esa sorpresa en aquel patio; incluso había pensado que si la corrida se hacía en el que daba a las ventanas de la cárcel, la fiesta tendría un sentido social. Entretendría a los presos, quienes podrían animar con sus oles y sus vivas. Bernarda escuchó a la virreina y no se atrevió a decirle que le daban temor las miradas de los encerrados: indios, negros, mulatos. La esclava Dorotea ya la había puesto al tanto de cómo, cuando se barrían esos patios o se adornaban, «los ojos asomaban hambrientos por los barrotes y el silencio era peor porque se posaba en las caderas y en los pechos como si la frotaran a uno, mi linda. Y uno ya no puede seguir con la faena». Bernarda le temía a esos ojos, a la crudeza del deseo. Desconocía esa hambre de muchos días. Se persignó en cuanto Leonor Carreto y ella entraron al patio último.

—Debes caminar segura —le dijo la virreina, notando su atolondramiento—. La barbilla en alto.

Bernarda hizo un esfuerzo por separar el cuerpo de su cabeza, por olvidarse que llevaba un vestido de muselina amarilla que se ceñía al talle y la cintura, y que su piel amarfilada se mostraba en sus brazos y en su cuello. Miró la punta de los zapatos de la virreina asomarse por el borde de la falda con cada paso que daba y se concentró en su firmeza.

—Aquí pondremos las trancas y de este lado las gradas —explicó a la chica.

En seguida se volvió y llamó a voces al secretario particular de su marido. El hombre debía acompañarlas y algo lo había entretenido en el patio de las oficinas; pero ya venía presuroso y tomaba nota de lo que la virreina deseaba.

—Quiero sorprenderlo —insistió.

Bernarda miró entonces, poseída por una negra curiosidad, hacia las ventanas diminutas que vestían un flanco del patio. No encontró los ojos pero sí las manos aferradas a los barrotes. Manos ansiosas que delataban a los que la oscuridad de las mazmorras no permitía distinguir. Manos negras y morenas; alguna más blanca, empuñando los barrotes. Imaginó esos cuerpos de hombres capaces de robar o matar, cuerpos fuertes y decididos, emergiendo como animales en una cueva, como tiburones bajo el agua para devorarla; un estremecimiento recorrió su espalda. Se apretó la chalina al talle y miró a la virreina que estaba varios pasos atrás. Hubiera querido que Juana Inés las acompañara. La virreina también tenía esa intención, pero cuando se acercaron a invitarla la descubrieron charlando con el padre Antonio, y su conversación se veía tan enrielada que la virreina no osó interrumpir. Al bajar las escaleras dijo que se alegraba de que el confesor Núñez tomara en cuenta a Juana Inés, que incluso había propuesto pagar las clases de latín que el maestro Oliva podría darle allí mismo en Palacio. Tal vez Bernarda estuviese interesada también. Se dirigía a ella por cortesía y Bernarda sólo inclinó la cabeza.

—Sí, ya sé —dijo con cariño Leonor—; quisieras las clases de zarabanda con el Manolo Vargas.

Bernarda se atrevió a decir que también le harían bien a Juana Inés, que así podría bailar en el salón como otras de las chicas. Bernarda estaba confundida respecto a lo que sentía por la sobrina de su amante; por un lado le parecía afable y divertida, porque era capaz de decir cosas muy ingeniosas jugando con las palabras en los almuerzos con los pajes y con las otras damas; pero también tenía envidia de las conversaciones que sostenía con Leonor, con el virrey y con algunos caballeros. Lo que no le envidiaba ni tantito era su cercanía con el padre Núñez. Por otro lado, dificultaba su idea de que la chica fuera la favorita de algún señor.

—Volvamos —la encomió la virreina y Bernarda la siguió presintiendo el ansia de las manos en los barrotes, en sus caderas. Sonrió ante la libertad de andar de patio en patio.

Al volver a las habitaciones, Bernarda insistió en que la dejara la virreina asistir a la academia de baile de Vargas.

—Veremos, veremos —contestó ella, maternal.

No encontraron a las chicas ni a las damas a la vista, pero escucharon la música que venía de la calle y supusieron que estarían en el balcón de la virreina. Bernarda corrió como una chiquilla hacia la esquina protegida por la celosía y allí las encontró apelotonadas con sus vestidos crujientes y vaporosos. Por un instante las imaginó presas en esa casa y con los ojos devorando lo que ocurría en la Plaza Mayor. Se colocó al lado de Juana Inés y escuchó a alguien explicar que la procesión que veían era la de las huérfanas de la Cofradía del Rosario. Un grupo de muchachas vestidas con gran adorno caminaba sosteniendo enormes cirios encendidos. Las acompañaba un tañedor de laúd y un hombre que entonaba unos cantos. Ellas contestaban algo mientras seguían en la procesión que, le pareció a Bernarda, tenía algo de religioso y de festivo. Al frente una de las muchachas llevaba el estandarte de la Virgen. Cuando dieron vuelta otra vez hacia el Palacio, Bernarda pudo mirarles las caras. No eran indias ni mulatas. Se parecían en las pieles y en las facciones al manojo de mujeres que desde el balcón contemplaba. Bernarda se agarró de la celosía para mirar mejor lo que allí sucedía y descubrió a los hombres que habían formado un círculo y que miraban a las cofrades. Pensó en la corrida de toros y en las gradas. Ellas hacían su faena: se lucían. De pronto un hombre dio un paso adelante y tomó del brazo a una de las chicas que se desprendió del grupo. Parecía haber roto el ritual pero nadie protestó; unos pasos más adelante otro hizo lo mismo. Fue una de las damas de compañía quien explicó que como las huérfanas no tenían dote buscaban marido de esa manera. La cofradía pagaría la dote de las elegidas para el casorio. Bernarda miró a Juana Inés a su lado que seguía absorta la escena, como si algo intenso estuviese bullendo en sus pensamientos. Recordó entonces que Juana Inés era huérfana de padre, que su abuelo había muerto, como ella le contó, y que su madre vivía con el padrastro y con otros hermanos, pero que Juana Inés no podía contar con la dote que ella sí tenía esperando en casa al mejor postor para que nunca dejara de usar sus vestidos de muselina, sus perlas al cuello, sus medias de seda, sus guantes de cabretilla, y siempre la asistieran esclavas e indias en una buena casa.

—Debe ser horrible ser huérfana —soltó provocadora mirando de soslayo a Juana Inés.

—Pues las chicas de la plaza lo tienen solucionado.

—¿A ti te gustaría desfilar así y ser escogida?

Juana Inés fue contundente.

—A mí no me gustaría casarme.

Bernarda se sorprendió con aquella respuesta. Había visto a Juana Inés pasarla bien en las charlas con los chicos que la rodeaban; había visto su piel sonrojarse ante la mirada atenta de Cristóbal Pocillo.

—¿Por qué? ¿No te gustan las lisonjas de los hombres?

—No bastan.

Juana Inés era una chica rara, sin duda. Todas las demás damas de la virreina se morían por ser pretendidas, requeridas, y cada una se soñaba de la mano de un señor de su condición. Ella misma, Bernarda Linares, estaba segura de que ése era su destino. ¿Había otro? No sería monja por ningún motivo. Y de tantas pláticas que Juana Inés tenía con el padre Núñez quién sabe si aquello le rondara en su mente.

—Y entonces ¿qué te gustaría hacer? —preguntó.

—Ir a la universidad.

La respuesta, aunque desconcertante, consoló a Bernarda; no imaginaba a una chica como Juana Inés, a quien animaba tanto la conversación con los virreyes y sus invitados, decidiéndose por el encierro.

El círculo de chicas seguía dando vueltas cada vez más disminuido. Bernarda miró a las que charlaban con los hombres que, como frutas en un puesto, habían sido escogidas por el color, la turgencia y el deseo de comerlas. Le pareció aterrador que a ella le ocurriera aquello; claro que se quería casar, pero no sería con Juan Mata. Ni quién lo quisiera viejo y achacoso al rato; sería con un lindo español de figura esbelta y de buenas maneras. Pero ¿sería un amante delicioso y atrevido como Juan? ¿Tendría ella que disimular sus conocimientos? Su mano apresó la celosía con más ansia. Había visto a Juana Inés charlar con Leopoldo Arenas, con Cristóbal Pocillo, hombres de distinción y mundo, y sus ojos se habían avispado pensando que a ese gusto por su compañía sucedería lo que a ella con Juan Mata: la intimidad. Pero Juana Inés no se acercaba a sus cuerpos en el baile, y la mayor parte de las veces se negaba a bailar aludiendo a su ignorancia. Prefería acomodarse donde el maestro que tocaba la música y seguir los placeres de la charla antes que los de la mirada y el cuerpo. También era cierto que desde que recibía las lecciones de latín y permiso para entrar a la biblioteca del virrey, le estorbaba menos para encontrarse con Juan en el aposento. Ni siquiera parecía ocuparse de los deslices de Palacio. Le daba ira su tranquilidad, a pesar de que Bernarda tenía campo abierto para los ritos de alcoba. También le daba ira lo que se murmuraba en los pasillos: Juana Inés era la preferida de la virreina. Leonor estaba pendiente de sus estudios, de su ropa, de sus deseos, de sus palabras. Con Bernarda era cordial y la trataba como a una pequeña, como a alguien sin importancia. A Juana Inés la admiraba. De haber estado en el balcón, aplaudiría sus deseos de hacer una vida diferente. Juana Inés era distinta y eso es lo que irritaba a Bernarda, que alguien pudiese ser mujer de otra manera, que alguien supiese del mundo de los libros y que escribiese comedias para entretener en Palacio y que hablara con gracia y acopio de palabras que deslumbraban a todos, y que encima fuese bonita. Bernarda miró su perfil, los ojos pardos y las cejas rotundas, la boca suave y la nariz acoplada a la intensidad del rostro. ¿Y de qué le serviría aquella cara si no la iba a colocar en la almohada junto a un hombre?, ¿de qué tanto saber para no tener la protección de un caballero? ¿Sería por huérfana que aquellas cosas pensaba? La procesión llegó a su fin cuando el grupo menguado de muchachas ya no regresó a la plaza y desapareció por la calle del Empedrado. Bernarda se soltó de la celosía que permitía que miraran sin ser vistas. Juana Inés seguía con la vista la desbandada de la plaza donde se inauguraba un nuevo orden de familias y convenios.

—Pero la universidad es para hombres —dijo Bernarda, encajando la muletilla, y sin esperar respuesta abandonó el balcón.

LA FAENA DE CRISTÓBAL POCILLO

Cumplir cincuenta y cinco años no era poca cosa. La marquesa de Mancera se había esmerado en hacer de la celebración de Antonio Sebastián de Toledo, su marido, un festejo memorable. La tarde había caído y el ruedo del patio donde lucieron las novilladas quedaba atrás. El propio Cristóbal Pocillo hizo lucimiento de gracia, o de su origen, pues su padre era criador de los mejores toros de lidia en Huamantla. Válgame el cielo, y todo por la chiquilla, por la joyita de Palacio, la huérfana, la descastada, su muy querida Juana Inés. Con razón Bernarda Linares se le había acercado días antes para decirle que si no había notado que el chico se fijaba en la sobrina de los Mata. Pero ella no había dado importancia sintiendo a Juana Inés tan en lo suyo. En las clases de latín con el bachiller Olivas, que el padre Núñez había costeado generosamente. O en sus lecturas, o viendo los mapas de la biblioteca de Palacio.

Luego habían pasado al patio de las oficinas, cerrado ese día por razones naturales, porque las órdenes eran que siempre estuviera abierto para atender a los súbditos del rey, fuesen de cualquier color, género y a la hora que su disputa o asunto los llevase allí, pues su marido se aplicaba en ser gobernante cuidadoso; no tenía malos tratos con los de abajo ni con los poderosos del cabildo o del comercio, mucho menos con las autoridades de la universidad cuyos estudiosos siempre eran bienvenidos a las tertulias de Palacio porque tanto él como ella gozaban de la enjundia de sus conversaciones, de sus saberes, de sus dudas. La afición les venía desde que siendo ella dama de la corte de la reina Mariana de Austria se invitaba a legistas, doctores, músicos y pintores, ingenieros y toda índole de especialistas para discutir los asuntos serios y mundanos y se recitaban versos en varias lenguas. Atravesaron el patio donde se dio el banquete para agasajar a Antonio, con las perdices en pipián que eran sus muy favoritas, los lechones asados, el estofado de buey cubierto de setas y pimientos, las gallinitas portuguesas y para rematar la dulcería de los conventos de la que tanto gustaba eila, más que él, con sus bienmesabes, sus sevillanas, las naranjas cristalizadas y aquellos dulces de coco que venían desde el puerto. No faltó el vino de la tierra cuya dotación fue obsequio de Juan Mata, que era uno de los importadores más hábiles; de otro modo había que abastecerse del aguardiente del que gustaban los naturales o del pulque al que los españoles de campo se iban haciendo afectos como los escuchó decir en las casas de los dueños de fincas de trigo y huertas a las que eran invitados. Decían que les gustaba el sabor espeso y ácido, dulzón cuando lo curaban con las frutas; que les ponía las mejillas muy rojas y con eso sentían fuerzas para recorrer el campo y resolver asuntos de plagas y falta de lluvia, de muertes de esclavos, de incorporación de indios.

Habían llegado por fin al salón, desde donde, sentada en los cojines apilados en su sillón predilecto, ahora miraba. Allí se daban las reuniones pequeñas y allí se habían recogido los que quedaban, todavía enfiestados, todavía alrededor de su marido, de su humor fino, de su placer por escucharlos. Aunque desde donde la virreina miraba, notó divertida que Antonio disimulaba el sueño, que ya lo empezaban a abatir los excesos del vino, la comida, los oles en las corridas, los sobresaltos con los novatos, y el baile luego en el salón.

«Este hombre tiene más de medio siglo», pensó la virreina; a sus cuarenta también estaba fatigada. Claro que ella había dispuesto la celebración durante los días anteriores y todo ello era agobio puro: mil detalles que contemplar, desde quiénes serían los invitados, que no faltara un principal, o un criollo adinerado y que había sido su anfitrión, ninguna familia de las chicas que eran sus damas, la gente del cabildo, del ayuntamiento, los actores del Coliseo, el padre Núñez y el arzobispo si gustaba, los comerciantes y los militares, todos y cada uno de los que hacían posible la labor del virrey, o que lo colmaban de afectos tal vez no desinteresados del todo. Miraba la escena final de la fiesta, como el foro desde el palco del Coliseo, a su marido departiendo y fingiendo atención, a la hija despedirse y retirarse a su habitación, aburrida con las charlas de los mayores, aunque a sus doce años el baile le empezaba a interesar y Bernarda se había encargado de enseñarle unos pasitos. Para preocupación de la virreina, la pequeña la seguía todo el día pues se había granjeado su admiración, y esa muchacha jubilosa, con aquellos rizos rubios, no era el ejemplo de sensatez ni de virtud. Aunque claro, no todas podían ser Juana Inés, lo sabía la virreina que ahora, mirando hacia la derecha de su marido, la descubría rodeada de algunos caballeros. Entre ellos Cristóbal Pocillo, con la levita rasgada y con el pantalón empolvado por la faena con que se había lucido, se inclinaba hacia el perfil de la joven, que esgrimía una sonrisa delicada. No había en ella los gestos exagerados de Bernarda, la risa descompuesta, la bobería infantil que desentonaba con su cuerpo florido. Esperaba Leonor que Bernarda pronto fuese requerida por un joven; quería advertir a la familia que se dieran prisa, que arreglaran el matrimonio con un muchacho de bien antes de que la chica se volviese una cortesana adulta, incapaz de renunciar a los placeres de los galanteos de Palacio. La virreina sentía ganas de quitarse las zapatillas pero no era apropiado hacerlo en público; los pies le latían como si tuviesen cada uno un corazón. Volvió la cabeza hacia su marido intentando que al mirarla él entendiera que era hora de disolver el ágape. Pero allá en el lado opuesto del salón él escuchaba cabeceando, apoyado en la columna; ella sabía que en su cumpleaños tocaba a los otros retirarse y no a él decidir la hora en que debían desaparecer. Alguna vez Leonor fingió un desmayo para que los comensales se fueran de una vez por todas; aquella vez su cabeza estaba hinchada de preocupación; había tenido un sangrado ese día y eso no era bueno el tercer mes de embarazo. Por fortuna el malestar fue pasajero y el embarazo había seguido su curso. Salvo en situaciones extremas era incapaz de hacer un sainete. Se arrellanó en los cojines y de nuevo se concentró en el grupo de muchachos que rodeaba a Juana Inés.

La marquesa deslizó su mano hacia su pie y desprendió aquel zapato ceñido, al fin que en ese momento nadie la miraba. Y si su marido se diese cuenta, aprovecharía el regaño por su desacato para pedirle que fueran a la recámara y la desvistiera él y no sus sirvientas, como cuando de más joven la deseaba en momentos caprichosos, allá en España, cuando Leonor aún era virgen y había conocido su cuerpo por las manos de Antonio. Era la manera en que Cristóbal miraba a Juana Inés la que le alteraba los pensamientos y le recordaba su propia carne joven y el apetito de su marido, porque sin duda el joven se estaba entusiasmando. Aunque igualmente rodeada de hombres en otras ocasiones, la estampa que ahora veía la virreina era otra. Se respiraba desenfado y coquetería. Entonces sucedió: Cristóbal rozó la mejilla de Juana Inés con su mano al tiempo que Antonio caminaba hacia la virreina, se hincaba a sus pies y colocaba el zapato en su sitio. Leonor quiso recordar algún poema del amor cortés pero ya Antonio la llevaba de la mano hacia sus aposentos al tiempo que la fiesta se desarmaba y que Juana Inés quedaba fuera de su vista.

LA INDISCRECIÓN DE BERNARDA

Bernarda Linares había insistido en las clases de baile que sería bueno que tomaran en Palacio. La virreina había cedido con tal de que aquel canario turbulento se quedase sosegado. Manolo Vargas iría los miércoles por la tarde y las chicas aprenderían las zarabandas y gallardetas que se bailaban en Europa. Tal era la insistencia de Bernarda cuando quería algo, que visto con más malicia en realidad era su deseo por los galanteos y las caricias de Juan Mata, que persuadió a la virreina de que la pequeña aprovechase también las clases aunque no tuviera edad de estar en las tertulias de salón. Total, la postura y el movimiento beneficiarían la gallardía de su cuerpo. Y logró también que después de la primera clase en que Juana Inés permaneció junto al clavecinista, apresando la elocuencia de las melodías y observando el manejo de los dedos en las teclas de marfil, se animara a hacer los pasos y a intentar la coreografía que el bailarín proponía. Con las palmas marcaba el acento, y con su salero ponía algo costeño a los movimientos de las chicas. Manolo Vargas era de Veracruz y sin duda llevaba sangre de esclavos en sus cadenciosos movimientos. Muchos decían que había provocado delirios de hombres y mujeres por igual cuando bailaba en el fandango de su rancho, que borracheras y peleas sacudieron no sólo el caserío sino la plaza de la ciudad y que tuvo que salir a donde sus maneras se disimularan y la desmesura se atenuara con otras preocupaciones. Juana Inés le había confesado esa primera noche que tomaría las clases del maestro sólo porque las llevaba a los negros de Panoayan, que se reunían junto al fuego y cantaban y bailaban, que por instantes se había olvidado del Palacio y sus adornos para instalarse en la desnuda belleza de los volcanes nevados. Bernarda no se conmovió con sus recuerdos; sólo pensó que iba por buen camino, que si la melancolía la movía al baile, el baile bien podía llevarla a los brazos de un hombre que acompañara sus pasos. Y ese hombre, le estaba claro a Bernarda, sería Cristóbal Pocillo, no sólo porque notó su interés por las palabras de la chica y por su aguda inteligencia, sino porque ella misma, aprovechando que Juan Mata hablaba con el virrey, se le acercó y le insinuó por lo bajo:

—Yo sé un secreto.

Cristóbal era un hombre serio y disimuló ante la provocación de la rubia, pero Bernarda insistió dando sorbos al vaso de oporto.

—Es sobre Juana Inés.

Cristóbal, entonces, aunque fingiendo poco interés, preguntó:

—¿Qué hay sobre ella, además de que es la favorita de la marquesa de Mancera?

—Está tomando clases con Vargas para poder bailar contigo.

Sin esperar respuesta, se fue hacia donde la hija de los virreyes aparecía en el salón con su ropa de cama y el gesto de venir de una pesadilla. Qué oportuna era la chiquilla.

Cuando se alejó del muchacho hacia los aposentos, volvió a verlo con disimulo. Su desconcierto era total; así desarmado se veía como un niño ingenuo. Pensó que si en ese momento lo viera Juana Inés también su corazón habría de rebosar ternura. Ella misma, Bernarda Linares, podía sentirla. Y aunque se acercó a la habitación de Juana Inés para seguir con sus artes alcahuetas, no pudo entrar a la habitación. Tras la puerta escuchó unos sollozos taimados. Soltó a la hija de los virreyes y le dijo que siguiera de frente, ya la alcanzaría, y con el oído pegado a la puerta se quedó escuchando el sufrimiento de la sobrina de Juan Mata. De quien exhibía tanta seguridad sin duda era un gesto extraño. Iba a tocar a la puerta pero el pudor la detuvo. Ya la abordaría en los próximos días.

EL CUERPO ACARICIADO

Bernarda había notado los ojos hinchados de Juana Inés a la mañana siguiente de aquellos sollozos tras la puerta. Durante el paseo que hicieron con la marquesa a la plaza del Volador intentó estar a su lado para aliviar sus congojas. Entonces no sólo le interesaba que Juana Inés no le estorbase en su amorío con Juan Mata sino que tenía curiosidad por el origen de sus tribulaciones. Ahora no comprendía la súbita decisión de la joven, que había dejado tan triste a la virreina y que había desconcertado al virrey, a Manolo Vargas, a su tío y a ella misma. En aquel paseo con la tarde venciéndose sobre la plaza, protegidas por los parasoles de seda, Bernarda se había atrevido a preguntarle si era un mal de amores lo que la aquejaba. El silencio esquivo de Juana Inés pareció darle la razón.

—¿Acaso te besó? —se atrevió.

Parecía que Juana Inés necesitaba descargar su emoción, porque asintió.

—¿Y no te ha gustado el peso de sus labios sobre los tuyos?

Bernarda se atrevió a tomarse de su brazo, intimando. Si Juan Mata no hubiese sido su tío, le hablaría del placer de esa boca recorriendo palmo a palmo su cuerpo, deteniéndose juguetona en su escote, en sus senos, aprehendiendo a mordidas y salivazos sus pezones. Lo pensaba y ya el cuerpo se le erizaba ansioso.

—¿Acaso acarició tu talle, te apretó la cintura, te dobló como a un tul de la laguna?

Los pasos de Juana Inés se hacían más lentos como queriendo distanciarse del resto de las chicas y de la propia virreina.

—Si ya conociste el placer de las manos de un hombre no es posible dormir en paz.

¿Acaso era esa sentencia que Bernarda soltó confiando en quien ese día descubría más amiga de lo que se hubiera imaginado la que la había orillado a irse al convento? ¿Pero qué tenía que perder? A Cristóbal parecía gustarle la joven, ¿por qué abandonar esa veladora?

Tomaron hacia el Baratillo para curiosear entre lo que vendían y el alboroto de la gente. Juana Inés se detuvo y miró a Bernarda a los ojos.

—Por favor no digas nada a la virreina.

Bernarda sospechó que Cristóbal no había hecho más que disimular que no sabía del interés de Juana Inés por él y que ella había fingido distancia cuando en realidad habían estado en la intimidad de su alcoba. Juana Inés no tuvo que decir más, ni ella indagar sobre la manera en que, después de la visita de un hombre, el cuerpo desnudo ya no se contempla de la misma manera frente al espejo. La mirada lleva los ojos del otro. Uno se mira como si se espiara a sí misma. Ajena. Hay una sensación de pureza y de abismo. ¿En qué lado se habría quedado Juana Inés?

La virreina las llamó para que se acercaran. Bernarda apretó el brazo de Juana Inés y le susurró al oído:

—Estate tranquila.

Y después de aquello no hubo confidencia alguna hasta que se enteró de que Juana Inés se iba con las Carmelitas Descalzas. Intentó volver a hablar con Juana Inés pero la chica había construido un muro. Fue preciso que, durante una de las conversaciones de Juana Inés con el padre Antonio, Bernarda se introdujera a su habitación y hurgara en los cajones de la cómoda para encontrar razones de aquello que la orillaba a irse y que ella no dudaba estaba relacionado con los sollozos que había escuchado tras la puerta. ¿Se protegía del mundo o de sí misma?

No tenía mucho tiempo y no quería dejar huella de su presencia, pero por más que movía ropa, hurgaba en los bargueños y en las repisas no encontraba evidencia alguna. Estaba por abandonar su propósito cuando entre un chal de lana gruesa encontró unos pergaminos. Tomó uno con ganas de llevárselo pero lo pensó torpe. Leyó lo que no debía y la transparencia de las palabras la ensombreció. Eran trazos apresurados, invocaciones a la Virgen y luego palabras que revelaban que una parte de Juana Inés había sido descubierta entre las manos, y los besos, las caricias y los apretujones, y la forzada entrada de quien la hacía prometer silencio. Las palabras referían a la sangre que escurría entre sus piernas y a la brutalidad de su cuerpo tomado. En nada se parecía aquello a lo que Bernarda sentía junto a Juan Mata. Se asustó ante tal revelación y tuvo una leve sospecha de que aquel hombre no podía ser Cristóbal Pocillo. Pero quién lo podía asegurar. Escuchó voces en el pasillo y colocó de nuevo el papel entre los dobleces del chal. El corazón se le quedó adolorido. Ella, Bernarda Linares, había sido afortunada en el descubrimiento del placer y la delicadeza. Aún no conocía el abismo.

Lo cierto era que Juana Inés ya no estaba allí para hablar, para revelarle la verdad y para volverse su aliada. El pergamino sin duda había sido incinerado y era una confesión ceniza entre los escombros del fogón del cuarto vacío.

PERDER A JUANA INÉS

Así como le había dado gusto a Leonor observar las charlas sosegadas entre el padre Antonio y Juana Inés, ahora se arrepentía de esa alegría. Volvía a Palacio andando con ganas de hacerlo sola, de que se le desprendiera ese racimo de mujeres que ella y su marido ataviaban con el dinero de la corte, que dejaran sus alharacas bobas, su coquetería con los caballeros que las miraban y le permitieran estarse a solas con ese pedazo helado que se le había instalado en el pecho después de dejar a Juana Inés a las puertas del convento de las carmelitas.

Sintió asco por quien tanto respeto le causaba, ese viejo jesuita vestido de andrajos, exhibiendo su voto de pobreza, su voluntad de sacrificio, esparciendo su olor a poco aseo, su mirada victoriosa: una mujer más ganada para el reino de Dios, una mujer más desviada del pecado y el mundo de perdición que provocaban ellas; eran tentación, fruto por morder, tierra por poseer. Si nunca se había atrevido a esgrimir tales pensamientos, ahora Leonor se sentía con derecho a ello. Si había soportado ese olor a viejo, a orines, a aceite rancio, era porque lo había confundido con santidad. Porque toda iglesia tenía ese incierto olor a tiempo detenido, a flor marchita. El padre intentó alcanzar a la virreina y ponerse a su lado, pero ella no iba a permitir que el monstruo aplacara su ira y su pérdida.

—Vuestra merced —dijo insistente—, no hay pérdida, hemos ganado todo.

El padre Antonio sabía lo que le ocurría. Era su confesor, en quien ella depositaba sus miedos y tribulaciones, sus accesos de envidia y de vanidad, sus disgustos con el virrey que olvidaba sus cuitas amorosas, que desatendía su melancolía cuando pensaba en su madre vieja en España y ella aquí; las dos tal vez morirían en extremos del reino. El padre Núñez estaba al tanto de esa distancia que la oprimía y que le oscurecía el ánimo y el entendimiento. Tanto poder sobre su alma le pareció obsceno.

Habían llegado a la esquina entre Palacio y catedral; bastaba con girar a la derecha para que pudieran entrar a Palacio, pero la virreina siguió de frente dispuesta a andar por las calles para que con el paso brioso se calmara su pena.

—No quiero hablar en este momento, padre —se atrevió a decirle, recobrando la cortesía de su rango.

—Ya lo harás, hija, ya lo harás.

¿Habría sido el interés por Cristóbal Pocillo lo que había acelerado todo?, pensó mientras el padre se empequeñecía a sus espaldas. Qué empeño el de este hombre en hacer de las mujeres esposas de Dios. Estaba bien que procurara algunas, al fin y al cabo los conventos hacían su labor con los pobres, enseñando a las niñas a bordar, a cocinar, a leer; recogiendo huérfanas, confeccionando manjares dulces, pero Juana Inés no podía desperdiciarse en semejante matrimonio. La conciencia de Leonor sangraba. Era católica, creía en el juicio final, pero también en la injusticia de los hombres. Y aunque casi santo, Núñez era un hombre. Apretó los puños y arreció el paso sin mirar ni saludar a quienes hacían reverencias a su paso. Juana Inés estaba casada con la curiosidad desde siempre, con la sed de saber. Y el cura astuto le había pagado aquellas clases de latín, le había acercado libros para ganarse su confianza, sus consejos, y así la había orillado a entrar al convento de las carmelitas.

Juana Inés se lo había dicho gozosa como si un barco náufrago divisara tierra.

—Seré monja, me casaré con Cristo, vuestra majestad.

Leonor lo había sentido al principio como una niñería pero a los veinte años Juana Inés no estaba para bromear con semejante decisión. Reconoció la fachada de la iglesia del Pilar y sintió deseos de refugiarse en la penumbra del templo. Sabía que sería imposible desprenderse del grupo de damas que siempre la acompañaba, pero lo intentó. Cruzó la calle sin advertir la carreta que pasó tan cerca de ella que al punto los guardias la siguieron para detener a los incautos. La virreina no estaba para defender inocentes. Ella era la única inocente que le preocupaba en ese instante. Ya los obligaban a apearse; un hombre rubio con la gola recién planchada, con la espada al cincho y un lacayo negro vestido de luces le salieron al paso. La gente se arremolinaba, curiosa. El padre Núñez había dado alcance a la virreina y soltaba una verborrea contra el caballero que, tomando la mano de Leonor, la besaba y pedía disculpas. Leonor salió de su arrobo y reconoció al propio Cristóbal Pocillo. Le vio la mirada limpia y lo perdonó al instante. Pensar que Juana Inés había preferido el encierro a la compañía de ese hombre apuesto que la procuraba de mil maneras en Palacio, que era abogado y poseía tierras. Lo miró con tristeza. Y ajena al incidente y a las miradas de la muchedumbre y los codazos de las chicas que discretamente deslizaban los mantones para exhibir sus escotes o sus cinturas, le dijo:

—Se nos ha ido.

Cristóbal la miró intrigado. Era hombre inteligente. Otra vez el padre Núñez, que todo lo sabía porque había escuchado las tribulaciones de la propia Juana Inés, entusiasmada por este hombre ilustrado y rico, salió al quite.

—Juana Inés se casará con Dios y su inteligencia encontrará tierra fértil para brindarnos sus dones.

Cristóbal miró al padre y, fingiendo no escucharlo, ofreció su brazo a la virreina. Pareció comprender que su intención era cobijarse en el silencio del templo y la acercó a la puerta.

—Tal vez se arrepienta —le susurró a Leonor al oído y se alejó.

Leonor aprovechó la conmoción callejera, los aspavientos de las muchachas y los murmullos de la gente para darse la vuelta y perderse en los corredores de la iglesia y repasar lo que había ocurrido con la joven.

—¿No estás a gusto con nosotros?

—Cómo no iba a estarlo.

—¿Por qué te vas?

—¿Qué futuro puedo tener yo?

Quería entrar a la universidad, pensó Leonor, se lo dijo con insistencia, quería ser una estudiosa; era todo lo que le importaba.

—Aquí puedes estudiar; conseguiremos de España todos los libros que quieras.

—Virreina, usted sabe que las muchachas acaban casándose con un hombre de su condición.

—No será problema, Juana Inés.

—Los hombres exigen más que Dios.

Las palabras de Juana Inés le punzaban en los oídos. Renunciar a la vida de las calles, a la música del Palacio, a las conversaciones, al balcón que miraba a la plaza, a los paseos a los huertos de San Ángel, a los galanteos de un caballero, a las comedias en el Coliseo, a las peleas de gallos, a los saraos y a los bailes, a los banquetes de Palacio, a las noticias de España, a los olores del mercado y a los sabores que apreciaba. Ella, Leonor Carreto, ¿acaso había hecho una renuncia tal? Tal vez, cuando se vio virreina supo que renunciaría a quedarse en su país, que renunciaría a la intimidad y a la rebeldía que alguna vez la acompañó, que lo suyo sería complacer y sonreír, cuidar el po-

174

der de su marido, ejerciendo el suyo propio. Que renunciaría a la posibilidad de decir *no*, que tendría que asistir a los convivios de los ricos novohispanos, de los incultos y pretenciosos, que tendría que tragar mucha porquería. Ignoraba que la compensaría esa dulzura en el habla de la colonia, esa facilidad para ser atendida, los sabores del mamey y el zapote, los canales y los lagos de la antigua ciudad, ver cosas que no había imaginado como esos templos en ruinas, esas pirámides que habían sido de otros dioses, conocer a Juana Inés que amalgamaba las dos Españas.

Ya los pensamientos se le iban por otros lados consolándola del momento justo en que Juana Inés se alejó solitaria por un pasillo del convento, mirando hacia atrás de cuando en cuando, y ella allí, impotente, incapaz de confesar su dolor, al lado de la madre superiora y del padre Núñez. Los dos satisfechos, alabando la decisión de la joven, el botín que entraba a clausura, y ella abominando ese momento.

Cuando volvió a Palacio, sin haber cruzado palabra con nadie, se refugió en su recámara. Allí, sobre el diván, estaban los vestidos de Juana Inés: el de terciopelo vino, el verde menta, la capa marrón, el de flores marino, la blusa de seda color perla. A la vista de ellos no pudo contenerse: hincada entre sus telas lloró la ausencia de su preferida.

PLUMAS VERDES

No iba a poder ser dentro del Palacio. En cuanto sintiera los primeros espasmos, ese apretar del vientre contra su voluntad, debía llegar lo más pronto posible con Teodora. Sólo la esclava que la atendía lo sabía, y una de las cocineras indias, porque fue Virgilia quien un día le preguntó qué pasaba, que ya no le pedía los paños para el sangrado. La negra era la encargada de lavar los paños sucios y tenerlos limpios, hervidos y asoleados, para las muchachas, pues si no era una, era la otra la que sangraba. Al preguntar, Virgilia había provocado el llanto de Bernarda aquella tarde en que acomodaba la ropa limpia en los cajones del armario y colgaba el vestido que recién se había quitado. Cómo no confesarle a otra mujer como ella, aunque negra y sujeta al servicio de por vida, aunque servidumbre y amancebada con los hombres a su capricho (eso se decía de las de su condición, aunque a Bernarda no le constaba), que temía estar embarazada.

—Es verdad, Virgilia, éste es el segundo mes que no sangro.

La negra siguió colocando las prendas de algodón y de lino en aquella cajonera olorosa a naranja, pues la virreina había mandado a hacer los bargueños y los roperos a Olinalá para que las ropas siempre estuvieran fragantes como aquel enjambre de jóvenes que ella pastoreaba mientras encontraban al marido que disfrutaría esa educación palaciega.

—Voy a tener un hijo —insistió Bernarda, llamando la atención de la esclava.

La muchacha, un poco mayor que Bernarda, se sentó en la cama, como si aquella confesión le diera permiso de hacerlo.

—No tienes que tener el hijo —le dijo rotunda.

—No lo quiero tener, Virgilia. Imagina mi vida; ¿quién se casará conmigo si se hace público que mi virtud ha sido percudida?

—¿Y el señor? —preguntó Virgilia—, ¿acaso lo sabe?

Había una velada ira en la pregunta de la negra. Tomó la mano de Bernarda, que era rosada y contrastaba con su piel oscura. Bernarda sintió consuelo entre las manos largas y huesudas de Virgilia.

—Las que se han quedado preñadas han ido con Teodora; ella sabe cómo hacer perder a los niños.

Bernarda, asustada, miró al techo. En su camisón rosado parecía una niña sin salida.

—¿Y qué pasa? ¿Sale mucha sangre? ¿No me puedo morir?

—Sólo las que se tardan mueren, a las que les ha crecido el vientre.

Virgilia no había ido nunca, le contó, pero lo sabía porque varias de las que trabajaban en Palacio habían acudido con Teodora y contaban cómo unas señoras de casas ricas iban para perder hijos o para que nacieran y ella se los desapareciera. Bernarda se persignó.

—¡Dios mío!

Virgilia dijo unas palabras en el idioma de sus abuelos.

—Juan Mata no lo debe saber —respondió Bernarda, como si una ola de certeza la hubiera invadido de pronto—. Ni nadie más.

Virgilia dijo que era una de las cocineras quien sabía llevar con Teodora. Y además la cocinera le daría los preparados para que todo ocurriera. Virgilia había visto cómo sucedía eso porque una de las indias que ayudaba en la cocina esperaba hijo de uno de los señores que iban a Palacio. Bernarda se sintió aludida como si ella y la india en la cocina estuvieran en las mismas condiciones. Pero ella había permitido y querido y deseado los ardores de Juan Mata. Él era quien impedía que ese líquido de los hombres se quedara en su entraña. Siempre le dejaba el vientre embarrado pero eso no se lo iba a contar a Virgilia. Bastante era decirle que estaba preñada. Bernarda, ingenua, le reclamaba a Juan cuando se retiraba, porque cuando él perdía la cabeza y era un animal poseído, era el momento más dichoso para ella: la prueba de que su cuerpo tenía ese poder sobre el otro. Juan Mata era entonces casi suyo porque un momento de lucidez lo hacía retirarse del cuerpo de la muchacha y verterse fuera. Pero hacía poco ella había insistido en que sus días acababan de pasar y él no tuvo voluntad de desprenderse. Se dejó vaciar todo placer dentro de ella que después de un rato, cuando Juan dormía desmadejado en la almohada, sintió ese hilo espeso mojar su entrepierna. Sonrió. Y ahora no podía ni siquiera recordar el placer, no podía imaginar a Juan tocándola con esa minucia de hombre que conoce el cuerpo de las hembras. Le dieron ganas de volver el estómago; Virgilia le acercó la bacinica.

A los pocos días, cuando almorzaba con las demás muchachas en el comedor cercano a la cocina, dijo que le dolía el estómago y ordenó a Virgilia que le trajera un té para esos males. Así lo habían convenido la noche anterior Virgilia y ella antes de la reunión de Palacio. Esa noche Bernarda tuvo que disuadir a Juan de sus devaneos. Pidió a la virreina encarecidamente que dejara a su hija permanecer más tiempo despierta para que ella pudiera enseñarle canto y baile. Bernarda cantó, bailó con la chica para que aprendiera los pasos y cuando Juan se le acercaba, visiblemente encendido por el vino ingerido, ella le susurró que era un encargo de la virreina, que le había pedido expresamente ocuparse de la pequeña en el salón; la niña tenía que empezar a comportarse en ese espacio.

—Pues no se te vaya a ir la mano —le dijo Juan, ofendido por el desaire—. No me la vaya yo a llevar a un rincón.

Bernarda miró la cara angelical de la criatura y sintió una ira desmedida. Quiso golpear el rostro del señor Mata que alcanzó a tomarle la mano.

—¿Por qué tan alterada, si te encantan mis juegos?

Aquello era una advertencia; Bernarda no debía perder la cabeza. Por ningún motivo quería que Mata se enterara de que ella esperaba un hijo de él. Suponía su reacción. Juan Mata no iba a perder su lugar de criollo, esposo, padre, amigo de los virreyes y desvirgador de jovencitas. Si no era ella habría otra. No le había cruzado semejante idea por la cabeza hasta ese instante en que descubrió lujuria en la mirada que Juan dirigió a la criatura.

—No lo harías —dijo—; te costaría la vida meterte con la hija de los Mancera.

Y Juan dio un paso retador hacia la adolescente.

—Bernarda, ¿por qué no tocas el piano para que la chica practique los pasos de baile con un hombre? Nunca es lo mismo que con la maestra —la miró taladrándola.

La joven pareció notar la incomodidad de Bernarda y dijo:

—No, gracias, caballero.

Hizo una reverencia, como le habían enseñado, y se retiró seguramente buscando la protección de su madre.

—La virreina me reñirá —se defendió Bernarda mientras él se acercaba decidido, empujando su cuerpo tibio, oloroso a fermento, contra ella. Después la tomó de la mano y la condujo por el pasillo que él bien conocía hasta la puerta de su cuarto.

—Hoy no —dijo Bernarda—; no me siento bien.

Pero ya la voz se le cortaba y Juan la cargaba como a una criatura y la tumbaba en la cama subiéndole los faldones y esperando la risa de ella y no el llanto que brotó desesperado.

Mientras él desataba los cordones de los botines, Bernarda le confesó:

—Espero un hijo tuyo.

Juan se detuvo en seco, después se puso de pie y se recargó en la luna del ropero; desde allí, incrédulo, la vio. A Bernarda le pareció que las palabras lo habían alertado y fascinado; la miraba con cierta ternura, pero en seguida se recompuso.

—¿Un hijo mío? ¿Y cómo lo sabes?

—¿No esperarás a ver su rostro para comprobar de quién es, verdad? —agredida, Bernarda lo miró como si ella estuviera en la habitación de su casa y él fuera la pintura que colgaba en la pared frente a su cama: aquella del cazador que ella había suplicado dejaran en su cuarto. Le fascinaba la postura altiva y elegante del hombre que llevaba una ristra de patos muertos. Le fascinaban las plumas verde iridiscente de las aves.

—No, desde luego que no.

—Me desharé de él.

Y Juan recobró al señor Mata que lo abandonaba por momentos y le dijo como si fuera su padre:

—Descansa, debes estar fuerte —al tiempo que se encaminaba hacia la puerta.

Bernarda lo increpó:

—Será en estos días. ¿Volverás a mí?

Juan no la miró, abrió la puerta y salió.

Mientras bebía el preparado de hierbas que tenía que ingerir y Virgilia le rellenaba la taza diciendo que tomar más la haría sentirse mejor, Bernarda se concentraba en el verde de las plumas de los patos del cuadro.

—Hay una pintura en casa de mis padres —le dijo a Virgilia.

Tal vez la soledad que le había caído como una noche de tormenta la obligaba a esas palabras. Su casa estaba tan lejos y el cazador pertenecía a una mentira que colgaba de la pared. Sin embargo, esas plumas casi podían acariciarse, eran aceitosas y vivas, y los pájaros debían estar aún tibios con la muerte recién estrenada. Virgilia la acompañó a la habitación de Palacio. Debían decir a todas, y a la virreina si preguntaba por ella, que estaba mal del estómago.

Mientras cruzaban la biblioteca y la capilla que a lo lejos refulgía iluminada por las velas, Bernarda pensó en Juana Inés. No le podría haber contado lo que padecía. ¿Estaría bien en el convento? Había algo en la luz parpadeante en el altar de la capilla a lo lejos que le permitía reconocer que su soledad y la de Juana Inés eran la misma. No tenían a quién acudir. Rodeadas de gente, cada una padecía su abandono. Pero tal vez Dios y la fe que se respiraba en el convento le brindaran la calidez que necesitaba. Ella, en cambio, tenía un cuadro de cacería en la cabeza. No podía pensar en Dios ni en los ángeles. Seguramente le esperaba el infierno por lo que iba a cometer, por desprenderse de una criatura; pero no tenía más vida que la que le habían diseñado sus padres, no pensaba ser monja como Juana Inés, necesitaba la protección de un hombre.

El brebaje le había producido náuseas. Virgilia le dijo que así empezaban las reacciones; lo mismo le había pasado a la india joven. Que no se preocupara, que un cochero, pariente de la cocinera, aguardaba, y que no olvidara las joyas con que debía pagar. Mientras se tumbaba asqueada sobre su cama y sentía que todo le daba vueltas, ordenó a Virgilia abrir el cofre con la llavecita que se quitó del cuello, y con la voz un tanto apagada destinó el collar de perlas para la abortera, los zarcillos de granate para la cocinera, el anillo de oro para el cochero y para ella el brazalete de zafiros. Pero Virgilia se negó a aceptar nada; dijo que ella no lo hacía por cobrar, lo hacía por la vida de Bernarda, porque ese señor no respondía, como pasaba siempre con los adinerados. Que lo hacía porque las mujeres somos tontas en permitir que nuestro destino sea dictado por ellos y que lo hacía porque si las mujeres no ayudaban a las mujeres, quién lo iba a hacer.

—¿El padrecito Núñez? —concluyó sarcástica.

Salieron por la tarde, declinando la invitación de la virreina a ir al teatro; arguyeron que darían un paseo para que Bernarda se sintiera mejor y que Virgilia la acompañaría en todo momento. Cuando entraron a la casa de techo de paja, en la orilla del canal, Bernarda se cubrió el rostro con el mantón. Después de recostarse sobre un petate en el suelo embriagada por los olores de copal y la luz ambarina de las velas, tomó la mano de Virgilia, que seguía a su lado, y alcanzó a decirle:

—Si algo me pasa, no le cuentes nunca a Juana Inés la causa.

En ese momento su propia tristeza evocó la de Juana Inés el día que le contó, antes que a la virreina, que se iría con las carmelitas. Había tocado en su habitación muy de mañana, antes de que las llamaran para tomar el chocolate con bizcochos. La vio muy pálida frente al espejo, anudando su pelo en una trenza. Lo hacía con extraña diligencia y cuando vio a Bernarda le dijo que pasara.

—¿Te gusta tu pelo rubio y rizado? —le preguntó mientras la miraba por el espejo.

—Sí, el tuyo oscuro y lacio también me gusta.

—Lo mismo dijo Cristóbal.

Bernarda sonrió triunfal, sin conocer aún la noticia que la esperaba.

Quiso preguntarle qué había pasado pero Juana Inés soltó la noticia brusca.

—Me voy al convento —contestó con una voz que parecía la del padre Núñez, distante y razonable.

—Pero si Cristóbal te mira con deleite.

La emoción se había esfumado.

Allí, tumbada en el petate de una casa ajena, le volvió la desolación de Juana Inés en aquellos papeles y la misteriosa fuerza de lo ocurrido. No comprendía la renuncia. La de ella, la de Bernarda, era inevitable.

Teodora acercó su rostro ajado y moreno a la palidez temerosa de la chica y trazó figuras en el aire con un par de plumas verdes brillantes antes de que Bernarda se quedara dormida.

UNA CARTA EN EL REGAZO

Leonor Carreto tenía la tez sonrosada y los ojos vibrantes. De haber entrado el marqués de Mancera, su marido, mientras ella insertaba los zarcillos en el minúsculo agujero de sus orejas, sin ser visto, si se hubiera quedado en el dintel de la puerta atisbando su nuca salpicada de pelillos rubios, su cuello muy erguido, pero sobre todo esa ansia de acabar el arreglo y esa mirada satisfecha frente al espejo, seguramente habría sentido esa cálida ternura, ese deseo manifiesto que lo asaltó en la corte de Marina de Austria recién la descubrió. De pronto era una chiquilla a punto de recibir una sorpresa. Silveria le acercó los zapatos y se hincó a su lado para calzarle los pies enfundados en medias de seda color marfil. Ordenó que no la molestaran hasta que diera la hora. Coincidiría con el repiqueteo de las campanas en catedral, pero ella no iría a misa y no necesitaba el carruaje; que estuvieran listos dos capellanes y dos damas de compañía, y que no olvidaran la sombrilla porque el sol de invierno tenía con furia las pieles y ella no quería perder el nacarado de su herencia germana. No que no le gustaran las pieles oscuras, se disculpó con Silveria; no que no le encantara la piel bruñida de su marido, con tintes moros, pero era verdad que tenía preferencia por las más claras, como la de su hija, como la de Bernarda, como la de tantas muchachas y damas de su corte. Pero que no supiera el padre Núñez que pensaba que Dios debía tener ese color, porque le diría que pecaba de vanidad, que pensar que Dios era nuestro espejo era una herejía. No había que ponerle un rostro preciso, porque su grandeza y su misterio no permitían definirlo. Cualquier semejanza con nuestro padre, nuestro marido, nuestro hijo, lo hacía imperfecto, indigno de amarnos de la manera en que lo hacía. Se santiguó.

—Que todo esté listo en la habitación de costumbre. Y quiero nardos en la mesilla. Y tinta y papel en la escribanía. Ahora déjame un rato, querida, que son muchos tus quehaceres.

Hubiera querido ser pintada por el pintor en ese momento, que retuvieran su faz porque la noticia la había hermoseado. No quería el retrato soso y tieso de todos los gobernantes. Así, mirada a través del espejo, porque su alegría no se podía expresar frontalmente, causaría los celos de las otras chicas, la animadversión de su hija, las suspicacias de la servidumbre, la ofensa del padre Núñez. Sólo su marido podría entender aquel jolgorio interno, porque él también se regodeaba en la poesía y en la palabra, y cuando supiera que Juana Inés volvía a Palacio, tal vez cumpliera con lo prometido: serían testigos de los exámenes de bachillería en la universidad. Tras la celosía y sin ser vistas por el académico, escucharían las preguntas y las respuestas de los entendidos: para deleite de su intelecto y para saciar su curiosidad del imposible.

Pero Antonio había ido al Coliseo a arreglar querellas de administración, pues el teatro peligraba y necesitaba dinero que la taquilla no era suficiente para que vivieran los actores y tal vez iría con su muy discreta manera en regodearse con una actriz.

Conocía las debilidades de los hombres, y de su hombre en particular conocía sus apetitos, y aunque ella siempre estaba dispuesta a cumplir con sus retozos, se sabía que a ningún hombre le bastaba con servirse de un mismo platillo. Y más valía un dócil saciado que atendiera sus tribulaciones, los menesteres y caprichos de sus antojos. Pero todo aquello era sospecha del mundo afuera del Palacio y no iba a ensombrecer su belleza de rosa fresca, cuando todo podía ser indigestiones de su mente. Ella, por lo pronto, atendía las buenas nuevas de lo que venía. Trasladó el papel y el tintero a la mesilla frente al espejo, como si quisiera mirarse de cuando en cuando; le agradaba su semblante porque el nubarrón de esos tres meses se había marchado movido por una de esas cartas en su regazo. A su excelencia, la marquesa de Mancera, virreina de la Nueva España, se le informaba con pesar, sin poder comprender aún las razones de la tal decisión, y ofrecían una disculpa por dirigirse a ella y no a los familiares directos de la profesante, pero ella así lo había indicado, que no era la voluntad de Juana Inés Ramírez de Asbaje permanecer bajo la orden de las carmelitas. Su semblante era tan taciturno, su color tan opaco, su voz tan disminuida, que sólo salir de allí parecía ser la única solución, aunque se alejase del privilegio de consagrarse a Dios como su esposo altísimo, aunque se le hubiera concedido ese privilegio por las altas recomendaciones del padre Antonio Núñez, cuestión que la criatura no parecía apreciar lo suficiente. Había pedido que se le concediera la venia de regresar a Palacio, a su lado, remarcó la superiora. Con todo respeto, deseaba que quedara claro, que la orden no hizo más que conminarla a llevar la conducta y las actividades propias de las novicias y que nunca se le exigió más que a las demás. Sabiendo que la orden de las carmelitas, por mérito de Dios, era la más discreta, la más austera, la más lejana a las prácticas mundanas que conllevaban otras órdenes asentadas en la Ciudad de México; tal vez eran características que contrastaban con la libertad para que la chica se dedicara a los estudios. Aquí eso no le había sido concedido. Lamentaba su decisión y esperaba las indicaciones de su majestad, para que alguien acudiese por la joven.

Cuando recibió la carta de la madre superiora aquella mañana había pasado del júbilo a la ira. Sospechó la desesperación de la chica, las condiciones en las que había vivido para que tres meses después de una decisión tan poderosa suplicara que la liberaran de ello y la colocaran en el mundo; no en cualquier mundo: en el de Leonor Carreto, en el Palacio. Pobrecilla criatura, hecha de sed de saber, imposible de acallar. Aún recordaba algunos versos del soneto fúnebre que había escrito en honor de Felipe IV, mismo que habían hecho llegar con sus exequias a la corte española. «Y así subiendo al bien que el Cielo encierra / que en la tierra no cabes has probado, / pero aun tu cuerpo dejas porque es tierra…» El soneto había recibido los elogios de ella y los miramientos de su marido; los allegados a Felipe IV ignoraban que era la pluma de una joven de dieciocho años la que tan bien disponía las rimas y la métrica, los cuartetos y los tercetos para el remate. Era un oído y una disposición de la lógica y las palabras excepcionales. Al otro lado del mar, como tras los muros de las carmelitas, no se reconocía su talento, aún joven, aún salvaje. Leonor hundió el manguillo en la tinta y redactó la invitación a Cristóbal Pocillo. Quería asegurarse de que en los próximos días no faltase al festejo que se haría en honor de la señorita vuelta a casa. Y quería asegurarse de que con su firma el caballero entendiera que era apreciado por la virreina y que lo consideraba como especialmente interesante para el porvenir de la muchacha. Leonor Carreto tenía que asegurarse de que Juana Inés encontrase la vida que seguía después de Palacio. Si estuviera en sus manos, la hubiera llevado a España cuando acabara el gobierno en estas tierras, pero quién sabe si esta chica hecha de volcanes y habla dulce, de castellano macerado en nanches, entre flores de cempasúchil y copal, cuidada por indias y negras, arrullada con cantos andaluces, bautizada bajo el manto blanquecino de las nieves sempiternas de los dos mazos que dividían el Valle de México y el Valle de Chalco, pudiera abrevar de la misma manera de una tierra de dureza milenaria, de mesetas secas y grandezas donde se precisaba mucha pericia y dinero para escalar hacia lo alto.

Sonaron las campanas y Leonor ensobretó de prisa aquella invitación personal. No serían muchos los incluidos en el festejo. El padre Núñez no debía enterarse; la reprendería porque había que estar de luto por el comportamiento de esta muchacha que arrojaba sus intermediaciones a un canal, que se deshacía de un camino de perfección. ¿Que la niña no sabía que se necesitaba de una dote para entrar al convento, y que en las carmelitas habían dispensado el pago? A él no lo invitaría. Tampoco al arzobispo, que sería una conciencia explosiva como un nubarrón. No, ésta era una fiesta suya para Juana Inés y la haría a su manera. Con los músicos de la corte para que si de bailar se trataba hubiese las condiciones. Lo que más quería era escuchar y ver los gestos de Juana Inés cuando hablaba y hacía reír y sorprendía a los que la rodeaban. Ésa era su luz y su motivo de alegría.

Dejó sobre la mesilla la carta del convento, y la otra, en sobre cerrado, que enviaba desde Ápan la viuda Refugio Salazar, la llevó a la habitación de Juana Inés y la colocó en la mesilla, al lado de los nardos esbeltos y aromosos.

CURADO DE AVENA

Hacía varias semanas que Juan Mata llegaba a cenar con su familia. También hacía ya días que María se arreglaba por las tardes para esperarlo. Los zarcillos en las orejas, el vestido ceñido al talle, un poco de perfume tras las orejas y discretos polvos en las mejillas. Cuando los críos desaparecían a sus cuartos o los jóvenes salían a la calle, María y Juan se sentaban frente al hogar, y mientras ella movía las manos sobre la almohadilla de encaje, él fumaba un puro y permanecía en silencio. De cuando en cuando María levantaba la vista para escudriñarle los pensamientos. Sabía que no eran asuntos de las importaciones de vino lo que lo tenía en casa, tampoco el pulque que se expendía a los indios y que algunos criollos también gustaban. «Beben babas», solía vociferar. «Babas de plantas secas. Ignorantes.» No sabía, bendito Dios, que ella daba tragos furtivos al jarro de pulque que Trini tenía en la cocina, con el pretexto de que era bueno para sus dolencias; pero la verdad era que le daba ánimos cuando andaba triste, cuando en las noches Juan llegaba tan tarde. María sonreía para sí.

—¿Supiste lo de Hermilo Cabrera? —preguntó de pronto, ahuyentando el peso del silencio melancólico.

Juan tardó en armar las palabras, parecía salir de un aposento prohibido; las recogió como ropa desperdigada, y ya compuesto se volvió hacia su mujer y respondió:

—El pulque es negocio de indios. Jugaba con fuego.

María no quiso compartir el fondo de su inquietud; pensaba en la maestra, y aunque había reprobado su amancebamiento con un mulato imaginaba su soledad en la hacienda lejana. Se curaría con pulque la desgracia. Quería saber quién era sospechoso de la muerte de Hermilo, aunque en realidad quería saber otra cosa que nadie le podía contar: por qué su marido ya no iba a Palacio.

—¿Sabes cómo fue? Seguramente se habla de ello en Palacio.

—Qué habría pasado, que alguien quería el negocio para sí, que el hombre estaba cargado de reales, que su bastardía ofendía a su familia materna. Todo es posible.

—Entonces todos son culpables —agregó María, consternada.

Juan volvió a su estado taciturno y María miró las lenguas de fuego que le bailaban en el iris. Las imaginó muslos de mujer y no comprendía por qué había cesado el baile que tantas noches retenía a su marido. «Negocios, mujer, negocios. Si no aceitamos la relación con los virreyes se nos caen los clientes», era siempre su razón para ausentarse. No podía dejar que se le cayeran los clientes: el Palacio, además de a expendios y familias principales, regalaba también diez cajas, año con año, para el cumpleaños de su excelencia. Al arzobispo le vendía vino y procuraba que los obispados acudieran con él para sus provisiones. Con algunos conventos pactaba la compra de vino para que pudieran atender las visitas reales y de los altos eclesiásticos. Y todo ello se arreglaba en las tertulias con los virreyes y los principales. Las razones de su estancia en Palacio tenían sustento; por eso, aunque María se alegraba de su presencia en casa, le preocupaba el devenir del negocio. Sabía que en Palacio no sólo le bailaban los muslos de alguna mujer, sino que se azuzaba el fuego para insistir en la prohibición de que se produjera vino en la Nueva España. Para ello era necesario alabar la tradición vinícola de España.

Esa noche María se había arreglado con más esmero, pues había notado que tras la cena y el sosiego en el fuego, su marido iniciaba toqueteos en la habitación. Algo olvidado en la cabeza de María, pero no en el cuerpo, que para su sorpresa respondía estremecido, temeroso y deseante. Comprendía su involuntaria victoria; su marido había vuelto a saciar su sed de cuerpo con ella, su legítima esposa. En eso no había pecado; al contrario, María sentía que permitiéndole delicadezas y brusquedades le otorgaba el perdón; que el perdón era total cuando forzaba su miembro en las humedades de su entrepierna. Y que los gemidos de María, doloridos y gozosos, eran la absolución total. Juan Mata había vuelto a ser suyo, a ser el hombre de su casa y de su cuerpo, y ello la había dulcificado. Por eso no se alarmó cuando se escuchó la aldaba de casa; pensó si no serían los muchachos vueltos de la taberna. Juan pareció salir de su ensimismamiento y torció el cuello intentando descifrar el zaguán de casa a donde ya se dirigía el caballerango.

Los minutos se hicieron duros y el crujir de la leña estruendoso. El caballerango pidió al señor que saliera y María sintió el látigo del miedo. Al rato volvió Juan, la cara recompuesta; María adivinó la mentira tras sus palabras.

—Se ha puesto enferma Juana Inés, me llaman en Palacio.

María lo acorraló. La victoria no se le desvanecería tan rápido.

—Entonces debo acompañarte, es la hija de mi hermana.

—No, mujer, es muy tarde.

Lo vio enfundarse en la capa oscura y apearse al caballo. Alcanzó a asomarse por la ventana y lo vio perderse en la oscuridad de la calle. Lo que fuera que lo había alejado ahora lo convocaba. Sintió rabia y se echó a andar por la calle. Los perros le ladraron, unos hombres la miraron. No era habitual ver a una mujer decente andando sola por la noche. Llegó a la Plaza Mayor y allí se detuvo, asombrada de sus propios pasos, del frío que le calaba en el cuerpo, de su desmesura y del grupo de borrachos. Miró a Palacio, intentando descifrar cuál era la ventana donde su marido se perdía en un cuerpo joven. Tocaría a la puerta, pediría por su sobrina, diría que sabía que estaba enferma. Pero se quedó quieta mirando las ventanas que disimulaban la traición de Juan. No mostraría su indignidad. Si había vuelto Juan una vez, ya lo haría de nuevo; esas muchachas eran siempre amores pasajeros. Todas en Palacio se casaban. Si allí había ido a dar Juana Inés era para encontrar marido que le diera honra y protección; si Juan Mata perdía el tiempo con alguien sólo era eso. Ella siempre sería la tierra firme, un lugar donde volver y estaba dispuesta —pensó al darse media vuelta y caminar a casa— a perdonarlo como lo había hecho cuando se volcaba íntegro, santo, olvidado de sí mismo y lacio en su recinto de mujer. Ella era el templo y ya se encargaría de redimirlo en las dulzuras de su sexo fiel.

Había dejado el portón abierto. Entró a casa y lo cerró tras de sí. En la cocina dio un sorbo al pulque de avena y sintió el calor que la recorría. Confortada, se retiró a su habitación.

EL GALEOTE Y LAS CHALUPAS

Leonor presenciaba a distancia aquella gesta de inteligencias. Cuando Antonio lo propuso, ella quiso oponerse; le parecía demasiado exponer a la chiquilla. Aunque Juana Inés tenía veintiún años y era versada en conocimientos, temía que no estuviera a la altura de los catedráticos y bachilleres que dispararían las preguntas. Por otro lado, entendía el deseo de su marido. Desde la muerte de Felipe IV estaba abrumado, las pugnas entre la viuda Mariana de Austria y el hijo bastardo Juan de Asturias tenían al imperio en vilo. Y de las colonias se abusaba. En lugar de pagar la limpieza de las acequias de la ciudad, asunto que era tan urgente como acabar la catedral, era preciso recabar dinero para destinarlo a la colonia en Filipinas, para la flota de Barlovento y para financiar la campaña de la reina enfebrecida de amor por Eduardo Valenzuela, su primer ministro. Leonor padecía los insomnios de Antonio, pues no sólo se ponía de pie y a andar de lado a lado de la habitación, sino que peroraba sobre la renuncia a su cargo.

—No más virrey de la Nueva España. Me están viendo la cara. Nada se queda en este reino. Ya no queremos más esclavos y la concesión del tráfico de negros se hace exclusiva para España y nosotros tenemos que pagar la vela del entierro, soportar el costo social de incorporar individuos lejanos, con otro idioma y otras costumbres, muchas veces sediciosos.

193

Luego resultaba que una de esas palabras era en la que se atoraba el virrey y toqueteándose los bigotes la repetía hasta arrullar a Leonor: «sedicioso, sedicioso…» Por eso había consentido en dar rienda suelta a su capricho; le había advertido que Juana Inés no era una mascota y que debían evitar a toda costa que surgieran sus deseos de volverse religiosa. También lo había hecho por ver que dedicara más horas a la lectura que a las charlas con el padre Núñez.

Desde pertinente distancia Leonor había escuchado —qué decir *escuchado*, si más bien su angustia la había vuelto sorda y sólo pendiente de los gestos de ellos y de ella—, visto la postura altiva y elegante de Juana Inés, su manera serena de ofrecer una respuesta, sus manos engarzadas sobre la tela verde olivo de su vestido. Todo ello le había dado una creciente serenidad, como si los aciertos que suponía en las respuestas de las chicas, por la manera en que los caballeros asentían con un movimiento de cabeza, le confirmaran que salía victoriosa de aquel desafío. Aquellos hombres de gola y traje oscuro de pronto cuchicheaban buscando la pregunta que ella no pudiera acertar a responder en materia de ciencias o de historia, de música o de álgebra; parecían rejoneadores en busca del lomo desprotegido del toro, del punto de su espesa piel, donde encajar la banderilla y hacer brotar el borbotón rojo de la flaqueza. Pero ella, toda luces, haciendo alarde de memoria y de vasto conocimiento, de sus lecturas y del latín que el bachiller Olivas le había enseñado, daba las respuestas que la iban dejando incólume mientras ellos se esforzaban por hallar nuevas complicaciones y se fatigaban sin poder derrumbarla, ni amedrentarla. Y la virreina, que por distraerse daba tragos al ponche de frutas, miraba con disimulo las reacciones de Cristóbal Pocillo, que atendía la contienda con otros de sus amigos. Y perturbó a la marquesa que en lugar de observar júbilo en su rostro, una mueca de incomodidad se fue instalando, poseyendo su galanura, hasta desfigurarlo y verlo salir por

194

piernas hacia el salón contiguo. Tuvo deseos de acercársele y saber qué era lo que le ocurría, pero ella no era una casamentera por muy cercano que lo hubiese sentido en aquel día de desasosiego en el templo del Pilar. Fue el virrey el que dio por terminada la prueba y declaró triunfante a la joven Juana Inés por su talento y capacidad de almacenar de la favorita de la virreina. En aquellos muros, ahora lo sabrían los doctos, los curiosos, vivía una *rara avis*, una mujer que tenía la voracidad de conocer de un hombre, la elocuencia de conversación de un diestro orador y la serena apostura de un predicador. Más aún, la asistían la belleza y la elegancia; todo ello era honor de Palacio. Entonces Leonor había mirado a Juana Inés mientras el coro de hombres se acercaba felicitándola y prometiendo conversaciones futuras, noticias de sus propias averiguaciones y lecturas. La chica tenía un gesto de entusiasmo que le daba la certeza de ser el centro de las miradas, el objeto de interés y adoración. A Leonor le desconcertó ver el desasosiego que la victoria de Juana Inés produjo en Cristóbal Pocillo, y notó ciertamente que la chica intentaba descubrirlo por encima de los hombros de los bachilleres y sabios de la Nueva España. Leonor supuso que siendo un hombre sensible y habiendo muerto su prometida de una enfermedad súbita cuando estaba a punto de casarse, Juana Inés ofrecía un bálsamo y una ilusión de futuro. Era poco mayor que ella, y lo habían acordado Antonio y ella: pagarían la dote de la chica para que pudiera bien casarse y seguirles prodigando el placer de su inteligencia y su talento. Miró a su marido que se relamía los labios, victorioso. Le preocupaba el porvenir de Juana Inés. La chica tenía que casarse, porque Antonio y ella no serían gobernantes eternos, porque volverían a España un día, porque alguien debía proteger a esa criatura, regar su inteligencia, animar su camino a la poesía, como ella lo había hecho entusiasmada por los versos que le había mostrado… Y Juana Inés no desfilaría en ninguna cofradía de huérfanas.

Quiso ir hacia Juana Inés y felicitarla pero la chica había dirigido sus pasos a la sala donde estaba Cristóbal hacía unos minutos y esperó deseosa de que el compromiso avanzara, de que las tertulias anteriores entre baile y canto produjeran olas promisorias. Todo ello antes de que Antonio soltara las riendas de un reino incierto, empobrecido por las demandas de la corte.

Intentó sofocar su curiosidad bebiendo más de aquel ponche hecho de guayabas y azares. Al rato vio a Juana Inés cruzar el vestíbulo y sin siquiera mirarla a ella o al resto de los comensales, dirigirse hacia el clavecín y apoyarse al lado del músico para perderse entre una melodía. Leonor notó que necesitaba consuelo.

Esa noche, cuando su marido, presumiendo la victoria de la chica, dijo que había sido como si cuarenta chalupas atacaran a un galeote, mientras se desprendía de su pesado traje y se tumbaba a su lado, Leonor lamentó aquella idea. Sí, Juana Inés había demostrado que sabía mucho y que era sagaz y hábil para responder, tanto así que Cristóbal Pocillo sintió temor. Como si la criatura no fuera de este mundo.

Tal vez Juana Inés tenía razón: no estaba hecha para el matrimonio.

DOS VECES VIUDA

Cuando Refugio Salazar supo de la decisión de Juana Inés tuvo la certeza de que era definitiva. Conocía el carácter de la muchacha y si después de haber estado con las carmelitas por unos meses, asfixiada por el rigor de la orden, reincidía en su voluntad de volverse monja, no había vuelta de hoja. Su destino estaba diseñado. Como el de ella misma, pensó Refugio que reiteraba en su carta que iría para la ceremonia del velo.

Ten la certeza de que tú no serás una viuda, y menos viuda dos veces. ¿Qué condena era aquella? Casarse una vez, amancebarse de nuevo con un hombre fino, delicado, abandonarlo todo por él y quedarse suspendida en el aire vegetal de una hacienda sin herederos. Se había desentendido de los reproches de la familia Salazar, que juzgaba su banalidad ofensiva para una familia española, deleznable en una criolla. Los Salazar hubieran perdonado el amancebamiento que era asunto común en otras mujeres como algunas de las Ramírez de Santillana, pero ser la mujer de un mestizo de sangre mulata, porque bastaba ver esos labios, era cierto, para saberlo con sangre negra, hijo de la pasión, de la clandestinidad, del oprobio de la pureza española, era inadmisible. Y aunque no habían testimoniado los rasgos físicos que eran evidencia del origen, sabían muy bien por el sobrino de su padre, avecinado en la capital, quién era Hermilo Cabrera. El dueño de la hacienda pulquera Aguamiel. Y a ella le había importado un bledo, porque cuando se encuentra un corazón donde se puede depositar el propio, nada más importa. Un corazón de ley, crecido en el desdén, ennoblecido por la adversidad. Así que Juana Inés haces bien, muchacha; perseguirás tu sueño, el estudio sin que la sociedad te infame y te reclame cordura y virtud de mujer y esposa, sin que tengas que vivir de luto y creyéndolo pasajero te inflames de vida, de carne, de primavera y comprendas que te espera el luto de nuevo. Vestir de negro y negar tu cuerpo. En eso nos pareceremos, niña mía. Pero tú casarás con Dios que es eterno y no sufrirás la pérdida del varón, no conocerás la ausencia del calor en la cama, el torso en el que ya no te puedes recargar, el lugar que ya no estará en la mesa. Antes ocurrirá tu muerte que la del esposo. Perdona el desliz de mis recuerdos y lo prosaico que puedan resultar, pero mientras escribo estas líneas pienso en los ajos que Hermilo mordía en crudo o prensados en medio del pan. Me daba horror al principio; pensaba en su aliento cargado, pero seguramente el placer con el que los engullía, blancos o morados, los perfumaba en su vientre. Un olor agradable lo distinguía. Me gustaba su olor después de comer ajos. Era notorio el vacío de su olor cuando no estaba en casa. Quédate, Refugio, los caminos son peligrosos, insistía cuando yo quería acompañarlo a la ciudad. Y mira que lo sabía. ¿Por qué no me mataron a mí, Juana, en lugar de a este hombre bueno y leal? ¿Por robarle el dinero de la venta del pulque? ¿Fue la familia de su madre? Pienso en tu abuela Beatriz a quien dejaste de ver cuando saliste de Panoayan; se fue haciendo pequeña, como una pasa, secándose después de que don Pedro murió. Necesitaba su virilidad, su mano, su voz, su calor. Era un apéndice. Y ni los hijos ni los nietos fueron motivo suficiente para permanecer mucho tiempo. Por eso, querida mía, felicito tu elección. Pero mi felicitación no te exime de una exigencia de mi parte, algo que le debes a tu maestra, esta viuda por partida doble, que se solazará en tus pasos, más ahora que la vida no tiene más sentido que la reclusión en las finezas de los libros, en el deber con Dios, tan desatendido estos años en la hacienda. Escribe, muchacha, escribe. Si has negado la vida del matrimonio para casarte con el altísimo, que sea en provecho de tu notable talento. Que la clausura no te cercene de las inteligencias del mundo. Te secarías como tu abuela porque —tú y yo lo sabemos— tu alimento es el latir de las ideas, el pulso de las palabras, la mudanza de los conocimientos, el asombro, la anchura del mundo. Paradójica decisión la que has tomado, que en encerrarte contemplas la posibilidad de ver el mundo con más claridad que si permanecieras en las calles de la ciudad atada a tu condición de criolla sin padre. Yo sé cuánto te pesa, pero de qué te serviría un padre si fuera como el mío. Rico, es verdad; poderoso, también, pero impedido para comprender los deseos de su hija. Atento sólo a lo que su posición demanda. Ciego a la poesía, sordo al sufrimiento de su esposa, mi madre, dispuesta a darle hijos y comida, y esperar sus caprichos, sus órdenes, su palabra, porque en casa de mis padres, la de Gimeno Salazar es la palabra que ha marcado nuestros destinos. En toda casa española y criolla es la palabra de los hombres, la voluntad de sus bolsillos y sus orígenes la que decide el devenir de las mujeres. Si me casé con mi primer marido fue porque era un funcionario que convenía a los intereses de mi padre. No hubo oportunidad de contravenirlo. Ni siquiera lo pensé. Así era y el difunto era un hombre agradable. En cambio, tú con una vida más castigada y azarosa, has sido más afortunada. ¿No lo piensas así? Muestras tu inteligencia en los pasos que has dado, ya que siendo una criolla sin dote, una criolla que lleva el apellido de su abuelo, que desconoce el destino de su padre, que reconoce la distancia del padrastro, la indiferencia de la madre, toma por esposo al más constante de los hombres. Al inmortal y certero, al más digno y sabio, al más sensible e inalcanzable. Sin saberlo, sin estar segura de que así lo deseabas, has sido libre. Libre y afortunada. Si se necesitaron los tres mil reales para la dote, hubo padrino que los aportara creyendo en tu talento y en la nobleza de su causa. Otra vez un hombre, Juana Inés, resolviendo nuestros destinos: el capitán Pedro Velásquez de la Cadena. Por eso no lamento tu encierro, tu rechazo a quienes te han pretendido, tu cambio de morada: del palacio al convento. Estoy segura de que en tu desposorio con Dios encontrarás la paz para que, en tu lejanía de las procacidades del mundo, los libros sean tu consuelo, tus ojos. Hoy te envidio, Juana Inés, pero hace unos días no pensaba lo mismo. Cuando supe que habías entrado con las jerónimas sentí la desilusión de tu destino, o el dolor de no tenerte al alcance, de no caminar contigo por el mercado y las calles de tu ciudad por adopción. De no poder mirar tu rostro fresco, tu pelo atado, los colores de tus atavíos cortesanos, de no verte bailar y reír, y debatir y ganar la pelea a los eruditos de Palacio. Todo ello me cuentan porque las noticias salen por las ventanas del edificio virreinal como si estuviera hecho de carrizo y no de piedra, como si los aconteceres puertas adentro fueran vapores del pensamiento. Hermilo me traía noticias frescas de ti; las recogía en las tabernas, en los expendios de libros, en la universidad donde gustaba de usar la biblioteca y conversar con el bibliotecario que era su único amigo. Fue el bibliotecario quien vino hasta acá para avisarme que lo encontraron flotando en la acequia, hinchado como los cerdos que se ahogan, dos días a la deriva y yo pensando que los negocios lo retenían. Ya no lo quise ver. A mi primer marido le vi la cara descompuesta por la viruela y el olor pútrido de un cuerpo enfermo se me quedó cincelado como el calimbo de las bestias. A Hermilo lo quiero recordar como lo miré la última mañana mientras bebíamos el café en el alero del portón. Sus manos toscas, su pelo rizado, sus ojos grandes. Una mezcla feliz de las sangres, más interesante que nuestras facciones repelladas en huesos, más carne que calavera. Pero qué digo, eso comienza a ser Hermilo: una calavera. No te abrumo más, Juana Inés, con los pensamientos oscuros que me asaltan. Agradezco que me hayas comunicado esta nueva pues de otra manera quién me lo iba a decir a tiempo. Pide por mí a santa Paula, patrona de las viudas; pregúntale cómo se sobrevive a la ausencia de marido. De qué está hecha la vida después de dos hombres ausentes. ¿Serán el sacrificio y la santidad la única salvación posible?

Vuelvo a mi antiguo domicilio en Amecameca. Vuelvo de negro. Vuelvo viuda por segunda vez y sin propósito. Saber de ti me dará alegría, sor Juana.

LA DESPEDIDA

Bernarda se echó el manto de lana a los hombros y avanzó por el pasillo. Se sentía recuperada; de otro modo no lo hubiera hecho venir. No para meterlo a su cama, no después de lo sucedido. Llevaba el quinqué en la mano para evitar tropezar con los muebles, para no despertar a nadie. Se deslizó de prisa y con sigilo. Aún era de madrugada. Le pidió a Virgilia que le contara lo sucedido después de que el copal y aquellas hierbas de gusto amargo bebidas por la mañana hicieran su efecto, cuando se quedó tendida en el suelo, sobre el petate de la partera, con la voluntad confundida y el temor amainado. Sería la voz de la mujer… «Ven acá, negro espiritado, ve a sacar la criatura. Ven acá tú diosa Quato y tú diosa Caxoch.» Y la mujer desdentada y enjuta, engrandecida allí de rodillas con aquel manojo que subía y bajaba entre los humos arremolinados en la habitación, que escondían el rostro oscuro de Virgilia aterida de miedo. Seguramente disimulaba el temor de ser castigada y miraba asombrada a Bernarda Linares con los rizos rubios desperdigados sobre el tejido de paja de esa cama pasajera donde dejaría el fruto de su vientre bendito. «Ave María Purísima», pensó Bernarda y quiso persignarse porque sintió la punzada del pecado o lo que ella llamó así por no saber qué era el metal curvado que entraba a su entraña; imaginó su cuerpo como la vasija que sostenía la bruja, y lo que en ella había adentro, como al niño que salía de ella. Un renacuajo sin ojos, se convenció. Y le dio miedo y tristeza pero las palabras de la vieja la calmaron porque eran desconocidas y repetitivas y su cabeza estaba pesada de olores: «Ven acá, tú que tienes los cabellos de humo y como la neblina, y tú mi madre, la de las naguas preciosas, y tú la mujer blanca. Acudid dioses del amor». Y sentía aquellas gotas con que la mujer la salpicaba, pues metía el manojo en algún líquido y éste caía fresco e incierto en su cara, sobre su cuerpo desnudo de los ropajes de Palacio, menos de aquella túnica de manta que le había ayudado a colocarse Virgilia después de que dobló su ropa sobre un baúl de madera y entregó la joya a la mujer. Bernarda había previsto que Virgilia debía cargarla por encontrarse turbada. El pasillo por donde desapareció Juan Mata y ahora volvía Bernarda era largo y el pelo de la muchacha estaba enredado por los juegos amorosos sobre la almohada de su cama de Palacio; el cuerpo le olía a hombre y el humo se había disipado porque le había dicho clarito que no se verían más, que su vida ya estaba sellada y que sólo su cuerpo podía ser de él esa noche; sólo su cuerpo, pues su corazón lo tenía el Príncipe de las Tinieblas, ayudado por las diosas Quato y Caxoch, que al quitarle al niño del cuerpo la bruja también le había quitado el mal de amores. Así lo había pedido Bernarda, aunque pagara doble y le diera el brazalete que no aceptó Virgilia, porque la partera no invocaba al de las tinieblas más que en momentos muy preciosos y especiales, porque ella quedaba toda cargada de semejante esfuerzo y su cuerpo enjuto se agrietaba más y no podía atender partos ni cuidar mujeres preñadas en los días que seguían, y debía comer atoles muy endulzados con el piloncillo. Todo eso le dijo para que supiera la razón del precio que no era abuso sino justicia. Virgilia le contó que cuando ella ya tenía la cabeza muy hundida en otro mundo, la partera llamó al Príncipe de los Encantos para que la hiciera olvidar los amores ilícitos diciendo: «Que hemos de echar fuera esta enfermedad de amores luego al punto», y que cuando incorporaron su espalda sosteniéndola porque estaba desguanzada y sus rodillas se juntaron a su pecho de entre sus piernas salió un líquido oscuro, y luego ella se quejó con un gemido como de cólico. Mientras la partera le mantenía las rodillas separadas y colocaba una jícara frente a Bernarda algo con más peso cayó sobre el líquido que se había recogido y la partera dijo: «Ya está», y Virgilia contestó: «Quiero verlo». Todo esto lo contaba Virgilia con precisión porque el sueño de Bernarda la llenaba de la posibilidad de ser minuciosa y exagerada. «Llévatelo, no se puede quedar aquí un pedazo de vida pedido a las diosas.» Y le dio un tarro que lavó con un trapo para que pusiera aquel pedazo menudito de carne que le daba curiosidad a Virgilia y que Bernarda suplicó que tirara cuando ella le mostró la vasija muchas horas después, en Palacio.

—¿Y si lo necesitara para que el señor Juan viera lo que ha sufrido? ¿Para alejarlo o retenerlo?

Bernarda no tuvo entonces fuerzas para insistir en que se deshiciera de él; pidió que lo escondiera y que no se lo enseñara nunca. Y entonces empezaron los días de debilidad y de tristeza, de fiebres que la virreina no comprendió, o si lo hizo quiso no saber más pues la niña estaba bajo su cargo. La mandó a casa a convalecer.

—Que me asista Virgilia —suplicó Bernarda, que sentía pesado su secreto en soledad.

¿Cuántas semanas habían pasado desde que se recluyó débil y ojerosa en su cuarto de niña de la calle de Cuchilleros? Virgilia se encargó de que los baños la ayudaran; preparaba una gran tinaja y le ponía aceites y hierbas que conseguía en el mercado y mencionaba al Príncipe de los Encantos, y luego se persignaba y mezclaba una lengua extraña con los rezos que la virreina obligaba a realizar en la capilla de Palacio. Y ya que estaba aseada y más relajada, su madre se sentaba junto a ella a ratos y le enseñaba el bolillo que a ella le aburría pero que le daba la sensación de ser una niña fuera de los peligros del mundo. Un día recuperó la risa y su madre le llevó a la habitación el vestido que le había mandado a hacer, color cereza con bordados dorados. Bernarda resistió el mareo cuando se levantó de la cama y se lo puso, deseosa de recuperar el gusto por su cuerpo. Y mientras Virgilia le ataba los cintos a la espalda y enfundaba sus hombros desnudos en los adornos de organdí, se acordó de Juan y los placeres de la cama le parecieron un territorio lejano, de otro mundo. Aquella era una Bernarda que desconocía.

Tres días después había invitados a cenar en el comedor de la familia Linares, y allí estuvo por primera vez Bernarda, más delgada, pálida por la ausencia de sol, pero luciendo la hermosura que cautivó a Sebastián Calero, compañero de su hermano en la universidad, ahora funcionario de justicia en la alcaldía. Y Bernarda lo notó, como notó sus ojos frescos y la piel tersa de las manos que asomaban por la vestimenta oscura y ceñida. Y pensó que el mundo que había tenido el tamaño de un solo hombre se ensanchaba con la sonrisa de aquel joven que la miraba dulcemente. No recordaba una emoción semejante.

Esperaba que Virgilia no apareciera en el pasillo, tan atenta siempre a sus pasos, tan fiel y esmerada, aunque le ocultara que había robado el brebaje de la partera hasta que la cocinera vino alarmada a su habitación, cosa que nunca sucedía, y le dijo que si se le debían monedas a la partera porque estaba allá afuera, y que ya había venido otras veces mientras ella convalecía con sus padres. Entonces Virgilia, una vez que la cocinera se fue, le dijo que guardó ese menjurje de hierbas por si alguna vez ella necesitaba ayudar a alguien o a ella misma que se enredaba muy fácil con los mozos en los bailes, que se apretaba contra ellos muy fuerte y le gustaba tanto que se dejaba todo como poseída por un frenesí. Hubo que devolverle la pócima a la partera y darle unas monedas para que la virreina no se enterara y Virgilia lo hizo y fue maldecida y del susto estuvo en cama tres días, casi gris en su negrura. Bernarda había vuelto a Palacio porque pensó que saldría de ahí cuando su compromiso estuviera a punto para que los virreyes fueran sus padrinos y porque Juana Inés había vuelto y quería compartir su alegría. Sabía que Juan Mata no merodeaba los salones de Palacio desde que supo de su preñez y eso le daba tranquilidad: por primera vez el territorio era suyo. Divisó al fondo la puerta que conducía al balcón de la virreina, el de la esquina, donde la plaza y la catedral se miraban, donde los puestos parecían cuadrados diminutos y uno podía adivinar mercaderías y ver a los clérigos y a las monjas, a los caballeros y a los indios, a las mujeres de arreglo y a las de la capa roja, a los negros de arreglo colorido, a los niños, a los caballos, a los estandartes, a los curas y a las monjas. Cuando regresó a Palacio y Virgilia mandó a los lacayos llevar el baúl con ropa de la señorita a su habitación, supieron que Juana Inés la ocupaba. Bernarda se desconcertó pero la virreina, que la esperaba en su habitación, le dio la bienvenida y manifestó el gusto por su mejoría, que a todas luces superaba la hermosura que antes tenía.

—¿Tal vez algún amor? —se atrevió a decir la virreina, que seguramente estaba enterada de noticias, y Bernarda corrió a su regazo y le contó de su compromiso con Sebastián Calero y de que saldría de Palacio cuando fueran sus bodas para que ella, la propia virreina, fuese la madrina. Y se casaría en catedral ni más ni menos y quería aprender cómo ser una esposa ejemplar. La virreina le acariciaba el pelo y sonreía.

—Le serás fiel a tu marido; con eso es suficiente para que el matrimonio vaya derecho. Y aguantarás sus infidelidades —añadió irónica—. La esposa serás tú, creo que ya lo sabes. Has aprendido en Palacio.

La virreina llamó a Juana Inés para que las tres tuvieran un rato a solas; le explicó a Bernarda:

—Con esto de que ahora han vuelto y tengo dos chicas enamoradas en Palacio… tendrán que compartir habitación. Seguro tienen cosas que contarse —dijo cuando Juana Inés estuvo allí y dio besos a Bernarda y se disculpó por ocupar su habitación.

Los días que siguieron Bernarda quiso saber todo de Cristóbal, pero Juana Inés se mantuvo reservada. Quería estar con ella durante el día y que le leyera versos que explicaran su amor por Sebastián, pero la chica pasaba ratos muy largos con el padre Antonio. Y si de alguien huía Bernarda era del confesor; lo esquivaba, le daba miedo que adivinara su falta. Ahora que estaba cerca del cielo no quería que nada la condenara al infierno.

Bernarda abrió la puerta que conducía al balcón. Vio la silueta de Juan Mata cruzar la plaza a caballo. Mirarlo de espaldas le confirmó que salía de su vida. Esa mañana Virgilia tuvo la idea de que había que mandarle a Juan Mata el pedazo de carne que ella guardaba, un recordatorio de su cobardía. Bernarda había accedido; ahora que su futuro prometía ser luminoso quería ver sus ojos descoyuntados, su temor por la amenaza doméstica.

—Que sea en la noche —le dijo a Virgilia—, cuando nadie reciba visitas para que tenga que dar una explicación.

Como ella, que había tenido que dar otras que no la verdadera para dar razones de su malestar, de su debilidad, de su desazón. Pero conforme el día fue caldeando y su ánimo vengativo —que ya había sido atajado por el bienestar que le producían las visitas de Sebastián, sus cartas, sus atenciones con los virreyes, los obsequios que le mandaba— perdió todo vigor, decidió que una manera de herirlo era llevarlo a las bondades de su cuerpo y decirle que ésa era la última probada que tendría de ella. También, era verdad, necesitaba comprobar que aún azuzaba su deseo, que era capaz de dar placer. Sería el último gozo con su amante. La vida comenzaba.

Mandó una nota con un cochero y no a Virgilia, pues desconfiaba de que su ira ganara la partida y en vez de nota entregara el recipiente con el abortado. Cuando se abandonaron al antiguo retozo en la habitación, el cuerpo de Bernarda andaba para un lado y su cabeza por otro.

El placer fue distinto, sobre todo porque mientras Juan se vestía le dijo que se casaba muy pronto y que ésa era la última vez que estaría con él. Mata parecía atontado por las exigencias del sexo; todo había sido demasiado rápido. Bernarda notó su sorpresa.

—No es una reconciliación —dijo ella, fingiendo una victoria.

Bernarda se plantó de cuerpo entero en la galería y notó otra presencia: quien compartía ese mismo espacio era la virreina.

—Su excelencia —se disculpó Bernarda.

Las dos miraron la silueta de Juan Mata perderse por la esquina de una calle.

—¿Viniste a despedirte? —preguntó sagaz la virreina.

Bernarda agachó la cabeza.

—Yo también vine a despedirme de la claridad del día. Ésta es la última mañana que Juana Inés estará en Palacio.

Antes de dormir, Bernarda despertó a Virgilia para que fuera a la acequia. Pidió que llevara la vasija con la carne de su carne al alba y le ordenó que la lanzara sin mirar una sola vez aquello que volaba y se hundía oscuro y lejano en el agua de la ciudad. Había que prepararse para la partida de Juana Inés. La virreina había pedido que la acompañara a las puertas de las jerónimas para entregar a su preferida.

III

El sosiego de los libros

LOS LOBOS

Enero 17 de 1695
Convento de San Jerónimo

Venerada María Luisa, imprescindible amiga:

Abandoné las líneas que ahora al punto retomo, no por desinterés —que no hay día en que mis oraciones y pensamientos no te incluyan— sino por abatimiento del alma. Por mera indignación que no puede sobrevivir sin el aliento de la escritura. Me complace tanto que estemos a punto de concluir nuestra empresa. Que las licencias y censuras hayan sido escritas igual que las respuestas de las monjas portuguesas. Mucho darían mis ojos porque pudiera yo ver y oír esas inteligencias agudas, esas inquietudes creadoras que pudiera nuestra presencia habitar la Casa del Placer. Tú en el centro como reina, como madrina de un encuentro que se dará en el impreso para dejar testimonio de los ires y venires de la palabra y su propósito. Me regocijo suponiendo la sorpresa de los lobos cuando reciban de ultramar *Los enigmas de la Casa del Placer* y se den cuenta que mi fingimiento fue absoluto, que fueron ellos las ovejas engañadas y yo la loba sagaz que —sabiendo que Dios la mira y la comprende— no ha renunciado a la palabra ni al deseo de conocimiento, al fin y al cabo el más preciado don que puso el Altísimo en mis manos. Ya lo decía la magnánima Filotea, que usara yo los dones para empresas sensatas, que no para hablar de asuntos que competen a los altos señores de la Iglesia. ¿O sea que hay temas que no son para nosotras las mujeres ni aun cuando religiosas y en clausura hemos renunciado al mundo y su bullicio? ¿O sea que a nosotras, en virtud de un cuerpo que se distingue del de varón, no debemos acariciar ciertas palabras, dudar, pensar, indagar? ¿Si nos es dado experimentar en la cocina y ver *que un huevo se fríe y une en la manteca y aceite y, por contrario, se despedaza en el almíbar*, por qué no es posible indagar los terrenos de lo sagrado, donde ellos por permiso de su anatomía si lo pueden hacer? Quiera Dios y la inteligencia de las mujeres que su encierro sea por voluntad y la extensión de su mirada también derive de sus propias decisiones.

¿A quién ofende leer? ¿A quién el asombro y el debate de las ideas? Si muda me quisieron pensar y les concedí el espejismo, verán que fue un *engaño colorido*. Saboreo, como el chocolate que tanto te gustaba beber en el convento, el día en que sus ojos atónitos se enloden de ira, la oveja descarriada, ¿cuándo sucedió esto? Y que se vean impedidos dadas las plumas autorizadas que preceden a la publicación, la estatura de las monjas lusitanas que escriben en reciprocidad, y la protección que tú nos das en el reino, de protestar.

¿Sor Filotea quería que escribiera cosas inocuas, que aspirara a la belleza sin pisar sus talones regordetes, sus pantorrillas viriles? Los otros dos lobos se mantuvieron con su pinta de lobos, pero Fernández de Santa Cruz quiso ser astuto, juguetón, cómplice, comadre y volverse monja mientras me sermoneaba, mientras, según él, me colocaba en el redil. Este lobo se puso la piel de oveja para ocultarse tras un nombre y un oficio, sor Filotea, y así hermanándose conmigo poderme mirar a los ojos. De igual, de tú a tú. Pero debajo de la piel nubosa del borrego estaba él. Me traicionó al hacer la carta pública. Reprendiéndome a ojos de todos para que no tuviera más remedio, que retomar la escritura pensando como ellos quieren y dictan que debo hacerlo. *Hombres necios* y el más necio de todos, el que desde su embestidura de obispo, se hace pasar por hembra, por demás monja, y fingiendo que me habla al oído lo hace a voces. El más cercano a mi persona por cercano escoge tal vez convertirse en hermana mientras toma la pluma y me dirige una carta. Pero sor Filotea ha tenido su respuesta, y yo la oportunidad de reflexionar en tinta sobre mi persona. Yo no pienso esconderme en calzas de hombre, bajo barbas y bigotes para que el mundo de las palabras sea mío. Acorralada por el más traicionero de los lobos, ha venido la feliz propuesta que estamos a punto de terminar. Conocedora de los abismos y placeres de mi alma, de mi sed de genio e ingenio has acertado proponiendo los enigmas y buscando sus respuestas al otro lado del Atlántico. Quisiera que el Faro de Alejandría me permitiera ver en sus espejos reflejado tu rostro, tu persona mientras lees esta carta que habrás de recibir en breve. Solazarme en la serenidad y hermosura de tu semblante que estoy segura, en tus cuarenta y seis años, retiene su hermosura.

En el convento algunas monjas han enfermado y no hemos recibido visita de los doctores. Parece que temen al mal, que ha hecho caer a algunas monjas. Me encomiendo a Dios para poder darles ayuda y para seguir recibiendo las buenas nuevas de tu inteligente empresa que es lo único que me da aliento para seguir fingiendo un silencio que no existe.

La fatiga me obliga a dejar la pluma y no quiero aún ponerle punto final, me duele no tenerte cerca.

A tus pies, la más agradecida
Juana Inés de la Cruz

LA GULA DE SOR CECILIA

Juana Inés había llegado después al convento de San Jerónimo. No como sor Cecilia, que desde los quince años asistía a la enseñanza con las jerónimas. Sor Juana no había tenido que adiestrarse como ella en las lecciones de aritmética ni en las de poesía ni en las labores del encaje y el bordado, mucho menos en las de notación musical y en el coro; y sin embargo estaba en todo y mejor que todas. ¿Por qué ella, Cecilia Fernández Isáureri, hija de Diego Fernández de Landa y Dolores Isaureri de Ceballos, la una española, el padre criollo, tenía que soportar sus malos modos cuando irrumpía en su celda para consultarle un pasaje de la obra de teatro que escribía? Al principio la abadesa la presentó con gran pompa porque el padre Núñez de Miranda le había hablado de sus dones; por eso dijo a todas las novicias que sangre nueva cargada de devoción y talento se incorporaba al convento. A sor Cecilia aquello le había caído como balde de agua fría. Que no se creyera la novicia nueva que era la única dotada para ello. Antes de su llegada las obras que se escenificaban en los festejos de las vísperas de Navidad eran las de sor Cecilia o las de sor Tomasa. Y si al principio entraba con toda espontaneidad a esa celda, que para colmo de su mala suerte era la contigua, ahora lo hacía por molestar. Para que sor Juana levantara la vista del libro grueso en el que estaba absorta sobre

214

su mesa de trabajo y con la mirada preguntara y ahuyentara a la vez. Cecilia sólo conocía una mirada semejante. La de su madre. Y había sido por pura curiosidad, porque los ruidos que salían de la alacena de casa aquella noche en que hambrienta había bajado por un poco de atole que reposaba en el fogón, llamaron su atención y se acercó a la puerta y le parecieron más brutales e intrigantes, como de gatos encerrados. Entornó la puerta dispuesta a ver saltar al minino, pero en la penumbra de aquel aroma a aceituna en salmuera que emanaba de los toneles de la entrada sólo pescó esos ojos pardos y sentenciadores asomados sobre un trozo de espalda. Se deslizó en silencio a su habitación, fustigada por la mirada de su madre que se repitió idéntica y sentenciosa a la hora del almuerzo el día siguiente.

Pero sor Juana no iba a ganarse el silencio que su madre impuso. Cecilia avanzó hacia su mesa.

—Hermana, necesito que revise esta loa.

Sor Juana la miró en brumosa actitud, crispada por la impertinencia de sor Cecilia. Recién llegó le había dicho que le gustaba su nombre de patrona de los músicos. Y había resultado hasta graciosa en la hora de la comida y de la cena. Y ella se había sentido halagada con la posibilidad de que alguien que viniera de fuera le trajera noticias del mundo para que quedaran en las obras que ya se repetían en sus enredos y personajes. Quería saber más de la corte, cómo era la virreina, qué ocurría en las tertulias, si era verdad que las chicas solteras se volvían las queridas de los caballeros asiduos. Que Juana Inés le contara si alguna de esas cortesanas era gorda. Cecilia lo era desde pequeña y no podía evitar aludir a la gordura de las mujeres como síntoma de bienestar y salud, como delicioso encanto para algunos hombres. Si sor Juana le confirmaba que las carnes abundantes se paseaban por los salones de Palacio, lo iba a añadir a la obra. O, mejor aún, que le contara del Teatro Coliseo, de alguna gorda hermosa, actriz, musa, que ella no conocía pero que la hermana Juana Inés sí. Fue mucha su curiosidad pero esperó a que Juana Inés se instalara en celda propia, porque no sólo Pedro Velásquez de la Cadena había pagado su dote, sino que el capitán Juan Sentís, amigo de su padre, que por eso ella estaba enterada, había dispuesto dinero para que la novicia Ramírez, bastarda y pobre, tuviera una celda con libros. En cambio Cecilia, hija de un rico mercader y de una española con propiedades, tenía que aguantar la displicencia de la nueva. Lo intentó varias veces y de muchas maneras pero la amabilidad inicial de la monja se transformó en hosquedad. ¿Cómo se atrevía una bastarda a tratarla así?

Sin amedrentarse por los desplantes que ya conocía, aquella mañana sor Cecilia estaba decidida a violentarla con su interrupción. Llevaba en la mano el manuscrito de la obra para que las colegialas comenzaran a ensayar, y eludiendo la mirada de la monja se acercó. Tanto, que sor Juana tuvo que cerrar el libro en que tan bien estaba dispuesta y preguntar un «Diga hermana», frío y resignado. Cecilia tuvo oportunidad de leer el título de aquel libro que tan fascinada la tenía.

—¿Diga usted? —repitió Juana Inés, sin duda molesta.

—Atanasio Kircher, *Iter exstaticum* —deletreó lentamente la hermana. Su afán de molestar había mudado por el asombro. El dinero de la familia no le había permitido a Cecilia el acceso a libros imposibles. Apenas sabía un poco de latín.

—¿De qué trata, hermana?

—Del universo —contestó esquiva Juana Inés—. Pero no creo que eso sea para lo que me has interrumpido.

—Quisiera ayuda con la loa que debo escribir para la obra de las colegialas.

—Dámela y yo la revisaré después.

Atraídas por las voces que salían de la celda de Juana Inés, algunas hermanas se asomaron. No solían hacerlo; les imponía la colección de libros que tapizaban las paredes. Les sorprendía que alguien pudiese pasar tanto rato en la aburrida tarea de leer. Cecilia quiso aprovechar esas miradas para encender su envidia.

—Déjennos en paz, estamos trabajando.

No hubiera dicho eso sor Cecilia, porque se rieron y entraron a empujones. Cecilia aprovechó para sermonearlas sobre lo prohibido de la risa. No se puede uno reír en el convento; pero las hermanas más se reían. Algunas apenas eran novicias que no habían tomado el velo. Regordeta y torpe, Cecilia descendió a la parte baja de la celda y las echó del lugar. Entonces se disculpó ante la mirada de Juana Inés y se retiró. Volvería después. Salió de la celda echando lumbre, furiosa por haber sido incapaz de sostener su deseo de violentar a la madre y por haber acabado con una disculpa. Lo mismo que con su madre, la culpable era ella por haberla visto, no la madre por incumplir su deber de esposa. A los doce años era difícil descifrar lo que sucedía exactamente; tardó en reconocer la espalda del que estaba con ella en la penumbra. Fue en el matrimonio de su prima Eulalia unos meses después, mientras estaba hincada en la banca de la iglesia que contempló la espalda ancha de su tío al lado de su mujer. Fue el tamaño de los cuerpos lo que le dio la pauta, una proporción hombre⊠mujer. Pero aún no le estaba claro. Cuando acabó la misa y ella buscó el rostro de su tío, que depositó su mirada en ella, lo supo. Él se sabía reconocido. El hermano de su padre había estado en la alacena con su madre. ¿Fue la única vez? ¿Desde cuándo? ¿Por qué engañaban a su padre los dos? Por eso su madre no había tenido empacho en secundar la idea de su marido.

—Que se vaya al convento, necesitamos una monja en la familia, alguien que nos compre el cielo ya que ningún varón quiso ser obispo.

—Faltaba menos, Diego —secundó Dolores con tal de ahuyentar esos ojos que le sabían la verdad.

La madre no pensó en que una vez tomados los hábitos Cecilia se confesaría cada viernes con la cara en el piso y diría en voz alta sus pecados. Que una y otra vez tendría que repetir que odiaba a su madre y que soñaba con matarla. Y que sus penitencias serían infinitas y los encierros varios. Tampoco sospechaba que habría un confesor curioso que saldría de la capilla de San Jerónimo con el secreto atravesado en el pecho. Diego Fernández de Landa era un cornudo y su mujer una adúltera. Pero el confesor quiso ser cauto, muy cauto, lo suficiente para que meses después, como supo la propia Cecilia, por la carta de su padre, su madre fuera encerrada en el Hospicio de la Misericordia. Sólo Cecilia sospechó lo que entremedias ocurrió: el confesor había dicho a su madre Dolores que guardaba un terrible secreto que atormentaba a su hija y que procuraría por el bien de su alma si le proporcionaba el suficiente dinero para dedicarle rezos especiales, fervientes súplicas al Señor para que la salvara de la debilidad de la carne. Pero Dolores no era mujer que se amedrentara; si con una mirada había silenciado a su hija, aunque no para siempre, bien podría desmentir aquello con su marido y no pensaba arrepentirse frente al confesor. Para su desgracia fue el tío quien habló primero, asediado por su hermano que poseía la información que el cura le había hecho llegar en una carta anónima. Todo esto lo contaba el padre en la carta que había recibido Cecilia, donde explicaba los hechos que la sorprenderían en el convento cuando supiera que el confesor había sido sustituido por otro, porque él, Diego Fernández de Landa, no iba a ser engañado por partida doble. Cuando rastreó el origen de los anónimos descubrió al confesor y comprendió quién sabía la verdad. Si le escribía ahora era para reparar el daño que le habían hecho los tres: su madre, él mismo y su propio hermano, y para que abogara por el alma de su infiel Dolores que estaba recluida en la casa de recogimiento; y por su hermano al que su mujer, sus hijas y él mismo, así como el resto de los hijos, le habían retirado el habla. Que pidiera por ellos y por él, que a su vez había procurado estos castigos con sus más queridos cuando esos menesteres corresponden a la ley divina.

—Que se arrepientan los pecadores, hija mía; sálvanos a todos y lava tu dolor en el matrimonio con nuestro señor Jesucristo. Amén.

Y Cecilia no volvió a saber nada de su familia por mucho tiempo. Contaba con la renta mensual que su padre había dispuesto desde siempre y con sus rezos para salvarlos a todos. Pero no tenía por qué saber nada de eso Juana Inés; ella no quería lástimas, nada de lástimas. Tampoco nada de confesiones, ni con los obispos ni con las hermanas. Quería sus secretos para ella, para pasárselos con los alfajores que extraía de la cocina y escondía en su cuarto, con los tarros de cajeta que pedía a las clarisas.

Salió de la celda de Juana Inés repasando el nombre de aquel autor, Kircher, intrigada por la mente de esa joven apenas un poco mayor que ella que se hundía en mundos de palabras que la alejaban de la procacidad cotidiana. Tenía ganas de morder una palanqueta. No era la hora de la merienda aún. Ya tocaban a la sexta; sobornaría a la cocinera en turno para que le diera palanqueta de la empaquetada para el arzobispo. Cualquiera sucumbía por unas cuentas de granate. Y a ella le sobraban alhajas; regalos de su madre en la ceremonia del velo.

LEJOS DE PALACIO

A pesar de estar en una casa con muchas habitaciones, Leonor extrañaba el Palacio. A Dios gracias, se había acabado ese constante fluir de personas por los patios y las escaleras a todas horas, pues las puertas nunca se cerraban; pero con ello la vista perenne de la plaza se había esfumado. Con ello, los cantos de las cofradías que desfilaban a menudo, con ello los pregones de los vendedores, con ello el ir y venir de carretas y pasos de indios y damas, y criadas y negras y frailes. Las campanas mismas de la catedral ya no tañían en su almohada —que era así como lo sentía cada mañana— y se alegraba porque el rey de España y Dios estaban con ella, y su marido también. No importa que dudara a veces de su fidelidad; era un hombre astuto para gobernar al reino y a ella. Lo hacía con discreción, alabando su inteligencia y sus reflexiones alrededor de las lecturas que compartían, y pidiendo con cierta dulzura mimos para él, atenciones para los invitados; los del cabildo eclesiástico principalmente. Relaciones así los tenían viviendo bajo el techo del conde de Sánchez mientras la Nueva España había encontrado un efímero virrey, el duque de Vergara, que murió a menos de un mes de tomar el gobierno que ahora estaba descabezado, en espera de nuevas decisiones. A escasos meses de haber dejado Palacio, aquello la tenía aún descolocada. Tal vez debieron haberse ido de inmediato, pero la hija se esposaría en esa ciudad y había que hacer preparativos de boda y de partida. Y la verdad aún no estaba lista para dejarlo todo de golpe. Sí, aquella vista desde el balcón que llamaban de la virreina y que ahora no tenía dueña, le daba poder. La ciudad se veía desde las alturas. Qué triste se ponía su corazón al despertar por las mañanas, cuando Virgilia —de todas las mujeres a su servicio había preferido la diligencia y la personalidad de esta negra— le traía el chocolate caliente a la cama y le abría las contraventanas para que la luz de la calle entrara con sus ruidos. Por algo los cargos estaban hechos para ocuparse tres años; a los seis la virreina se había adueñado del cuerpo de Leonor, hija de embajador, española y alemana, mujer de la corte de Mariana de Austria. Y ahora que había vuelto a ser marquesa, si no fuera por las visitas que hacía al convento de San Jerónimo, un hoyo profundo la hubiera tragado.

En casa del conde de Sánchez había tocado tierra y sólo las conversaciones de Juana Inés prolongaban los placeres del espíritu. Esperaba con ansias el día de la semana en que ella y Antonio la encontraran en el locutorio, para que mientras ella se enteraba de las noticias del mundo, empezando por el destino de quienes habían sido damas de la virreina, como Bernarda que había casado y esperaba su primera criatura, y estaba rozagante y risueña —añadía la virreina—, o la boda de su hija que estaba próxima a ocurrir, ellos se llevaban noticias de lecturas recientes de la monja. No todo era miel sobre hojuelas con sor Juana. A Leonor le costó trabajo entender que Juana Inés escribiera alabanzas para otros; no comprendió aquellos sonetos escritos a la muerte del duque de Vergara. La encelaron terriblemente.

—¿Pero ni siquiera lo conociste, Juana Inés? —la increpó.

Le resultaba difícil añadir el *sor*, o el *hermana*. Para ella era casi una hija y aunque le costó tiempo acostumbrarse a verla con aquel hábito blanco, y el escapulario negro sobre el pecho, la cabeza cubierta donde ahora resaltaban las facciones que antes, en los arreglos de Palacio se diluían, comenzaba a aceptar que Juana Inés, disimulada con el resto de las de su orden, homologada con sus hermanas, era una voz. Una inteligencia exhibida en palabras. Que las formas de su cuerpo y la coquetería de su rostro ya no deleitaban los ojos ajenos como lo hacían en Palacio. Alguna vez, cuando salieron después de ver la obra de teatro que Juana Inés había escrito y las hermanas representado, cuando merendaron aquellas gallinitas portuguesas y los antes de piñón y nuez tan propios del convento, y salieron ya tarde y cansados, la virreina preguntó a su marido si un hombre podría enamorarse de una monja. No se refería a un hombre de la Iglesia, que de eso se sabía de sobra sucedía como ocurrió a sor Antonia de San José, condenada a pasar el resto de su vida en la celda del monasterio cuando se descubrió su embarazo y ella confesó los encuentros carnales con el fraile Velásquez. Se refería a un hombre como él.

—¿Estás pensando en Cristóbal? —adelantó Antonio Sebastián de Toledo.

Sí, Leonor pensaba en él, tan abrumado cuando supo que la chica insistía en el convento, que las Carmelitas Descalzas no habían sido suficiente lección, que volvía al encierro como elección de vida. Lo habló con ella descorazonado, antes de que Juana Inés tomara el velo, buscando en la virreina una complicidad, un hilo de esperanza. Había muchas chicas que no llegaban a profesar y preferían la compañía de un hombre a la de Cristo. Pero Leonor había sido tajante.

—Juana Inés no es para casarse más que con los libros.

Ella lo había entendido: aunque la chica escudara su vocación religiosa en los meses anteriores a la decisión de ingresar a San Jerónimo, estaba defendiendo sus horas de estudio, su tiempo con la palabra. Y Cristóbal debía saberlo. Él no le permitiría la libertad que el convento, paradójicamente, le prodigaba ahora. Comparaba la vida de Juana Inés con la de su hija, educada para comprender el latín, para leer a los poetas clásicos y a los recién publicados en España como Góngora y Quevedo, pero su vida giraba alrededor de su oficio de recién desposada. Estaba pendiente de su arreglo, de las atenciones que debía tenerle al futuro marido, de los festejos a los que asistían, de las cofradías a las que ayudaban. Por eso preguntaba aquello a Antonio, porque era hombre y porque era inteligente.

—Tendría que ser capaz de exaltarse con la inteligencia. Tendría que privilegiar el oído a la vista —contestó Antonio después de un tramo del recorrido—. No sé si tanta pureza se lleve con el deseo. El hábito impone, Leonor.

—O provoca —contestó ella pensando en la manera en que Cristóbal podría mirarla. Sin duda, no con aquel candor ni con aquel arrebatado asombro. Tal vez el atuendo de la jerónima hiriera sus pupilas. Le gustaría saberlo, confirmar que la elocuencia de una mujer seduce más allá de su cuerpo, de sus facciones y del adorno del mismo. Juana Inés, con aquel rostro limpio, enmarcado por la toca, ponía a prueba a todas las mujeres. Su inteligencia brillaba por encima de cualquier otra cosa y en esa esfera estaba su poder. En el hogar hubiera sido imposible ejercerlo. Respiró aliviada, sobre todo al recordar cómo Cristóbal se había retraído en aquella contienda de saberes a que fue sometida Juana Inés; había sido una decisión sabia.

No habían salido de esa morada pasajera cuando Leonor cayó enferma. Resintió, más que la vista de la plaza perdida, la imposibilidad de pasear, de visitar a Juana Inés, a su hija. El encierro la sofocaba. No solía enfermarse pero una debilidad muy grande la tenía en cama. Virgilia rompió el tedio y la fatiga de esa mañana cuando entró en la habitación con una carta para ella. Primero se sorprendió de que la noticia de su mal hubiese llegado tan rápido a oídos de la reina Mariana y que ya mostrara su acostumbrada delicadeza con una misiva; pero era de Juana Inés. Hasta ahora lo epistolar no había sido modo de comunicarse; habían estado tan a la mano la una de la otra.

Y Leonor leyó. Y Leonor se volvió Laura. En aquellos sonetos escritos con perfección retórica, con rima y ritmos exactos, Juana Inés la había llamado Laura, y mientras ella se transmutaba en personaje, símbolo y mito, la cortesana, monja, hija postiza, se volvía poeta. Y para el bien de Laura ella, la poeta que le dirigía tan notables sonetos, se enfermaba. Pensó cuán egoísta había sido encelándose con aquellos poemas que le dedicó al duque de Vergara, que llegó en noviembre y murió el día de la Concepción, después de una semana de reinado. Entonces dudó de la sinceridad de sus palabras; pero ahora ante las que ella recibía rubricadas con la propia enfermedad de la monja estaba conmovida. Se sentía pecar de envidia, y dudaba si aquel monstruoso sentimiento había enfermado a Juana Inés.

Llamó a Virgilia con la campana de su habitación: necesitaba que buscaran al padre Antonio Núñez de Miranda. Seguía siendo su confesor y la muchacha temió lo peor.

—No se muera, señora.

Leonor le dijo que no pensaba hacerlo, pero que necesitaba los favores del padre, un vínculo seguro entre el convento y ella.

EL VELO NEGRO

Refugio contempló el paso ceremonioso de Juana Inés conforme avanzaba por el pasillo. Notó los ojos de la joven posándose en los suyos por unos instantes; parecían confirmar su compañía en el camino de la vida. Parecían incluso intentar una explicación para la maestra, asombrada aún por la decisión irrevocable de tomar el velo, de dejar el noviciado para entrar al claustro. Observó el pelo negro de la chica y sus cejas finas y oscuras. Sería la última vez que pudiera contemplar aquella mata marrón anudada con flores y piedras que dramatizaba su despedida del mundo para matrimoniarse con Dios. Refugio intentaba recordar su propia ceremonia nupcial hacía muchos años, pero la doble viudez la asaltaba y en lugar de su legítimo esposo aparecía el más reciente, con quien se había amancebado y conocido un trozo de felicidad: Hermilo. Por eso se concentró en la ceremonia que la había traído de nuevo a la ciudad, a la que dio la espalda desde que encontraron el cuerpo inflado de su amado en la acequia. Por eso, ella misma se enclaustró en la rutina de sus clases de la escuela Amiga otra vez, y en la organización de las fiestas de la parroquia de San Miguel, en Amecameca. Ocuparse la había alejado de pensar; si no pensaba se olvidaba de ella misma, olvidada de ella misma el servicio a los demás la salvaba y la compensaba.

Escuchar la resonancia del órgano con el *Canticus cantorum* le avispaba el corazón entumecido y al acompañar a Juana Inés en sus decisiones de vida, inevitablemente pensaba en las propias. Seguían a la novicia su madre y su tía María, sus hermanas Josefa y María, austeras todas menos María Mata, que conocía el mundo sofisticado de la ciudad. Alrededor de Refugio damas y caballeros lucían galas y joyas, brocados, encajes y tafetas. Los marqueses de Mancera atestiguaban el momento. Podía contemplar la compostura de sus espaldas, el mantón de la virreina y la mantilla que le cubría la cabeza; la gola del virrey y el espesor de su nuca. El lujo contrastaba con la capa blanca y la estola sin adornos del padre Núñez. Lo miró disimulando su desprecio mientras el fraile asperjaba con agua bendita a la novia y a lo que parecía el hábito que estrenaría la monja, doblado sobre una bandeja de plata en la mesa contigua. Así como atizaba con el rocío divino a la joven y a su futura vestimenta, así había atizado la decisión de Juana Inés; de ello estaba segura Refugio pues, a pesar de los argumentos de la joven, la idea no la convencía del todo. Todos esos curas, ya lo había padecido en Ápan, querían deshacerse de las mujeres solas. Así sueltas eran el demonio y la tentación. O vivían con hombre o más valía que sirvieran a Dios, que si no la lujuria andaba suelta. Cuántas veces había pedido el párroco de San Miguel a Refugio que considerara como viuda entrar a las casas de recogimiento, al convento. Cuando volvió a Amecameca, sola y abatida, no había insistido. Así, cansada y sin hombre por segunda vez, no había razón para costear su alimento en la iglesia; que sirviera como maestra. Que su vida libre la dejara en manos de la instrucción. ¿Acaso ella, Refugio Salazar, era libre por no estar en el claustro? ¿Acaso se podía ser libre enclaustrada?

Esto era un desposorio, una ceremonia del amor al que se esclavizaría Juana Inés. Ella nunca había sido más libre con sus sentimientos que cuando fue de Hermilo; si ésa era la esclavitud, bienvenida. Pero Refugio no podía pensar en el amor, cuando lo que atestiguaba era la renuncia al mundo de una mujer dueña de las palabras, con ingenio y humor, de una sedienta de las noticias del orbe. Que no renuncie a su devoción por el saber, se dijo a sí misma, cerrando los ojos. Aunque sabía que su petición era egoísta, que pensando en la pasión de Juana Inés y en su deseo de mostrar al mundo sus capacidades intelectuales y su altura con los hombres que gobernaban todas las esferas de la vida, en realidad estaba deseando no perderse de las glorias de su antigua alumna. Seguirla escuchando, leyendo.

El séquito de monjas que apareció y rodeó a Juana Inés para desprenderla de las mujeres Ramírez de Santillana y de las Ramírez de Asbaje, la sacó de sus cavilaciones. Observó otra vez el pelo suelto como un río azabache. Posando los ojos en él, lo retenía en su memoria, como si la fuerza de sus ojos evocara las trenzas niñas de Juana aprendiendo el abecedario y la defendiera de su muerte. Los cirios encendidos de las jerónimas ocultaban la nitidez de la silueta de Juana Inés, que dejándose conducir por ellas a la parte baja del coro, y sin volver la vista al mundo que dejaba atrás, desapareció detrás de la celosía dejando su juventud mundana en el pasillo. Refugio sintió un latigazo en el corazón. Nunca había presenciado una ceremonia de toma del velo y no imaginaba que le tocaría atestiguar la de su más distinguida alumna y persona. Con el pasillo rebosante de flores, frente a aquel altar y entre las músicas que entonaban las voces femeninas sintió el vacío de la muerte. Sin Juana Inés, su interés por el mundo decaía. Quería seguirse deslumbrando con sus pasos, logros y hazañas. Necesitaba la sorpresa de su talento y de su habilidad para moverse en el mundo. Y debía comprender que ésta era una prueba más de su astucia para colocarse y conseguir lo que como mujer bastarda y pobre le era posible. Debía confiar en la sagacidad de la novicia, para no morir con la muerte que allí se escenificaba. Juana Inés, vestida de blanco, con el escapulario negro, con la toca apretando su frente y escondiendo las orejas, salía de aquel coro bajo mudada en la que sería para el resto de su vida.

A Refugio le hubiera gustado estar allá abajo tras la celosía que impedía saber a los concurrentes lo que sucedía y retener los últimos instantes de la Juana Inés cortesana y pueblerina, de la criolla inteligente y atenta al mundo, despojada con las monjas de su atavío de calle. Le hubiera gustado tirar del lazo en la cintura y coger aquella falda de raso gris para guardarla en su bargueño como vestigio del mundo que vieron los ojos de Juana. Incluso le hubiera gustado contemplar aquel cuerpo joven que se despedía de las miradas y las caricias y se cubría disimulando sus formas para no tentar a ningún hombre porque ella ya tenía el suyo y sería para él, virginal y pura, por *secula seculorum*. Pero no le era dado como súbdita del reino, como viuda y pecadora, estar en la intimidad de la mudanza de Juana Inés; no podría precisar el momento en que la abadesa le colocara las nuevas prendas que la monja sólo trocaría en los momentos del baño, la enfermedad y tal vez el sueño. Cuando emergió del coro bajo, la música se elevó y los concurrentes detuvieron sus respiraciones. Refugio podía distinguir en el silencio el asombro de la virreina que había querido encontrarle un marido digno y le había procurado las formas y el lenguaje de la corte, y el agradecimiento de las mujeres de la familia que la miraban sonrientes, piadosas, seguras de que alguien salvaría sus almas, que alguien les conseguiría su pedazo de cielo y que el nombre de la familia se elevaba por encima del destino de bastardas, huérfanas o pobres que les había tocado a las hijas de Isabel Ramírez. La propia María Mata, bien casada, sonrió complacida del buen curso de sus acciones desinteresadas cuando tomó a la niña en casa para criarla y luego la depositó en Palacio para dar una oportunidad a su destino. Uno de los más complacidos, sin duda, era el capitán Velásquez de la Cadena, que había dado la dote para que la joven fuera aceptada en el convento. Por eso tenía lugar preferencial junto a los virreyes y por eso se atrevió, cuando Juana Inés entró al coro bajo, a ofrecer su mano a Isabel Ramírez, para que como madre de la novicia lo acompañara al frente de aquella ceremonia.

Un cuarto de hora, no más, había durado aquella espera, donde las palabras del epitalamio sonaban repetidas, huecas al principio para llenarse de sentido poco a poco.

Ven del Líbano, esposa mía... Sal de las peligradas madrigueras y de las peñascosas grutas de los Pardos. Amorosa vocación y nupcial convite del Esposo a su virginal Esposa.

Era la boda de Juana Inés a la que asistían, una boda de luto porque cuando la chica salió con aquel velo negro cubriéndole la cara, Refugio pensó en el duelo al que también asistía. Afuera de los muros del claustro quedaba sepultada la Juana Inés de los volcanes de Panoayan, de las tertulias en la biblioteca del abuelo, de los saraos de Palacio, de las lecciones del bachiller Oliva, de los bailes con Bernarda, de los anhelos universitarios. Y entre el arrobo de las caras dulcificadas y asombradas la monja, despojada de la gallardía con que había entrado al templo, se tiraba en el pasillo, a los pies del jesuita confesor, la cara al suelo, los brazos abiertos en cruz. Refugio se llevó las manos a la boca y contuvo un espasmo de dolor. Juana Inés moría.

Juana Inés se puso de pie y aceptó estar desnuda del nombre con que todos la conocían y la habían mentado, como se lo pidió Núñez de Miranda. Tras el anillo que el cura deslizó en su mano, con la corona de flores sobre el tocado de la cabeza, con la palma de la virginidad entre sus manos, la novia aceptó *su nupcial muerte y su natalicio entierro*, como subrayó el jesuita con esa prosapia y retórica con la que seducía a fieles y convencía a las chicas de entregar su alma y su cuerpo al único esposo perfecto. Y luego, mientras el nombre antiguo de la joven se elevaba al techo del templo como el humo negro de las velas, uno hecho del madero de la cruz la rodeó, postrándola en una cárcel de obediencia y castidad: sor Juana Inés de la Cruz. Perdía familia porque era hija de la Iglesia, renunciaba a los objetos porque hacía voto de pobreza, consagraba los apetitos de la carne al amor por el esposo, destinaba los pensamientos bajos al cilicio y al ayuno que los desterrarían del alma pura, de la esposa total en la que en ese momento se convertía.

Profesar es morir al mundo y al amor propio, y a todas las cosas creadas, para vivir sólo a tu Esposo. Para todo has de estar muerta y sepultada, sin padre, parientes, amigas, dependencias y cumplimientos.

Cuando acabaron los cantos y Juana Inés, con su voz limpia y con dicción rotunda y musical, hizo los votos arrodillada frente a la abadesa que tomaba sus manos y aceptaba la entrega que el cura le hacía de aquella chica que prometía una vida de clausura, obediencia y castidad por la Virgen María y el padre san Jerónimo y la viuda santa Paula, Refugio se sintió desposeída de aquella joven querida. Sintió que ella moría para la monja. Su fe no le concedió consuelo. Salió entre los concurrentes, esquivando a los Mata, y a los hermanos, a las bachilleres, y a las chicas de la corte y a sus familias, sin mirar a nadie a los ojos, con la vista baja desconociendo el azul del cielo que le pertenecía al nuevo esposo de la criatura. Caminó de prisa, como si la velocidad de sus piernas, el deseo de alcanzar la ribera de esa acequia maldita que la había despojado de su propio cielo, la alejara de la contundencia del final de la ceremonia. No había estado dispuesta a contemplar cómo sor Juana Inés de la Cruz desaparecía tras la reja del claustro donde las voces de las monjas del coro la cortejaban gozosas de que una más se sumara a la bella y terrible tarea del encierro y la consagración a un hombre invisible.

Se apeó en la primera canoa que apareció para conducirla a Santa Anita. Allí, a la vista del agua enemiga, lloró la pérdida de Juana Inés.

UN HOMBRE AJENO

Un revuelo de pasos a deshoras alertó a sor Cecilia. Era la hora de la siesta después de la nona y se aprestó a salir de su celda. Otras cabezas se asomaban al patio por donde cruzaba el padre Núñez de Miranda, a quien era imposible confundir por su vestimenta de andrajos, y por la manera en que la superiora que lo acompañaba, además de a otro caballero, se cubría el medallón que, aunque lucía una escena religiosa, resultaba una ostentación frente a las ropas raídas del jesuita. Era poco usual que dos hombres y alguien de tal importancia llegaran cuando no se trataba de una misa, o la ceremonia de velo, o el *culpis* del viernes. Además, un caballero no identificado era siempre un misterio. Sor Cecilia apreció su barba entrecana cuando estuvo más cerca del pasillo por donde ella asomaba. Al verlos dirigirse hacia las escaleras que llevaban a la planta alta comprendió. Debía ser el médico que venía a atender a sor Juana. Hacía dos semanas que se había debilitado y ahora estaba en cama. Las enfermeras le habían dado emplastos y hecho sangrías, y Juana de San José, la esclava que la asistía, le daba de beber infusiones que ella misma preparaba en la cocina de la celda. Pero sor Juana no parecía reponerse. Sor Cecilia se metió en la celda cuando los vio aparecer por el pasillo. No quería que el padre Antonio aprovechara para reprimirla por el pecado de gula que cada viernes confesaba. No quería tampoco que le encomendara tareas para asistir a la hermana Juana Inés porque la pereza de la nona la invadía. Lo único que le llamaba la atención y por lo que volvió a asomarse a destiempo, cuando aún no se introducían en la celda de Juana Inés, fue la posibilidad de mirar a un hombre de cerca. A su padre lo veía cuando había visitas en el locutorio, antes del encierro de su madre en Belén, pero éste era un hombre ajeno y había caminado con elegancia. Un médico siempre imponía, enfundado en una capa y con un maletín parecía un ser inalcanzable. Sor Cecilia se persignó cuando los vio emerger de la escalera. La madre superiora le dijo que se mantuviera cerca por si era preciso traer algo para el doctor Miranda. Sor Cecilia hizo una pequeña reverencia para dar la bienvenida y los siguió a la celda aprovechando la solicitud de la madre superiora. Allí estaban las internas medias hermanas de Juana Inés, Antonia e Inés, que fueron despachadas de inmediato por el doctor. No se sabía si aquello que padecía la monja era contagioso, insistió. Pero a Juana de San José, la negra, no la despidió. Alguien tiene que atender a la hermana, susurró a la superiora, pero Cecilia alcanzó a escuchar. Juana Inés estaba muy pálida y de verla así, con la sayuela con la que dormía, despojada de los hábitos y con el pelo negro anudado en la nuca, se sintió invadiendo la privacía de la monja poeta. Pero Juana Inés no la reconoció, apenas y pareció entender que el padre Núñez estaba allí con un médico y la superiora.

—La marquesa de Mancera me ha pedido venir por intermediación del padre Núñez —explicó.

Juana Inés apenas hizo un gesto asintiendo con la cabeza. El doctor Miranda pidió a todos alejarse mientras la auscultaba y Cecilia husmeó en la mesilla de la madre. Descubrió unos folios enrollados y se preguntó si allí escribiría una obra, un poema, una loa. Y se descubrió a sí misma disfrutando que la enfermedad la tuviera alejada de los papeles. No quería pensarlo más porque tendría que confesar el viernes que gozaba la enfermedad de sor Juana. Estos días la superiora encargaba los homenajes y las alabanzas a Cecilia. El médico miró a la madre superiora y dijo que era tifo. Una epidemia asolaba a la ciudad. Había que tener cuidado con las otras monjas; nada de visitas, nada de utensilios compartidos. La madre debía estar en reposo y era preciso que se tomara aquello que él mismo prepararía.

—Por favor, nada de brujería ni curanderas. Muchos rezos, eso sí; encargue a las hermanas que pidan a Dios por su pronta recuperación.

Cecilia había escuchado lo suficiente y salió de allí antes que los otros con un folio en la mano. Se quedó mirando la luz del patio con alegría. Por lo pronto ella no podía dedicarse a rezar, tenía mucho que escribir. Desde el balcón vio partir a las mismas tres figuras que como heraldos cruzaban el patio. El hombre de la capa le pareció aún más apuesto. Esa noche le escribiría una glosa parecida a la que llevaba en sus manos, la apostura de la figura y la palabra trenzadas en el papel. Algo tenía que hacer con ese júbilo de saberse con el terreno libre para ella y el gusto de que fuera aquel caballero bien parecido el que dictara la sentencia de los días por venir. No importaba que fueran pocos, eran suyos.

EL BAÑO DE JUANA INÉS

No es nuestra la voluntad. Se lo había dicho su madre en Panoayan. Había que atenerse a lo dispuesto por la señora Isabel. Juana era un regalo para la señorita Juana Inés.

—Para sor Juana Inés de la Cruz —la corrigió su madre. Que aunque llevaban el mismo nombre no eran lo mismo por mucho.

Las dos Juanas, pero ella nacida después de Juana Inés bautizada con su nombre, porque en esa hacienda todas eran Juanas, Isabeles, Marías o Ineses, y los nombres se repetían; la segunda hija del capitán Diego y la señora Isabel se llamaba Inés; no importaba que ya hubiera una anterior que llevara el Inés.

Juana de San José tenía poca memoria de quién era Juana Inés porque apenas tenía tres años cuando la niña se fue a la capital con sus tíos Mata. Y ya nunca la volvió a ver; creció cuidando a las criaturas del capitán y la señora Isabel. Antonia e Inés eran sus luceros, su razón de alegría además de su madre y sus hermanos y Catalina y Jacinto, con los que cantaba en la noche. Por esto tuvo tanto miedo cuando le dijeron que se iba de Panoayan al convento; sintió ese pasmo en el cuerpo como cuando iba con Jacinto a la cueva y todo era oscuro y húmedo. Allá adentro se miraba al diablo que apagaba las velas nada más entraban y luego les susurraba cosas malas al oído, y les robaba el sueño por la noche. Tuvo la certeza de que eso era un convento con monjas vestidas de oscuro, una cueva húmeda de donde no podría salir.

—¿Cuánto tiempo, madre? —había preguntado resignada.

—La vida no es nuestra, hija, es de los patrones.

Y Juana de San José había tenido ganas de ahorcarse en el encino frente a su casa. Sólo hubo una razón que la detuvo: las niñas Antonia e Inés habían sido enviadas con su hermana la monja «para alejarlas de los peligros del campo», había dicho el capitán viendo con recelo a Jacinto que seguía solo, sin agarrar esposa negra, ni india. El capitán malamente pensaba que al muchacho, como a los indios que vivían cerquita y trabajaban en las faenas, le gustaban las criollas. Ahora que las muchachas tenían catorce y trece años tenía miedo de sus pubertades, de los cuerpos que ya no eran de niñas y de las tentaciones que en el campo se podían dar sin que su mujer y él se enteraran. Así le había dicho a la señora Isabel frente a ella que servía la mesa:

—Las niñas se van al convento en la capital.

La señora Isabel se santiguó.

—Si quieren volverse monjas que lo hagan; si no, se mantendrán tranquilas con los estudios y los rezos —continuó.

Sólo la vista de las mozas que se habían ido hacía varios meses le dio consuelo para irse a aquella cueva y dejar las montañas y el arroz con plátano que guisaba su madre y los cantos por la noche y las historias que contaban cuando se reunían los que quedaban y los niños más chicos. El mundo se le había venido abajo cuando abrieron el portón del convento y ella entró con su itacate de ropa. Miró la calle de Verde como si dejara un paraíso incierto que era la vida de esa ciudad que desconocía. Parecía mentira que, aunque esclava, la compañía de su familia e iguales le había brindado una forma de libertad. Ahora renunciaba a todo porque su voluntad no contaba. Al menos, pensó, que un mulato la amartelara y le diera la libertad que sus amos no le habían dado.

El portón se cerró tras la tornera y fue conducida a la celda de sor Juana Inés por una monja anciana y encorvada. Le preguntó insolencias en el camino, que si ella se iba a hacer monja, que las negras no se hacían monjas porque eran criaturas del diablo y a quién se le ocurría mandarla al convento, que si la madre Juana Inés recibía demasiados favores de los virreyes y los ricos y los curas, y que éstos eran tiempos más malos. La monja vieja arrastró los pies mientras el enorme medallón que llevaba en el pecho en lugar de pegársele al cuerpo colgaba como un badajo de tan arqueada que tenía la espalda. Juana de San José no hablaba, sólo cruzaba el gran patio asustada, esperando la familiaridad de los ojos de las niñas Ruiz Ramírez para que le consolaran el destierro del campo. Pero cuando la anciana la dejó en la celda de sor Juana y se alejó sin mayor explicación, la negra se topó con el silencio del lugar. Y no supo qué hacer. Se quedó de pie porque nadie le había dado permiso para sentarse; miró hacia la pared forrada de libros con la extraña sensación de que estaba ante los de la biblioteca de don Pedro. Y así se quedó sabiendo que tendría que limpiarlos como ocurría con los de Panoayan, sin entender esos signos ni el secreto placer que producían a quienes los miraban, pero segura de que en esa fila de lomos y pergaminos se prolongaba la vida de la hacienda.

Cuando entraron las chiquillas y la descubrieron, la abrazaron y saltaron gozosas, aunque Juana Inés, que venía detrás de ellas, acalló su algarabía recordándoles el comportamiento en el convento. Juana explicó que la señora Isabel la mandaba como un regalo para ella, «señorita Juana Inés; perdón, madre de la Cruz», dijo con torpeza. Juana de San José y las niñas se rieron aclarándole que ellas le decían hermana pero como en realidad era su hermana no estaban en falta. La negra las apretó contra su pecho, como asideros de su vida, como pedruscos que no le permitirían resbalar a lo más hondo de la cueva en que había entrado.

Había pasado tiempo de aquello, pensaba apesadumbrada Juana mientras preparaba la tina tibia de sor Juana. Era ella quien semana a semana calentaba el agua y la llevaba a cubetadas a donde estaban las tinas que utilizaban las madres acompañadas solamente de sus donadas o esclavas. Y era en esos momentos de soledad oscura y tibia, en la antesala de la intimidad de Juana Inés, que la asaetaba la melancolía que había incorporado a sus días desprovistos de la alegría de cantar frente al caldero en Panoayan. Alejada del resto de las hermanas, de la hora del comedor, de las faenas de la celda donde entraban y salían las niñas y otras donadas que las atendían, donde asomaba la abadesa o sor Cecilia pidiendo favores y dulces —porque la monja regordeta sabía que Antonia e Inés recibían dulcería de casa—, alejada de las misas y las confesiones de los viernes donde las monjas pegaban la cara al piso para gritar sus pecados y aquello le imponía porque había quienes eran condenadas al cilicio en sus celdas, aquel refugio de agua y silencio le daba una paz oscura y necesaria.

Ese día no podría ser como los otros. Había llegado la triste noticia de la muerte de Leonor Carreto. Veinte días antes habían venido los marqueses de Mancera a despedirse de sor Juana. Habían estado mucho tiempo en el locutorio y Juana Inés no asistió a las vísperas ni a las completas, mucho menos a la cena. Tenía permiso de la abadesa por ser día muy especial. Juana de San José la miró entrar desde el petate en que dormía al lado de las niñas, la vio subir a la parte alta de la celda donde estaba su habitación y su estudio, y contempló la luz de la vela parpadeante en el muro hasta que se quedó dormida. La imaginó escribiendo con el tintero que Juana de San José mantenía limpio y lleno. Pero esta mañana el padre Antonio Núñez la había mandado llamar a las oficinas de la abadesa; volvió descompuesta, más pálida de lo que lucía con esa toca tan apretada a su cara.

—Murió Leonor —dijo y contuvo el llanto.

Juana de San José no supo qué decir. Torpemente anunció que le prepararía el baño aunque no fuera el día en que lo acostumbraba. Y Juana Inés aceptó. Que la perdonara la abadesa que ya la había reprendido otras veces pero ella no podía agregarle el *sor*; prefería decirle hermana como las niñas, producía una familiaridad real. Ahora que vaciaba el agua calentada a leña en la tina de mármol temía ver el sufrimiento de la hermana Juana Inés. Sabía cuán importante había sido esa señora elegante que la visitaba a menudo; la hermana Juana Inés le había contado del Palacio, de cómo la educó y le mandó a hacer vestidos muy hermosos, y de cómo todo eso no valía nada frente a la amistad muy grande de esa señora.

Cuando entró la monja, apenas la distinguió en la penumbra de ese salón. Atrás del biombo que había en la pieza se desvistió silenciosa. Por un costado, entregó a Juana de San José el medallón que siempre llevaba en el pecho y la negra lo colocó en la mesilla de costumbre. Luego se quitó el cordel de la cintura y lo entregó; desprendió la toca que ceñía su rostro y escondía el pelo oscuro y abundante que a Juana de San José le gustaba lavar dentro del agua. El contacto de esa mata brillante era una vida escondida de la monja que sólo ella tenía permiso de ver. Ajena a la desnudez de su cuerpo, como si no le perteneciera porque sin pudor alguno la monja siguió despojándose de las prendas, entregó a la esclava el escapulario negro, el hábito blanco que le pesó en sus brazos y por último deslizó por sus piernas delgadas esas bragas deshiladas que Juana lavaba con cuidado como el resto de las prendas de la monja. Envuelta en un paño blanco con el que después secaría su cuerpo, caminó a la tina y metió un pie al agua que humeaba. Lo retiró bruscamente y pidió que la enfriara. Juana vació un poco de agua fresca de la cubeta que siempre tenía para mediar la temperatura. La monja debía estar más sensible pues ella bien conocía cómo le gustaba el agua del baño. Le dio la mano para que se introdujera y se deslizara dentro. Apenas cuatro años mayor que ella no podía evitar hacer comparaciones con su propio cuerpo. Le asombraba el contraste de su pubis oscuro con su piel blanca olivo y los pezones púrpura de sus pechos. Pensaba que ningún hombre los vería jamás. No era un cuerpo desbordado como el suyo, porque las caderas eran menudas, casi varoniles, pero era armónico. Y mientras la bañaba como siempre, pasando la esponja por sus pies pequeños, recordaba los suyos tan toscos y ásperos y los envidiaba. Pies de monja que no tuvieron que andar descalzos en el cerro, se decía.

Juana Inés cerró los ojos ajena al lienzo que Juana frotaba por su cuerpo. Se dejó alzar los brazos como una muñeca y limpiar las axilas velludas, los senos bajo el doblez con el que reposaban sobre el tórax. Juana pasó el paño por el pubis con extremo cuidado como siempre lo hacía. De alguna manera, por las charlas con la monja, tenía la certeza de que el cuerpo de Juana Inés no era como el suyo: tan sólo era el caparazón del alma. Y así, frotando la piel, no mancillaba la pureza ni la virtud de la monja. El cuerpo de la hermana era un alma necesitada de aseo. De la misma manera que cuando se golpeaba con el cilicio, estaba castigando un alma en pecado. De pronto, Juana Inés tomó el paño que había rozado su pubis y lo extendió sobre su cara. Juana de San José, desconcertada y temerosa de haber ofendido a la monja, se quedó muy quieta hincada al borde de la tina; pudo escuchar el llanto apagado bajo la humedad del trapo. Se puso de pie y dejó que la monja llorara. Al rato volvió con un poco de anís del que le había mandado su madre para los dolores del estómago y del ánimo. Le acercó la copa a Juana Inés.

—Un trago, hermana, un trago.

—Tal vez no se quería ir —dijo de pronto Juana Inés, reconfortada—. Porque irse a morir tan cerca de tomar el barco que la llevaría a España. Dejar en Tepeac confundido y solo a don Antonio, no son maneras. Lo hubiera hecho antes, para rezarle en catedral, para llorarle y despedirla como Dios manda. Pero no tan lejos de todos lados. La enterrarán allá porque uno es de donde se muere, no de donde nace.

Juana de San José la escuchó pensando con desagrado en que cuando la monja y ella murieran no las llevarían a sepultar a Panoayan. Aprovechó que Juana Inés cerraba los ojos para dar un trago al anís que quedaba en la copa. Uno se moría cuando Dios disponía, eso le habían enseñado en los rezos de la capilla de Panoayan. El destino nuestro es de Dios que con ella, por negra, no había tenido más remedio que hacerla esclava. ¿Y dónde propondría que muriera? Ojalá no fuera en ese convento oscuro; prefería la cueva de su tierra, los amaneceres escarchados, el aguanieve del volcán.

Parecía que el anís hacía hablar de más a Juana Inés. A Juana de San José le gustaba escucharla pensar en voz alta. Por un momento reflexionó en la dicha que tenían quienes podían dejar palabras en el papel y más quienes las podían desprender del papel con los ojos. Porque así se podían repetir una y otra vez cuando uno quisiera, como los rezos que guardaba en su memoria. Tal vez debía pedir a las niñas Ruiz Lozano que la enseñaran a entender las palabras de los libros. Tal vez así estaría menos sola cuando pensara en el destino de sus huesos que en su blancura eran iguales a los de todos. Juana Inés la sacó de su letargo con un suspiro que indicaba que la vida debía proseguir. Cuando salió de la tina, la negra protegió su desnudez con el paño de secado y mientras la monja reposaba en una silla con el cuerpo envuelto, pasó el peine por el cabello húmedo y lo desenredó con suavidad y paciencia. Un acto sencillo que le recordaba a su propia madre intentando desbaratar sus rizos apretados. Una vez seca, ayudó a la hermana acercándole prenda por prenda de las que limpias yacían en la mesilla junto al biombo. Por último, hizo el nudo al cordel de la cintura y le entregó el rosario y el medallón que Juana Inés pasó con decisión por su cabeza, como si aquella mujer desnuda y sollozante se hubiera diluido en el agua tibia de la tina. Juana sonrió; le gustó que la monja saliera a flote. Siempre se corría el peligro de quedarse pegada a la tristeza y la monja debía estar en el coro de la tarde.

—No faltes a misa —la conminó.

Juana aceptó porque el coro la animaba y una vez al día era todo el tiempo que tenía entre limpiezas y lavado de ropa para estar en la capilla del convento. Esa misa, suponía, sería especial; el padre Antonio había sido invitado para el sermón. Y no solía tener deferencias con el convento. Para escucharlo, había dicho Juana Inés, era necesario ir a catedral, y escucharlo siempre resultaba edificante. Con más razón si esta vez dedicaría sus palabras a tan generosa y sensible mujer.

—Que Dios la tenga en su gloria —dijo en voz alta Juana Inés y al santiguarse se alejó del baño.

LA LIBERTAD DE VIRGILIA

Como si su pasado palaciego fuera un lastre, Bernarda Linares no había tenido interés alguno en hacerlo visible. Con la partida de Antonio Mancera y la muerte de Leonor Carreto, los años en la corte habían quedado reducidos a una serie de recuerdos polvosos. Juan Mata era un percance pasajero en su vida nueva de mujer casada, de madre de tres niños sanos, criollos, hijos de padres criollos, de abuelos españoles. Dos rubios como ella, uno de pelo oscuro y ojos pardos como su padre. Feliz esposada de un notario, la vida de Bernarda era como ella había esperado. Asistía a los festejos y comidas de altas personalidades de la ciudad; fray Payo, el virrey, era un hombre sensato que tenía una buena relación con su marido. Ambos asistían a misa, apoyaban a la Cofradía del Rosario, el hermano mayor de Bernarda formaba parte del cabildo eclesiástico, el menor se había casado con una española hija de condes. Estaban a bien con la Nueva España y el reino, así que no había por qué quejarse, ni por qué atender al pasado ni acordarse de aquellos días turbios de un aborto secreto. Era buena para ahuyentar los pensamientos que la ofuscaban, ocupándose o mandándose a hacer vestidos nuevos donde los guardainfantes ajustaban de nuevo su cintura y daban holgura al vuelo de la falda; o disponiendo las viandas para atender a los comensales o saliendo de paseo a las huertas de San Ángel.

No hubiera reparado en su vida anterior si Virgilia no hubiera llamado a su puerta preguntando si se acordaba de ella la señora. Bernarda, incapaz de despedirla porque temía que ello resultara peor, había bajado asustada al recibidor para hablar con ella. No contenta con la curiosidad de las cocineras en la habitación contigua, la había llevado a su recámara para escuchar lo que quería Virgilia. Si era dinero, estaba dispuesta a dárselo, pero la negra que primero alabó su belleza, lo bien que se seguía viendo y luego la hermosura de su casa, le pidió que la ocupara en algo. Leonor Carreto le había concedido la libertad antes de partir y no sabía qué hacer con ella, no tenía más casa que el Palacio y la casa del conde de Sánchez donde habían estado los virreyes antes de salir. Los señores no querían a una esclava que ya no lo era. Pensaban que era un peligro para los demás sirvientes. Querían demostrar que la libertad tenía sus riesgos, que se fuera a vivir esa vida de libre. Bernarda la escuchó preocupada porque la estimaba, pero no la quería cerca. No quería ese recordatorio en casa. Tampoco se lo podía decir.

Virgilia, con las manos nudosas entrelazadas sobre la falda, dijo que sabía cuidar niños y más miedo le dio a Bernarda el poder que podía adquirir su cercanía con las criaturas. Alguien que sabía de su pasado no podía estar allí.

—¿Y la casa de Belén? ¿Has pensado en ella?

Virgilia la miró con horror. La libertad… la libertad, masculló. La palabra pesaba y nunca había tenido la necesidad de pensar en ella porque su destino estaba trazado y ella no había hecho más que acompañarlo. Tampoco estaba dispuesta a que la negra, cómplice de su pasado, se lo arruinara.

—¿Te acuerdas de Juana Inés? —le dijo de pronto, iluminada por una idea—. Se ha vuelto una monja famosa.

Bernarda sabía que el arco para recibir a los nuevos virreyes, los marqueses de la Laguna, que llegaban en unos meses, había sido encomendado a Juana Inés. Curioso que Virgilia apareciera cuando esa noticia hacía poco circulaba: era sabido que Sigüenza y Góngora haría el muy importante de Santo Domingo y que Juana Inés de la Cruz el de la catedral misma. Una mujer, se comentaba con escándalo. Una mujer a la que el cabildo hiciera el encargo. De esas cosas se enteraba Bernarda por su marido y por las amistades de éste. Algunos decían que era impensable que una monja mereciera tan elevado honor, como lo afirmaba su propio hermano en el cabildo. Otros, en cambio, sabían que Núñez de Miranda, que los antiguos virreyes, que el gobernador Velásquez de la Cadena y su hermano Diego, y que el propio fray Payo la tenían en muy alta estima, si no cómo cometer aquel desliz de ofrecer a una dama, no importa cuán religiosa fuese, tan alta encomienda.

—En el convento reciben donadas —se acordó de pronto pensando en que los astros debían haber pactado esa intromisión del tiempo antiguo en la vida nueva de Bernarda—. Juana Inés nos dará la solución. Mi marido y yo podríamos pagar para que entraras allí; no para que te vuelvas monja, que nunca se ha visto una negra monja, pero para que te den trabajo, casa, comida, fe.

Virgilia hizo un gesto de desagrado; no pensaba que fuera la mejor solución, pero no usaría su lealtad para chantajear. Eso Bernarda lo sabía, sólo que su presencia misma bajo el mismo techo la incomodaba. Si la podía proteger era de esa manera, así se aseguraba que encerrada en el convento estuviera lejos.

Cuando la negra bajó por la escalera escoltada por Rosario, Bernarda miró aliviada la figura larga de la negra alejarse con los recuerdos turbios de las horas en que su cuerpo no le perteneció y del pedazo de carne muerta guardado como prueba de su pecado y su falta. Eran peligrosos. Tendría que hablar con Juana Inés, pedir su gentileza, amén de felicitarla porque aquellos años de estudio, de encierro y latinajos, de elevadas conversaciones con los señores —que tanto aburrían a Bernarda—

parecían rendir frutos. No podía evitar sentir orgullo por el honor y el reconocimiento que significaba la encomienda del arco a Juana Inés. Saber que los pasos de Juana Inés habían sido acertados, como los de ella, a pesar de los tropiezos, le produjo un regocijo cómplice que se llevó la sombra del pasado que Virgilia había traído. Le escribiría a sor Juana, pediría su apoyo y luego hablaría con su marido. O tal vez no fuera necesario, preguntaría él por qué no la empleaba en casa, siempre hacía falta alguien de confianza y quién mejor que esta mujer que había servido a la virreina. No, emplearía su propio dinero para ingresarla al convento. Pediría a su marido que comprara algunos libros de excepción para su monja amiga pues pensaba felicitarla por el encargo. Así, con Virgilia en San Jerónimo y con la anuencia de Juana Inés, el secreto estaría resguardado.

EL AZAFRÁN

Qué mes había sido aquel de noviembre. Juana Inés metida en sus libros y la madre superiora fingiendo que la monja no faltaba a los rezos de la tercia y la sexta. Juana Inés había encargado a Juana de San José la custodia de la celda. No quería interrupciones, ni de su propia sobrina que vivía también en el convento ni de sus medias hermanas. Mucho menos de su vecina de celda que quería mirar lo que escribía para robarle las palabras, como había hecho con aquel poema inacabado. Pero ella no era avara con su obra. Habría más. Juana de San José ya estaba avisada; si venía sor Cecilia debía proveerla de dulces de leche, de los que recién había recibido desde Puebla por los villancicos que mandó. Había que tenerla contenta porque su padre ingresaba una fuerte cantidad al convento, no fuera a alborotar a la priora y que no le quedara más remedio a la madre que hacer participar a Juana Inés de la rutina del convento como si fuese cualquiera. Como si no le hubiese encomendado el cabildo tan alta tarea. A Juana le parecía que ella también había recibido la encomienda porque no nada más le tocaba cuidarle las espaldas a su ama, traerle de comer si es que iba a permanecer con la cara hundida entre las páginas, con la plumilla goteando del tintero al papel, sino que tenía que darse vueltas a la catedral para observar la construcción del arco. Se había defendido alegando que ella no sabía nada de aquello, pero la madre Juana Inés le insistió que bastaba comparar el dibujo que ella llevaba en la mano con los detalles agrandados. Y que cuando empezasen con las inscripciones la tuviera al tanto pues no fueran a cometer faltas garrafales que eso no iba a estar a la altura de los señores virreyes.

La madre superiora estaba al tanto de las salidas de la negra y aprobaba todo cuanto fuera en beneficio de la relación que el convento sembraría con los nuevos virreyes. Ya fray Payo y los marqueses de Mancera habían sido esmerados en su trato, y siempre y cuando se permitiesen las charlas en el locutorio con la monja y otros invitados ilustres, ellos consagrarían una renta para el funcionamiento del convento. Eso le explicó Juana Inés a la chica que estaba asombrada de que de pronto se abrieran las puertas para que ella saliera a la plaza como si estuviera acostumbrada a la vida de calle. ¡Ah!, qué mes dichoso. Le hubiera gustado que se prolongara aún más, como sucedió, aunque de haber podido escoger algo en su vida habría preferido que fuera de otra manera. Podía decir que al salir de la puerta del convento y echar a andar por la calle de San Jerónimo la sensación era la misma que cuando tomaba la vereda del bosque atrás de la hacienda. Caminar era tenerse a sí misma, y en aquello no había reparado. Ni siquiera cuando llegó otra negra al convento por recomendación de la madre Juana y estuvo un rato en la lavandería, y cuando ella le preguntó un día, por sentirla igual en condición de piel, por qué no tenía amos; ella contestó que le habían dado libertad y no supo qué hacer con eso. Se le quedaron guardadas las palabras que la habían inquietado. De ser libre ella caminaría por todos lados, dormiría en cualquier rincón, comería lo que los otros tiraran. Se escondería en el fondo de una canoa y navegaría de regreso a su casa para poder ver los atardeceres pardos de la montaña y sentir los brazos tibios de su madre. Aunque desde aquellas salidas la montaña o el recuerdo que aún tenía de ella se iba borrando de tanto ajetreo y edificio bonito. Sobre todo cuando cruzaba la plaza e intentaba desde los puestos y cajones contemplar el progreso de la construcción del arco con el que recibirían a los virreyes. Al principio le había impresionado que en una tinaja se preparara una masa de líquido y trapos, con la que vestían un esqueleto de madera. Pensaba en un arco como algo sólido, como el convento, como la catedral que seguía sin terminarse, como los arcos en los portales de la plaza, pero éste se alzaba hacia lo alto sin peso, como si los constructores hicieran una tarea fácil. Todos los días del mes se paró frente al arco, protegida con la sombrilla que atajaba el sol de otoño y observó. Hubo alguno que habló como indio y ella no entendió, pero hubo un negro como ella que se le quedó mirando. Ella se paraba menuda y correcta, y estaba una hora de pie, sin moverse, como un soldado, porque Juana Inés le había enseñado los planos con las ocho pinturas que iban contando una historia y tenían que tener un orden y ella era responsable de entender aquello. Menos mal que eran dibujos y no letras. Los demás, asombrados al principio, parecían desconcertarse con la vigilancia de la muchacha vestida de colores tristes, no con los colores que usaban las negras.

Juana de San José no había reparado en lo extraño de su presencia allí hasta que un día, mientras miraba cómo moldeaban una figura de una gran concha, el negro le preguntó dónde estaban sus polleras de colores. A Juana le dio vergüenza el comentario; era como si el muchacho le reclamara haber traicionado a los de su color. O como si le dijera: «Me gustas, pero te falta el vestido para lucir». Entre dientes murmuró: «Es que estoy en el convento». Hacía mucho que no hablaba con nadie que no fueran mujeres. Se quedó tiesecita esperando más de la voz varonil, pero el muchacho no habló más y ella, aturdida, regresó para avisar a la madre que la concha ya se había hecho y que habían empezado a moldear los desnudos.

—Los dioses —la corrigió Juana Inés.

Esa noche buscó con ansias entre sus enseres y decidió que al día siguiente saldría más temprano, cuando desayunaban las monjas, para que no la vieran vestida de amarillo.

Por eso cuando el arco estuvo listo y la madre Juana Inés se reunió con el bachiller Sigüenza y Góngora en el locutorio el día anterior a que llegaran los marqueses de la Laguna, y ella llevó las pastas y el moscatel para que los señores compartieran la excitación porque el estreno de los arcos que diseñaran uno y otro estaba por ocurrir—, su alma estaba oscurecida. Los últimos días se había tardado más intentando comparar los rasgos de las inscripciones en la falsa piedra con los que la madre Juana le había puesto en el papel. El negro se había ufanado por ayudarla aunque no entendía de letras. Así cerquita le había dicho que si había modo de verla cuando se acabara el arco y ella triste había dicho que no. Cuando cayó la tarde del último día, y ella comprobó que quedara muy clara la petición de la monja para que los virreyes acabaran la catedral, y los hombres se lavaron las manos en la acequia cercana, Juana de San José se atrevió a seguirlos. Esperó a que él notara que lo observaba y cuando se acercó le preguntó dónde podía encontrarlo. Con el nombre del mesón donde él trabajaba resonando en el aire, se fue contenta repitiéndolo como una campana que repica: El Azafrán, un nombre amarillo y luminoso como su falda del campo.

Ocurrió después aquel aviso inesperado, cuando al amanecer tocaron a la puerta del convento y luego la portera llamó a la celda de la madre Juana Inés y Juana de San José se incorporó alerta en el petate.

—Vístete, muchacha, vamos a casa de mis tíos —le dijo sor Juana.

Salieron juntas a la calle fría y aún oscura donde las esperaba una carreta que de inmediato las llevó a donde Juan Mata lloraba la muerte de su esposa María. Fue esa muerte inesperada, el deseo de la madre Juana de consolar el dolor de sus parientes y de reconocer y agradecer el tiempo que estuvo con ellos, lo que ayudó a Juana de San José, pues hacia el mediodía la madre Juana pidió que llevara una carta a la abadesa avisando de su súbita salida, disculpándose y pidiendo su venia para regresar hasta las vísperas. Aquella petición providencial le permitió andar por las calles, preguntando aquí y allá por El Azafrán y descubrirlo cuando aún estaba cerrado. Fue a la vuelta, después de acicalarse un poco en la celda del convento, de esperar la respuesta de la abadesa y de coger un collar de piedras traslúcidas que se puso en la calle, que encontró el lugar abierto y tímida se estuvo en la puerta un rato, mirando de cuando en cuando hacia dentro por si atisbaba al negro.

Uno de los mozos fue el que le dijo que si buscaba a un pariente estaba en la cocina.

—Pase, pero rápido, no está el patrón.

Lo encontró entre vapores y olores rancios, con la camisa sucia del trabajo, lavando loza en una tarja. Él la miró incrédulo y se le acercó decidido. Así nada más puso un beso en sus labios y ella, aturdida, salió de prisa.

MARÍA LUISA Y EL VALLE DEL ANÁHUAC

Nada más instalada en Palacio, María Luisa Manrique de Lara, marquesa de Paredes y de la Laguna, virreina de la Nueva España sintió el deseo de visitar a la madre Juana Inés de la Cruz que los había recibido con el insigne arco alegórico a Neptuno. Cansados y excitados después de la travesía por mar, las fiestas en Otumba, Puebla y Tlaxcala, entrar a la ciudad sacudió su asombro. Ella, que había visto viñetas y cuadros que aludían a la hermosura de la capital, que conocía las crónicas del inglés Thomas Gage, no pudo más que exhalar un suspiro profundo y apretar el brazo del marqués cuando desde la pendiente de Río Frío divisó el valle del Anáhuac refulgiendo diamantino por el agua de los lagos. Miró a la derecha y contempló el fulgor nevado de los volcanes en tierra de tan grata temperatura y sus ojos no pudieron más que asociar la imagen de ese valle con el bienestar que les esperaba. Aunque de origen real —su marido era hermano del duque de Medinacelli y ella hija de un príncipe del Sacro Imperio Romano emparentado con los Mantua y por el lado de su madre del poeta Manrique—, no había supuesto que les tocaría ser gobernantes de un reino tan extenso y desusado como la Nueva España. Y que entrando por la puerta grande por tanta sangre enredada, pues el virrey saliente fray Payo era primo de su marido, se les prolongaría el periodo de gobierno por tres años más. La condesa de Paredes lo celebraba; suponía que en esta tierra nueva y bajo las bondades del clima, sin duda podría parir y criar a los hijos que en España se habían malogrado.

Tomás de la Cerda, vestido de brocado dorado, llevaba entre sus manos el bastón de mando que días atrás le había sido otorgado por fray Payo de Ribera en Otumba. El arzobispo virrey les dejaba un reino tranquilo, como él mismo lo había indicado con el aplomo que le confería reunir en su figura Iglesia y corona. No era el caso del marqués de la Laguna, pero lo sabría hacer. Ella se encargaría de apoyar a su marido para que se dieran noticias de sus buenos juicios, de su sensatez de mando. Con el bastón entre las rodillas, el marqués de la Laguna ya era el virrey y ella, por tanto, la virreina. Pero aún, como cuando recién se desposaron, no estaban dispuestos a asentarse en casa. Querían gozar esa luna de miel de algunas semanas que se habían concedido para pasar a la Villa de Guadalupe y brindar sus rezos, flores y ofrendas a la Patrona de México y después estar en las aguas de manantial del Bosque de Chapultepec, tan propicias para que repusieran las fuerzas perdidas en el traslado. No que no los hubiesen recibido en las mejores casas y dado las atenciones más exquisitas en el trayecto, muchos de ellos sin duda metiendo aguja para sacar hebra, que esas costumbres de sobra las conocía la marquesa. Cuántos no se le acercaban en España para intentar favores de Felipe IV, con quien tuvo una amistad sincera, mientras vivió el rey.

Si pensaba en esos días de tregua antes de entrar a Palacio el último día del mes de noviembre como una luna de miel, no era por los apetitos del cuerpo que saciaría con su marido, que siendo once años mayor que ella, y poco imaginativo, no le prodigaba gran placer en la cama. A veces pensaba que ésa era la causa de que sus embarazos naufragaran. Otras, traviesa y sonrojada, que hubiese sido bueno haber hecho caso de las miradas de aquel joven invitado a las tertulias de Palacio en Madrid. Pero siendo casada, no podía permitirse los desenfrenos del cuerpo, sólo los del pensamiento, y esto con harta prudencia y cuidado de la mirada de Dios, que siendo hombre no aceptaría los desvaríos que a otras figuras santas sí confesaba, como lo hacía con la Virgen de la Paloma, la patrona de su ciudad, mucho más cercana y comprensiva de las mujeres. En ella pensó cuando miró los azulados reflejos del agua que prometía una isla habitable y señorial en su centro.

—Tenme en tu gloria —pensó egoísta, porque ésa era la sensación que el paisaje le imponía como verso, como pintura, como sonata. La belleza la conmovió pero le pareció inútil intentar compartirla con su marido.

Cuando entró a Palacio y el servicio se presentó, nada más descansar un poco, quiso saber dónde ubicar a la madre Juana. Había una sensibilidad que le agradaba en ese arco alegórico a Neptuno, construido frente a la catedral inacabada, en aquella construcción efímera tan alta como el propio Palacio, en esa figura central donde ella y su marido estaban representados por Neptuno y su esposa Anfitrite saliendo desnudos de una concha gigante. No negaba que le complacía que ella estuviese allí y no nada más el virrey como se acostumbraba. No negaba que le llamaba la atención que fuese una mujer quien ideara el concepto y las inscripciones que acompañaban al arco. Así como había celebrado lo monumental y exótico del que los recibió primero en la plaza de Santo Domingo, como explicó fray Payo que se llamaba esa explanada, y se había asombrado de que el arco romano llevara figuras de los antiguos gobernantes indios de la ciudad de Tenochtitlan, cuando supo que era obra de un ex jesuita, Carlos Sigüenza y Góngora, matemático y astrónomo, y comparó las alabanzas que el otro contenía y supo que era de una poeta monja, su admiración se desbordó por el arco de la catedral. Fray Payo explicó entonces que él mismo había tenido a bien convencer al cabildo de que la madre Juana Inés de la Cruz, de gracia, talento y elocuencia notables, fuese quien recibiera a los ilustres virreyes.

De asombro en asombro, María Luisa no sabía si contemplar la plaza descomunal y su alboroto de indios, españoles, mestizos y negros, o atender el deseo de conocer a quien desde la clausura del convento había hecho de su entrada una sorpresa mayúscula. Si Tomás no entendió que la monja lo igualaba a Neptuno como marqués de esa zona lacustre y que el arco llevaba ya la intención de atender algo urgente como era el desbordamiento de las aguas de esa ciudad que conforme crecía se complicaba, ella en cambio comprendió que la referencia a su hermosura, donde decía la monja los pinceles habían hecho agravios en su intento por ser fiel copia de los virreyes, era un intercambio de fineza política. Mientras los alababa comparándolos con dioses romanos, capaces de someter tormentas, indicaba, como un hábil consejero, las tareas urgentes que la ciudad demandaba. Sin duda la monja era alguien que ella, sedienta de belleza e inteligencia, tenía que conocer.

LOS CELOS DE REFUGIO

Refugio despertó esa mañana fría de abril, y después de asearse en la jofaina y atarse en un chongo el cabello entrecano a la nuca, se echó encima el chal de lana. Iría a misa. Últimamente era lo primero que hacía en el día, antes de pensar, antes de repasar la vida, de lamentar el estado de las cuentas, de ponderar su soledad. Incluso antes de que pasara Isidro con los botes de leche y que la sirvienta ya estuviera barriendo el patio. Le gustaba evitar el *buenos días* tanto como sus pensamientos. Parecía que Casia adivinaba la buena o mala fortuna de sus amaneceres, porque comentaba siempre algo: «¿Pasó mala noche?, ¿qué le está preocupando?» Sí, efectivamente su cara de recién salida del sueño transparentaba sus pesares. Echó a andar calle abajo entre el empedrado y volvió a la vida por el aire helado de la montaña intentando comprender las razones de su disgusto.

Juana Inés no le escribía hacía meses. Y esa cercanía del papel y las palabras se había vuelto un alimento para sus días. Pero era sin duda algo más lo que le molestaba: creía adivinar las razones del olvido por su persona. No eran las tareas del convento porque si siendo tornera o secretaria había mantenido el carteo, sin duda ahora que era una mujer requerida por el cabildo y el propio convento para escribir loas, liras, endechas, amén de los villancicos que siempre había escrito, encontraría más espacios para encerrarse en su celda, para que las horas libres fuesen más y se le dispensara de actividades comunitarias sabiendo que su trabajo requería aislamiento. Desde que llegaran los nuevos virreyes el flujo de esas cartas inteligentes, de retórica jugosa, aderezadas de humor y noticias del convento y del mundo, alimentadas por las conversaciones privilegiadas que en el locutorio sostenía con la grana de la sociedad novohispana, había ido menguando. Y el año de 1683 ya corría sin ninguna nueva de la monja después de las felicitaciones navideñas. Refugio sabía mejor que nadie que Juana Inés no podía detener la pluma; por ello imaginaba con celo que sus líneas iban para otro lado. Su madre Isabel sabía poco de la hija, lo hablaban cuando se encontraban en los festejos mayores de Amecameca, y ahora que las hijas del capitán, Antonia e Inés, hacían su propia vida con sus maridos, era mínimo lo que sabía de su hija monja. Juana Inés no le había escrito nunca aunque solía mandar misivas para el joven Diego Ruiz, su medio hermano. La semana mayor podía tenerla muy ocupada, la disculpó la sensatez de la maestra mientras seguía calle arriba al llamado de las campanas. Ansiaba el alivio del rezo, esa música del latín y la penumbra complaciente del templo para distraer el abandono de Juana Inés. Sabía de oídas que con la virreina había hecho muy buenas migas, que la hermosura de la condesa de Paredes era notable y que su inteligencia y sensibilidad no lo eran menos. La gente la quería.

Josefa había visitado a su hermana apenas el mes pasado y ahora estaba en Panoayan; con ese pretexto Refugio había hecho una merienda en casa para escuchar las nuevas de la monja, pero Josefa no dijo mucho, apenas que se le veía estupenda, un semblante vivo, la piel lozana y las manos delicadas porque «no se gastan como las nuestras que no sólo sirven para el rezo y la pluma», y que la visita fue breve porque estando en el locutorio las dos en charla muy privada le habían anunciado la visita de la virreina. Una visita inesperada que había sorprendido a Juana Inés, quien pidió a Josefa le permitiese estar a solas con su excelencia y agregó que atendería lo suyo. Refugio no quiso indagar qué era *lo suyo*, qué había llevado a la hermana a ir al convento. Josefa tampoco dijo más. Contó que saliendo se había cruzado con la marquesa que tenía el vientre abultado de niño y que llevaba una tiara de perlas; la virreina le sonrió intentando descifrar la familiaridad de ese rostro, pues el aire de hermanas sí que lo tenían, dijo Josefa, aunque ella era más tosca que la poeta.

Entonces Refugio sospechó que la amistad con la virreina, que entendía de poesía y ciencias, que era hermosa y que tenía sus años, le había robado el interés por ella. Lo había supuesto ya cuando el escándalo del cometa donde el padre Kino y el maestro Sigüenza y Góngora discutían opiniones encontradas y sor Juana se había pronunciado a favor de la de Kino, aunque fuera menos razonable y el otro, su amigo. Éste negaba el peso de un cometa en los hechos funestos, el padre sostenía lo contrario. Refugio había leído el soneto que circulaba impreso y luego supo que el jesuita era pariente de la virreina. Le daba coraje atisbar en esa preferencia una manera de quedar bien con la virreina. Ya estaba cerca del templo de San Miguel y sus pies cansados y su razón alterada no querían concederle defecto a la monja. No quería reconocer que estar bien con la virreina podía trastornar una amistad. Conceder al olvido de su persona razones políticas la lastimaba, y por la manera en que Juana Inés hizo partir a su hermana a la vista de María Luisa Manrique, las razones rebasaban la gentileza cortesana que la monja conocía. A Refugio le pareció que había una apasionada amistad de sor Juana con esa mujer, alguien con quien compartir el asombro, alguien que podía tenerla al tanto del mundo y sus letras, una mujer inteligente, joven, hermosa y tan inquieta como ella.

Sacó la mantilla del bolso y se cubrió la cabeza. En juventud y mundo no podía competir con la condesa de Paredes. Se persignó a la entrada del templo y quiso ahuyentar la envidia y los celos, quiso que el entendimiento y el deseo de felicidad de la monja fuesen mayores a su congoja. Se hincó y ocultó la cara entre las manos. Entre rezos y penumbra, encontró una solución para su abatimiento, que le permitiera la monja leer algún poema fruto de esa amistad preciosa. Refugio le escribiría y Juana Inés tal vez compartiría un pedazo de su corazón iluminado.

LO QUE VENDRÁ

María Luisa descendió de la estufa roja después de su marido que ya le extendía la mano. Llevaban unos días en Palacio y aún no aireaban todos los baúles, ni citaba a sastres y costureras para las prendas que se confeccionarían con las sedas y los brocados que habían traído, cuando María Luisa insistió en que era preciso agradecer a la monja los honores de la recepción del arco. Tomás era un buen diplomático y un esposo tranquilo que no pensaba contrariar a su mujer. Tenía la habilidad de esconder sus disgustos y perezas, y María Luisa sabía que en materia religiosa tenía suficiente con su primo fray Payo y el cabildo de la iglesia con quienes ya se había reunido.

—Suficiente para comprarme el cielo, María Luisa, para encima ir con las monjas que huelen a encierro.

Pero allí estaban frente al portón del convento de San Jerónimo, conducidos por la tornera y la abadesa que se apresuró a salirles al camino antes de que entraran al locutorio donde ya se preparaban chocolates y confites para la recepción. Sor Juana Inés de la Cruz y la propia abadesa habían sido avisadas de tan ilustre visita porque María Luisa no quería irrumpir por sorpresa en la vida del convento. Quería, en el fondo, que ese encuentro tuviera para la monja la misma expectativa ceremoniosa que para ella. Mientras cruzaba el patio del convento del brazo de su marido, la arquería de la planta alta y el entorno de piedra le imponían. No que en su tierra no hubiera algo parecido, pero algo había en los cielos azules que se recortaban sobre los patios que los hacían más dulces y blandos. Ya la habían puesto al tanto de que Juana Inés había sido favorita de la virreina Leonor Carreto; por eso le resultó extraño que hubiera escogido el encierro por destino. Cuando entraron al locutorio, la asaltaron los olores acanelados del chocolate. Sonrió. El olor a canela era tan exótico. Y la voz de la monja la tomó por sorpresa.

—Bienvenidos, excelencias.

Su rostro de porcelana, enmarcado por aquella toca, resultaba nítido y contundente. María Luisa se sorprendió, le pareció que la monja y ella tenían la misma edad aunque la había sospechado mayor. Sus manos delicadas se perdieron en las de ella. Las lisonjas para una y para el otro fueron elegantes y precisas. La monja tomó primero la palabra para insistir en el honor que le hacían con su visita y en los mejores deseos para el gobierno que estrenaban. María Luisa alabó su trabajo en el Neptuno alegórico y quiso leer más de la pluma de la religiosa. Eso le dijo cuando estuvieron sentados todos, con la priora y esa muchacha negra a la espalda de la hermana que iba y venía con los confites.

—Yemas y buñuelos, preparados en la cocina del convento —presumió la monja.

Pero que no eran mano de ella, dijo; que sus funciones eran de tesorera en esos tiempos. Y la mirada oscura de la monja, como aquella piedra de volcán cristalizada en la que había mandado tallar sus figuras un rico mercader, le pareció digna de altas conversaciones, de sutilezas y devaneos como las que pocas personas de las que usualmente la rodeaban podían ofrecerle. A María Luisa le gustaba la inteligencia; por eso se había granjeado la amistad de Felipe IV, por eso se escribían cartas donde la elocuencia del mandatario la deslumbraba y la invitaba a lucir la propia. Entonces la jerónima, como si anduviera escudriñando sus pensamientos, contó que había escrito un soneto a la muerte de Felipe IV, estando todavía en Palacio. Y María Luisa demandó verlo.

—Se lo puedo decir, condesa de Paredes, pero es asunto de juventud —dijo sor Juana.

La abadesa señaló que aquel locutorio, que la casa del santo Jerónimo y la viuda Paula, eran su casa, que vinieran cuantas veces lo desearan, incluso si las labores de gobierno del virrey no le permitían la asiduidad, que la marquesa estuviese segura de encontrar amistad tras estas paredes. Mientras la virreina escuchaba, sus ojos miraban constantemente a la monja atrapada en un hábito intentando comprender por qué una mujer que le hablaba de Platón lo mismo que de Virgilio, y que luego citaba a Góngora y a Lope, tan novedosos, podía estar dedicada a la oración y al encierro. En tanto hablaba Juana Inés y soltaba algún giro gracioso, María Luisa le hurgaba los pedazos de piel visible. El atavío la confrontaba porque no podía pensarse encerrada en esas ropas sin colores, lisas y poco ceñidas al cuerpo, porque no imaginaba esconder el escote que paseaba en las recepciones de las cortes. Porque le daba por pensar que las artes que tanto disfrutaba, la música y la pintura, pero sobre todo la poesía, tenían que habitar un cuerpo adornado. No podían empacarse en oscuro contenido; necesitaban desbordarse como las jarchas y las zarabandas, como los altares dorados y los alcatraces puros y tenaces. En aquel locutorio, se fijó, el único adorno era el Cristo en la pared del fondo y la imagen de san Jerónimo con la barba cana.

Hablaron de teatro porque Tomás de la Cerda era un aficionado y tenía, les dijo, muchos planes para la vida del Coliseo. Y Juana Inés prometió invitarlos a las representaciones que se dieran en el convento, que eran, añadió la abadesa, para allegarse sostén pues educaban a muchas niñas y atendían viudas y donadas. Las campanas repicaban y hasta ellos llegaba el murmullo de los hábitos y las pisadas que atravesaban hacia el templo.

—Es la nona —indicó la abadesa y los virreyes se pusieron de pie dispuestos a partir. Esta vez la monja salió del locutorio con ellos y los condujo a la puerta. María Luisa no resistió preguntar a la monja cuál era su celda. Sor Juana señaló la esquina del sur.

—Por allí se miran los volcanes y yo nací en sus faldas —dio por respuesta.

María Luisa pensó en la blancura nevada que acompañaba a sor Juana en el amanecer. Pensó también que cuando se despertara ella misma iría de prisa a buscarlos por alguna ventana de Palacio. Sintió su alma inflamada de deseo por cultivar la amistad de sor Juana, por estar cerca de sus ojos y su inteligencia. Cuando el portón se cerró tras ellos y la vida de hábitos y repiques, de mujeres en encierro, quedó sellada, pensó en lo afortunada que era por haber conocido a la monja. La inteligencia y los conocimientos le brotaban a Juana Inés por la boca y por los ojos, por las manos que movía cuando hablaba, se lo dijo a Tomás excitada cuando ya avanzaba por la calzada rumbo a Palacio.

Tomás no dio importancia a tal alboroto, pero María Luisa veía los edificios de las calles, el azul del cielo rotundo y la catedral al fondo con una luz más insidiosa. Mañana mismo le enviaría un libro a la monja. Después buscaría la manera de charlar de nuevo con ella.

Pero Juana Inés se le adelantó. A primera hora de aquel encuentro, un propio hacía llegar a los virreyes un romance reiterando su bienvenida. El virrey no dio importancia a la renovada algarabía de su mujer y le cedió con facilidad la obligación cortesana de responder. A partir de ese día, y salvo en el cumpleaños de su marido o fechas especiales, los poemas fueron para ella.

PECAR DE ENVIDIA

Sor Cecilia aprovechó aquella visita del padre Núñez al convento para confesarse con él. Casi parecía una revancha ahora que se rumoraba que sor Juana lo había despedido como su confesor. Aquello había sido escandaloso; la priora quiso detenerla de tal decisión pues sabía de las relaciones del religioso con Palacio y porque el jesuita proveía a las jerónimas de novicias ricas, tan preocupado como estaba por tantas mujeres sueltas sin oficio ni beneficio. Pero nadie podía hacer nada frente a sor Juana y su decisión porque si Núñez de Miranda pesaba en Palacio también Juana Inés y quizás, eso lo reconocía sor Cecilia, más que el jesuita. La dedicación de la virreina a la monja era tal que no había poder que pudiera detener aquel carro de poemas que iban y venían, de visitas en el locutorio, de obsequios por el onomástico de la condesa de Paredes o por su embarazo a punto de dar descendencia al virrey, pastillas de chocolate, diademas, zapatos rellenos de dulces. Gracias a esas visitas que la madre Juana Inés recibía constantemente y no sólo de la virreina o del bachiller Sigüenza y Góngora, sino de otras personalidades y afectos de su vida pasada de los cuales nada hablaba, sor Cecilia había escuchado la conversación indebida. O debía afirmar y así comunicarlo al confesor, «debida», porque revelaba el proceder pagano que también cultivaba la monja tan predilecta de todos. Si por algo sor Juana podía dedicar tiempo a la escritura de una obra que se representaría en Palacio era porque gozaba de los favores de la priora, siempre dispuesta a dispensarla de las horas comunes, del bordado, que no de la administración, que por lo visto se le daba a esa monja de mil hados, preferida de Dios. Sor Cecilia manoteó para ahuyentar la envidia. Eso no debía admitirlo ante el padre; nadie es favorita del Señor, bien lo decían las enseñanzas y en este matrimonio de tantas mujeres con un solo hombre todas debían la misma devoción y gozarían del mismo bondadoso amor. Pero que no le dijeran más que todas eran una y la misma porque ella había mostrado a la priora sus escritos, ella también tenía un don para la palabra y le gustaba el teatro al que acostumbraba ir de niña con su padre, antes del encierro. Pero la priora posaba su mirada indiferente en aquellos folios, como si ella fuera una chiquilla que le muestra a su madre los esfuerzos y la otra palmea con ternura pero no cree que frente a sí tenga a una mujer de letras. Eso mismo había hecho tiempo atrás con un poema de Juana Inés que la priora leyó sin detenerse y dijo «muy bien», hasta que Cecilia le confesó que lo había tomado del escritorio de la monja enferma.

Todos estos pensamientos la asaltaban mientras esperaba su turno detrás de las otras hermanas, mirando esa procesión de tocas blancas, de batas oscuras. No tenía ganas de entretenerse sospechando los pecados ajenos; todas pecaban de pereza, de maledicencia, de gula, de avaricia; y ella, sor Cecilia Fernández Isáureri, pecaba de envidia. No comprendía por qué la envidia era pecado cuando detrás de ello estaba un acto injusto. Una preferencia insólita hacia otra monja sin casta, sin padre, bastarda. ¿Qué pesaba más, la injusticia o la envidia? Si la envidia de ella derivaba de un acto injusto, sería menos pecado. Le gustaría atreverse a decirle aquello al jesuita pero su voz, la contundencia de sus palabras, la atemorizaban siempre, aunque no le viera el rostro claramente, aunque resistiera el olor que despedían sus ropas gastadas, su aliento ácido. Si él tan sólo se dignara a leer sus escritos encontraría datos en la *Intriga del convento*, ése era el título de la obra con que pensaba ganarse el derecho a representarla en Palacio también, le interesarían sin duda los favores y los dispendios de los que gozaba la madre Juana que en vez de amar a Cristo por encima de sus estudios, de los sonetos que construía, era fervorosa con la virreina misma. ¿Acaso no les habían dicho que su vida entera era para servir al esposo? ¿Con quién se había casado Juana Inés? ¿Qué hacía en el convento sino aprovechar la conveniencia de no ser una mujer de un pobre hombre, de no ser esclava de las voluntades y los rigores de lo terreno, de lo que la alejara de su dedicación a los libros? Núñez lo sabía, si no por qué la madre Juana lo había despedido como confesor. A ella, ahora que la virreina era toda suya y los hombres inteligentes de la Nueva España la buscaban, le encargaban trabajos y le pagaban por ellos (por el Neptuno había recibido doscientos pesos). Hasta el propio obispo de Puebla la tenía en buena estima y alta admiración. Para qué le servían ahora las diligencias de Núñez, quien la trajo al convento, le pagó la fiesta y alentó a Pedro Velásquez de la Cadena para que destinara la dote que le permitiría tener celda, criadas y libros a su antojo.

Arrastrada por la turbulencia de sus pensamientos, sor Cecilia no había reparado que sólo mediaban dos hermanas entre ella y el padre. Su corazón retumbó como cuando de niña se acercaba a la habitación de sus padres, turbada por sus pesadillas, y en la puerta la detenían los ronquidos de su padre que en lugar de aliviarla la atemorizaban más. Tocó el medallón en su pecho como si pidiera fuerzas para decir con claridad lo que había escuchado cuando servía el chocolate a esa señora de rizos rubios, exaltada y de voz vibrante, que pedía a Juana Inés que la ayudara. Se quejaba de su marido, del abandono de su cuerpo, de la traición, de sus amoríos con una joven criolla como ella; linda como ella había sido, risueña, la hija de su socio en negocios, la chiquilla que jugaba con su propia hija cuando ambas eran pequeñas. *Un escándalo, una deshonra, Juana Inés.* Sor Cecilia se deslizaba por el locutorio como si las palabras y la descompostura de la señora no le significaran nada y vertía la leche oscura en la mancerina y acercaba la bandeja de marquesotes recién salidos del horno. La señora Bernarda, que así supo se llamaba, pues la madre la intentaba calmar, no la escuchaba cuando la madre le decía que orara por los favores del Señor, que pensara en sus hijos y no en ella, que volviera su alma a la Virgen María, que se acogiera a su bondad y fuerza, a su pureza, pero la señora Bernarda deseaba el mal de su marido.

Que se muera el canalla, el bruto sinvergüenza, que desvirga a jovencitas en nuestro lecho mientras yo salgo a las visitas, a misa, allí sobre la pasamanería y los deshilados de Toledo, sobre los obsequios de boda, allí el cuerpo joven y jugoso, el que se evaporó de mi cuerpo, pero que mi marido necesita entre sus manos para recorrer su suavidad y sus contornos. Que se muera, Juana Inés, por eso necesito a la negra Virgilia.

Y sólo en ese momento la madre Juana alzaría los ojos y miraría a sor Cecilia de soslayo, sin reparar siquiera que era la vecina de celda la que le había dado aquellos poemas buscando su aprobación, su interés y su complicidad. Era alguien extraño y aquello la perturbó, pero a la señora Bernarda no se le podía detener el habla y la ira y pedía que la negra la llevara con los brujos, que le hicieran un trabajo para que se retorciera de dolor en el lecho mientras gozaba a la otra, que se le pudriera el miembro y se le secaran los ojos, que se le fuera la respiración y que de a poquito se le entiesara el cuerpo todo, en un espasmo doloroso y aterrador para que la mueca última de espanto fuera el recuerdo diabólico que guardara la chiquilla que se había atrevido al ultraje. Y Juana Inés le pidió que recordara su propio proceder en tiempos de Palacio. Que abandonara sus ganas de mal y que no deseara más que el Señor y los santos hicieran entrar en razón a su marido. Bernarda se puso de pie contundente y demandó si la quería ayudar, si permitiría que la negra Virgilia la acompañara a donde ella sabía para acabar con su tormento. Después de un silencio lodoso donde se podía escuchar la respiración de las tres mujeres en aquel espacio que olía a canela y donde ni el chocolate ni los marquesotes habían sido tocados, Juana Inés accedió. Y efectivamente, sor Cecilia lo comprobó; la negra Virgilia, que había entrado por intercesión de la madre Juana, estuvo ausente varios días. Los mismos en los que la madre Juana concluyó una obra que llamó *Los empeños de una casa* y la entregó a la virreina, como lo hizo saber a la priora, anunciándole que habría de presentarse en Palacio.

—Ave María Purísima.

—Sin pecado concebida —contestó sor Cecilia al padre Núñez, afiebrada por la confesión y la venganza—. Confieso que he pecado; he escuchado lo que no debía.

ENTRE PIRATAS Y PARTOS

Aquel vientre abultado incomodaba a la virreina, sobre todo porque impedía sus visitas frecuentes al convento. A Tomás de la Cerda le mentía, que dormía mal, que temía por el nacimiento de la criatura; le aterraba que fuera mujer cuando él deseaba un descendiente. La elocuencia con que pronunciaba sus temores era tal que disimulaba lo que verdaderamente le afligía: no escuchar las palabras de Juana Inés, conversar con ella, mirarle los ojos que reflejaban esa perspicacia de la razón y las luces del sentimiento. Se encontraba sin par, sola, frente al virrey y sus atenciones varias, demasiadas, pensaba María Luisa. El doctor le había mandado reposo, lo cual le parecía intolerable. Y lo hubiera sido si no llegaran a Palacio las misivas con aquellos sonetos que elogiaban su futura maternidad. Con esas palabras, le parecía que eran dos las madres que esperaban a la criatura que se movía caprichosa en su cuerpo, ella y Juana Inés. Y que no había mejor persona con quien compartir la alegría y las tribulaciones de un estado que va a mudar porque el ánimo todo deberá acoger otra presencia que necesitará afecto, cuidados, crianza, que con la monja destinada a la infertilidad, a ser esposa sin descendencia, a tener marido sin caricias. La virreina leía por enésima vez las líneas de Juana Inés mientras acariciaba su vientre fuerte, restirado por aquella vida que palpitaba próxima a aflorar. Y al hacerlo rozaba sus pechos frondosos, sus pezones reventando de vida. Estar próxima a parir la exaltaba y aquellas bondades del cuerpo no las podía expresar más que a la vera de Juana Inés, más mujer que monja, más cercana que su propio marido tan preocupado por ella. No entendía que Tomás le diera más importancia a su estado parturiento, que a su deber de estar en Veracruz donde los piratas habían tomado el puerto. Aunque la virreina albergaba sospechas de que retuviera al virrey el amorío que tenía con la actriz del Coliseo, más que su estado de ingravidez. «¿Cómo mandar una comitiva a negociar con los delincuentes el pago, aludiendo el delicado estado de su mujer? Y con ello, querida Juana Inés, me ha arruinado.» Deseaba escribir aquel pensamiento, hacerlo llegar a la monja para que reconociera en la transparencia de su corazón el desasosiego de tenerle que ser fiel a la excusa de su marido. No podía salir de Palacio, porque qué dirían quienes la vieran tan delicada ella, montando en carreta, zarandeando el cuerpo con el futuro conde, el hijo del virrey, un noble más. No podía decirle la verdad a la monja y faltarle al respeto al marido; tampoco podía hablar a solas con ella. Sólo le quedaba el placer de leerla, de escribirle una carta para que si la monja también padecía su ausencia como ella, al no mirarla ni escucharla, comprendiera entre líneas su dolor.

Impulsada por la ilusión de cercanía que la palabra escrita le brindaba, se sentó en la escribanía y contó a Juana Inés la preocupación de su marido por la toma de Veracruz y la humillación a la que habían sido sometidos los habitantes porque un tal Lorencillo y el francés Agramont habían hecho de las suyas en el puerto principal de la Nueva España. Tal vez ella no estaba enterada pero no sólo se habían aposentado saqueando casas e iglesias sino que se llevaban más de mil esclavos para su beneficio. Aunque el beneficio que la asolaba era el que obtenía su marido en el cuerpo de la puta, de aquella actriz a la que había dado el mando del Coliseo. Y entre el saqueo habían tomado rehenes y ahora la única manera de librarse de ellos era pagando el rescate que pedían. Aunque la derrota era la suya, sujeta por la lujuria de su marido, utilizada como pretexto para mecerse en las carnes de una mujer de la escena, sin poder gozar del único aliciente a su esclavitud: visitar a sor Juana. Seguramente de todo ello estaba enterada la monja a quien llegaban las noticias por muy buenas fuentes —el gobernador Pedro Velásquez de la Cadena, su hermano el rector Diego Velásquez, el propio obispo de Puebla, el bachiller Sigüenza y Góngora, entre muchos otros— al locutorio de Santa Paula; pero ella quería que la monja entendiera su aflicción por la derrota de su marido a manos de los filibusteros, aquellos salvajes que no respetaban ley, que desafiaban a la muerte, que no tenían dios que les indicara el camino del bien, como ocurría con los indios de Nuevo México que hacía dos años se habían sublevado sin que las tropas del virrey pudieran acallarlos. Cómo hubiera sido prudente entonces un soneto de la monja cantando victorias para exaltar el ánimo de su marido y con ello el de ella, subrayó; pero ahora había que esperar la partida de los malhechores, la liberación de los rehenes y la respuesta del rey. Esperaba que su marido encontrara la manera de restituir su respetabilidad como gobernante y entonces, tal vez, los acontecimientos podrían acaso inflamar a la poeta para que buscara nobleza donde había habido ineptitud. Estaba claro que en un pago no había victoria, sino derrota y sometimiento, debilidad manifiesta; que sin el relumbrón de las armas y el tronar de la pólvora, sin los enemigos muertos no había gloria que contar. Había escrito de todo aquello que sin duda le importaba, porque la reputación de su marido estaba en juego, así como los años de permanencia en la Nueva España; pero también lo había hecho por colocar su exaltación en la prudencia. Por no verter los sentimientos reales donde se mezclaba la indignidad pública y la soledad de su encierro.

Su único deseo, pensó María Luisa, atenta a sus sentimientos exaltados, era poder estar con sor Juana y constatar su cercanía antes del alumbramiento próximo. Temía que siendo madre dejaría de ser venerada por la monja, temía que sus funciones la desligaran de las visitas habituales. Y quería, desde ahora, suplicarle que asistiera al bautizo del futuro vástago que se celebraría en catedral. Suponía que la priora habría de consentir, y si no ella misma lo solicitaría, pues no existía para ella mayor gozo que compartir tan brillante acontecimiento frente a Dios y ante la presencia de la monja. Se cuidó de dedicar abundantes líneas a la preocupación de su marido por su salud para que quedara claro que aquello la encadenaba a su recámara en Palacio y no su voluntad. Que si no acudía al convento era porque estaba obligada a ser consistente con las razones de su marido para aplazar el viaje a Veracruz. No le diría que sospechaba de amores ajenos entre el virrey y una actriz; pero, suplicó, necesitaba los versos de la monja, su amistad, su amor y la generosidad de sus palabras, de su talento lúcido y elevado como el de los poetas españoles que tanto se alababa en los confines del reino. Notó que se excedía, que las palabras escritas ponían en claro lo que no podía reprimir: la certeza de que la vida le había dado la oportunidad de estar ante una inteligencia poco usual, una mujer como no había conocido alguna. Y aquello la regocijaba; la sapiencia la entusiasmaba, pero la sensibilidad y la sublimación de su persona transmutada en Lysi en los versos de la monja la extasiaban.

Aunque cegué de mirarte
¿qué importa cegar o ver,
si gozos que son del alma
también un ciego los ve?

Qué don de Dios ser ella la receptora de aquel genio, de aquella vehemencia. Entre el dolor de la lejanía a la que estaba condenada esas semanas, agradecía ser la depositaria de esos versos sonoros y perfectos. Una punzada en el vientre la alertó. No había más tiempo para lamentaciones, era preciso llamar a la partera. Daría a luz a un hijo en la Nueva España. Alguien tendría que buscar al virrey.

EL PRÉSTAMO

Tener hijos era cosa de Dios; que Josefa supiera, ninguna mujer de la familia se había preocupado por la permanencia del padre. Pareciera como si la persistencia honorable del abuelo Pedro las hubiera condenado a ellas y a su madre a no tener marido constante, aunque el capitán había demostrado ser una presencia permanente y dar protección y certeza a Isabel. Salvo por su hermana Juana Inés, María y ella habían mudado de hombre pues el padre de los hijos no había permanecido. ¿Acaso era una condena que tenían que cargar por la propia actitud del padre Asbaje? Por suerte, Josefa había conocido a Francisco de Villena, que la había tomado con los cuatro críos pequeños y les había dado techo y apellido. Era afortunada en haber dado con aquel hombre honorable que la quería y la protegía y la había traído a la capital que era donde él vivía y podía mirar por José Felipe, Francisco, Rosa Teresa y María. La vida la había recompensado. En cambio María, su hermana mayor, después de juntarse con Lope de Ulloque, que le aceptó a la primera hija natural, un día no supo más de él. Si al principio todos habían respirado el alivio de que teniendo hija ya hubiera hombre que cargara con ella, cuando le dejó a Isabel de María, a Lope e Ignacio para que se las viera como su madre, se las había visto antes del capitán Ruiz Lozano, todos se quedaron perplejos.

Esa mañana Josefa estaba alterada: había recibido la carta de su hermana Juana Inés y su vergüenza era muy grande. No sólo por la injusticia que cometía su hijo Francisco yendo a reclamarle un dinero que él creía era de Josefa, sino porque había expuesto aquella ayuda que solicitara Josefa en tiempos malos. Su hermana generosamente desde el convento había conseguido el dinero. Juana Inés se codeaba con virreyes y prelados, cobraba por sus palabras; en materia de apuro Josefa pensó que era la indicada. Pero tenía que ir Francisco, que salió como su verdadero padre, irresponsable, con vena de rico y poco espíritu para el trabajo, a reclamar doscientos pesos. El muchacho no comprendía cómo había sido el mundo para Josefa sin el padre de las criaturas. No tenía idea de que en tiempos de desesperación, antes de que Francisco Villena se ocupara de ellos, fue necesario pedirle a Juana Inés un préstamo a cambio de unos platos de plata. Necesitaba el dinero para pagar el arrendamiento de la hacienda. Los platos no bastaban. Juana Inés se las había ingeniado para deshacerse de otras cosas suyas y tener aquel dinero que tanto bien les había hecho.

Le escribía a Josefa notificándole que había tenido que contar al sobrino las razones y la situación real de aquel préstamo que el insolente reclamaba. Si se lo comunicaba a ella era para que no la tomara por sorpresa lo que se divulgaba por allí; se disculpaba Juana Inés de hacer públicas las miserias que alguna vez padeció su hermana, sus menesteres y sus apremios, y lamentaba que su sobrino no lo comprendiera. Bajo la luz de la antorcha en el pasillo, Josefa leía aquella carta afligida, sin saber cómo contarle a Francisco, el padre, el proceder de su hijo, que aunque no era de su sangre había criado con entera y cabal responsabilidad. Tendrían otro disgusto como los que solían tener por las desapariciones de Francisco, por sus excesos en los palenques a los que tenía prohibido acudir, por las pulquerías que visitaba, por sus golferías con las señoras públicas.

—Parece hijo de otro —había reclamado Francisco, y Josefa había sentido la daga de la verdad y reconocido al verdadero padre que bullía en el cuerpo de su segundo varón, porque el primero era un joven responsable y amoroso, pero éste... En el propio aspecto gallardo y retador se parecía al verdadero, José de Paredes, bravucón y seductor, que en un rato le hizo cuatro hijos, le dio alegría y sorpresas y de golpe la descobijó para, seguramente, repetir la seducción y la ofensa. Increíble que el pasado reviviera en la conducta del hijo, que aquel marido irresponsable se le apersonase de nuevo. Ya podía escuchar a Francisco Villena retándola, y quién sabe, tal vez amenazando con desproteger a los que no eran de su sangre si Francisco persistía en esas conductas vergonzantes.

No podía imaginar su vida otra vez en el campo: el frío de la montaña, la brega de la cosecha y la venta, el aislamiento y la aburrición. Le gustaba la ciudad con sus carnavales y sus procesiones, con su música y sus mercados, con sus misas y sus canales. Era una mujer sencilla y alegre, mundana. Le gustaba acompañar a su marido al teatro, educar a sus hijos en los modos de la ciudad. Le alegraba el traqueteo de las pezuñas de los caballos en el empedrado. No podría soportar de nuevo el silencio de las noches de campo. No le diría nada al marido, dejaría que las cosas siguieran su curso; lo que sí no haría era pedir a Juana Inés que Rosa Teresa y María entraran al convento bajo su vigilancia. Ya tenía bastante la monja con haberse preocupado por Antonia e Inés, y ahora por la niña de María. El mantenimiento de Isabel María corría por cuenta de sor Juana, porque ni el verdadero padre que la entregó a la monja ni María, su madre, habían visto más por ella.

Josefa sintió la urgencia de reprender a su hijo: se tenía que enterar de las bondades de la monja, de su generosidad, y no andar sacando conjeturas de la ausencia de los platos de plata. El chico no se habría enterado si ella no le echara en cara, molesta, cuánto se gastaba y cómo hacía sufrir a su padre para acabar diciendo que si no fuera por aquel hombre ella seguiría empeñando sus bienes como lo había hecho con los platos de plata. Hay cosas que no se hablan con los hijos, pero el joven quería monedas para su dispendio y como había sobrepasado la cuota que su padre le asignaba quería que su madre lo socorriera. Con arrumacos, diciéndole lo guapa que se veía para salir a misa, chantajeándola con su deseo de cortejar a una muchacha de padres navarros, soltaba su necesidad de dinero.

Ese día, a la hora del almuerzo, Francisco Villena notó su rostro consternado. Por más que Josefa hablaba con las chicas de los vestidos para la fiesta que darían en casa, su semblante ensombrecido alteró al marido. No soportaba que su mujer sufriera por la conducta de un hijo malagradecido.

—¿Pasó algo con Francisco? —preguntó.

—Indiscreciones del muchacho. Trapitos al aire —lo defendió su madre.

—Uno más y se va de casa —advirtió Villena.

Josefa buscó la carta en su escribanía y en lugar de responderle a su hermana, la deshizo en mil pedazos. No permitiría que su hogar se deshiciera también.

BARCOS EN LA NUCA

Juana de San José no supo si había sido el escándalo con Virgilia que estuvo dos días ausente y luego fue reprendida por la priora, acusada de hacer magia y brujería y despedida del convento, y que no llegó a mayores porque Juana Inés intercedió por ella pidiendo simplemente que la dejaran ir, lo que la tenía desconcertada. Pobre muchacha flaca y solitaria. Tenía las ojeras más oscuras que la piel cuando salió con sus pilchas por el portón. Juana de San José la había seguido caminando detrás de ella. No nada más por ser hermana de color, sino porque Virgilia le simpatizaba. Juntas murmuraban las canciones de arrullo que sólo sus madres conocieron. Con Virgilia podía reírse y hasta imitar bailecitos y movimientos de caderas cuando se encontraban en la pileta del lavado. Virgilia lavaba la mantelería, ella la ropa de sor Juana y de Antonia e Inés, sus hermanas. Mientras caminaba hacia el zaguán del convento seguida por ella, Virgilia no volteó. Cuando llegó al portón y la tornera corrió el pasador, sin mirar ya más atrás, Virgilia levantó la mano y la sacudió en despedida. Ni una voz, ni un adiós. Le hubiera gustado decirle que le agradaba su compañía. Sobre todo ahora que lavaba a solas o con las otras criadas, casi todas indias que hablaban su lengua.

Juana de San José temía que las monjas sospecharan que ella, como Virgilia, sabía de pócimas y limpias. Desconocía si su ama se había desgastado tanto por ver sufrir a la negra y por salvarla de ser quemada, que no tenía fuerzas para protegerla a ella, ahora que estaba taciturna, con la criatura recién parida. Bien sabía la madre Juana desde hacía unos meses que venía niño en el camino y que no era cosa divina. Aunque Juana de San José no contara nada, sus mejillas se habían llenado de luz desde que aquel mulato la fuera procurando así de a poquito, durante los mandados que le hacía a sor Juana. Cuando llevaba cartas a la virreina, la monja era menos rigurosa con el tiempo que tardaba. Entonces se las agenciaba para pasar por el mesón de El Azafrán, desde la puerta chiflaba al Oso, así le decían los del mesón, y el muchacho salía de la cocina renegrido y guasón. Se asomaba a la calle de prisa para lisonjearla y hacerle una caricia veloz con promesas de encontrarse después. Como sucedió en Corpus cuando la tomó de la mano y a toda velocidad la jaló a la cocina misma del mesón que ese día no abría puertas. La llevó al sótano donde guardaban los vinos y el aceite y, sin ruido, sin palabra que mediara, juntó su cuerpo al de ella; apretó su desnudez al tibio misterio entre sus piernas y Juana de San José se quedó llena de espuma blanca que brillaba con la luz de la ventana por donde desfilaban ajenos zapatos y bastones. Juana de San José, con la falda enrollada en la cintura, miró aquello blanco que esmaltaba su piel negra como una ristra de estrellas de las noches oscuras de Panoayan. Supuso, aunque no se lo dijo al Oso que algo bueno tenía que pasar de aquello. El hombre le acariciaba la nuca como si allí pintara barcos para huir muy lejos, salir de la cocina y sus aromas de cebolla y aceite refrito, salir del convento y su paisaje de hábitos, su monotonía de columnas y trapos, de horas del día marcadas por rezos y campanas. Salir de la cubeta y la fregona con que ambos trapeaban los pisos de la celda o las cocinas. El racimo de dedos avanzaba por la base de la nuca hacia el nacimiento del pelo ensortijado. Juana de San José inclinó la cabeza dulcificada. Cerró los ojos y escuchó los pregones y los tambores de la música lejana. La mano del negro en su nuca era la dicha. Y esa dicha se parecía al oro del altar de las iglesias: era luminosa, abundante y justa. Alcanzaba para todos. Alcanzaba para los dos.

Qué felices fueron los días en que la virreina estuvo encinta, porque la madre Juana Inés le prodigaba atenciones y obsequios y ella era quien andaba de prisa a Palacio; llegaba a los aposentos donde el guardia la reconocía y le permitía el paso al vestíbulo en el que, puntualmente, una bandeja esperaba el depósito de las misivas. Tenía la consigna de tocar la campanita tres veces para que una de las damas de la virreina se acercase. Eran tres las llamadas porque así lo habían convenido la virreina y la monja, y alguien siempre aparecía. Al verla negra y sofocada, ignorantes de su felicidad por salir del encierro, porque veía a su negro mozo de cocina, reconocían la procedencia de la carta y a toda prisa, siguiendo las instrucciones de la condesa de Paredes, sonreían como despedida y desaparecían pasillos adentro, hacia lo que seguramente era el aposento de la virreina. Una vez concluida esa encomienda detallada, Juana de San José era libre para perder el tiempo en la calle del mesón. Desde que conociera al Oso, vagaba menos entre los puestos de la plaza; todo lo que le interesaba era mirarle los ojos y olerle la piel y sentir el deseo de él por ella.

Cuando le vio el vientre crecido, él supo que la muchacha llevaba su hijo y sus besos se volvieron más jugosos y amables. Sus empellones para poseerla en los rincones de un portón, o en la bodega misma cuando los otros lo permitían, disimulando y aprovechándose luego para darle tareas de más, abusando de la felicidad ajena, del desfogue del cuerpo y chantajeándolo con contarle al patrón para que él hiciera lo que a ellos les correspondía, habían aumentado. Por eso acababa más cansado que de costumbre, le decía y, a últimas fechas, se ponía nervioso cuando la veía aparecer; al placer de tenerla lo opacaba el horror de lavar las cazuelas todas, las hornillas, los pisos.

Curioso que ella y la virreina estuvieran encintas al parejo, que sus partos fuesen casi simultáneos y que la partida de Virgilia precediese a la suya. Juana Inés la abandonaba, no podía dejar de pensar aquello mientras lavaba solitaria y por última vez la saya de dormir de la monja.

Ahora que la criatura había nacido, oscura como el zapote, de pelos de resorte como su padre, de nombre Pascuala como la abuela de Juana de San José, irse del convento donde había cama y comida y agua tibia para el baño de la criatura y al amparo de la madre Juana no parecía ser lo mejor. Pero por otro lado, la negra pensó que yéndose a trabajar con la señora Josefa habría mayor oportunidad de ver a su negro. Tal vez hasta podía pedir que lo compraran para que estuvieran juntos y trabajaran mejor; ya vería doña Josefa cómo así, durmiendo con los cuerpos enlazados, rendían mejor para la limpieza. Avanzó a la celda donde la niña dormía. Extendió un lienzo sobre su catre de dormir y colocó encima su ropa y la de Pascuala, y aunque se consolaba pensando en el Oso no podía evitar sentir que abandonaba un sitio de privilegio, y de parecerle ese gesto de sor Juana, venderla a su hermana Josefa, un acto de desprecio al hecho de ser madre, o al hecho de ser negra que se deja hacer niños por un hombre. Incluso ahora que había nacido el hijo de los virreyes, José María Francisco, sentía celos de la conducta de la madre Juana: toda alabanzas y envío de dulces y hasta de una andadera para cuando el niño caminara y para ella tan sólo un escapulario para que colgara del cuello de la niña ahora que había sido bautizada en la capilla de San Jerónimo.

—Mi hermana te necesita —dijo la monja.

Ésa fue la única explicación que recibió. La señora Josefa vendría por ellas en unos minutos para llevarlas a su casa con el señor de Villena, que decían era muy estricto. ¿Qué haría la madre Juana con la ganancia de la venta? ¿Comprar obsequios para la virreina, libros para su celda? Doscientos cincuenta pesos en oro. Lo que no haría ella con aquel dinero y su Oso y su niña. Ella había escuchado su precio, las hermanas Ramírez habían hablado de frente, directo, como si quisieran aliviar alguna molestia y ella fuera el vehículo. ¿Y por qué no valía más ella? ¿Quién fijaba su precio? No comprendía y aunque sabía que ella no se pertenecía a sí misma, no podía evitar sentirse menospreciada y a su hija poca cosa frente al niño de la virreina que había sido bautizado en catedral misma. Y en cambio para Pascuala no hubo una línea, una camisola deshilada que le hubiera venido bien en el calor de verano, ni un festejo para el bautizo.

La tornera le avisó en la celda que venían por ella. La madre Juana estaba en el locutorio; lamentó no decirle adiós pero no podía interrumpirla. Como gesto de despedida, bañó el cálamo en la tinta y sobre una hoja sin palabras hizo un dibujo de ella con su hija. Extrañaría la tinta, ese líquido que ella limpiaba cuando goteaba sobre la mesa de nogal, esa tinta que ella vertía en el tintero, ese líquido oscuro con el que la madre Juana daba forma a las cosas que no se podían explicar. Usaba las palabras. Y ella no viviría más en ese sitio donde las palabras nacían. Caminó hacia la puerta con su itacate y Pascuala envuelta en un rebozo. Caminó como Virgilia, sin mirar atrás, y cuando puso un pie en la calle tuvo la certeza de que cambiaba un mundo por otro. Josefa le sonrió desde la carroza y le indicó que subiera. Juana de San José apretó a la criatura contra su cuerpo; sólo esperaba que le tocara hacer mandados para avisarle al Oso que ya vivía en otro lado, que la Pascuala había nacido y que tenía el pelo de zacate arremolinado como él. Esperaba que el negro no se hubiese ido y que aún quisiese dibujarle sueños en la nuca.

UN PAPELILLO LLAMADO *EL SUEÑO*

María Luisa salió del convento pasadas las siete de la tarde. El cielo de la Ciudad de México pardeaba, pero su ánimo sólo sentía el expectante regocijo de ser la poseedora de un tesoro. Apretado contra su pecho llevaba un legajo; la madre Juana Inés ya le había mencionado aquel trabajo que crecía lento mientras terminaba los villancicos a María Santísima, que eran menester para los cantos de aquel año en catedral. Le había mencionado el enorme trabajo que había constituido escribir aquella silva: endecasílabos y heptasílabos mezclados, la rima libre. María Luisa pensó en lo prudente de haberle acercado las recientes publicaciones de la poesía de Góngora, cuando sor Juana agradeció tener aquel libro. El asunto era complicado, el paseo del espíritu para conocer todas las cosas del universo y del hombre, esa intuición del alma, ese desapego de la razón como en el sueño para elevarse por las capas del universo y entender —sin que la razón le pueda poner palabras— la armonía de los astros, la música de las esferas. Su maestro era Kircher, el hermético; la había querido contagiar de sus lecturas, de los conocimientos tan vastos y de los asombros del mundo físico y sus maravillas, ya fuera la zoología o la astronomía, la alquimia o la botánica, el magnetismo y la acústica. Con cuánta emoción le había hablado de ello en los meses precedentes sin que dijera del todo que aquellos estudios suyos y esa pasión por el jesuita alemán se volcarían en un poema largo y difícil. La marquesa había visto el bozo de la monja plagarse de gotas de sudor cuando le entregó el legajo de folios; una reacción que no le conocía, como si algo arrebatara su serenidad.

—*El sueño* —le dijo depositando las palabras escritas con delicadeza en sus manos, como si en la palabra misma estuviera una intención, un anhelo superior de su pluma y su inteligencia.

Por eso subir a la carroza y dar al cochero la orden de partir tenía ese día otro color; había una prisa por llegar a Palacio y encerrarse en su habitación que no era lo usual. Partir del convento de San Jerónimo siempre le costaba trabajo; el bullicio y el ajetreo de las calles le robaban lentamente la intimidad de la razón y la compañía del alma. Era como salir del fondo de su piel plagada de silencios y complicidades para que la lastimaran las demandas palaciegas, las de su hijo y las del propio virrey, aunque era verdad que tras cruzar ese umbral era capaz de abandonarse con igual deleite a las faenas de Palacio. Pero hoy el deseo por acompañar la inteligencia de la monja en la lectura, por conocer las zozobras y el esfuerzo de aquel poema, por comprender el sudor fino que le mojó el labio, todo ello era inusual. Le había leído sonetos, glosas y décimas dedicados a ella con inimaginable placer, pero con esta entrega Juana Inés depositaba un instrumento de precisión, un prisma de luz, un telescopio de humo. Aquella emoción por la lectura tenía algo de la travesía por el Atlántico cuando esperaba llegar a la Nueva España y vislumbrar sus costas inesperadas; se parecía al nacimiento de José María Francisco cuando aún desconocía si era mujer o varón lo que cargaba su vientre. Y se parecía a la emoción de develar lo oculto cuando recibía las cartas de Felipe IV allá en España, votos de confianza en su persona, palabras que le concedían un lugar en los afectos del monarca. Y ahora ella llevaba apretujado contra su pecho, sobre el broche de amatistas con que adornaba el torso, un misterio compartido. Si la monja se había expresado con tanto aprecio por la hazaña poética se podía esperar mucho más de lo que ya siempre la asombraba, sobre todo en razón de dar prueba de su amistad y de su fineza. Esta vez llevaba los tormentos de una artista, sus hallazgos, sabía que no se enfrentaría con confesiones ni ardores de la vista, del entendimiento endiosado por su belleza y su cercanía; estaba ante el misterio.

—De prisa, cochero, de prisa.

María Luisa Manrique sería la primera lectora de *El sueño*. La confianza y el halago de entregárselos la distinguían. Los papeles entintados le bullían en el pecho pero era frente a los ojos que ya los quería tener. Postergaría su presencia en la recepción que ese día había en Palacio por la visita del embajador de Perú. Mandaría a los músicos por delante, pretextaría una jaqueca incorregible mientras terminaba la lectura que por la cantidad de los versos no podía ser rápida ni descuidada.

—Son casi mil —le dijo Juana Inés mientras con la servilleta de lino se limpiaba la humedad. Se despojaba de algo suyo, orgánico, una extensión física que encargaba a su amiga. María Luisa también advirtió su palidez cuando los dedos que sostenían *El sueño* se desprendieron de los folios que colocó en su mano, y aunque ya les era común ese intercambio de papeles y libros, aquí el tiempo se detuvo con cada dedo de la monja que liberó el legajo. Ahora era de la virreina, y debía cuidarlo por demás.

—¿Qué es aquello, cochero?

—Una parvada de guajolotes.

¿En qué salsa los iban a guisar que superara el aderezo de palabras y pensamientos que le esperaba?, ¿qué banquete podía ser superior al de la inteligencia cristalizada en versos? Cada palmo que avanzaba la carreta, la marquesa rejuvenecía; parecía la quinceañera que recibía de su padre y de la corte los asombros del mundo; la que se había extasiado frente al palacio de la Alhambra con la delicada filigrana sonora beneficios del agua y la luz. Ya quería bañarse en aquellos versos, abandonar sus sentidos desnudos y su razón desprevenida y sentir el arrebato de los sentidos.

Entraron a la cochera y la virreina se olvidó de aguardar a que el lacayo le abriese la puerta y le extendiese la mano; puso un pie en el estribo como pudo y echó a andar escalera arriba como una joven enamorada. Cerró la puerta de su habitación tras de sí sin responder a las chicas que la bombardeaban con preguntas: ¿si preparaban la jofaina para su aseo?, ¿si quería una infusión?, ¿si había escogido el ropaje para la ocasión? Dejó su alharaca perderse tras la puerta de su cuarto. Se quitó los botines por sí sola, se desprendió del vestido y del guardainfante y se quedó en la saya ligera con que arropaba la desnudez de su cuerpo. Se tiró en el sofá de brocado dorado a la luz del quinqué que ardía, como siempre, listo para su llegada, y colocó en la mesilla los folios para empezar por el primero, entusiasmada por la caligrafía de Juana Inés.

Como si cometiera un acto oscuro leyó:

> Piramidal, funesta, de la tierra
> nacida sombra, al Cielo encaminaba
> en vanos obeliscos punta altiva,
> escalar pretendiendo las Estrellas…

OJOS DE CAPULÍN

Isabel María se avecinó a la capilla. Era tan difícil hacerlo a solas; miró a los costados presintiendo el escrutinio de la vicaria que siempre rondaba los patios en busca de las rebeldes. La obediencia, había aprendido la joven, era estar siempre con las otras. Ni siquiera en la celda se podía dormir a solas, salvo cuando la enfermedad lo obligaba; ella compartía con su tía el dormitorio que ahora era más grande y albergaba libros y extraños aparatos, balanzas, telescopios, laúdes, flautas, que Juana Inés atesoraba. Las camas estaban en la parte baja, en lo alto el escritorio y los estantes con los libros. Así, mientras su tía estudiaba, ella podía a solas respirar sus preguntas en la parte baja. No sabía bien a bien por qué estaba en aquel convento, había sucedido cuando de niña la entregó su padre; tampoco se preguntaba si podía estar en otro lado salvo cuando su tía Josefa la visitaba, o su prima Rosa Teresa, casada y sin hijos, que como benefactora se acercaba con frecuencia para comprar golosinas. Entonces se preguntaba qué era la vida allá afuera. Rosa Teresa tenía un carácter agrio; cuando visitaba a Isabel María evitaba ver a sor Juana. Sabía por su madre Josefa que la suerte de su tía Juana Inés había sido mucho mejor que la de su madre, aunque no conociera hombre pues tenía la confianza de los virreyes y había vivido con los Mata de niña y luego en Palacio. Demasiada suerte, pronunciaba siempre al retirarse.

A Isabel María no le agradaba ver en su prima Rosa Teresa, mujer gruesa y mal encarada, los estragos de la vida de afuera. Se quejaba de la querida de su marido: una india cambuja. A ella, en cambio, esas diferencias de piel y acento le parecían atractivas, y en el convento estaba habituada a que algunas monjas llevaran al cuello, bajo los hábitos, semillas para el mal de ojo. Sor Andrea llevaba un cráneo en una cadenita, su vínculo con el inframundo, decía, aunque todas le rezaran a Jesús y a san Jerónimo. Isabel María imaginaba que entre el inframundo y el infierno no había diferencia. Y si la vida de afuera no la perturbaba como algo que deseara conocer era porque en realidad estaba bien en ese lugar donde podía cantar en el coro y donde podía pensar en sor Andrea.

Entró de prisa a la capilla y se hincó porque aquella mañana había amanecido con un oleaje entre las piernas. El ondear de su cuerpo en la celda oscura la había obligado a poner la palma de su mano en la entrepierna, bajo el camisón. Había tenido que apretarse el pubis para que aquel movimiento ajeno a su cabeza se detuviera. Pensaba que de seguir aquel reburujo bajo las cobijas su tía habría de despertarse. ¿Era ésa una enfermedad? Deseaba que así fuera, que la enfermedad la obligara a estar sola en la celda de la enfermería para que sor Andrea pudiera visitarla, orar por ella mientras la tomaba de la mano, mientras rozaba sus labios. Le gustaba la piel morena de la novicia, le gustaba descubrir su epidermis oscura cuando resaltaba en el cuello, contrastando con la túnica blanca. Ese color canela tan distinto a su piel blanca verdosa era pariente de las maderas de los muebles, era cálido, como la luz del sol que se alcanzaba a ver por la celosía poniente del convento. Andrea era mestiza como otras monjas de aquel convento, de padre español o criollo, porque allí no se podía estar sin que mediara dote para el ingreso, pero de madre india, como un día le confesó señalando sus ojos capulín intenso.

—Son como los de mi madre —le dijo mientras lavaban la cocina, y las manos de ambas se tropezaban entre las jergas estando de rodillas en el piso.

Diecisiete años tenía Andrea, dos menos que ella. Y así, arrodilladas, se habían reído como niñas cuando sus manos se encontraron tallando el mismo rincón. Isabel María le dijo que le gustaba la piel de sus manos y se atrevió a acariciarlas. Andrea pasó entonces esas manos delgadas y oscuras por las mejillas de Isabel María. Parecía que en esos trozos de piel descubierta estuvieran encontrando una manera de intimar. Hasta entonces Isabel María había estado tan sola en aquel convento donde se comía en grupo, se rezaba en corro, se cantaba en el coro, se trabajaba en equipo. Sólo la maldita confesión con el cura daba la idea de una falsa soledad; pero no había dicho al confesor que su soledad era menor desde que acariciaba la piel de sor Andrea, desde que besó sus pies un día de prisa, al recoger la fruta del huerto. Porque estar menos sola no podía ser un pecado; por el contrario, sor Andrea había aumentado su amor por el Señor, había depositado en esa alma joven un agradecimiento que no conocía hasta entonces. Si en los poemas que le dejaba leer su tía había querido infructuosamente que las palabras le ayudaran a entender su agonía, ahora que sor Andrea se apretaba a su cuerpo en las bodegas y permitía que su corazón rozase el suyo entre telas, comprendía esa promesa del paraíso, ese atisbo que Jesús le mandaba: la unión de la carne y el alma. Cuando Andrea entre rezos fingía susurrarle algo al oído para introducir su lengua en el lóbulo, Isabel María sentía en el cuerpo la presencia divina, una fuerza que la arrebataba de las procaces tareas de la Tierra para elevarla. Los ojos se le habían perdido en sus cuencas mientras conocía la verdad húmeda y delicada de la lengua de sor Andrea.

Y si entró a la capilla decidida, anticipándose a los maitines, era porque quería preguntarle al Señor el significado de aquel oleaje enfermo que no podía gobernar, porque quería saber qué esperaba de ella. En aquella voluntad del cuerpo había una señal; tal vez ella fuera el vehículo para algo que le pedía Cristo, porque aunque ella había acallado los estertores con su palma inexperta, su cuerpo no se había estado tranquilo, su respiración era agitada y locuaz, su boca una jícara seca. Con la mano libre se había persignado en la celda, y se había dicho que estaba ante una prueba.

En la penumbra de la capilla, caminó por el pasillo hasta el altar y allí se hincó a los pies de Cristo y le habló en voz alta comprendiendo que ella era su mujer y que como esposa suya sometería su ánimo y su cuerpo a sus deseos. Que ansiaba satisfacer lo que el Señor le pidiera y que si gozar los arrebatos de una voluntad ajena a la suya eran obra y gracia de la posesión del esposo, ella sería diligente, cumpliría en cualquier momento los caprichos divinos del amado, del sacrificado. Al mirarlo atado a la cruz, con esos ojos de cristal lloroso, con esa desnudez tan desvalida, sintió una profunda tristeza por el amado y comprendió su soledad, su atadura. La imposibilidad de abrazar a los suyos, de besarlos, de protegerlos con su cuerpo de hombre. Lo miró a los ojos sabiendo que a ella la había elegido; que ella era, de entre todo el rebaño de esposas hijas de la Iglesia, quien en el cuerpo experimentaba la gracia divina. Fija en la mirada de Cristo, los ojos claros se trastocaron por el capulín intenso de sor Andrea. Se asustó porque sor Andrea era el amado y el amado pedía su cuerpo; tenía sed y ella se lo daría todo, a pedazos, entero; se dejaría lamer, romper, trozar, desollar. La carne de Cristo a la vista en esos muslos traslapados, en esos pies cruzados, era frágil, rosada, doliente. En cambio la de Andrea era oscura y recia como la tierra, era piel de amate; era una piel transmutada en fortaleza para que la esposa cumpliera con sus delicadezas de mujer entregada al divino. Miró la sangre que manaba de aquellos pies agujerados, siguió su roja coagulación y le punzó la reciedad del metal en sus propios pies. Sangraría también por el divino porque el amor era un sacrificio, el sacrificio de la carne. Isabel María bajó los ojos y asintió. Sabía qué tenía que hacer y no le fallaría a su Señor. La voz de la vicaria la interrumpió:

—Entrar a la capilla fuera de horas es desacato.

—Necesitaba hablar con el Señor —dijo confusa y sonrojada.

Antes de que la vicaria ideara una reprimenda, Isabel María ya caminaba a su alcoba.

POR TRES VIDAS

María Ramírez no sabía cómo empezar aquella carta a su hermana Juana Inés. Por encima del torrente de culpas que sentía debía notificarle a ella y a su hermana Josefa que su madre, Isabel, había muerto. La cálida luz de abril en Panoayan no iba aparejada con aquella zozobra del alma, con la misión de dar malas nuevas y con la más grande aún de encarar a una hermana monja famosa que por demás cuidaba y se había encargado de su hija en el convento. María se levantó de la mesa del comedor donde buscaba las palabras. Sonrió pensando que alguna vez había sido María Izta de los Volcanes para su hermana. Aunque podía escribir desde lo que quedaba de la biblioteca del abuelo Pedro, prefería ese espacio doméstico y no aquella habitación que su madre Isabel había concedido como lugar de trabajo del capitán Ruiz Lozano. Y el capitán, aunque había tomado el mando de la familia, se mostró distante de las Ramírez, como si se resguardara de tener que protegerlas y muy amante de los de su sangre. Y Josefa, Juana Inés y ella eran sólo media sangre suya. Aun así, aunque no se interesase tanto en sus personas y celase tanto a su madre, María se había sentido tranquila de que su serenidad masculina timonease el barco. Le gustaba oírlo cantar y reírse cuando bebía vino de más. Entonces envidiaba a su madre la fortuna de tener hombre al lado. Era bueno que todos sus medios hermanos ya fuesen casados y tuvieran vida propia y que su madre, un año antes de morir, redactase el testamento que todos conocían. Ella, María Ramírez, era la depositaria de esa tercera vida de la hacienda que el abuelo Pedro considerara en su propio legado. Entonces, y aunque cualquier cosa pudo haber pasado entre el año que mediara en la concepción del testamento y el fenecimiento de su madre, Isabel Ramírez había decidido proteger a la más desamparada de sus hijas. Lo mismo había ocurrido con Isabel, pues de entre todos los hermanos, el abuelo Pedro le legó Panoayan y esa consideración retomaba ella con María. Su madre se sentía unida al destino de su hija mayor a quien Lope de Ulloque había dejado, no sin antes aceptar a la hija que ya había nacido a María del capitán Santolaya. Y ya no hubo tercero que se mudara a su lecho: era una mujer sin hombre.

—En peor circunstancia que yo —la propia Isabel le había dicho a María cuando leyó el testamento—. Yo tuve al capitán Diego que permaneció a mi lado y me dio hijos y seguridad, y tuve a un padre que me dio Panoayan para vivir y tener techo y dignidad. Tú, María, no tienes padre y no tienes marido. Tú, sin duda, serás la última heredera de Panoayan; sólo por tres vidas la arrendó mi padre. Tú habrás de tomar provecho de esta hacienda con sus negros y sus indios, porque tu hermana Josefa tiene quien la proteja en la capital y tu hermana sor Juana es la esposa de Dios y la amiga de la virreina y del obispo de Puebla. Escúchame, no despilfarres, y si encuentras hombre que se quiera acomodar en tu colchón que no sea para la vagancia y para acabarse lo que mi padre forjó para nosotros. Y si alguna de tus hermanas o tus sobrinas, o tus medias hermanas o la propia Juana Inés se vieran en apuros, harás lo pertinente para que quepan en este casco, en alguna habitación; que Panoayan sea morada de cualquier mujer sin techo. Y escucha, hija mía, no permitas que tus hijos Lope e Ignacio, que tanto quieres, como quiere uno a los hijos, te convenzan de deshacerte de Panoayan. No contravengas la voluntad de tu abuelo ni la de tu madre. Promete, María.

En los últimos días de Isabel, se le hundieron los ojos como si la mirada se le hubiera vuelto hacia adentro. Los miedos la despertaban de noche. Escuchaba los pasos de la muerte, le había dicho a María; ni los rezos ni la fe, ni la Virgen Almudena, que su madre Beatriz le había dejado como protectora andaluza, lograban calmarla.

—Ha muerto mi madre —pronunció María de pronto, como si el decirlo en voz alta acentuase la certeza del hecho.

Irían a Chimal a la misa de difuntos. Irían los que quedaban y la maestra Refugio que seguía atenta a la familia. Pero sus hermanas, avisadas a destiempo, no estarían para el funeral. Y ella no pensaba trasladar a su madre a la capital aunque el convento de su hermana permitiese las oraciones fúnebres y cubriese los gastos del adiós a la madre de la muy eminente Juana Inés. Ellas, Isabel y María, pertenecían a la falda de los volcanes, a ese paraje frío y oloroso a resina, al graznido de las aves y a la suave placidez del descampado. María era demasiado tímida y temerosa para ir a la capital. Se puso de pie y avanzó al ventanal para confirmar que la belleza del paisaje la cobijara. Jacinto cruzó a lo lejos. Ya se encorvaba el muchacho; parecía que su mala hechura le presagiaba una vejez prematura. Hacía poco había muerto su madre también, la negra Francisca. Los pensamientos de María llegaron al negro que alzó la cara y descubrió a María mirándolo. Los dos inclinaron el rostro a manera de saludo, reconociéndose en la orfandad y en la pertenencia a ese paisaje que seguramente habría de verlos morir.

Cómo comenzar aquella carta a Juana Inés; tenía que olvidarse de que escribía a una experta en hilar palabras, luego admitir que le dolía la muerte de su madre y que a ella le dolía más que a nadie porque había estado cerca siempre. En cambio

Juana Inés había partido de niña. Qué sabía ella de los avatares de su madre, de los tratos dispares del capitán, que cuando la sintió vieja frecuentó poco la casa. Qué sabía ella de los dolores de huesos de Isabel con quien se sentaba en el corredor para que el sol le diera en las piernas adoloridas y las dos bordaban y recordaban anécdotas sobre la abuela, tan dicharachera, tan espontánea y tan afortunada mujer del abuelo Pedro. La única de las Ramírez verdaderamente protegida. Las demás lo habían logrado a medias o nada. Parecía que no tener padre era un sino para no encontrar marido, porque sus medias hermanas, Antonia e Inés, se habían casado decorosamente y vivían holgadas y con buena fortuna. Aunque el destino de su madre desmentía aquel precepto: ni con el abuelo Pedro, trabajador y bueno, aventurero y constante, de piedra como su nombre, había atinado a la primera a la protección de un varón. María no estaba para sacar fórmulas, porque la verdad era que su madre había estado acompañada de hombre siempre.

Era preciso meter la plumilla en el tintero y contar a su hermana que su madre había muerto como un pajarito frágil, entre sus brazos, aquella mañana del 25 de abril, apenas incorporada en su cama, pidiendo agua con la voz tan baja que era preciso estar a un palmo de su boca para entenderle. Luego la mirada del miedo y esa respiración ansiosa y la cabeza desplomada sobre su hombro, inerte. Y ella, María Ramírez, sin atreverse a despegarla de su cuerpo, agitarla, segura de que no existía más la voz ni los ojos. Se quedó mucho rato así hasta que el peso del cuerpo menudo la hizo percatarse de que abrazaba a su madre muerta. Entonces lloró, pequeños estertores que delataban el abandono, ¿qué era uno sin una madre? ¿Quién era María sin Isabel? ¿Qué haría sin su compañía, no importaba si enferma y frágil y hasta impertinente y malhumorada en los últimos años? ¿Quién sería María sin hijos que la acompañaran, sin madre, sola en tan vasta propiedad donde su único contemporáneo era el negro Jacinto? Despegó la cabeza de su madre del hombro y con cuidado la depositó en la cama, le cerró la boca, le acomodó el pelo cano alborotado sobre la frente. Seguramente le dijo: «Adiós, madre». Ya no lo recordaba, pero se supo afortunada en poder realizar ese despido íntimo. Suyo. No contaría los detalles a su hermana la poeta. No después de que seguramente la juzgaba como una mujer insensible por aquel desapego de su hija mayor, Isabel María, tan lejos. Tan hija de Juana Inés que pagaría la mismísima fiesta de la ceremonia del velo en unos meses. Una hija monja, que seguramente no pediría el cielo para su madre tan desatenta, tan poco pendiente de ella.

María comprendió por qué tardaba en hundir el cálamo en el líquido negro, por qué no avanzaba más allá de la fecha anotada, 25 de abril de 1688. Temía, al contar la muerte de Isabel Ramírez, al explicar el dolor de la pérdida, no tener razones para haber desamparado a su única hija, la mayor, la que ahora llevaba por nombre el de su abuela y el de su madre. Tamaña paradoja, la criatura abandonada por el padre, el fugaz capitán Martínez de Santolaya, en el convento de las jerónimas al cuidado de su tía Juana Inés, llevaba los nombres de sus predecesoras, tan ocupadas la una de la otra que Isabel María había resultado invisible. Por eso ni iría a la ceremonia de su hija la novicia para sentarse como una extraña en las bancas de la capilla de San Jerónimo. No iría para que los santos y las hermanas la miraran subrayando su distancia.

¿No sabíamos que Isabel María tenía una madre? Creímos que era huérfana y que por eso la madre Juana se ocupaba de todos los menesteres, gastos, techo y formación de tan dulce criatura. Eso sí, se le parece en la forma de la nariz, en el óvalo de la cara. Y la propia madre Juana guarda parecido con usted.

No, ella era de la montaña, de Panoayan, huérfana de madre; el luto no le permitiría moverse de la hacienda. La muerte de Isabel Ramírez la eximía de la vergüenza y del miedo de atravesar los canales y encarar los ruidos y la plaza, y a los desarrapados y los peligros y la inmundicia, y el encierro de Isabel María destinada a la protección de la Iglesia y de su hermana Juana Inés.

Tal vez le escribiría a su hija un día y le contaría la importancia de su nombre, cómo llevaba en él el alma equívoca y tibia de su abuela Isabel y la suya distante y cobarde. Que orara por ellas porque Dios estaba a su lado. Y Dios era hombre. Se apresuró: había que escribir de una vez por todas aquella carta. *Querida hermana Juana Inés…*

LAS MUJERES DE BELÉN

Sor Cecilia sintió remordimiento cuando su padre murió. La noticia llegó por carta, sus hermanos pedían que organizara las nueve misas por Diego Fernández allí mismo en San Jerónimo. Y como hija diligente que había sido, acató las órdenes y estuvo cerca de sus dos hermanos sin que mediara ningún cariño evidente. Por lo menos no al principio, cuando se sintió entre dos desconocidos. Pero a la quinta misa, en que ellos estuvieron allí solos, sin sus esposas ni la familia que habían ganado por el casamiento, Cecilia pudo conversar con ellos en el locutorio donde otras monjas, diligentes ante el duelo de los hermanos Fernández Isáureri, les proporcionaron chocolate y golosinas. Era cierto que unas lo hacían por mirar a esos dos hombres jóvenes esbeltos que parecían no compartir con su hermana la inclinación a comer a todas horas. Cecilia lo notaba y eso le daba una distinción que no tenía habitualmente. El locutorio le perteneció en aquellos nueve días más que a sor Juana y pudo escribir unas endechas a la muerte de su padre y leerlas a los hermanos que aprobaron condescendientes sin saber nada de métricas ni rimas. Para la séptima misa, Cecilia había recordado con ellos los juegos en el patio de la casa familiar. Empujaban una bola de madera con un palo hacia los agujeros que habían hecho entre las lozas, la madre de los tres entró a la escena del recuerdo:

sentada en la mecedora, bordando un paño de lino blanco, la sonrisa ligeramente ladeada. Y Cecilia preguntó si sabían algo de la madre. Los hermanos bebieron el chocolate con aprensión, como si se escondieran en el liquido oscuro, como si el tema incómodo hubiese sido sacado de debajo de la alfombra donde hacía tiempo estaba sepultado.

—No sabemos nada de mamá.

—Está en Belén —aclaró Rodrigo.

Cecilia no había querido preguntar más, pero cuando concluyó la novena misa y los hermanos se fueron llevándose de nuevo los juegos de niña, la voz del padre y la sonrisa de la madre bordando, ya no estuvo tranquila. Intentó apaciguar su desazón comiendo de más y robando bienmesabes cuando nadie la veía. Juana Inés la descubrió la tarde en que se introdujo en la bodega. Llevar la contabilidad orillaba a la madre a verificar inventarios y preguntar sobre los gastos. Sor Cecilia intentó recomponerse y escondió los dulces bajo el escapulario. La madre de la Cruz tuvo un gesto dulce con ella y le dijo que hacía mucho que no le leía nada de lo que escribía. Cecilia sintió su corazón dar un vuelco de alegría. Se sentaron las dos mujeres alrededor de la mesa donde Juana Inés apuntaba las entradas y salidas con precisión y caligrafía admirables. Sor Cecilia entonces le contó de la endecha a la muerte de su padre, misma que Juana Inés pidió ver cuanto antes. Cecilia, relajada, extrajo la mano de debajo del escapulario, con los dulces amasados entre los dedos y se disculpó hablando de su desazón. Le daba hambre el dolor, mucha hambre. No dijo que eso le pasaba desde niña, desde que descubrió a su madre en aquella alacena con el tío, aunque entonces no supo que era el tío. Pero la sensación de asistir a algo prohibido quedó grabada en sus ojos de doce años.

Sor Cecilia tuvo entonces una idea ante aquella confianza inusitada que Juana Inés le prodigaba: disparó la pregunta.

—¿Sor Juana, podré ir a Belén a visitar a mi madre?

No era fácil que una monja en clausura saliera del convento, tenían que ser causas de fuerza mayor. Y Juana Inés le dijo a Cecilia que lo dejara en sus manos. Le indicó que se rumoraban asuntos desagradables de aquel lugar de encierro de mujeres y que aquello era una razón de peso para poder hablar con la superiora. Sor Cecilia se sorprendió cuando la madre superiora la mandó llamar y le dijo que haría una excepción, por la muerte reciente del padre, porque los hermanos seguirían siendo benefactores del convento y porque Juana Inés había intercedido por ella. Pero no debía ir sola, advirtió, que la acompañaran sus hermanos, o un sirviente de la familia, un hombre que la pudiera conducir a aquel lugar. Y no debía tardar más de dos días en volver. Ese era todo el permiso del que disponía, y que Dios nuestro señor supiera que lo hacía por pura misericordia con su dolor y por la caridad que por primera vez prodigaba a su madre.

Era verdad, pensó Cecilia, al salir de la oficina de la superiora, en diez años no se había preguntado sobre el destino de su madre. Sólo sabía dos cosas: no había muerto, porque de ello se hubiera enterado, y vivía en Belén, en aquel encierro de mujeres entre prostitutas, adúlteras y locas. Rodrigo y Marcos Fernández no quisieron ir con ella. La tildaron de necia, de absurdo empeño. Y no estaban dispuestos a levantar el castigo que le había impuesto el padre a la madre, ni a contravenir su voluntad y su honor. Qué necesidad tenía ella de ir allá.

—Avisar de la muerte del padre —dijo Cecilia, buscando un argumento convincente—. Es lo justo, es lo decente.

¿Decencia? ¿Por qué tenerla con ella? Eran más duros que la propia Cecilia que había atestiguado el infortunio, al fin y al cabo eran hombres, prolongación del padre. Pero Cecilia necesitaba saber que su madre estaba bien, necesitaba perdonarla. Mientras la carreta que la llevaba con el criado de Rodrigo, un indio joven, avanzaba calle abajo, Cecilia se sintió ligera a pesar de su vestimenta de jerónima. El sol y la vista de las casas y la gente, los vendedores, los caballos, los perros que merodeaban por el camino le dieron una probada de la vida que había dejado hacía mucho. Se sentía inflamada de heroísmo. Virtuosa. Ella que abrigaba rencores a la menor provocación, ahora perdonaba a su madre. Cumplía a cabalidad con su estatura de religiosa, encima de todo contaba con el apoyo de la monja más poderosa del reino, la misma Juana Inés de la Cruz que leería sus poemas de ahora en adelante. Quién sabe si hasta consiguiera que se los publicaran en colecciones como las que organizaba el bachiller Sigüenza y Góngora. El ronroneo de la carreta por el empedrado y más tarde por la terracería que conducía al lugar de las mujeres la llenó de contento. Sacó de su jubón un trozo de pan y queso y lo repartió con el indio. Manuel, dijo llamarse.

Cuando llegaron a la casa del encierro, Cecilia sintió el júbilo inesperado de volver a ver a su madre. Recordó la serenidad con la que bordaba y los miraba de cuando en cuando durante sus juegos en el patio; sintió el azul del cielo en la mirada de su madre, por eso no le alarmó demasiado la altura de la barda cuando se acercaron. Manuel bajó el pedal de la carreta para que la monja pudiera poner pie y miró hacia otro lado cuando sor Cecilia se levantó el hábito y mostró las puntas de sus zapatos negros y las medias oscuras con las que enfundaba sus piernas regordetas. Ya en el portón les llamó la atención un grupo de hombres que cuchicheaba y que al verlos realzó sus murmullos, como si la visión de la religiosa produjera malestar. Entonces fue que sor Cecilia se preguntó qué clase de lugar era aquella fortaleza sin ventana alguna a la calle. La austeridad de su fachada era mucho mayor que la del convento de San Jerónimo cuyas ventanas daban a la calle y permitían la luz del cielo.

Manuel se adelantó y se quedó quieto frente al portón. Los hombres cesaron su corro y espiaron la conducta de los recién llegados. Se acercaron cautelosos y sor Cecilia, altiva, dio un paso adelante, tomó la aldaba de metal y dio con fuerza al portón. Los hombres se colocaron a sus espaldas. Tardaban en abrir y uno de ellos se atrevió a injuriar a la monja: *Como no sea que se haya portado mal, mejor ni se acerque. Las tienen encerradas en el infierno.* Cecilia trató de fingir que no había escuchado. *¿No será que viene a adoctrinarlas?* Otro más allá, con la voz atrabancada por el alcohol, dijo que quería a su mujer afuera, que el loco y sus ayudantes abusaban de ella, de todas ellas, en nombre de Dios. Entonces Cecilia dio a la aldaba con desesperación al tiempo que se persignaba e invocaba a la Virgen María, en rezos bajos. Se abrió la mirilla y un hombre preguntó quién iba. *El diablo*, gritó el borracho, *el diablo vestido de monja.* Sor Cecilia explicó que era una religiosa del convento de San Jerónimo, que venía con la venia de la superiora para visitar a su madre que tenía años de encierro. Pero el cuidador dudó de las palabras de la mujer y le dijo que cómo saber que no era un hombre celoso, un hombre pecaminoso.

Sor Cecilia le acercó las manos a la ventanilla para que viera su condición de mujer.

—He visto manos de varón así de pequeñas y gordas.

Uno de los hombres a sus espaldas, se apiadó de la monja y arguyó.

—Por Dios, que es una hermana, baste verle el medallón en el pecho.

—O el pecho —farfulló el borracho.

Manuel se acercó a la mirilla y suplicó que dejaran entrar a la monja, que los hermanos Fernández Isáureri lo enviaban para cuidar de ella.

De mal modo y con mucha desconfianza, el cuidador abrió una rendija del pesado zaguán para que pasara la mujer y cuando el indio intentó seguirla el otro le dijo que no podían entrar hombres. Sin más le cerró la puerta en las narices. De nada valió la cara azorada de sor Cecilia, la mirada de monja con la que interpeló al hombrón que celaba esa extraña morada. Bastó posar la vista al frente para olvidarse de Manuel al ver los pasillos y el patio rebosantes de mujeres con sayas rotas, algunas con los senos de fuera, otras con las piernas al aire. Le parecía haber entrado a una enfermería zumbante de mujeres semidesnudas, despeinadas, ruidosas. No se atrevió a dar un paso más pues sintió temor. A la derecha, dos de ellas peleaban en el piso y otras las rodeaban, entre el movimiento de las piernas y los cuerpos, pudo ver los vellos del pubis, y la raja de las nalgas ostentosamente abierta. Se alarmó y se santiguó. El cuidador gritó desde la puerta.

—A ver si ya se están sosiegas, rameras.

Cuando se percató de la religiosa, hizo un ademán de disculpa y se acercó a Cecilia que no podía moverse de su sitio. Algunas de las mujeres la descubrieron y avanzaron hacia ella. No con benevolencia, con ira. El cuidador las alejó.

—Nada de meterse con la hermana.

—Será tu hermana —gritó una.

—Ya no temen a Dios, ya no temen a nada —le advirtió—. Han perdido la razón. ¿Usted cree que aquí pueda encontrar a su madre?

Cecilia miró entre los rostros polvosos, a través de las miradas torvas, idas, congestionadas y suplicantes. Una mujer defecaba en el pasillo, a unos pasos de ella. El mosquerío revoloteaba por todos lados. Supo de inmediato que tendría que llevarse a su madre de allí, que no la podía dejar un minuto en aquella pocilga.

—Tiene que ir con el padre Barcia. Sígame.

Y poniéndose frente a ella, el cuidador le abrió paso a través del patio donde las mujeres alargaban los brazos intentando alcanzarla a ella; otras se arrastraban por el piso y alzaban las manos al paso del hombre para tocarlo con impudicia. El hombre manoteaba y las alejaba.

—Al rato les doy su comida —contestó vulgar, sin importarle que Cecilia notara su gesto obsceno, ese sobarse el sexo como preparándolo para el banquete.

Una mujer menuda se arrastró como un gato asustado cuando pasaron a su lado. Cecilia la miró aterrada. Le faltaba una pierna y no podía hacerse a un lado a la velocidad de las otras. El hombre intentó patearla para quitarla del paso. Una mujer mayor salió a protegerla. Cecilia de súbito tuvo la visión de que aquella podía ser su madre, tal vez la edad se lo indicaba, tal vez el gesto con que protegió a la tullida.

—Y luego vendrás a abusar de ella ¿verdad Satanás? Madre, apiádese de nosotros. Sáquenos de aquí.

Cecilia se detuvo, no podía seguir como si aquel enjambre de mujeres donde estaba su madre no importara, no podía hacerse la sorda, ahuyentar los olores, taparse los ojos. El cuidador giró. Cecilia había quedado rodeada por mujeres que imploraban, mostraban heridas, vientres abultados. El cerco se cerraba sobre ella y Cecilia se asustó. El cuidador gritó: *A comer, zorras.* Y de pronto todas desaparecieron hacia un costado, como perros hambrientos, como si ella no existiera, como si sus súplicas fueran una mentira.

—De prisa —advirtió el hombre—, devorarán en un santiamén.

Pero aún no había visto lo peor, cuando avanzó a la sacristía y el hombre empujó la puerta para que entrara retirándose de prisa, como si así estuviera instruido a hacerlo, frente a ella sentado en un sillón, el sacristán, o alguien vestido de sacristán tenía a una mujer desnuda sobre sus piernas. Alcanzó a ver las pantorrillas velludas del hombre y los retorcimientos de la mujer que se solazaba atornillada al cuerpo del otro. Aquello era abrupto y descarnado, no mediaba una cortina o una celosía que protegiera a sor Cecilia de la visión. A un lado del hombre otra mujer con las piernas abiertas disfrutaba el trastabilleo de los dedos de ese hombre en su sexo desparpajado. Cecilia buscó la puerta para salir, pero estaba cerrada. El ruido de sus pasos advirtió al hombre de su presencia. Las mujeres la miraron sin cesar sus meneos de placer, pero el hombre intentó apartarlas en un apuro inesperado.

—¿La disfrazaron para la ocasión? —dijo con sorna mientras Cecilia escondía la vista en el armario semi abierto.

—Vengo a buscar a mi madre.

—Pues encuéntrela —dijo el hombre con desinterés, colocando de nuevo a la mujer sobre sus piernas.

Cecilia no quiso mirar aquel sexo que horadaba a la mujer jadeante. Se volteó hacia la pared y se hincó. Las mujeres se rieron, con la voz entrecortada de placer el hombre siguió:

—El padre Barcia ya no responde, vinimos a cuidarlo, a sus criaturas también. Tan pecaminosas que hizo bien en encerrarlas. Son una tentación.

Cecilia no miraba, escuchaba las risas de las mujeres e intuía las humedades de sus frotes. El hombre no pudo hablar poseído por un respirar frenético. Cecilia se asustó y se puso de pie frente a la puerta. La golpeó con fuerza, deseosa de que la sacaran de allí.

—No se alebreste, hermana, con usted no quiero nada —dijo jadeante el hombre—. Aquí hay suficiente.

Cecilia no quería ya buscar a su madre, quería salir cuánto antes de aquel lugar.

—Si se la quiere llevar es preciso que la encierre en el convento. Estas mujeres no pueden estar en la calle.

Se escucharon pasos y una voz distinta a la del cuidador que preguntaba por los razones de los toquidos de la puerta. Esta vez el sacristán alejó a las mujeres y se recompuso, pues cuando la voz hizo su aparición, Cecilia se dio la vuelta, miró al sillón y encontró a dos hombres de pie.

—¿A qué se debe su visita?

Sor Cecilia se persignó ante aquel hombre que parecía poseer autoridad a pesar de su desaliño. Tenía la barba muy blanca y muy larga, la espalda encorvada, los pies descalzos con costras de tierra.

—Mi madre, Dolores Isáureri, está aquí. Me la quiero llevar.

—Ya le expliqué que es imposible —intercedió el otro.

—Me la llevaré al convento —se defendió Cecilia, sintiendo que el heroísmo de la travesía se volvía a apoderar de su ánimo.

Los hombres se quedaron callados un rato.

—Aquí no hay suficiente de comer —dijo sereno el hombre mayor— si la identifica, llévesela. Usted tendrá que hacer la tarea que yo he hecho con tanto ahínco. Si todas hubiesen querido ser religiosas como usted, cuánto hubiéramos conseguido.

Y el padre abrió la puerta que parecía atrancada por fuera, y caminó hacia el patio donde se silenciaron todas, atemorizadas. Soltó el nombre de la madre de Cecilia. La monja a cierta distancia miraba las caras para ver cuál respondía al llamado. Otra vez el padre Barcia pronunció el nombre.

—Dolores Isáureri.

Luego añadió:

—Dolores Isáureri, tu hija ha venido por ti.

Entonces una dijo yo soy, y otra también, y otra más y comenzaron a caminar hacia la monja, llamándola *hija, hija, soy tu madre*. Cecilia las miraba azorada, sin identificar a la real, unas eran más jóvenes, otras de su misma edad, y en sus caras no reconocía nada familiar. El padre dejó que respondieran por decenas, hasta que dijo enfurecido:

—Ya basta. Quiero a la verdadera, a las demás les espera el fuste.

El silencio se instaló oscuro como la noche. Entonces sor Cecilia se atrevió:

—Mamá, soy Cecilia, tu hija, he venido a perdonarte.

Del fondo de uno de los pasillos se escuchó un gruñido seguido de un grito sofocado y luego apareció una mujer con el rostro maltratado, el pelo apelmazado por el sudor y la mugre, el paso torvo. Cuando estuvo cerca, Cecilia reconoció el azul de sus ojos bajo los párpados colgantes. Cecilia pensó aliviada que su madre agradecería aquel gesto y le concedería un mirada dulce, pero avanzó hacia ella y alzó los brazos amenazantes.

—¿Mamá? —preguntó Cecilia.

La mujer se le abalanzó dispuesta a golpearla cuando el cuidador la atajó.

—Mamá —Cecilia balbuceó—. No se la lleve —suplicó al cuidador.

Aquellos ojos azules eran los mismos que la retaron al silencio en la alacena de casa, los del bordado en el patio de casa ya no existían. Cecilia tuvo miedo. Miedo de condenarse porque su madre no aceptaba el perdón. Ella venía a decirle que estaba dispuesta a olvidar, pero su madre no quería escuchar.

—¿Mamá? —volvió a decir temerosa.

Pero ya las mujeres se alejaban como si supieran a dónde llevaban a la de la afrenta. El padre Barcia ya no estaba a su lado. Se quedó sola en aquel patio de hembras enloquecidas. Y caminó al portón vencida. Allí estaba el cuidador que le abrió la puerta y la cerró tras de ella sin que mediara palabra. Manuel estaba sentado junto a la barda en la penumbra del atardecer. Se puso de pie al mirarla. Cecilia se subió al carruaje y no supo cómo colocar los sentimientos: eran muchos confundidos con las visiones brutales de lo ocurrido. Se tapó la boca y contuvo un aullido. ¿Por qué nadie le dijo a dónde se iba a meter? ¿Por qué sor Juana no la previno del horror?

LA SUERTE DEL LECHÓN

Abril había sido un mes desconcertante con sus días soleados y luminosos, con sus lluvias de Viernes Santo y de cuando en cuando. En abril también terminaba la cuaresma y el encierro. Pero Isabel María estaba melancólica. Como novicia que era ya, sus actividades habían cambiado; ahora cantaba en el coro con más frecuencia y ella misma debía entrenar a las niñas del convento por órdenes de su tía, que veía en ella aptitudes musicales. Le gustaba esa deferencia y tener esa responsabilidad, y era cierto, cuando escuchaba las voces claras, vidriadas, de las criaturas que preparaba, la atención al coro y la partitura la arrebataban de sus preocupaciones y la envolvían dulcemente. Su tía Juana Inés le había acercado aquella tonada que compusiera Juan Hidalgo y había podido elegir una voz sola, la más hermosa, para escucharla con el timbre y la transparencia que taladraba sus oídos y llegaba al centro del cuerpo, allí donde seguramente el alma se alimentaba golosa de esa ensalada de notas, del aderezo de acordes, de melodías como listones para sujetarse de ellos. Si había dudado de la bondad de Dios cuando su madre no se presentó para la ceremonia del velo hacía unos meses, porque el luto la retenía, las voces niñas eran una confirmación de la existencia de un dios magnánimo. Dios era un *do* sostenido, o aquel *la* menor que se volvía *re*. Dios era ese algo inexplicable que envolvía el corazón entre sedas y lo paseaba por el cielo. Bajo el poder de la música Dios era luz, nunca tan claramente cegadora.

El ensayo había concluido e Isabel María regresaba a la celda que ahora compartía con otras novicias. Siempre pasaba por la celda de su tía para reportar el desarrollo del ensayo, para instruirse en algunas nociones del fraseo, sobre todo porque los villancicos habían sido escritos por Juana Inés y a ella importaba no sólo la música sino el sentido de las palabras. La verdad es que a Isabel María le tenía sin cuidado el contenido de las frases; a todas luces la contundencia de la música le bastaba, le parecía en su abstracta sugerencia mucho más clara y persuasiva. Las palabras, no se lo diría a la poeta Juana Inés, eran burdas frente a la música. Si ella hubiera podido elegir su camino, antes que monja hubiese querido dominar el clavecín más allá de recorrerlo con los dedos; y también el laúd, que en su sonido de madera le parecía percutir desde las entrañas. Además se colocaba tan cerca del corazón. Sor Andrea lo tocaba y cuando tenían oportunidad pasaban un rato en la sala de música intentando una melodía. Una en el clavecín, la otra en el laúd. Cuando sor Andrea colocaba el laúd muy cerca del pecho, Isabel María se distraía, se perdía en el movimiento de las manos de la monja sobre las cuerdas, en la extensión de su brazo sobre la boca del laúd. Perdía concentración y Andrea la reprendía. Pero luego la miraba a los ojos porque comprendía la zozobra de la novicia. Entonces movía sus dedos con mayor sensualidad sacando de aquel palo, de aquella madera trabajada, gemidos dulces. Isabel María interrumpía su parte en el dueto y se quedaba atónita, arrebolada por lo que las manos de Andrea arrancaban al laúd. Sus ojos se humedecían conmovidos. A veces acababa derrumbada sobre la tapa del clavecín, sin importar el trabajo de incrustación de conchas traídas de las costas, ni de las maderas oscuras que hacían dibujos tan finos, ni del marfil de la India de las teclas que era frío y pulido bajo las yemas de los dedos.

Pasó por donde su tía ajena, la cabeza incrustada entre folios, respondió un *buenas tardes* evasivo que ahuyentó a Isabel María. Comprendió, mientras siguió de frente a su habitación, que un comentario de su tía, un *cómo van las chicas*, hubiese puesto un poco del calor que, quién sabía por qué, echaba de menos esos días. ¿Acaso era la renuncia que había hecho al mundo con los votos del encierro, la obediencia, la castidad lo que la tenían así? ¿Acaso tirarse al piso para gritar los pecados y las torturas del alma y entregarse a Dios limpia y total producía esa tristeza de quedarse vacía? ¿Demasiada luz cansaba? Caminó atribulada sin cruzar mirada con las monjas que también deambulaban entre pasillos. Sentía ese nudo como de membrillo ácido en la garganta, ese presagio de la explosión total e inmediata. Quería ocultar el rostro; que nadie la descubriera así. La celda compartida no le permitiría la soledad; pasó de largo y decidió ocultarse en la bodega de los alimentos. Le habían tocado ya las tareas de cocina y sabía que la penumbra y el frescor del almacén de las carnes y los quesos la podían resguardar. Bajó las escaleras y a toda prisa cruzó el patio; tenía que esconderse antes de que el trajín de la merienda la descubriese en aquel lugar. Alguien hacía pan pero pudo pasar de largo y una vez dentro de la bodega correr el cerrojo. Sintió el frescor aliviar el sofoco y el esfuerzo por contener el llanto.

Abril había sido un mes difícil; había muerto la madre de Juana Inés y su madre había escrito para dar aviso. Había mandado su cariño para ella, y su disculpa por que el luto no le permitiría estar en la ceremonia. Su tía abuela Isabel se había vuelto la hija de su madre. Entonces le pareció que sentir dolor era un egoísmo de su parte, que a su madre no le podía pedir que le importara más la ceremonia que definía el resto de la vida de su hija, que la pérdida irreparable de una madre. «El resto de la vida», la frase misma le caló como el cuchillo que destaza para siempre a un animal. Aquellos lechones colgando del techo, los

310

ojos cerrados, la piel rosada, le produjeron una extraña ternura. Pensó en la muerte de los hijos. Con los votos de encierro ella había muerto para el mundo recientemente, pero para su madre hacía mucho más: desde niña. No recordaba la voz de su madre, el olor de su piel, la delicadeza de sus manos.

Volteó hacia el lechón indefenso colgando de las vigas. Nadie para amamantarlo, muchas bocas para acabar con él. Se puso de pie y tocó su carne fría y desollada. Comprendió que no le hacían falta las palabras de su madre por carta, ni las de Juana Inés, elocuentes, gratas y tristes, desde la partida de los marqueses de la Laguna. Pensó cómo se habían desacomodado las cosas: la virreina navegando hacia España, con la amiga en el convento; Bernarda enloquecida por el marido envenenado, echando la culpa a la negra Virgilia cuando había sido la amante despechada, o la propia Bernarda en desesperación por el amor correspondido; su madre ausente en la ceremonia del velo. Pensó que no bastaba toda la voluntad para amar a Dios, si al final su destino era como el del lechón colgando del techo; nadie para acurrucarse a su lado, ningún abrazo que la contuviera, sin calor ni regazo. Frotó de nuevo al animal y la manteca se adhirió a sus dedos; pasó la manteca por el rostro en un pacto de piedad con el cerdo. Debía volver al trajín antes de que la echaran de menos o la descubrieran allí. Salió de la bodega. La cara le brillaba con el unto del animal. Al tomar las escaleras al fondo del pasillo para subir a la celda, una mano la tomó y la jaló hacia la esquina oscura. El cuerpo de otra monja oprimió el suyo contra el muro helado y unos labios ansiosos chuparon los suyos. Asustada abrió los ojos. Reconoció la piel cetrina de sor Andrea y sus pómulos salientes; sin poder disculpar el olor a manteca de su rostro se abandonó al abrazo y al beso.

LA FALSA HERMANA

María Luisa miró el perfil nevado de la sierra a través de la ventana de Palacio. Esa nieve invernal le recordaba la que siempre cubría los volcanes de la Ciudad de México. Aún le parecía inexplicable que en ese país de climas benévolos, en las cimas la nieve nunca se derritiera. Tal vez esas estaciones de cambios sutiles, y no rotundos como los veranos y los inviernos madrileños, influían sobre las actitudes de sus habitantes. Tal vez sabían hacer como que no pasaba nada, como si el habla dulce no estuviera cargada de perdigones que podían ser disparos de muerte. Había terminado de leer la larga carta de su amiga la monja y ya la espesura de los chubascos tropicales la acongojaba. Su amiga sufría. Los altos vuelos de su inteligencia habían sido reconocidos y vilipendiados, como cuando una parvada de patos sale del cañaveral y en plena exhibición del verde brillante de las plumas, en coreográfica formación, la pólvora la derriba. Así la monja amiga, la poeta cuyo libro circulaba con buena fortuna en el reino y sus colonias, porque la marquesa misma lo había llevado de regreso al reino, esa *Inundación castálida* que había sorprendido a doctos y desprevenidos, que había hecho de la monja encerrada en San Jerónimo una figura conocida en España y en Perú, ahora se quejaba, amarga por las represalias al vuelo de su disertación.

Qué lejos estaba María Luisa en geografías y poderes para interceder por su admirada, que imposibilitada de hablar con el arzobispo Aguiar y Seijas que no quería nada a las mujeres, pero que de haber estado frente a ella, cuando virreina, inclinaría la cabeza porque el poder se repartía entre corona e Iglesia y no se admitían berrinches de hombre que considera a las mujeres diabólicas criaturas. El conde Galve no tenía la menor sensibilidad; su mujer, doña Elvira, era correcta e insípida, sin luces ni pasiones que la ayudaran a entender lo oscuras que se habían vuelto las aguas que rodeaban a la monja. Volvió a mirar la silueta del macizo montañoso y se apretó la mañanita contra el pecho; el frío del paisaje parecía colarse como la impotencia de ayudar a sor Juana. Su monja amiga era como la Ciudad de México cuyas aguas la tenían en constante amenaza. Aquella caligrafía, que por el descuido poco usual en Juana Inés denotaba la emoción traicionera, le llevaba su voz y la intensidad de los años compartidos entre lecturas y miradas, entre júbilos de la inteligencia y la vida que les iba pasando por igual a las dos. Su corazón indignado salió en su defensa; había llegado a conocerla por su obra y su conversación. Ése era su privilegio.

Ser acusada de elación, de vanidad, cuando ella había dejado desnudos de nombre los primeros villancicos que escribiera, qué injusto sustantivo. Ella había acatado de siempre los encargos que otros le hicieran. Cuánto poema de ocasión le tocó escribir. María Luisa había escuchado de su propio pecho sus palabras cargadas de verdad y de sigilo: «Tanto trabajo por encargo y sólo un poema verdadero, María Luisa, y los que a tus pies y tu fineza he dirigido». No fue por cuenta propia que su nombre acompañó cada uno de los versos, los sonetos, las liras, las loas, peticiones las más, de lo que de su pluma fue emanando. ¿Elación? Se le acusaba de poner su persona por encima del amor a Cristo. Sor Filotea, el mismísimo obispo de Puebla, su amigo Fernández de Santa Cruz, disfrazado de faldas, le recriminaba la ingratitud y la soberbia cuando a la crítica añadía sus ideas sobre la fineza de Cristo. Sor Juana le explicaba que si bien el obispo alababa su claridad en la refutación sobre aquel sermón del mandato que había escrito el jesuita portugués Antonio Vieira, en donde, henchido —él sí— de soberbia, afirmaba que a cualquier fineza hecha por los santos él podía proponer una mejor. Que a ella se le hubiera ocurrido añadir su propia visión sobre la mayor fineza de Cristo era un exceso. La falsa sor Filotea criticaba —aunque consideraba impecablemente escrita aquella argumentación escolástica— que sor Juana, la monja intelectual, sostuviera que los beneficios negativos eran la mayor fineza de Cristo. Cómo era posible que tanta inteligencia la llevara a afirmar que dejar de dar por parte de Jesucristo, ese sacrificio en la forma de desdén, fuese una manera de reprender a los ingratos, a quienes descreían de él. A sor Filotea le parecía altamente impropio aquello de los beneficios negativos que ella proponía y pedía que atendiese a los dones que ella poseía; precisamente a esos beneficios que la fineza de Cristo había colocado en ella. Esa luz natural para cautivar su entendimiento.

María Luisa repasaba consternada las líneas. Había olvidado la taza de chocolate que acompañaba sus mañanas y cuando intentó dar un sorbo reconfortante la recibió un líquido frío y espeso. ¿Qué significaba esa carta pública firmada por Filotea que la llamaba a la reflexión, que la señalaba frente a todos, advirtiendo eso sí, que no consideraba impropio de las mujeres el estudio, pero que sor Juana debía usar el estudio de lo humano para estar más cerca de lo divino? La monja no veía cómo reponerse de aquel acto público, de esa denuncia ventilada a ojos de todos; le preguntaba a María Luisa si ella podía darle la respuesta. Porque en lugar de una carta íntima, el obispo Fernández de Santa Cruz, que había publicado la *Crisis de un sermón*, con entusiasmo, ahora publicaba la carta que la reprendía. Sor Filotea la desnudaba con la autoridad de un hombre disimulado en amistades de mujer.

Vaya bajeza, pensaba María Luisa, vaya artimaña para quitarle brillo a quien de sí lo poseía y cuyos versos o prosa elocuente no hacían más que mostrarlo. ¿Por qué la reprendía si él mismo había admirado «la viveza de los conceptos, la discreción de las pruebas y la enérgica claridad con que convence el asunto, compañera inseparable de la sabiduría»? Sor Juana había tenido la precaución de incluir la carta de sor Filotea para que ella misma juzgase y acompañase su ofensa. María Luisa supuso que en esa carta de sor Filotea el obispo amigo de la monja obedecía más a los de su grey que a su propio juicio. ¿O sería que en asunto de terrenos invadidos la amistad no contaba? Ella sería incapaz de traicionar a su amiga, pero en otros asuntos y para conseguir aquel viaje a América, Tomás y ella habían desconocido a quienes estorbaban a tal propósito. El obispo se había portado como un torero: incitando al toro a acercarse al capote, *publique usted la crítica a Vieira*, y teniendo al animal encandilado con el rojo revuelo de la tela, le había enterrado la espada en la plaza, a la vista de todos, la sangre corriendo porque la monja poeta se había creído aquella invitación a embestir con todo el peso de la inteligencia sin saber que los giros de la tela eran una celada para sorprenderla con la muerte. ¿O no es la muerte la exposición pública de quien siendo monja parece haberse salido del blanco y negro de sus hábitos, siendo más cura que esposa de Cristo? ¿No es una manera de apedrear a la adúltera? ¿Acaso Fernández de Santa Cruz había utilizado aquella refutación inteligente que hacía la monja a Vieira como un instrumento personal para ganarse el aprecio de Aguiar y Seijas? ¿Y ahora que veía en el desenfado teológico de sor Juana una amenaza, una incorrección política, la llamaba a la contención? ¿Por qué no la convocó a solas y la previno de los atrevimientos de su hipótesis? ¿Por qué lo hacía de manera pública?

Era claro que la obligaba a responderle de la misma manera, que la encomiaba a una defensa a ojos abiertos. Tal vez esto era la última de una cadena de provocaciones para su amiga. Tal vez había caído en la provocación de Antonio de Vieira, en la propia provocación del obispo Fernández de Santa Cruz, quien le pidió que asentara su crítica en papel. María Luisa volvió a ver aquellos patos en vuelo despegar de la laguna de Texcoco, los vio rizar el aire en idas y venidas marciales y cuando estaban desprevenidos escuchó las detonaciones y los miró desplomarse y hundirse en el agua. Los cazadores rieron, mandaron a los chicos y a los perros a cobrar la presa. No se ensuciaron las manos con el fango del fondo del lago. Las botas los protegieron. Juana Inés se preguntaba en aquella carta si había actuado como religiosa obedeciendo o como duelista en un reto de inteligencias. Decir que no estaba dispuesta a escribir aquello que sólo era un comentario de pasillo habría sido desatender sus juramentos como jerónima. Y si sor Filotea quería que se atuviera a la crítica meramente, no la conocía lo suficiente. El obispo le había extendido aquella oportunidad. Ahora blandía, con fingida hermandad, un juicio y la acusaba de imprudencia; peor aún, de ingratitud con el amado, con Cristo su esposo, de vanidad. La reprendía como religiosa, como escritora, como mujer pensante, deducía María Luisa indignada. Si había hablado de los beneficios negativos que Dios hacía a los hombres como un sacrificio para que no fueran ingratos, no estaba tachando de falta de generosidad a quien ella amaba por encima de todas las cosas. Como esposa conocía el principio de lealtad para con el amantísimo. La indignación dolida de Juana Inés era mayúscula.

La virreina sintió que el Atlántico la ahogaba; hubiera querido correr a abrazarla, unirse a su voz para desatar un escándalo. Someter al arzobispo y al obispo, a ellos que aún seguían allí donde María Luisa sólo era un *indicio vano* de un tiempo en que fue venerada y escuchada. Juana Inés tenía razón en su reclamo de injusticia. Don Manuel le cortaba la lengua por donde podía dolerle más: cuestionando su fe. Aseverando que lo profano había pesado sobre lo divino. Tenía las manos atadas. ¿La comprendía María Luisa? Sus dedos eran muñones sangrantes porque aunque su deseo primero y arrebatado fuese tomar la pluma y contestar poseída por el don de las palabras elocuentes para defender su fidelidad, las palabras públicas de la tal Filotea la habían paralizado. ¿Ésta era una nueva provocación para que la acusaran de hereje y la llevaran al santo tribunal? Antes que establecer una esgrima de plumas, contestando a sor Filotea, lo que de suyo a ella le parecía obvio y por lo tanto indigno de no ser reconocido, antes que dar vuelo a su ironía y a su obligación de esposa de la Iglesia se recogió en la intimidad de la celda, para escribir a su amiga María Luisa Manrique, así se lo explicaba, para encontrar compañía y consuelo en quien podía comprenderla aunque su ayuda a la distancia —lo lamentaba María Luisa— sólo pudiese atender la publicación de su obra. Había perdido el poder, y el poder de las palabras impresas, como las que ahora circulaban en la Nueva España, ensombrecía las luces anteriores plasmadas en los autos sacramentales, las comedias, los sonetos y las liras, los cuantiosos villancicos que Juana Inés escribiera año con año, y aquel excelso, oscuro y poderoso *Sueño* que ella leyó por primera vez. Pensar en voz alta y dejarlo por escrito no era cosa bien vista en una mujer, no importaba su estatura de religiosa, ni de poeta del reino. Expresar ideas correspondía a la jerarquía de los hombres. A las mujeres, callar, y si les era permitido hablar, saber callarse a tiempo. Se había salido del huacal, protestó sor Juana, con aquella palabra mexicana. Sus dotes versificadoras al servicio de los halagos, las felicitaciones, los acontecimientos públicos, los festejos religiosos tenían cabida, no las ideas que permitían mirar a Cristo de otra manera. Leer el libro de Jesucristo, le había pedido sor Filotea, aunque leerlo a su manera parecía herejía. Necesitaba los libros, la palabra y el papel, la tinta que era su sangre para entablar un diálogo con la verdad, escribió en aquella carta, y a ella ya no le bastaba el poder acotado de su pluma. Ésa era su tragedia y con ella habría de encararse.

María Luisa vio la blancura rotunda de la nieve frente a sus ojos; la luz del mediodía la hacía refulgir hiriente. Le dolió la indignación justificada de su amiga. La imaginó atosigada por las dimensiones de su celda, bajando las escaleras para calmar esa ansia, esa ira que retenían sus manos encrespadas, echando a andar por los corredores. Pero el espacio le quedaba corto, el atrio del convento le era también estrecho; María Luisa quiso empujarla fuera del convento, refrescarla en el Salto del Agua y acompañarla hasta la Plaza Mayor. La ex virreina estaba segura de que si sor Juana hubiera tenido la ciudad entera para andarla con el hábito rozándole las piernas, con la calzadura descomponiéndole la piel del tobillo, le hubiera resultado pequeña, más que su Nepantla y su Panoayan tanto tiempo no vistos. No había campo ni carretera que hubiera bastado para fatigar su ira, su pesar, y las dudas que la asaltaban. Si se había sentido una mujer de caballería, batiéndose con el contrincante de armadura, utilizado su pluma como certera lanza, ahora era Don Quijote vencido por el Caballero de la Blanca Luna: herido y a punto de morir. Así como el de la Blanca Luna había tenido que reconocer la hermosura de Dulcinea del Toboso ante un vencido Don Quijote, don Manuel reconocía los dones de Juana Inés; el de la Blanca Luna pedía al Quijote un sacrificio, una rectificación del camino, como el obispo a ella. Don Quijote debía dejar las armas. ¿Ella qué debía hacer? Su arma eran sus palabras.

María Luisa temió que Juana Inés se quedara aguardando entre los juncos, que detuviera el vuelo, o que el perdigón hubiera dado en el blanco y la hundiera en las aguas saladas del lago de su tierra.

JUANA INÉS, INDISPUESTA

Isabel María de San José sirvió el caldo sobre aquellos platos azules y blancos. Las novicias se turnaban el trabajo en el comedor y ella, fácil a la alegría, gozaba de ver cómo desaparecían aquellos motivos orientales cuando el líquido con verduras y pollo ocupaba el tazón. Sirvió primero la mesa de la madre superiora y las hermanas mayores. Fue entonces que notó la ausencia de su tía. No supo qué contestar a la priora que le preguntó por sor Juana. Rara vez faltaba a la mesa. Así que Isabel María contestó lo que sospechó no podía ser una mentira: se siente mal. Le habría gustado acudir a la celda para ver qué sucedía. ¿Y si se hubiera caído por las escaleras? ¿Si necesitara ayuda como había ocurrido con sor Jimena que había tenido un desmayo por los cólicos menstruales que le venían con fuerza diabólica cada mes? No era el caso de su tía, porque no la había visto lavar los paños con sangre en la pileta común como lo hacían las otras. Su tía no sangraba más, pero Isabel María había visto las dolencias de las que ya no sangraban. Como la propia superiora que se sentaba en el patio en los días de mayo, los más calurosos de aquel año, y abría las piernas, cosa que disimulaba el hábito largo, pero no la posición de sus pies despuntando por la bastilla. Y se sostenía del borde de la pileta, como reteniendo un vahído. María Isabel la miraba desde el corredor de la planta alta abanicarse y hasta despojarse del tocado. El calor era cosa difícil cuando se estaba vestida de pies a cabeza con aquellos trajes oscuros. Pero su tía no padecía de esos calores y bochornos de las más viejas. Cuando escribía en la celda, en la mesa que había hecho colocar junto a los libros en la parte alta, no se descubría la cabeza. Parecía que el ceñimiento le ajustaba las ideas, o le exprimiría esas palabras justas con que luego entretenía en las obras de teatro o convencía en las cartas. Isabel María ignoraba de dónde le habían salido tantas ideas a su tía, de dónde tanto conocimiento por el que la visitaban la virreina de Galve y muy respetados señores, catedráticos de la universidad. Su tía era la única que hablaba con los hombres como si fuera un hombre. A veces ella había estado en el locutorio con las visitas y le asombraba la manera en que desaparecían los ojos tibios que tenía con ella y su mirada se endurecía y se hacía intensa, como si fuera una guerrera y las palabras espadas. Le habían contado que cuando joven había estado en Palacio, perseguida por hombres, consentida por la virreina Leonor que en paz descansaba, asistiendo a saraos, vistiendo de todos colores. Isabel María la miraba contrita entre sus libros o en los cuadernos anotando los gastos del convento y no podía imaginarla quebrada.

—Pido permiso para ir con la madre Juana —dijo María Isabel asaltada por la preocupación.

—Después de la cena —contestó la priora—. La madre sabe sus obligaciones.

Isabel María obedeció silenciosa. Terminó de servir a las otras y se sentó perturbada. Sabía que en otro tiempo las cosas no habían sido así, pero desde que se fuera la marquesa de la Laguna, desde que pasara el furor por los libros que le publicaran en España, su tía no era la misma. Guerreaba aún con las palabras, pero los demás le exigían más, desde la priora hasta el obispo. Miró a la priora desde su banca sin entender dónde estaba la caridad cristiana que pregonaba. La miró con recelo pero los ojos de la superiora, intensos, la atizaron con la culpa. Obedecer, obedecer, pensó Isabel María mientras se llevaba a la boca las cucharadas del caldo tibio. Servir a las demás obligaba a comer al último, pero la verdad ella no tenía apetito.

Su tía no flaqueaba; cuando ella tenía dudas porque extrañaba la vida de allá afuera, la casa de su bisabuelo, la ordeña de las vacas, el sol sobre sus piernas en el arroyo, a sus hermanos, su tía le daba consuelo. Le decía que no había vida más alta que estar cerca de Dios, que sería una mujer ajada y llena de hijos allá afuera, y pobre porque sus dineros no eran tanto y que aquí en cambio hacía el bien enseñando a las niñas labores de costura, aromas de cocina, música. Lo que la convencía no eran las palabras de su tía sino su manera de pronunciarlas, sin pizca de nostalgia, sin deseos de asomarse por una ventana al mundo de pregones de la calle. Ella, en cambio, nunca era más dichosa que cuando atendía las peticiones de agua en la puerta del convento. Aunque a las monjas más viejas les correspondía abrir la puerta, no siempre tenían las fuerzas y se hacían ayudar por las jóvenes. Por turnos, como todo en el convento, las novicias permitían que entraran por agua pues al convento llegaba directamente del viaducto y la ley obligaba a que se suministrara a quienes la pidieran. Entonces la tornera abría el zaguán y se acercaban a la fuente hombres y a mujeres, a niños que llevaban toneles de madera o vientres de cerdo curados. Era un día de fiesta mirar a los muchachos jóvenes inclinarse sobre el agua y con sus brazos fuertes alzar las cubetas. Alguno ya se había percatado de la mirada de las novicias y se solazaba en llevar los antebrazos descubiertos. Isabel María no había elegido a ninguno para mirarlo, y se sentía aliviada, porque otras en cambio, como sor Catalina, padecían ya la tortura de esperar a que volviera el aguador de los ojos oscuros. Sufría cuando su turno tardaba y pagaba a las otras porque le vendieran el suyo y ya la superiora empezaba a notarlo; pero sor Catalina no se percataba del peligro porque se le había nublado la razón. La van a quemar viva, murmuraban las hermanas. De seguir allí tan atenta al cuerpo de ese muchacho la mandarán a otras tareas, pero no a la puerta. Isabel María rezaba mientras miraba ese hato de piernas, ese ondular del lomerío masculino, como el ganado de Panoayan paciendo sobre la hierba. Se santiguaba porque le llegaba una punzada a la entrepierna como si la hubiera picado un animal. Rezaba con más ahínco mientras los hombres cargaban sobre la espalda la cubeta repleta de agua. Cerraba los ojos y el sonido del líquido la mecía. Y el animal la pellizcaba entre sus vellos, como si no llevara bragas, como si anduviera desnuda por debajo y la atenazara con fuerza dulce, y cuando sus ojos comenzaban a mirar sin mirar, reconocía al animal aquél. Sabía que el demonio tenía sus mañas y que podía ser una serpiente metiéndose por su pulpa rosada para ocuparla toda, para hacerla hija del mal, sierva de Satanás. Se santiguó, sudorosa, con el ansia de ahorcar aquel animal entre sus piernas. De aquello no habló nunca con su tía; en cambio lo compartió con sor Andrea.

Allí en el refectorio buscó el rostro de su amiga en la otra mesa; necesitaba que alguien comprendiera su zozobra. Algo no estaba bien con su tía. Sor Juana era su familia y mientras a su tía los pesares la retenían en su habitación ella deglutía un caldo colmado de esferas grasosas. Mordió una hoja de laurel todavía crujiente. Sabía del poder de las hierbas y desconocía si aquélla podía tranquilizarla como la valeriana. Andrea y ella se miraron por entre las cabezas de las otras hermanas. Isabel María observó los dedos de Andrea rozar sus labios insinuantes. No era el momento de escarceos y se sintió sola. La angustia la invadía.

EL AVE FÉNIX

La ceremonia había sido íntima, un acto más formal que espectacular. Pero como todo lo que hacía la madre Juana, no podía pasar inadvertido. Mucho menos cuando a la vista de la priora abadesa Encarnación de la Cruz y de otras monjas elegidas por ella, se había colocado la última piedra de la clave que cerraba la arquería de la enfermería. Cecilia había visto a la madre Juana escribir tres documentos sobre la mesilla de encino, con esa especial gracia con la que hundía la pluma en la tinta y luego la deslizaba en el papel. Había hecho notar su contenido leyéndolos en voz alta. El uno daba cuenta de la fecha en que el arco se cerraba y alegaba que era por mano suya; el otro copiaba el evangelio de san Juan y la madre lo había leído con emoción, y había dado brillo a su voz cuando refería el testimonio de la luz de Juan. Y el otro, el último que leyó y enrolló para introducirlo con los demás en el cofre metálico que aguardaba en la mesa, dio fe de cómo ella adoraba y creía en ese evangelio y cómo lo había firmado con su mano. Aunque Cecilia no podía negar que la voz sincera de la madre la envolvía y la calidad del acento y la pronunciación de las palabras, como si les diera el peso preciso de su intención, imantaba los ánimos, se sustrajo al arrobo mirando a las religiosas, a la propia abadesa que habían suspendido el aliento ante lo dicho. Miró a la madre Juana enrollar en silencio los legajos, meterlos al cofre y colocar éste en la trabe sobre su cabeza y allí mismo la piedra que lo ocultaría. Cecilia advertía cómo con ese acto firmaba su acta de pertenencia al convento. Necesitaba hacerlo después del golpe que le asestara Fernández de Santa Cruz.

Cuando tomaron el chocolate en el locutorio con huevos reales y buñuelos de viento preparados para la ocasión, sor Cecilia observaba recelosa a la madre que ahora subrayaba la dedicación a sus labores monacales. La miraba sospechosa de esa conducta. No es que Juana Inés no atendiese sus funciones. Tampoco podía desconocer que era una buena administradora, tal vez porque su cabeza clara y cargada de razón y medidas para la poesía era útil en las cuentas y el orden de las operaciones de casa. Pero le daba coraje que después del golpe de sor Filotea se hubiese repuesto y continuara arremetiendo con la pluma ahora loas y homenajes a los virreyes, o villancicos y sonetos religiosos. Qué distinta se le miraba ahora. Bastaba pasar por su celda para descubrirla enfrascada en sus libros, en su particular adoratorio, en esa su iglesia de papel y tinta para saber que aquella severidad para reprender su infidelidad al esposo Cristo no le había minado el gusto ni la mirada. La respuesta había sido una declaratoria del corazón; sin disfraz alguno explicaba en la carta a sor Filotea las razones de su elección, su devoción al estudio, y sostenía su fe. Cómo le hubiera gustado a Cecilia que en esos días de silencio de la madre Juana la virreina Elvira o la propia abadesa voltearan los ojos a sus escritos. Sí, ella, como el arzobispo y el obispo de Puebla, deseaba su silencio. Pues aunque sor Juana había prometido atender sus escritos, lo cierto es que cuando regresó del convento de Belén, alterada y sin disposición a la conversación, a la única que quiso contarle fue a Juana Inés quien la escuchó; pero una vez repuesta de aquellas visiones terribles, la monja no leyó uno sólo de los poemas que le había acercado, y si lo hizo no dio muestras de interés alguno.

Regar las plantas en los macetones del pasillo permitía a Cecilia volar con el pensamiento. Era como si lejos de la oración y de otros deberes que pedían su concentración, echar agua a jicarazos a aquellos malvones coloridos la pusiese cerca de ella misma, como si el sonido y el frescor del agua y ese sol taimado de la mañana le permitiesen traspasar su carne gruesa, su cuerpo voluminoso y le aflorasen las verdades de sus deseos. Era cierto que cuando supo de aquella reprimenda pública que hacía el obispo seguida del encierro de Juana Inés y su silencio, había sentido que también la ofendía a ella. La tal Filotea era un hombre desdeñando el uso de la palabra en la mujer; si ahora era el cura otras veces había sido su padre. Recordó cómo hacía callar a su madre a menudo, la condenaba al silencio porque eso era propio de las mujeres. Y pensó con indignación que callando a Juana Inés, el obispo también la callaba a ella que como religiosa debía poner por encima de todo su condición de esposa de Cristo. Y lo propio de las esposas era callar, atender y obedecer al marido. Retiró las hojas secas de aquellos malvones bermellón y las echó en la bolsa del delantal de trabajo. Pero al poco de ofenderse, pensó en cómo lo que pedía el cura podía servirle a ella que no estaba conforme con la lección de callar y por eso hacía hablar a los personajes de sus obras. Era muy mala suerte que de todos los conventos de la ciudad, a ella le hubiera tocado compartirlo con una monja letrada. Aunque, por otro lado, su presencia había atraído a las virreinas, a los altos funcionarios e intelectuales del reino, a los hermanos Pedro y Diego Velásquez de la Cadena, gobernador y rector de San Pedro y San Pablo, respectivamente. Pero a ella personalmente ¿de qué le había servido?, sor Juana nunca posó los ojos en sus textos. Qué bueno que la marquesa de la Laguna se había ido ya muy lejos, porque nunca intentó siquiera prestar atención a los folios que Cecilia le había hecho llegar. Elvira, de temperamento más mesurado y sin esa pasión desbordada por Juana Inés, podría tal vez interesarse en ella. Sor Cecilia avanzó por el pasillo. Arrastraba los pies con pesadez. Aquellos días del ánimo detenido de sor Juana quedaron atrás; se había levantado de las cenizas y ya cumplía con el encargo de escribir los villancicos del año. ¿La abadesa no podría haber pensado en ella? Miró la fila de macetones e intentó distinguir la belleza de alguno sobre los demás. Algunos lucían una corola más firme, unos pétalos que ostentaban mejor su jugosa belleza. Pero no era uno sólo. Varios. Le dio hambre la noción de esa injusticia.

Hurgó en la bolsa del delantal donde había colocado una cocada, y cuidando de no ser vista por nadie hincó el diente en aquella dulzura tropical. Le hubiera gustado ir al mar. Pediría que la mudaran a un convento en Veracruz. ¿Qué hacía allí en San Jerónimo a la sombra de la monja? Su juventud podía permitir su cambio, el respaldo sostenido por sus hermanos, también. No quería que la cabeza se le llenase de recelo continuo y de admiración oculta. Seguiría comiendo sin remedio hasta que no cupiera más por la puerta de la celda. Las ideas para las comedias de enredos que antes le producían gozo, el montaje de aquellas piezas con las alumnas del convento, habían dejado de repicar en su ánimo. Dios no le era justo.

Bajó a la fuente para hundir el balde y extraer el agua. Sudaba bajo los hábitos; sudaba de ira porque a pesar de tanta agua que los había asolado ese año, del lago en que se había convertido la ciudad, de los charcos y la falta que hicieron las hortalizas, y la carne, la harina y el azúcar, sor Juana encontró en la amenaza fuerzas para renacer. Escribió con buen tino una silva celebrando el triunfo de la Armada de Barlovento en Santo Domingo y alabó así al virrey Gaspar Sandoval. La historia de esas fragatas volviendo triunfantes a Veracruz después de arrebatar a los franceses lo que éstos habían usurpado la favorecía permitiéndole de nuevo la compañía de la tinta que su imaginación deslizaba por el Caribe turbulento. Y cuando vino el agua en crecidas peligrosas, desbordando los ríos Cuautitlán y anegando Chapultepec y Popotla, rebosando las acequias y arrastrando a los animales y cuando el virrey suspendió los festejos por el casorio de Carlos II con Mariana de Neoburgo, Juana Inés pudiendo naufragar nadó hasta la ribera. Si las lluvias que entoldaron los cielos no hubieran hecho de las suyas tal vez la pluma de Juana Inés se hubiera detenido en la luz celebratoria de esos días de máscaras y músicas en que se representó el casorio del monarca; tal vez los versos hubieran tilitado con *la luz de las velas que equivocaban la noche con el día* como su amigo el bachiller Sigüenza y Góngora había podido escribir para que los ojos de las religiosas en su encierro se encandilaran de rabia por no haber asistido al festejo. Pero quiso el agua que el ánimo de todos se doblegara ante su voluntad de arrasarlo todo, y pareciera que de esa fuerza abrevó la monja.

Sor Cecilia llegó a la planta alta soportando el peso del balde. El calor de agosto le era insoportable a pesar de que apenas pasaban de las ocho de la mañana; su gordura la sofocaba. Se detuvo a respirar cuando sintió una brisa fresca inesperada y luego el alboroto inusitado de los pájaros. El patio se ensombreció de súbito y la monja se apoyó en el barandal para comprender lo que ocurría. Escuchó el aullido de los perros en la calle y el temor que saturaba el aire de la mañana. No era sólo suyo, sintió los pasos alterados en el pasillo y vio el revuelo de hábitos que se agitaban; el patio se cuajó del blanco y negro de las monjas que se hincaban bajo la oscuridad naciente. Las aves graznaron en desconcierto y los pensamientos de Cecilia se apartaron de las envidias y las razones de sus palabras olvidadas en los papeles que nadie leía. Tuvo miedo. Se hincó asida a los barandales entre las macetas y el concierto de gritos y súplicas y el repicar de las campanas de catedral que no anunciaba nada o muy probablemente el fin de los tiempos.

—He pecado de envidia, Señor; perdóname —alcanzó a pedir sor Cecilia.

Entonces sintió una mano posarse en su hombro y escuchó la voz inconfundible de la madre Juana cargada de la misma reverencial emoción que cuando habló del testimonio de la luz.

—Es un eclipse de sol, hermana, no hay nada que temer.

TRÁJEME A MÍ CONMIGO

Refugio se incorporó en la cama para poder mirar el mazo montañoso, pero bastó ese leve movimiento para que la tos la crispara y la doblara sobre la palangana que ya le acercaba Casia.

—Que no se moviera, dijo el doctor —la reprendió ante aquel esputo de sangre.

Si ni siquiera se podía asomar para que su horizonte se ensanchara, no valía la pena un minuto más de aquella agonía. Si Hermilo Cabrera siguiera a su lado, tal vez la cargaría con sus brazos fuertes para que, sin tener que hacer esfuerzo alguno, la luz de la ventana la alegrara. También si viviera Hermilo, ella se beneficiaría del clima de Ápan y no respiraría la humedad montañosa que la tenía enferma. Fatalmente enferma, aunque el doctor no se lo decía, pero Refugio sabía que escupir sangre era mala cosa y ella ya llevaba varios meses de afección. Había sido necesario asomarse por la ventana, aunque no se lo explicaría a Casia que ya se alejaba con la palangana rezongando, molesta por la enfermedad de la maestra que les había cambiado la vida a las dos, porque después de leer la carta a sor Filotea, cuya copia había tenido sor Juana la delicadeza de enviarle, su desazón era mucha. Aunque no era ésa la palabra correcta.

Llamó a la criada con la campana de bronce que tenía en la mesilla y le pidió la carta de la monja. Y un té, dijo nuevamente entre toses, porque hablar le agitaba las flemas.

—Estése callada —la volvió a reprender.

Con la carta del puño y letra de su admirada discípula ante sus ojos, debió admitir que la frescura en sus palabras, el tono donde Juana Inés explicaba su gusto temprano por el estudio, sus razones para entrar al convento y no al matrimonio, le pareció encantador. De pronto la explicación era mucho más clara y sencilla que las conjeturas de Refugio.

Entreme religiosa, porque aunque conocía que tenía el estado cosas (de las accesorias hablo, no de las formales), muchas repugnantes a mi genio, con todo, para la total negación que tenía al matrimonio era lo menos desproporcionado y lo más decente que podía elegir en materia de seguridad que deseaba de mi salvación a cuyo primer respeto... cedieron las impertenencillas de mi genio que eran de querer vivir sola; de no querer tener ocupación obligatoria que embarazase la libertad de mi estudio, ni rumor de comunidad que impidiese el sosegado silencio de mis libros...

Y Refugio sonrió con el gozo de la perfección con que las ideas iban en su estuche de palabras. Y sintió el humor fino, la inteligencia delicada de la niña ahora monja retada por sus atrevimientos de palabra y pensamiento, por ser más hombre que esposa de Cristo, porque sus palabras no correspondían a su circunstancia de monja. Eran desmesura y vanidad. Ella no podía ejercitarlas. Quiso estar a su lado como en casa de los Mata cuando la vio chiquilla avispada y ambiciosa. Le hubiera gustado escribirle a Fernández de la Cadena para que la siguiera protegiendo ahora que la virreina María Luisa estaba tan lejos, pero el secretario de Gobernación y Guerra había renunciado. Cincuenta años en su cargo sin duda habían permitido tranquilidad a la monja, y a Refugio que le seguía atenta los pasos. Pero ahora la necesidad de esta defensa pública dirigida al obispo de Puebla, la impostada Filotea, mostraba su vulnerabilidad y su fortaleza. ¿Cuánto tiempo más resistiría la monja aquel asedio? Y así postrada como estaba Refugio volvió a leer el párrafo donde ella aparecía.

Digo que no había cumplido los tres años de mi edad cuando enviando mi madre a una hermana mía, mayor que yo, a que se enseñase a leer en una de las que llaman Amigas, me llevó a mí tras ella el cariño y la travesura; y viendo que le daban la lección, me encendí yo de tal manera en el deseo de saber leer, que engañando, a mi parecer, a la maestra, le dije que mi madre ordenaba me diese la lección. Ella no lo creyó, porque no era creíble; pero por complacer al donaire me la dio. Proseguí yo en ir y ella en enseñarme, ya no de burlas, porque la desengañó la experiencia; y supe leer en tan breve tiempo, que ya sabía cuando lo supo mi madre, a quien la maestra lo ocultó por darle gusto por entero y recibir el galardón por junto; y yo lo callé, creyendo que me azotarían por haberlo hecho sin orden. Aún vive la que me enseñó (Dios la guarde), y puede testificarlo…

Ya las lágrimas venían a los ojos de Refugio que había recobrado la visión primera de la niña entrando al aula de la mano de su hermana. La emoción la sofocaba por no poder imaginarse en esos años el camino que recorrería el empeño de la criatura. La tos irrumpió brusca y atosigante, y sin poder contener el acceso manchó la carta y estropeó algunos rasgos de esa letra precisa, de esa confesión del alma, donde, gloria de glorias, Juana Inés le había hecho ese homenaje, mientras perseguía otras intenciones. Con su sinceridad quería subrayar su amor a Dios. Y lo hacía —como la admiraba Refugio— con el instrumento que mejor templaba: la lengua, la palabra escrita. Dejar de escribir era morir. Que no la condenaran por soberbia. Qué ganas sintió Refugio de defenderla con su testimonio; sí, claro que la maestra de la escuela Amiga podía testificar y hablar de su genio temprano, de su disposición al estudio, de su natural talento y de su empeño sostenido, de su amor a Dios con aquella loa ganadora donde el náhuatl y el español se trenzaban en el oído atento y musical de la niña que ya era la que sería.

Testificaría lo que fuera necesario para que obispos y arzobispos dejaran paso franco a su dominio de palabras, a la lucidez de sus estudios y sus ideas. Pero le habían empañado el espíritu. Y estaba sola. No más padrino, ni virreina, ni abuelo, ni padrastro, ni tío, ni ella misma, su maestra, que estaba en cama muy cerca de la muerte.

Pasó la manga del camisón por los papeles manchados aunque hubiera sido mejor no volver a leer las palabras dolorosas que allí aparecían.

Hasta que alumbrándome personas doctas de que era tentación, la vencí con favor divino, y tomé el estado que tan indignamente tengo. Pensé yo que huía de mí misma, pero ¡miserable de mí!, trájeme a mí conmigo y traje mi mayor enemigo en esta inclinación, que no sé determinar si por prenda o por castigo me dio el Cielo…

La emoción la venció. Dudaba Juana Inés, si sus dotes con la palabra y la razón eran para bien o para mal. Refugio notó que las palabras precisas la iban dejando sola; con ellas se desnudaba de razón y se vestía de dudas. Cuánto daño le habían hecho las palabras flamígeras de otros. Refugio no tuvo la certeza de que Juana Inés resistiera. Por primera vez sintió que la sinceridad de su *Respuesta a sor Filotea*, aunque salpicada de una fina ironía, lastimaba a la propia monja. Y tuvo miedo de morir rodeada del silencio de Juana Inés: que no renunciara a las palabras.

LA COMEZÓN

Sor Filotea metió la mano bajo la casulla y se rascó los testículos. La intimidad del confesionario le permitía no ser visto. A últimas fechas la comezón se había agudizado y cuando se bañaba observaba las marcas de la resequedad y de sus propios dedos ansiosos tratando de acallarla. Era la décima confesión que escuchaba y su cabeza era ya incapaz de concentrarse en los pecados ajenos. Bastaba con dictar la penitencia para absolver al pecador y quedarse en paz. Esa mañana había recibido el ejemplar con el segundo volumen de las obras de la madre Juana Inés de la Cruz publicado en Sevilla. Había llegado a la sacristía de la catedral misma y aún desconocía quién lo mandaba. No pensó que fuera la monja misma quien después de la respuesta había asentado su distancia y su indiferencia donde antes privaba una amistad y una conversación animada en el locutorio de San Jerónimo. Pero aquellos eran tiempos de la marquesa de la Laguna que muy probablemente había logrado la publicación de este segundo volumen.

Sor Filotea sintió la incomodidad de haber sido el verdugo de la monja letrada. Le sofocaba el minúsculo espacio, la picazón entre las piernas, la culpa y el desasosiego. Absolvió tras la celosía a la mujer que había entregado su cuerpo al compadre; no era la primera, administró una carga de rezos severa, pero no tenía tiempo para el sermoneo ni para las preguntas que exaltaban unas veces su ira, otras su fantasía y su deseo de azotar la pecaminosa voluntad de su cuerpo. Aunque de eso hacía años, la ira había vencido a la fantasía y la voluptuosidad y la necesidad de azotes había quedado rezagada. La madurez tenía sus recompensas. Caminó hacia la sacristía y pidió al capellán que oficiara la misa mayor. No se sentía bien. El hombre se afligió, le trajo agua y le ofreció ayuda para llevarlo a su casa. Pero sor Filotea sólo quería la soledad de sus pensamientos. Pidió que lo dejaran en paz, allí mismo frente al impreso de la monja. Se le había ido de las manos el placer que le otorgaba recibir los manuscritos que sor Juana enviaba a prensa en Puebla. El último había sido aquella crítica al sermón de Vieira que él pidiera a la monja. Con la publicación donde la llamaba al orden, *La Atenagórica*, nunca más tendría el privilegio de sostener en sus manos la tinta fresca, las palabras recién paridas, el gozo de ser el primer lector, el dueño del asombro, el desvirgado por la pluma erudita y florida de la monja sabia. Los villancicos de santa Catarina habían sido publicados en Puebla pero no por su intermediación; el obispo de Oaxaca los reclamaba para ser cantados en Santo Domingo, frente a otra virgen del Rosario y no a la engalanada por siempre del templo de los dominicos. Sor Filotea estiró las piernas y pensó en aquellas impertinencillas del genio de la monja, y sonrió. Ésas la habían salvado de los avatares. Le gustaba su humor. No lo defraudaba su tenacidad; no quería su silencio, tampoco esperaba su rechazo, pero sí había sido preciso atender a las exigencias del arzobispo de prevenir a la monja su salida del carril, su aparente herejía. Urgido por Aguiar y Seijas, él había querido prevenir a la amiga, hacerla atender el camino correcto, antes de que el Santo Oficio encontrase pretexto para cuestionarla en la profesión de su fe y la atención de sus votos. Pero seguramente la monja lo consideraba una traición. ¿Qué no comprendía Juana Inés que estaba en la mira de la Inquisición? ¿Qué se había comenzado un auto en su contra? A veces no son los hechos sino la forma de los mismos los que pueden ser nobleza o traición. Y tal vez no haber conversado con sor Juana antes era su falta, aunque de otro modo, en privado, no hubiese sido visible que primero estaba con el arzobispo.

Posó la mano sobre el volumen venido de España y lo inundó una ráfaga de belleza. Era testigo de la escritura de una mujer; por encima de sus deberes religiosos, estaba la voluntad de encajar en la tierra las resonancias divinas de la palabra. ¿No era eso suficiente? ¿No debía él sentirse orgulloso de presenciar tal hecho? El libro que yacía bajo su palma, las cubiertas aún sin ventilarse, los ojos aún sin escudriñar la dedicatoria, la imprenta, los padrinos y los favorecedores de tal hazaña, permanecerían. El libro daría cuenta de aquella voluntad y fineza, del don conquistado y devuelto a los hombres. ¿Acaso no era ésa una forma de complicidad con el Esposo, una manera de alabar la belleza dada por voluntad del Señor para llenar la vida de luz?

¿Y la maldita idea de ser Filotea de dónde le venía? ¿Quería firmar algo como lo hacía Juana Inés que no fueran documentos de su cargo eclesiástico? ¿Trasvestirse? De joven alguna vez profanó el armario de su tía Casilda, con el primo Ventura, cuando todos asistían a los funerales de alguien que él no podía recordar. Habían abierto el armario porque Ventura buscaba una garrafita de anís que sabía que su madre escondía y bebía a sorbitos durante el día. Querían pasarla bien, y no había nadie, y al abrir Ventura aquel mueble y meter nervioso la mano entre los trapos y encontrar el ánfora de la cual dio un trago y la pasó a su primo, los jóvenes empezaron a sentir un cosquilleo en las piernas y la alegría hervir en sus torsos. La apuraron con mucha prisa y, cuando quisieron encontrar más, ya no había. A Manuel le preocupó el que la tía advirtiera la ausencia del líquido pero cuando Ventura sacó un vestido y se lo pegó al cuerpo divertido y le pasó otro a Manuel los dos se olvidaron del ánfora vacía. Ataviaron sus cuerpos semidesnudos con aquellos vestidos que apretaron a la cintura y luego encontraron un polvo para echarse en la cara y se rieron mirándose en la luna del armario. Bailaron unos pasos como habían visto hacer en alguna ceremonia y se tomaron de la mano y se pusieron nerviosos de estar muy cerca. Se hartaron de tonterías hasta que se percataron de los ruidos en el portón y a toda prisa conjuraron el orden como pudieron y Ventura dejó el ánfora en su lugar, aunque vacía. Salieron por la ventana para no ser vistos en el pasillo frente al patio y con la manga de la camisa se secaron a medias los polvos de la cara y ahuyentaron el sofoco del susto. Se alejaron caminando por el llano para que por ausentes no sospecharan de su ultraje. No sabían si habían colocado bien las prendas; de hecho las habían lanzado al armario sin cuidado. Alguien notaría el descuido pero ellos lo negarían. Era la única vez que se había divertido siendo mujer, porque sor Filotea no le había traído alegrías sino una vergüenza íntima que no podría confesarle a su amiga. Había sido vil publicando la respuesta, había dado la espalda a su amiga por dar la cara al arzobispo que tanto despreciaba a las mujeres, y que tantas pruebas de amor a Dios pedía, ostentando un cinturón de púas y el cilicio que usaba tan a menudo. Era una Filotea reculona, una sanguijuela, una mujer despreciable y de poca monta cuando él hubiera querido, de ser hembra, tener las luces de Juana Inés y amistades tan leales y devotas como la marquesa María Luisa que desde el reino se ocupaba de su amiga. Bien sabía el espíritu elegante de Juana Inés qué hacer público y qué dejar en la conciencia de los otros. La respuesta a sor Filotea había llegado a sus manos como una respuesta personal para que la hiciera pública entre las autoridades de la Iglesia, Núñez de Miranda su antiguo confesor incluido, pero no a la vista de todos. Ella no podía quedarse callada; necesitaba defenderse. Él no podía menospreciar ese gesto.

¿Habría mandado el libro la propia María Luisa, condesa de Paredes? Porque ahora que le hurgaba las guardas y las primeras páginas observaba que, como la *Inundación castálida*, dedicado por su misma autora a don Juan de Orue y Arbieto, caballero de la orden de Santiago, año 1691, impreso por Tomás López de Haro. De haber estado ella aquí, nada tendría que temer la monja. A pesar de que doña Elvira visitaba y escuchaba a la madre Juana, no era esa apasionada protectora. Juana Inés se había ido quedando sola, aunque los ejemplares de su obra desmentían esa soledad. Tendría lectores ahora y para la posteridad. Sor Filotea, en cambio, poseía el recuerdo de Ventura y los vestidos de Casilda, una incierta cercanía con Aguiar y Seijas, la nostalgia por el privilegio de una amistad y esa comezón implacable en los testículos.

LA TIERRA DEL MAÍZ

Juana de San José hubiera esperado la venia de la patrona pero asomada al balcón había mirado a los indios y los bozales, los moriscos, los mulatos, los lobos y los negros, como ella, que andaban de prisa como si un gran apuro los llevase por las calles a la plaza. La señora Josefa se había ido a la misa de la parroquia de San Francisco, por eso se podía permitir fisgonear desde el balcón, atender a la prisa de todos los que apretaban el paso y esclarecer el rumor de voces, de gritos confusos. Asomada por el balcón, intentando alargar su cuerpo para mirar hasta el borde mismo de la calle lo que a lo lejos sucedía, Juana de San José decidió que se iría a ver lo que ocurría para volver antes que la patrona. Bajó a la cocina y sacó a Pascuala del cajón en que se entretenía jugando. La niña lloró sobresaltada. La voz de su madre y los brazos que la apretaron contra su pecho le dieron la calma que permitió a Juana de San José coger el manto por si el tiempo de junio cambiaba de súbito; tal vez fuera necesario proteger a la criatura si de pronto caía el agua de ese cielo caprichoso de la Ciudad de México.

Cerró el portón y se unió a los pasos de los indios que eran los que más alborotaban en ese momento. Hablaban en su lengua y su voz susurrada producía un murmullo que no podía traducir. Le pareció por sus pasos briosos, por los ojos encendidos de la india que la había interpelado confundiéndola con los suyos, que sus dioses los llamaban. Y sintió temor. Algo pasaba que no era el alboroto normal de las fiestas de Corpus. Se dio prisa porque temía el regreso de la patrona y porque no había manera de atajar esa marejada de cuerpos; pero calle arriba se congestionaba la multitud obligándola a bajar el paso. La caminata y la inquietud de lo inesperado le trajeron el deseo por ver a su negro; para visitarlo los domingos tomaba esa misma calle, nada más que ahora, en lugar de doblar a la derecha hacia el mesón donde lo conoció, se iba de frente hasta la puerta misma del Palacio y entraba a la Cárcel de Corte con otras familias, con otras mujeres, y le llevaba muéganos que separaba de los que hacía en casa para la familia. Siempre iba inquieta por imaginarlo entumido en aquella celda pequeña, entristecido en aquel patio de paredes tan altas que nada más se miraba un cuadro de cielo, como le contaba su negro. Había sido tan fácil echarle la culpa del robo. De entre todos, el Oso callado, el Oso ensimismado, tan enrarecido por indio y por negro, fue fácil presa entre cocineros ladinos, mestizos agachados. La pequeña Pascuala le atenazó el cuello espantada por la turba y el hervidero de la sangre que se adivinaba en el volumen de los gritos.

—¿Por qué estás encerrado, negro condenado? —le dio por pensar sin reminiscencia alguna de su pollera amarilla, de la alegría con que lo iba a visitar al mesón. Odiaba el mesón. La turba la apretujó: no debió haber salido de casa y menos con la niña, pensó cuando puso el pie en la plaza y escuchó los *Muera el virrey, Mueran los españoles, Es nuestro el maíz*. Pero ya era tarde y aunque tenía temor de esas voces irritadas que lanzaban piedras a la puerta del Palacio, el movimiento inesperado en la plaza también la excitaba. Echó un vistazo al mercado de la plaza, percibió que aunque los puestos seguían allí, había cambiado el orden de las cosas. La mujer de junto quiso comentar algo al verle los ojos agrandados por el asombro y la chiquilla en brazos.

—Mataron a una india en los atropellos de la alhóndiga —le explicó—. Se acabó el maíz y hubo empujones y alguien le dio latigazos y le quitó la respiración.

Juana de San José había escuchado lo ocurrido dos días antes cuando esperaba para ver a su Oso en la cárcel: como se acabó el maíz que las indias hacían tortillas, éstas protestaron, los guardias las golpearon y ni el arzobispo ni el virrey habían dado solución. Los dioses se les estaban metiendo en la sangre de nuevo; ésa era la tierra del maíz, el maíz era suyo. Era una india con la piel morena y el pelo bien fajado en dos trenzas, el rebozo apretándole los brazos y el cuerpo, la alegría iluminándola, quien explicaba vehemente.

La gente corrió para un lado, como si allí pasara algo y Juana se pegó al muro, protegiendo a la niña con su cuerpo. Había sido mala idea traerla pero quién se podía encargar; si le hubiera dicho a las indias que se iba a la calle, le dirían a la señora y la señora se molestaría. Pensó en el convento donde había vivido con la madre Juana Inés, en lo lejano que estaba la madre de lo que ocurría en la plaza. Y lo lamentó. En aquellos tiempos de esclava de Juana Inés, cada vez que había salido disfrutaba comprar los víveres para las religiosas. Sus ojos siempre habían visto tanta mazorca en Panoayan y en la capital que no se podía imaginar que faltara. En la casa de la señora Josefa siempre había para las tortillas, aunque también se compraba pan de trigo. Caía en cuenta que a últimas fechas había visto nerviosa a la señora Josefa, irritado al señor Francisco porque faltaba el trigo y el maíz, decían, aunque ella no había notado la merma en la alacena de la casa. Comprar el pan tomaba mucho más tiempo, protestaba la cocinera Adela, que se quejaba de colas y habladurías y le echaba la culpa a tanta lluvia del año anterior y que el poco trigo cosechado lo habían escondido y que el chahuistle le había caído todito a las milpas. El señor Francisco había dicho que ya no llegaba el maíz de Chalco, sino de más lejos.

A Juana de San José no le habían preocupado esas habladurías porque lo que la ocupaba era que liberaran al Oso que lo pudiera mirar de nuevo en domingo y que la niña viera a su padre. Pero sabía que la justicia era cosa de Dios y no de los hombres, menos si no eran negros los que la impartían. Y ya se le iba el aliento en el lamento por el destino del padre de Pascuala, tan cerca al otro lado de la plaza, tan lejos para envolverlas y cuidarlas, cuando un grupo de indios cargando un cuerpo desguanzado le pasó muy cerca. Alzaban a la india muerta o herida por encima de sus cabezas. Aquella imagen y escuchar *Muera el virrey* le dieron ganas de repetir la consigna, pero tuvo temor y miró a su alrededor, no fuera a ser que le apareciera la señora Josefa. Cuando sintió el peso de su hija a la espalda, la ira de aquel grupo la asustó. Ganas no le faltaban de desear la muerte del virrey; la injusticia de su gobierno la tenía perjudicada, con su hombre encerrado. En ese instante se alegró de haber salido de casa, de participar aunque fuera con la vista de la incomodidad. En casa de los Villena se cacareaban las alabanzas para el virrey de Galve por su triunfo en el mar, por su destreza para recuperar la ciudad después de la inundación, la construcción de fortalezas contra los extranjeros que se acercaban a las costas. ¿A ella qué le tocaba de todo aquello? Movida por el deseo de que las cosas cambiaran se aventuró a acercarse al Palacio donde el revuelo era mayor; quería escuchar el repiqueteo de las piedras sobre el portón que los guardias habían cerrado y no tuvo miedo de ellos que parecían atemorizados por los muchos indios y personas que estaban allí en la plaza. La chiquilla lloró asustada por los gritos y el aleteo de los palos que blandían los indios. Juana de San José la abrazó fuerte mientras contemplaba con azoro a las indias arrodilladas frente a los montones de piedras que quién sabe cómo habían crecido tan rápido las pasaban a los hombres para que no parara esa batalla. De no traer a Pascuala en los brazos, cogería una piedra y la lanzaría. La lanzaría gustosa para que le abrieran las puertas al preso suyo. Miró la piedra que cayó en el balcón de la virreina y guardó silencio y luego se unió al coro que explotó ensalzado por el atrevimiento.

—Que muera el virrey —gritó—, que mueran los españoles.

Y no hizo caso al llanto temeroso de la criatura; gritó y gritó confundida con las voces de los otros. Ni siquiera se dio cuenta cuando los palos y los petates que rodeaban a los cajones en la plaza donde vendían los indios, fueron amontonados en la puerta misma del Palacio y ahora ardían imparables. Muy cerca de Juana de San José alguien había echado fuego a un cajón de azúcar que elevaba una llama larga que olía a melaza. La niña dejó de llorar y miró la lengüeta amarilla. Juana la abrazó arrepentida de haberla olvidado. Las campanas de las iglesias repiquetearon intentando imponerse a los gritos. A lo lejos vio un carro adornado acercarse al motín. La gente se hacía a un lado porque delante iba el arzobispo con una cruz grande intentando aquietar los ánimos. En ese instante Juana de San José deseó que así fuera, porque ya el fuego desatado en la puerta de Palacio, los guardias que habían salido para detenerlo y acallar a la chusma presagiaron lo incontenible de la crecida. Las piedras cayeron sobre el carro del arzobispo, que se parapetó detrás de él y se disolvió en la penumbra de la tarde que pasaba a noche porque ya las siete habían dado y Juana pensó en su patrona regresando de misa. Aunque lo sensato era volver a casa, por Pascuala, por la señora, por el temor mismo de los guardias que disparaban sus arcabuces y mosquetes, por el crepitar del fuego y por las correderas entre los cajones del mercado donde unos y otros arrebataban comida, lozas, tapetes y cuanta cosa, Juana de San José se quedó petrificada, adheridos los pies a la plaza, como si fueran de cera derretida. Miró el fuego entrar en la boca del Palacio como agua que inunda una caverna, y en el arrebol del incendio, en la fuerza de la devastación del orden, su cabeza alcanzó a adivinar la tragedia.

La cárcel sería alcanzada por el fuego. Corrió hacia la puerta sin importar repiqueteos, apachurrones, envolviendo a Pascuala con su cuerpo oscuro, con su sudor de miedo, y gritó que sacaran a los presos, clamó por ellos, pero ni guardias ni chusma le permitieron avanzar hacia la entrada. El ahogo que provocaba el humo la detuvo. Impotente se hizo a un lado, buscó refugio en la catedral y allí se quedó en el portón, impávida, con la niña dormida en sus brazos, quizá por el cansancio, quizá por el humo. Le acariciaba los rizos apretados a la cabeza mientras el pensamiento imaginaba a su negro estirando el cuello hacia el cielo abierto inalcanzable en esos muros largos, suplicando con los demás presos que tiraran la puerta, esa puerta de metal caliente que era imposible tocar.

Se quedó entumida, escuchando el crepitar de la madera, ignorando a quienes corrían entre los puestos, el trote de los corceles con guardias y regidores que intentaban establecer el orden de la plaza mientras la madera del balcón de la virreina se ennegrecía y caía en pedazos. Pensó en la muerte que se llevaría a los presos y a los virreyes, a quienes no serviría de nada el oro, ni los doseles de sus camas, ni los tapices, ni el clavecín que le contó la madre Juana que ella solía tocar. Pensó en la madre Juana tan ajena a su sufrimiento y tan cercana alguna vez a ese edificio que ardía. Se persignó por no dejar y se encaminó abatida por el cansancio y el dolor, y el peso de la niña en brazos a la casa de sus patrones, segura de que no la dejarían entrar. De que su casa también ardería.

BODAS DE PLATA

Isabel María estaba agotada con ese ir y venir a la cocina y al refectorio donde se haría el convite después de las bodas de plata de su tía. Las piernas le dolían por haber bajado y subido una y mil veces de la celda a la cocina, cuidando que las órdenes de sor Juana y las de la priora se cumplieran. El banquete sería pródigo en platillos y elaboraciones sofisticadas. Juana Inés había subrayado su deseo de hacer este festejo de cuarto de siglo de matrimonio con Dios, memorable. Pidió a Isabel María que se ocupara de supervisar el seguimiento de las recetas cuidadosamente recogidas por ella en el recetario del convento: el gigote de gallina y el turco de cacahuazintle. Y los antes de nuez y betabel que tanto gustaban al padre Núñez. No sabía Isabel María si aquel cansancio lo acentuaba la presencia ominosa del jesuita en el convento. El hombre desaliñado y severo imponía con su voz, imponía con sus palabras y con su oído inmenso donde ella, y no sólo su tía Juana Inés, tenía que depositar sus confesiones. Isabel María no estaba preparada para contarlo todo. No podía hablar de la voluntad de su cuerpo agitado de pensar en las caricias suaves de sor Andrea. Ni de la manera en que ésta aprovechaba la distracción de las otras, la oscuridad y el sueño de las hermanas para arrastrarla a la capilla del convento y allí, en el mismo confesorio donde se hincaría frente a Núñez, le metía la mano ansiosa bajo la saya que usaba en las noches. Isabel María no podía dormir ya a gusto. Esperaba la irrupción de sor Andrea y también le temía, sobre todo porque pensaba que alguien acabaría por descubrirlas y que tendría que inventar una mentira de tal tamaño que para que le creyeran y la perdonaran habría de involucrar a su tía. Diría que estaba preocupada por Juana Inés y su silencio; sus ojeras grandes antes desconocidas y su mirada vagando por las calles tras su ventana la tenían muy alarmada. Explicaría que tenía que hablar con Dios y que sor Andrea se había ofrecido a orar con ella. Sor Andrea sabría seguirle la corriente, con su piel amarilla, sus ojos avellanados, sus caderas escurridas, sus manos hábiles, sus suspiros y sus besos mordiscones, sabría mentir todavía mejor que ella. Le tendrían que creer a Isabel María porque desde el día en que condujo al padre Antonio a desmantelar la celda, no se le vio más a la madre Juana Inés buscar un libro que no fuera el Antiguo Testamento, no se le vio más esa postura inclinada frente a su mesa de trabajo —que fue lo único que se quedó—, ni llevar la plumilla de la tinta al papel ni tener la cabeza muy perdida entre los rasgos de su caligrafía, la concentración toda en las palabras que buscaba en su memoria.

¿Qué había hecho la madre Juana con aquella memoria? Si usaba a su tía para que la priora le perdonase la desobediencia no era falta de amor ni de auténtica consternación, pero no quería ser condenada a lastimar su cuerpo, a trapear la cocina, a matar gallinas y a desollar conejos. No lo hacía de mala fe. Le dolía lo que había presenciado hacía unos días. Desde la puerta de la celda, sin atreverse a dar un paso adelante, observó cómo el padre daba órdenes a las indias y a las esclavas de colocar uno a uno los tomos de la monja en aquellos barrenos. Pidió que tuvieran cuidado con los laúdes, y las cornetas, y los flautines que la madre atesoraba. Y que lo hicieran también con el péndulo, la balanza y el delicado telescopio holandés. Los ojos de

Isabel María se abrían muy grandes como intentando recoger la memoria de todo aquello que había amueblado la habitación y los días de su tía.

Tal vez habían sido los incidentes de Palacio, la brutalidad de las llamas y la noticia de que las habitaciones y las oficinas de aquel recinto habían ardido, que llegaron al convento al día siguiente de lo ocurrido lo que enfermó a Juana Inés. Aunque supo que su amigo Sigüenza y Góngora había salvado parte del archivo y que los presos habían apagado el fuego, la madre no recuperó su brío guerrero, el que había empleado en su defensa contestando a sor Filotea. Juana Inés se había conmovido al saber que los presos habían sofocado aquel fuego voraz y conseguido así su libertad. Gracias a ellos el fuego no se esparció más por la ciudad. Juana Inés pidió a su hermana Josefa que viniera para contarle aquel desastre porque ni su ánimo ni su clausura le permitían salir a atestiguarlo. Lo hubiera hecho en otro momento, a petición tal vez de la virreina y con permiso de la abadesa, pero a últimas fechas las fuerzas la habían abandonado. Isabel María notó ese vencer del cuerpo y la voluntad días después de que mandó la carta al padre Fernández de Santa Cruz. Primero la vio esconderse en sus libros y escribir en sus cuadernos y dirigirle cartas a la condesa de Galve y a su amiga María Luisa y luego le miró la sombra. Era como si aquel eclipse de agosto se le hubiera quedado prendido al ánimo, porque Juana Inés se oscurecía también. De qué otra manera explicar esa decisión rotunda e inesperada de pedir al padre Núñez ser su confesor nuevamente para las bodas de plata que estaba a punto de celebrar.

Ella se lo advirtió a la tía Josefa que esperaba a la madre Juana en el locutorio:

—No es la misma, tía. Las palabras se le han gastado y los libros no le dan el consuelo de antes.

Josefa les contó a su hermana y a su sobrina que los virreyes se habían salvado pues el motín pescó al conde Galve en el convento de San Francisco, y que hasta allí llevaron a doña Elvira, que entre el horror y la tristeza contempló el fulgor del cielo amarillado por las llamas. Y ella lo podía decir porque estaba en misa también en San Francisco aquella tarde infausta, porque había podido escuchar los lamentos y cerrarse la puerta de la iglesia para proteger a los fieles de aquella desbandada de indios que pedían la muerte de los virreyes, la salida de los gachupines. Juana Inés demudada preguntó por el balcón de Palacio.

—No existe más —dijo Josefa.

Ella había ido a verlo con sus propios ojos y porque Juana de San José le había contado que los presos apagaron y salvaron lo posible. El padre de Pascuala, la niña de la esclava, era uno de esos presos. Había perdido un brazo, gangrenado por el fuego, pero estaba libre y lo tenían en la casa porque no había quién le diera trabajo y lo pusieron de mozo, ahora inútil por ser manco.

Juana Inés se había santiguado mientras Josefa hablaba contando el episodio del motín y la destrucción del Palacio. Había dicho que se alegraba de que ni Leonor ni María Luisa, las virreinas amigas, hubieran tenido que pasar tal pena y que lo lamentaba por doña Elvira y por el propio Gaspar que habían sabido gobernar y que no tenían la culpa de que las lluvias hubieran llevado el chahuistle al maíz, pero los pobres tampoco la tenían por el maíz aguachinado y lo poco que llegaba a la ciudad, y el hambre que provocaba su falta. Mientras escuchaba a Josefa, Juana Inés había agregado que sabía por su amigo el bachiller Sigüenza y Góngora cómo el conde de Galve había encargado a Rivera Maroto, el alguacil mayor de la ciudad, que fuese a recaudar maíz a Celaya, porque el de Chalco no bastaba. Pero que allí también se les había echado a perder. Y que ya el virrey y la virreina posiblemente veían venir el hambre de la ciudad, pero no imaginaban el odio de los gobernados. Josefa no entendía de gobiernos ni de lo que había detrás de aquel comportamiento y señalaba la ignorancia de los indios borrachos de pulque, la indecencia de los españoles vagabundos, la traición del pueblo que pateaba a quien les daba de comer.

Juana Inés no salía de su pasmo.

—El balcón por donde mirábamos lo que ocurría en la plaza.

Se lo había contado numerosas veces a Isabel, cuando le daba por detenerse a evocar en Isabel María y su juventud, los años de ella, arropados en vestidos de colores que jamás volvería a usar. Aunque lo suyo no era el llanto fácil, Isabel María nunca la había visto llorar, se quebró y dejó que las lágrimas salieran. Josefa le dio la mano y en ese momento le parecieron a Isabel María ser las niñas de Panoayan, Josefa la mayor y Juana Inés la menor y más necesitada de cuidados como si en el edificio extinto se le muriera a ella un pedazo, como si se quedara manca igual que el negro de Juana de San José. Cuando salieron del locutorio y acompañaron a Josefa al portón, Juana Inés, con el paso mermado, lamentó en voz alta no haber hecho caso a la marquesa María Luisa Manrique de su propuesta de llevarla a España. Qué razones la habían dejado atada a la Ciudad de México y al convento de San Jerónimo, si Dios estaba en todas partes, se quejó. Y luego, cosa que nunca había ocurrido, la miró a ella Isabel María, su sobrina y protegida, y le dijo sentenciosa:

—Debe haber sido por ti, mi sangre, mi niña.

Y se encerró en la celda, y no le permitió la entrada. Aunque Isabel María sabía que era una ira injusta, le dolió y se desahogó con sor Andrea que sabía consolarla siempre sin palabras.

Cómo iba Isabel María a decirle todo aquello al padre Núñez. No podía contar el dolor por la injusta acusación de su tía y mucho menos las maneras que había encontrado para salir de su desconcierto. No quería confesarse. Y lo tendría que hacer antes de aquella misa celebratoria. Podría guardarse los pecados, así se lo había aconsejado sor Andrea, pero no podría disimular la rabia que le tenía al cura por aquel contento con que dirigió el desmantelamiento de la biblioteca de la tía que de cuando en cuando justificaba alegando que Aguiar y Seijas daría el dinero de la venta de esos bienes a los pobres. Uno a uno tomó los libros que habían venido de España, los que le había hecho llegar el bachiller Sigüenza y Góngora, el padre Eusebio, el padre Manuel de Argüelles, el propio Fernández de Santa Cruz, su padrino Velásquez de la Cadena, el marqués de Mancera, los que habían sido de su abuelo, los que mandaban la marquesa de la Laguna y el conde de Paredes; Góngoras y Quevedos, Lope y Alarcón, San Juan de la Cruz y el cuidado que dejó abandonado a las azucenas, Calderón y Gracián con su *Agudeza y arte de ingenio* que a veces ojeara ella cuando pasaba el paño para extraer el polvo y cuidar de los estragos de la humedad. Lo hacía con ceremonia, sabiendo cuánto importaban esos objetos a su tía. Y lo hacía con veneración, como si fuesen las alhajas que guardaba en un cajón y que también tomaría el cura para el mismo propósito de auxilio de pobres y desamparados. Se fue el *Orlando furioso* y la *Arcadia* de Sanazzaro, se fue *El cortesano de Catiglione* y el *Breviario romano* y *Las vidas de santos*, los libros de los griegos Séneca y Cicerón, y Plinio *el Viejo*, y sus mitologías que atesoraba como la *Genealogía de los dioses* de Bocaccio, el *Teatro de los dioses de la gentilidad* de Vitoria y las *Etimologías* de san Isidoro y la teoría musical de Casiodoro, y la música de las esferas en los volúmenes del padre Kircher, uno de sus favoritos. Aquella cascada de papel llenando cajas le recordaba a Isabel María la quema de los libros de Alonso Quijano en manos del bachiller y el cura, que su tía le había leído divertida del libro del *Ingenioso hildalgo don Quijote de la Mancha* porque el padre tomó también las novelas de caballerías que habían dañado tanto al señor: el *Amadís de Gaula* y la *Diana de Montemayor* y las puso con desdén en el baúl. Miró satisfecho los estantes vacío, limpiaba así la cabeza de Juana Inés de los destellos de las palabras, de los entretenimientos de la inteligencia, de la curiosidad y de las hazañas de los hombres: se fue la *Grandeza mexicana* de Balbuena y el *Corpus hemeticum* de Plotino.

Isabel María no podría hincarse en aquella ceremonia tan cerca del cura Núñez si le tenía un profundo desprecio. Cómo, si no hizo el menor intento de detener la voluntad de su tía cuando ella depositó aquel volumen enviado de España, ese segundo tomo con la reunión de su obra que la marquesa de Laguna le había mandado como salvavidas para su ánimo pasada la acusación de sor Filotea. El padre Núñez sopesó la reunión de poesías y teatros, se fijó en la portadilla seguramente curioso de la procedencia y de quién había costeado tal edición en Sevilla, y luego, como si el peso mismo del libro le confirmara lo acertado de sus acciones, el rescate que hacía de aquella alma mundana, tan entretenida en las vanidades del mundo, en el reconocimiento de sus pares y no del esposo al que había descuidado, lo colocó en el último barreno, cerró la tapa y echó llave. Aquel éxodo de baúles parecía barcos zarpando de una costa.

—El dinero de su venta aliviará a los pobres — insistió el jesuita respondiendo a la mirada denunciante de la monja.

Aquel día, Juana Inés se quedó en silencio. Isabel María pudo contemplarla desde la parte baja de la celda; no quería dejarla sola. La vio sentarse en aquel aposento vacío salvo por la mesa frente a donde se estuvo con las manos aferradas al medallón de la Asunción que colgaba en su pecho, con la vista ya perdida de todo deseo de lucha, y con una sonrisa de estúpida paz. Esa sonrisa es la que Isabel María no le podía perdonar a Núñez.

Esa tarde de preparativos para festejar los veinticinco años del matrimonio de Juana Inés con Cristo, entró de nuevo a la pieza de la monja con el estómago encogido por no volverla a encontrar como antes, con la plumilla y el folio.

—¿Cómo va todo? —preguntó la monja.

—El ante de betabel está en su punto —dio Isabel por respuesta.

Dejó a la novia de Cristo a solas para que repasara los votos que refrendaría y salió al pasillo pensando que confesaría a Núñez que la ira la invadía. La desolación no era un pecado. Y de ésa Juana Inés ya no la podría salvar.

TOCAMIENTOS

Sor Cecilia entró a la iglesia antes de las vísperas; sentía necesidad de hablar con Dios. Las tribulaciones de su corazón y la tiranía de su apetito habían aumentado desde que vio pasar el cargamento de libros y objetos de la madre Juana por los pasillos del convento. Después de las bodas de plata y de las palabras de Núñez desde el púlpito felicitando el matrimonio de la madre Juana Inés, su renovado deseo de cumplir con los votos de religiosa, comprendió que si la monja ilustre había renunciado a la palabra, a escribir una sola línea más que diese cuenta de que se amaba a ella misma más que a Dios, ella no podría poner por escrito nada tampoco. Ante tal ejemplo, sintió odio por la figura de la monja que antes le había atajado, con su elocuente talento, la posibilidad de ser vista, y que ahora, quitada del mundo de los libros y la escritura, la obligaba a seguir sus pasos, cuanto más que ella no gozaba de la fama y el prestigio de su propia obra.

El sacrificio de Juana Inés era la condena de Cecilia. Hundía la cara entre sus manos olorosas a canela cuando le pareció escuchar unos ruidos. Hurgó con la vista hacia el lugar de donde provenían y alcanzó a ver el borde de un hábito en las puertas del confesionario. Quiso ser invisible para atestiguar lo que allí ocurría e hizo callar a sus propios pensamientos. Movimientos y ajetreos hacían vibrar la puerta y le pareció escuchar un ruido sofocado. Pensó que debía ocultarse para que quien estuviera allí no descubriese que había sido mirada. Pero no quería hacer ruido al incorporarse y avanzar hacia algún lado. Observó que la puerta se abría y se tendió en el piso entre la banca y el reclinatorio, sin reparar en la incomodidad de los maderos contra su vientre. Desde allí distinguió los hábitos de dos monjas y el calzado que con sigilo se dirigía hacia la puerta. Intentó levantar la cara para saber quiénes eran; esperó hasta el último momento antes de que salieran y se incorporó deseosa de reconocerlas, pero no alcanzó a ver más que el uniforme de dos religiosas, la una más alta, la otra más baja.

Se santiguó y salió del templo. Quería saber quiénes habían estado allí escondidas; su cabeza ya fantaseaba tocamientos que les eran prohibidos pero que algunas practicaban y otras imaginaban y que ella alguna vez se había procurado sobre el cuerpo, sin contarle a nadie. Fue cuando se acercó a la fuente que vio a sor Isabel María y a sor Andrea reclinadas en el borde, como si se hubiesen encontrado casualmente. Las miró incisiva, pero ninguna se intimidó; por el contrario, sor Andrea metió la mano a la fuente y aventó agua hacia donde ella estaba.

—Sé lo que hacen —les dijo, enfurruñada.

Las dos se alejaron sin decir palabra.

Esa misma tarde, sor Cecilia vio cómo Isabel María cruzaba el patio y pasaba de nuevo cerca de la fuente. Aprovechó que no venía acompañada de la otra monja de cara larga y morena y la alcanzó. No se iban a burlar de ellas así nada más. Pretextó que quería saber cómo se encontraba la madre Juana.

—Regular —confesó Isabel María atribulada por la actitud esquiva de su tía.

—¿Y por qué la prisa? —siguió asediando sor Cecilia. Era su oportunidad de intimidar a la sobrina de sor Juana.

—Debo entregar esta carta a la portera y luego llevar una infusión a mi tía. No se siente bien.

Le mostró el sobre con aires de importancia y sor Cecilia pudo comprobar que era una carta para la ex virreina, la marquesa de la Laguna.

—Yo la llevo para que puedas atender a tu tía —insistió Cecilia.

—A mi tía le gusta que la entregue en mano de quien la enviará —se defendió Isabel María.

—Tampoco le va a gustar saber de tus encierros en el confesionario con sor Andrea— dijo tomando un extremo del sobre.

Isabel María se sonrojó y detuvo el paso, luego miró en todas direcciones por si alguien había escuchado. Cecilia notó su fragilidad y arremetió.

—La verdad te quiero ayudar, yo sé que te preocupa mucho tu tía.

—Está bien —dijo Isabel María y soltó la carta—. Pero debe ser cuanto antes. Va a Madrid y es urgente.

Cecilia la observó dirigirse hacia la cocina. Sintió alivio, Isabel María había confiado en ella. Siguió su camino y muy cerca del portón, se desvió a la bodega que estaba al lado y entrecerró la puerta. Se sentó en un costal de maíz y aprovechó la ranura de luz que entraba por una ventana alta para desprender el sello y leer la carta. El pulso le temblaba pero ya estaba decidida a violar esa correspondencia íntima. Las veces que Juana Inés la había desairado después de que volvió de intentar buscar a su madre le daban el derecho. Mucho mal le había causado su indiferencia. Dos o tres comentarios insulsos sobre un soneto y nunca un tiempo para leer la comedia de enredos. Si ella no tiene importancia para la monja famosa, ahora la tendría. Despegó el sobre con cuidado: eran tres cartas que no habían salido de la celda de la madre de Juana. Con la luz que entraba por el ventanujo las leyó victoriosa. Reconocía los nombres de esas tres cartas sobre tres lobos y una falsa renuncia.

Sonrió orgullosa. El padre Núñez le había prometido hacer

publicar sus versos si le facilitaba información de conducta ina-
decuada de la madre Juana Inés, cuando acudió a él para contarle de Virgilia años atrás. Esperaba que aún mantuviera su
promesa. Cecilia no tenía nada que perder. Escondió la carta
entre el pliegue del escapulario y el cinturón y fue a buscar a la
priora. Con el semblante de enfermiza palidez, pidió a la superiora llamaran al padre Antonio cuanto antes: era menester su
confesión. Pero el padre Antonio Núñez de Miranda había
muerto esa mañana.

LOS LOBOS

Febrero 17 de 1695
Convento de San Jerónimo

María Luisa, entrañable amiga y poeta:

La pluma se quedó detenida por un mes, un mes en que me vuelve la pesadilla del momento lento, puntilloso en que el primer lobo entró a mi celda y arguyendo que la venta de mis libros, de mis instrumentos musicales y científicos —laúdes, telescopios, planos, balanzas—, sería para el bien de los menesterosos, desvistió las repisas de los tomos que tan lentamente habían ido a vivir conmigo. Con diligencia de cirujano, me despojó de la convivencia largamente amasada. Nunca la desnudez fue tan hiriente como la de esos muros encalados sin palabras que los vistieran. Llenó los barrenos asombrado de que se necesitaran tantos para poder dar por terminada su empresa. Me advirtió que no había salida, que el Santo Oficio me tenía en la mira y que de no dar prueba contundente de mi sacrificio y voluntad de retomar mis votos de obediencia, encierro y castidad no habría vuelta de hoja. Lo dijo severo, tal vez dolido porque alguna vez, sobre todo cuando yo era joven, reconoció mis capacidades y se sorprendió con ellas. Ahora les temía.

Aguiar, el lobo mayor, ha sido contundente. Me usará como ejemplo de santidad, de renuncia, de vuelta al redil. Sus verdugos son los otros dos lobos, Fernández de Santa Cruz sentenciándome por escrito, Núñez de Miranda atendiendo a mis bodas de plata, mi confesión y la limpieza de mis bienes. Aguiar, sin ensuciarse las manos, trabaja su hechura a distancia. Me rehace a su capricho y yo debo ser ejemplar. Lo peor es que cree en la efectividad de sus acciones. No es que le importe yo, yo soy un medio para su exposición pública: La monja notable redimida, una lección para las religiosas del reino, no sólo de la Nueva España donde la liviandad de nuestras formas lo ofende, sino del resto del reino. Quiere la austeridad castellana, la que tú conoces Lysi, porque no corre esta mezcla de sangres tan reciente y tan fecunda en tus confines, o por lo menos no en Castilla ni mucho menos en Aragón, será en el sur más teñido de moros y de calor. Y esos sureños son los que vinieron a repartir su semilla, a sembrar novohispanos con ojos achinados, pieles renegridas.

La labor del arzobipso tiene que ser espectáculo como lo son los autos del Santo Oficio. Si este no me va a sentenciar a la hoguera y quemarme en la plaza como a otros, hará de mi reconversión una victoria pública. Me orillaron a celebrar las bodas de plata con gran boato, a firmar la protesta de fe, a despojarme de mis libros, a renunciar a la fama, al fastuo público que yo no he perseguido. No niego mi voluntad de escribir, mucho me era solicitado, muy poco ha sido por placer. Ahora que gracias a tus gestiones con las monjas portuguesas las veinte redondillas me han tenido absorta, he encontrado el placer de tener eco en otras mujeres, religiosas como yo, cultas como tú, ensortijadas en el juego de las palabras y sus resonancias y sus ecos infinitos. Yo me sumé al espectáculo, querida Lysi, sólo tú poseerás la verdad de mi proceder. Sé que sin representación no hay contundencia, como cuando llegaste con tu esposo el virrey a nuestras tierras, y los dos arcos efímeros, el de Santo Domingo y el de catedral te recibieron. Ha sido necesario actuar. Accedí a celebrar mis bodas de plata por todo lo alto, me tiré sobre el piso de nuevo con los brazos abiertos pero sin la emoción antigua, y grité mis pecados: me acusé de vanidosa, de haber descuidado mis deberes de esposa, de haber desobedecido, de haber tenida vida mundana, de violentar la clausura con los intercambios en el locutorio y las epístolas, juré no dedicar mi entendimiento a lo terreno, ni tener transacciones con el mundo muros afuera, juré no escribir —una palabra más que no fuera en los versos religiosos, juré ser quien no era y fingí dolor, el dolor era real, claro, y los convenció, aunque las razones del mismo son otras. Renunciar a ser la que soy desde hace tanto, me es imposible. Pero ellos pretenden mostrar que recapacito. Creen que es el temor a la muerte lo que me ha conducido a ello. Pobres ilusos, piensan que el temor es mayor a mi deseo de sobrevivir por la palabra y con la palabra. Pensando a través de los signos del idioma.

Han sido estos últimos años difíciles, cuajados de pérdidas. El Palacio en que tú viviste, el que atestiguó ese amor temprano del cual huí, el que me dio la seguridad de mis pasos bajo la tutela de la virreina Leonor y que fue tu cielo y el techo de tu sueño, mi bien amada amiga y benefactora, se consumió entre las llamas, hiriendo mi pasado, mutilándome de espacios que no fueran los imaginarios.

Antonio Núñez de Miranda, el prefecto de la Congregación de la Purísima Concepción de María, oidor de la Inquisición, sigue merodeando como si cuidara a la oveja negra de su rebaño. Se le ve marcharse satisfecho a la vista de mi celda vacía y mi actitud contemplativa. Le parece que ha cumplido su misión. Los tres lobos y el resto del mundo deben saber la verdad. Deben reflejarse en su vanidad redentora, chamuscarse las alas de la gloria impostada donde he sido utilizada para darles la razón. Deben saber que si firmé *Yo, la peor de todas* con mi sangre fue por rubricar dramáticamente aquella representación. Sé que *Los enigmas de la Casa del Placer* ha sido terminado el mes pasado, por tu empeño y entrega, como bien me indicas, y que muy pronto estará impreso. Que no le falta prólogo ni sus censuras en prosa, ni los agradecimientos, ni dedicatoria, ni soneto, ni las licencias en décimas acompañando a las veinte redondillas compuestas con tanto rigor, deleite y entusiasmo. Esos enigmas, escritos para que la inteligencia de las monjas portuguesas los complete y descifre, serán prueba de que el despojo de mis libros y la intención de matar a la que yo era, no ha sido posible. Ya nada puede detener los vuelos de la palabra sobre el Atlántico.

María Luisa, fina amiga, deseo que esta carta te encuentre con bien, que el libro llegue pronto a término para que arribe a estas tierras y sea elocuente la gozosa complicidad de las mujeres para las que la palabra es extensión de nuestra persona, de nuestra percepción del mundo, de nuestra alianza con lo divino desde lo terreno. Los tres lobos no habrán de robarnos la libertad.

Tuya por siempre,

Juana Inés de la Cruz

CON SANGRE TINTA

Si Refugio Salazar la hubiera visto en aquella última primavera de su vida, seguramente se habría enterado de que Juana Inés estaba por encima de la condena que le impusieron los tres religiosos. De que su astucia había rebasado el silencio al que la creían condenada y que *Los enigmas de la Casa del Placer* ya estaba listo para publicarse. Pero Refugio había muerto. Juana Inés, informada por su hermana Josefa de la muerte de la maestra, había pedido una misa para ella.

Y aun si hubiera sobrevivido Refugio a Juana Inés más allá del 17 de abril de 1695, en que murió por una epidemia en el convento, hubieran sido necesarios veintiún años más para que se publicaran *Los enigmas*. Tiempo suficiente para que Aguiar y Seijas hiciera de Juana Inés un ejemplo de la renuncia y el sacrificio.

Si Refugio hubiera sabido para qué empleaba las palabras de las que no pudo desprenderse nunca, sabría las razones por las que Juana Inés se punzó el dedo índice sin ser vista y escribía con su sangre en el arco de la enfermería.

Yo, la peor de todas se grabó con la sangre de la monja en aquella arcada de piedra sin que Refugio Salazar, su maestra primera, ni Bernarda Linares, lisiada de amores, ni Leonor Carreto, tan atenta a sus virtudes, ni Beatriz Ramírez, amante de don Pedro, ni María, su hermana ausente, ni su tía María, que le dio cuarto y casa en la Ciudad de México, ni Catalina la negra, protectora, ni Virgilia y sus hierbas, ni Juana de San José y sus amoríos, ni Isabel María, su sobrina agradecida, ni María Luisa Manrique, su leal amiga, ni Elvira de Galve, sabedora de sus virtudes, ni santa Paula, viuda romana seguidora de san Jerónimo, ni la priora Encarnación, ni sor Filotea, que la condenó a la hoguera personal, conocieran los motivos de aquella representación. Juana Inés satisfacía a los lobos.

Si Refugio Salazar la hubiera visto estirando los brazos para esparcir la sangre delineando las letras que necesitaba dejar para siempre en el convento, hubiera sabido que en aquel rojo quemado Juana Inés había visto el color de las paredes de la hacienda de Panoayan y había recordado el gozo primero de descifrar lo que los trazos en papel develaban a sus ojos. Las palabras. Aquel gozo primero estaba fuera de su alcance, pero Juana Inés sonrió.

PAPELES SUELTOS

POEMAS DE LA PLUMA DE SOR JUANA QUE ACOMPAÑAN LA LECTURA DE *YO, LA PEOR*

Los lobos, diciembre 17 de 1695

En la carta a María Luisa Manrique, sor Juana se refiere a ella como divina Lysi. En varios poemas dedicados a ella la llama así.

A LA EXCELENTÍSIMA SEÑORA CONDESA DE PAREDES,
MARQUESA DE LA LAGUNA, ENVIÁNDOLE ESTOS PAPELES
QUE SU EXCELENCIA LE PIDIÓ Y QUE PUDO RECOGER SOROR
JUANA DE MUCHAS MANOS, EN QUE ESTABAN NO MENOS
DIVIDIDOS QUE ESCONDIDOS, COMO TESORO, CON OTROS
QUE NO CUPO EN EL TIEMPO BUSCARLOS NI COPIARLOS

El hijo que la esclava ha concebido,
dice el Derecho que le pertenece
al legítimo dueño que obedece
la esclava madre, de quien es nacido.

El que retorna el campo agradecido,
opimo fruto, que obediente ofrece,
es del señor, pues si fecundo crece,
se lo debe al cultivo recibido.

Así, Lysi divina, estos borrones
que hijos del alma son, partos del pecho,
será razón que a ti te restituya;
    y no lo impidan sus imperfecciones,
pues vienen a ser tuyos de derecho
los conceptos de una alma que es tan tuya.

Las tijeras de casa

En la «Respuesta a sor Filotea», 1691, sor Juana escribió:

Acuérdome que en estos tiempos, siendo mi golosina la que es ordinaria en aquella edad, me abstenía de comer queso, porque oí decir que hacía rudos, y podía conmigo más el deseo de saber que el de comer, siendo éste tan poderoso en los niños. Teniendo yo después como seis o siete años, y sabiendo ya leer y escribir, con todas las otras habilidades de labores y costuras que deprenden las mujeres, oí decir que había Universidad y Escuelas en que se estudiaban las ciencias, en Méjico; y apenas lo oí cuando empecé a matar a mi madre con instantes e importunos ruegos sobre que, mudándome el traje, me enviase a Méjico, en casa de unos deudos que tenía, para estudiar y cursar la Universidad; ella no lo quiso hacer, e hizo muy bien, pero yo despiqué el deseo en leer muchos libros varios que tenía mi abuelo, sin que bastasen castigos ni represiones a estorbarlo; de manera que cuando vine a Méjico, se admiraban, no tanto del ingenio, cuanto de la memoria y noticias que tenía en edad que parecía que apenas había tenido tiempo para aprender a hablar.

Empecé a deprender gramática, en que creo no llegaron a veinte las lecciones que tomé; y era tan intenso mi cuidado, que siendo así que en las mujeres —y más en tan florida juventud— es tan apreciable el adorno natural del cabello, yo me cortaba de él cuatro o seis dedos, midiendo hasta dónde llegaba antes, e imponiéndome ley de que si cuando volviese a crecer hasta allí no sabía tal o tal cosa que me había propuesto deprender en tanto que crecía, me lo había de volver a cortar en pena de la rudeza. Sucedía así que él crecía y yo no sabía lo propuesto, porque el pelo crecía aprisa y yo aprendía despacio, y con efecto le cortaba en pena de la rudeza: que no me parecía razón que estuviese vestida de cabellos cabeza que estaba tan desnuda de noticias, que era más apetecible adorno [...].

Una carta en el regazo

Soneto a Felipe IV (uno de los primeros que escribiera sor Juana en 1664):

A LA MUERTE DEL SEÑOR REY FELIPE IV

¡Oh cuán frágil se muestra el ser humano
en los últimos términos fatales,
donde sirven aromas Orientales
de culto inútil, de resguardo vano!

Sólo a ti respetó el poder tirano,
¡oh gran Filipo! pues con las señales
que ha mostrado que todos son mortales,
te ha acreditado a ti de Soberano.

Conoces ser de tierra fabricado
este cuerpo, y que está con mortal guerra
el bien del alma en él aprisionado;

y así, subiendo al bien que el Cielo encierra,
que en la tierra no cabes has probado,
pues aun tu cuerpo dejas porque es tierra.

Los Lobos, enero 17 de 1695

Fragmento de «Respuesta a sor Filotea»:

Pues ¿qué os pudiera contar, Señora, de los secretos naturales que he descubierto estando guisando? Veo que un huevo se une y fríe en la manteca o aceite y, por contrario, se despedaza en el almíbar; ver que para que el azúcar se conserve fluida basta echarle una muy mínima parte de agua en que haya estado membrillo u otra fruta agria; ver que la yema y clara de un mismo huevo son tan contrarias, que en los unos, que sirven para el azúcar, sirve cada una de por sí y juntos no. Por no cansaros con tales frialdades, que sólo refiero por daros entera noticia de mi natural y creo que os causará risa; pero, señora, ¿qué podemos saber las mujeres sino filosofías de cocina? Bien dijo Lupercio Leonardo, que bien se puede filosofar y aderezar la cena. Y yo suelo decir viendo estas cosillas: Si Aristóteles hubiera guisado, mucho más hubiera escrito.

En la carta se hace referencia al siguiente poema:

> Este, que ves, engaño colorido,
> que del arte ostentando los primores,
> con falsos silogismos de colores
> es cauteloso engaño del sentido;
>
> éste, en quien la lisonja ha pretendido
> excusar de los años los horrores,
> y venciendo del tiempo los rigores,
> triunfar de la vejez y del olvido:
>
> es un vano artificio del cuidado,
> es una flor al viento delicada,
> es un resguardo inútil para el hado,

es una necia diligencia errada,
es un afán caduco y, bien mirado,
es cadáver, es polvo, es sombra, es nada.

Lejos de palacio

Cuando enferma Leonor Carreto, a quien llama Laura, le escribe este poema (1671):

CONVALECIENTE DE UNA ENFERMEDAD GRAVE, DISCRETEA
CON LA SEÑORA VIRREINA, MARQUESA DE MANCERA,
ATRIBUYENDO A SU MUCHO AMOR AUN SU MEJORÍA EN MORIR

En la vida que siempre tuya fue,
Laura divina, y siempre lo será,
la parca fiera, que en seguirme da,
quiso asentar por triunfo el mortal pie.
    Yo de su atrevimiento me admiré,
que si debajo de su imperio está,
tener poder no puede en ella ya,
pues del suyo contigo me libré.
    Para cortar el hilo que no hiló,
la tijera mortal abierta vi;
¡Ay, Parca fiera!, dije entonces yo;
    mira que sola Laura manda aquí.
Ella, corrida, al punto se apartó,
y dejóme morir sólo por ti.

El baño de Juana Inés

Poema a la muerte de la virreina Leonor Carreto en su camino de salida hacia el puerto de Veracruz (1679):

I

De la beldad de Laura enamorados
los Cielos, la robaron a su altura,
porque no era decente a su luz pura
ilustrar estos valles desdichados;

    o porque los mortales, engañados
de su cuerpo en la hermosa arquitectura,
admirados de ver tanta hermosura,
no se juzgasen bienaventurados.

    Nació donde el Oriente el rojo velo
corre al nacer al Astro rubicundo,
y murió donde con ardiente anhelo,

    da sepulcro a su luz el mar profundo:
que fue preciso a su divino vuelo
que diese como el Sol la vuelta al mundo.

II

Bello compuesto en Laura dividido,
alma inmortal, espíritu glorioso,
¿por qué dejaste cuerpo tan hermoso
¿y para qué tal alma has despedido?

    Pero ya ha penetrado en mi sentido
que sufres el divorcio riguroso,
porque el día final puedas gozoso
volver a ser enteramente unido.

    Alza tú, alma dichosa, el presto vuelo
y de tu hermosa cárcel desatada,
dejando vuelto su arrebol en hielo,

sube a ser de luceros coronada:
que bien es necesario todo el Cielo
porque no eches de menos tu morada.

III

Mueran contigo, Laura, pues moriste,
los afectos que en vano te desean,
los ojos a quien privas de que vean
hermosa luz que un tiempo concediste.

Muera mi lira infausta en que influíste
ecos, que lamentables te vocean,
y hasta estos rasgos mal formados sean
lágrimas negras de mi pluma triste.

Muévase a compasión la misma Muerte
que, precisa, no pudo perdonarte;
y lamente el Amor su amarga suerte,

pues si antes, ambicioso de gozarte,
deseó tener ojos para verte,
ya le sirvieran sólo de llorarte.

María Luisa y el valle del Anáhuac

La explicación del arco encomendado a sor Juana para recibir a
los nuevos virreyes, María Luisa Manrique y Tomás de la Cerda:

EXPLICACIÓN DEL ARCO

Si acaso, príncipe excelso,
cuando invoco vuestro influjo
con tan divinos ardores
yo misma no me confundo;

si acaso, cuando a mi voz
se encomienda tanto asunto,
no rompe lo que concibo
las cláusulas que pronuncio;

si acaso, cuando ambiciosa
a vuestras luces procuro
acercarme, no me abrasan
los mismos rayos que busco;

escuchad de vuestras glorias,
aunque con estilo rudo,
en bien copiadas ideas
los mal formados trasuntos.

Este, señor, triunfal arco,
que artificioso compuso
más el estudio de amor
que no el amor del estudio;

éste, que en obsequio vuestro
gloriosamente introdujo
a ser vecino del cielo
el afecto y el discurso;

este Cicerón sin lengua,
este Demóstenes mudo,
que con voces de colores
nos publica vuestros triunfos;

este explorador del aire,
que entre sus arcanos puros
sube a investigar curiosos
los imperceptibles rumbos;
esta atalaya del cielo,
que a ser racional, presumo
que al sol pudiera contarle
los rayos uno por uno;

este Prometeo de lienzos
y Dédalo de dibujos,
que impune usurpa los rayos,
que surca vientos seguro;

éste, a cuya cumbre excelsa
gozando sacros indultos,
ni aire agitado profana,
ni rayo ofende trisulco;

éste, pues, que aunque de altivo
goza tanto atributos,
hasta estar a vuestras plantas
no mereció el grado sumo;

la metrópoli imperial
os consagra por preludio
de lo que en servicio vuestro
piensa obrar el amor suyo,

con su sagrado pastor,
a cuyos silbos y a cuyo
cayado, humilde rebaño
obedece el Nuevo Mundo

(el que mejor que el de Admeto,
siendo deidad y hombre justo,
sin deponer lo divino
lo humano ejercitar supo),

y el venerable Cabildo,
en quien a un tiempo descubro,
si inmensas flores de letras,
de virtud colmados frutos.

Y satisfaga, señor,
mientras la idea discurro,
el afecto que os consagro,
a la atención que os usurpo.

Los celos de Refugio

Poema que escribe sor Juana ocupada del tema de los cometas:

APLAUDE LA CIENCIA ASTRONÓMICA DEL PADRE
EUSEBIO FRANCISCO KINO, DÈ LA COMPAÑÍA DE JESÚS, QUE
ESCRIBIÓ DEL COMETA QUE EL AÑO DE OCHENTA
APARECIÓ, ABSOLVIÉNDOLE DE OMINOSO

Aunque es clara del Cielo la luz pura,
clara la Luna y claras las Estrellas,
y clara las efímeras centellas,
que el aire eleva y el incendio apura,
    aunque es el rayo claro, cuya dura
producción cuesta al viento mil querellas,
y el relámpago que hizo de su huellas
medrosa luz en la tiniebla obscura;
    todo el conocimiento torpe humano,
se estuvo obscuro sin que los mortales
plumas pudiesen ser, con vuelo ufano
    Ícaros de discursos racionales,
hasta que al tuyo, Eusebio soberano,
les dio luz a las Luces celestiales.

Lo que vendrá

Poema a la virreina María Luisa, condesa de Paredes, su nueva
amiga y protectora:

Lámina sirva el Cielo al retrato,
Lísida, de tu angélica forma:
cálamos forme el Sol de sus luces;
sílabas las Estrellas compongan.

Cárceles tu madeja fabrica:
Dédalo que sutilmente forma
vínculos de dorados Ofires,
Tíbares de prisiones gustosas.

Hécate, no triforme, mas llena,
pródiga de candores asoma
trémula no en tu frente se oculta,
fúlgida su esplendor desemboza.

Círculo dividido en dos arcos,
Pérsica forman lid belicosa;
áspides que por flechas disparan,
víboras de halagüeña ponzoña.

Lámparas, tus dos ojos, Febeas,
súbitos resplandores arrojan:
pólvora que, a las almas que llega,
Tórridas, abrasadas transforma.

Límite de una y otra luz pura,
último, tu nariz judiciosa,
árbitro es entre dos confinantes,
máquina que divide una y otra.

Cátedras del Abril, tus mejillas,
clásicas dan a Mayo, estudiosas:

métodos a jazmines nevados
fórmula rubicunda a las rosas.

Lágrimas del Aurora congela,
búcaro de fragancias, tu boca:
rúbrica con carmines escrita,
cláusula de coral y de aljófar.

Cóncavo es, breve pira, en la barba,
pórfido en que las almas reposan:
túmulo les eriges de luces,
bóveda de luceros las honra.

Tránsito a los jardines de Venus,
órgano es de marfil, en canora
música, tu garganta, que en dulces
éxtasis aun al viento aprisiona.

Pámpanos de cristal y de nieve,
cándidos tus dos brazos, provocan
Tántalos, los deseos ayunos:
míseros, sienten frutas y ondas.

Dátiles de alabastro tus dedos,
fértiles de tus dos palmas brotan,
frígidos si los ojos los miran,
cálidos si las almas los tocan.

Bósforo de estrechez tu cintura,
cíngulo ciñe breve por Zona;
rígida, si de seda, clausura,
músculos nos oculta ambiciosa.

Cúmulo de primores tu talle,
dóricas esculturas asombra:
jónicos lineamientos desprecia,
émula su labor de sí propia.

Móviles pequeñeces tus plantas,
sólidos pavimentos ignoran;

mágicos que, a los vientos que pisan,
tósigos de beldad inficionan.

Plátano tu gentil estatura,
flámula es, que a los aires tremola:
ágiles movimientos, que esparcen
bálsamo de fragantes aromas.

Índices de tu rara hermosura,
rústicas estas líneas son cortas;
cítara solamente de Apolo,
méritos cante tuyos, sonora.

Pecar de envidia

Poema que sor Juana envía a la virreina en su cumpleaños:

ENVÍA LAS BUENAS PASCUAS DE RESURECCIÓN A LA
EXCELENTÍSIMA SEÑORA CONDESA DE PAREDES,
EN OCASIÓN DE CUMPLIR AÑOS LA REINA REINANTE

Darte, Señora, las Pascuas
sólo lo puede tu espejo,
porque se tiene la gloria
y porque te muestra el Cielo.

El sí que sólo sabrá
dártelas muy por entero,
pues está llena su Luna
de tu Sol y tus reflejos;

y no yo, pobre de mí,
que ha tanto que no te veo,
que tengo, de tu carencia,
cuaresmados los deseos,

la voluntad traspasada,
ayuno el entendimiento,
mano sobre mano el gusto
y los ojos sin objeto.

De veras, mi dulce amor;
cierto que no lo encarezco:
que sin ti, hasta mis discursos
parece que son ajenos.

Porque carecer de ti,
excede a cuantos tormentos
pudo inventar la crueldad
ayudada del ingenio.

A saber la tiranía
de tan hermoso instrumento,
no usara las escarpias,
las láminas, ni los hierros:

ocioso fuera el cuchillo,
el cordel fuera superfluo,
blandos fueran los azotes
y tibios fueran los fuegos.

Pues, con darte a conocer
a los en suplicio puestos,
dieran con tu vista gloria
y con tu carencia infierno.

Mas baste, que no es de Pascuas
salir con estos lamentos;
que creerás que los Oficios
se me han quedado en el cuerpo.

Vivas, Señora, y tus años
goces, como yo deseo;
que es, aunque en frase común,
al sumo encarecimiento:

que ya sé que en años y Pascuas
todo viene a ser lo mesmo,
pues para mí y para todos
es Pascua del Nacimiento

Dálas por mí a mis dos Amos,
cuyos pies rendida beso,
salvando la ceremonia
la desnudez del afecto.

Y a Dios, Señora, hasta que
con la vista de tu Cielo
resucite, pues es Pascua
de resucitar los muertos.

Entre piratas y partos

Poema a la virreina María Luisa Manrique:

PORQUE LA TIENE EN SU PENSAMIENTO, DESPRECIA,
COMO INÚTIL, LA VISTA DE LOS OJOS

Aunque cegué de mirarte,
¿qué importa cegar o ver,
si gozos que son del alma
también un ciego los ve?
Cuando el Amor intentó
hacer tuyos mis despojos,
Lysi, y la luz me privó
me dio en el alma los ojos
que en el cuerpo me quitó.
Dióme, para que adorarte
con más atención asista,
ojos con que contemplarte;

y así cobré mejor vista,
aunque cegué de mirarte.

    Y antes los ojos en mí
fueran estorbos penosos:
que no teniéndote aquí,
claro está que era ociosos
no pudiendo verte a ti.
Conque el cegar, a mi ver,
fue providencia más alta
por no poderte tener:
porque, a quien la luz le falta
¿qué importa cegar o ver?

    Pero es gloria tan sin par
la que de adorarte siento,
que, llegándome a matar,
viene a acabar el contento
lo que no pudo el pesar.
¿Mas qué importa que la palma
no lleven de mí, violentos,
en esta amorosa calma,
no del cuerpo los tormentos,
sí gozos que son del alma?

    Así tendré, en el violento
rigor de no verte aquí,
por alivio del tormento,
siempre el pensamiento en ti,
siempre a ti en el pensamiento.
Acá en el alma veré
el centro de mis cuidados
con los ojos de mi fe:
que gustos imaginados,
también un ciego los ve.

Un papelillo llamado El sueño

Fragmento inicial de *Primero Sueño*:

Piramidal, funesta de la tierra
nacida sombra, al Cielo encaminaba
de vanos obeliscos punta altiva,
escalar pretendiendo las Estrellas;
si bien sus luces bellas
—exentas siempre, siempre rutilantes—,
la tenebrosa guerra
que con negros vapores le intimaba
la vaporosa sombra fugitiva
burlaban tan distantes,
que su atezado ceño
al superior convexo aún no llegaba
del orbe de la Diosa
que tres veces hermosa
con tres hermosos rostros ser ostenta,
quedando sólo dueño
    del aire que empañaba
con el aliento denso que exhalaba;
y en la quietud contenta
de impero silencioso,
sumisas sólo voces consentía
de las nocturnas aves,
tan obscuras, tan graves,
que aún el silencio no se interrumpía.
    Con tardo vuelo y canto, del oído
mal, y aún peor del ánimo admitido,
la avergonzada Nictímene acecha
de las sagradas puertas los resquicios,

o de las claraboyas eminentes
los huecos más propicios
que capaz a su intento le abren la brecha,
y sacrílega llega a los lucientes
faroles sacros de perenne llama
que extingue, si no infama
en licor claro la materia crasa
consumiendo, que el árbol de Minerva
de su fruto, de prensas agravado,
congojoso sudó y rindió forzado.
    Y aquellas que su casa
campo vieron volver, sus telas hierba,
a la deidad de Baco inobedientes
—ya no historias contando diferentes,
en forma sí afrentosa transformadas—,
segunda forman niebla,
ser vistas aún temiendo en la tiniebla,
aves sin pluma aladas:
aquellas tres oficiosas, digo,
atrevidas Hermanas,
que el tremendo castigo
de desnudas les dio pardas membranas
alas tan mal dispuestas
que escarnio son aun de las más funestas:
éstas, con el parlero
ministro de Plutón un tiempo, ahora
supersticioso indicio al agorero,
solos la no canora
componían capilla pavorosa,
máximas, negras, longas entonando,
y pausas, más que voces, esperando
a la torpe mensura perezosa
de mayor proporción tal vez, que el viento

con flemático echaba movimiento,
de tan tardo compás, tan detenido,
que en medio se quedó tal vez dormido.

   Este, pues, triste son intercadente
de la asombrosa turba temerosa,
menos a la atención solicitaba
que al suelo persuadía;
antes sí, lentamente,
su obtusa consonancia espaciosa
al sosiego inducía
y al reposo los miembros convidaba,
—el silencio intimando a los vivientes,
uno y otro sellando labio obscuro
con indicante dedo,
Harpócrates, la noche, silencioso;
a cuyo, aunque no duro,
si bien imperioso
precepto, todos fueron obedientes—.

   El viento sosegado, el can dormido,
éste yace, aquél quedo
los átomos no mueve,
con el susurro hacer temiendo leve,
aunque poco, sacrílego ruido,
violador del silencio sosegado.

La falsa hermana

La mención al *indicio vano* está tomada de un poema de Sor
Juana:

Esta tarde, mi bien, cuando te hablaba,
como en tu rostro y tus acciones vía
que con palabras no te persuadía,
que el corazón me vieses deseaba;

y Amor, que mis intentos ayudaba,
venció lo que imposible parecía:
pues entre el llanto, que el dolor vertía,
el corazón deshecho destilaba.

Baste ya de rigores, mi bien, baste;
no te atormenten más celos tiranos,
ni el vil recelo tu inquietud contraste

con sombras necias, con indicios vanos,
pues ya en líquido humor viste y tocaste
mi corazón deshecho entre tus manos.

El Ave Fénix

Fragmento de la obra de teatro *Los empeños de una casa*:

DOÑA LEONOR

Si de mis sucesos quieres
escuchar los tristes casos
con que ostentan mis desdichas
lo poderoso y lo vario,
escucha, por si consigo
que divirtiendo tu agrado
lo que fue trabajo propio
sirva de ajeno descanso,

o porque en el desahogo
hallen mis tristes cuidados
a la pena de sentirlos
el alivio de contarlos.

Yo nací noble; éste fue
de mi mal el primer paso,
que no es pequeña desdicha
nacer noble un desdichado:
que aunque la nobleza sea
joya de precio tan alto,
es alhaja que en un triste
sólo sirve de embarazo;
porque estando en un sujeto,
repugnan como contrarios,
entre plebeyas desdichas
haber respetos honrados.

Decirte que nací hermosa
presumo que es excusado,
pues lo atestiguan tus ojos
y lo prueban mis trabajos.
Sólo diré... Aquí quisiera
no ser yo quien lo relato,
pues en callarlo o decirlo
dos inconvenientes hallo:
porque si digo que fui
celebrada por milagro
de discreción, me desmiente
la necedad del contarlo;
y si lo callo, no informo
de mí, y en un mismo caso
me desmiento si lo afirmo,
y lo ignoras si lo callo.
Pero es preciso al informe

que de mis sucesos hago
(aunque pase la modestia
la vergüenza de contarlo),
para que entiendas la historia,
presuponer asentado
que mi discreción la causa
fue principal de mi daño.

Inclinéme a los estudios
desde mis primeros años
con tan ardientes desvelos,
con tan ansiosos cuidados,
que reduje a tiempo breve
fatigas de mucho espacio.
Conmuté el tiempo, industriosa,
a lo intenso del trabajo,
de modo que en breve tiempo
era el admirable blanco
de todas las atenciones,
de tal modo, que llegaron
a venerar como infuso
lo que fue adquirido lauro.
Era de mi patria toda
el objeto venerado
de aquellas adoraciones
que forma el común aplauso;
y como lo que decía,
fuese bueno o fuese malo,
ni el rostro lo deslucía
ni lo desairaba el garbo,
llegó la superstición
popular a empeño tanto,
que ya adoraban deidad
el ídolo que formaron.

Voló la Fama parlera,
discurrió reinos extraños,
y en la distancia segura
acreditó informes falsos.
La pasión se puso anteojos
de tan engañosos grados,
que a mis moderadas prendas
agrandaban los tamaños.
Víctima en mis aras eran,
devotamente postrados,
los corazones de todos
con tan comprensivo lazo,
que habiendo sido al principio
aquel culto voluntario,
llegó después la costumbre,
favorecida de tantos,
a hacer como obligatorio
el festejo cortesano;
y si alguno disentía
paradojo o avisado,
no se atrevía a proferirlo,
temiendo que, por extraño,
su dictamen no incurriese,
siendo de todos contrario,
en la nota de grosero
o en la censura de vano.

   Entre estos aplausos yo,
con la atención zozobrando
entre tanta muchedumbre,
sin hallar seguro blanco,
no acertaba a amar a alguno,
viéndome amada de tantos.

A una Rosa

Rosa divina que en gentil cultura
eres con tu fragante sutileza,
magisterio purpúreo en la belleza,
enseñanza nevada a la hermosura.

Amago de la humana arquitectura,
ejemplo de la vana gentileza,
en cuyo ser unió naturaleza
la cuna alegre y triste sepultura.

¡Cuán altiva en tu pompa, presumida,
soberbia, el riesgo de morir desdeñas,
y luego desmayada y encogida

de tu caduco ser das mustias señas,
Con que con docta muerte y necia vida,
viviendo engañas y muriendo enseñas!

ESCRIBIR *YO, LA PEOR*

Sor Juana la intocable.

Confieso que no ha sido fácil. Que aproximarme a sor Juana, a su vida, a su tiempo, a su deseo de saber por encima de todo e intentar darle vida, me pareció un atrevimiento. Aún me lo parece, por su estatura literaria, por ser motivo de estudio de los sorjuanistas (muchos le han dedicado décadas de estudio), por ser un enigma y por los hallazgos continuos que van dando explicaciones, nuevos matices y renovadas dudas a un genio extraordinario en un momento de la Nueva España también singular. Pero el atrevimiento ha valido la pena. Me acerqué temerosa al cementerio de las luminarias mexicanas; mi quimera era rozar lo inalcanzable. Me quería meter detrás de los ojos de Juana Inés, en su piel, en sus oídos, escuchar su respiración, verla llevarse la cuchara a la boca, vestirse en el convento, conocerla de niña, espiarla andar por las calles de la ciudad. Opté por escoger los ojos de otras, la experiencia de las mujeres reales y mujeres probables que atestiguaron, acompañaron o estorbaron su vida. La primera persona de Juana Inés de la Cruz me parecía tan clara en su poesía, en su *Respuesta a sor Filotea*, que más valía que la miraran las mujeres de su tiempo para que dieran cuenta de quién iba siendo. La novela debía contemplar a sor Juana desde que aún no era la que sería (como dice Borges de Emma Zunz); hasta el tiempo último en que se quería que dejara de ser la que ya era.

A su madre Isabel, amancebada dos veces y afincada en Nepantla y después en Panoayan, le pedí constancia de maternidad; a su abuela Beatriz, andaluza, observar la relación de la niña Juana con su abuelo Pedro en la biblioteca de Panoayan; a Josefa, su hermana, la tristeza de que se llevaran a Juana Inés a la Ciudad de México; a María, la hermana mayor, la melancolía por el padre ausente, y a su hija Isabel María, testimonio desde el convento de San Jerónimo donde también ingresó a la vera de su tía. Entre todas, me encontré una cómplice perfecta, una mujer que pudiera atravesar e hilvanar todas las etapas de la vida de sor Juana desde el descubrimiento primero de la palabra, hasta sus últimos meses de despojo y ataques. Refugio Salazar, la maestra de la escuela Amiga, acudió a mi llamado. Ya la mencionaba sor Juana en su *Respuesta a sor Filotea*, pequeño legado autobiográfico de la monja, sin darle nombre, ni cara. Tomé ese hilo que me tendía Juana Inés en el tiempo y volví a la viuda, personaje acompañante de la vida de Juana Inés en los tres tiempos en que está dividida la novela, que corresponden a cuatro espacios: el campo en Amecameca, la Ciudad de México, el palacio y el convento.

El primero es el de la infancia a los pies del volcán. La visita a Nepantla, pero sobre todo a la hacienda de Panoayan, donde Juana Inés vivió de los tres a los ocho años fue fundamental. Allí estaba la bruma y los árboles, el alero para que la abuela bordara, la cocina para que la esclava María preparara la comida, la capilla para rezar, la biblioteca del abuelo Pedro. Allí estaba el escenario para poder mirar lo que miró la niña Juana Inés de 1652 a 1657 (incluida una explosión del Popocatépetl). Con un retrato de Juana Inés adolescente, vestida de rojo, en el portal de entrada, la casa grande de la hacienda que rentara don Pedro Ramírez por tres vidas, permitía soñar en una vida resucitada tras los muros y a la vera del volcán. El testamento del abuelo Pedro fue fundamental para conocer a los esclavos negros —edades, nombres y parentesco— que trabajaban en Panoayan y cuyos cantos probablemente escuchaba la niña Juana Inés, como lo recuerdan las voces negras que incorpora en sus villancicos.

Para ir a la Ciudad de México fue necesaria la mirada de otras mujeres: de su tía María, casada con Juan Mata, en cuya casa vivó Juana Inés hasta el momento en que la conoció la virreina Leonor Carreto, y al nombrarla muy querida, la invitó a quedarse en palacio. De ese periodo, anterior al ingreso al convento de San Jerónimo, es decir, hasta los veintiún años de Juana Inés, poco se sabe (aunque sabemos que entró por algunos meses a la orden de las Carmelitas Descalzas); por eso es jugoso para la invención. Los estudios acuciosos de otros, como Antonio García Rubiales, me dieron la escenografía y los permisos para inventarle una querida al tío Juan Mata, práctica común en palacio pues las familias criollas llevaban a sus hijas para que se formaran en las lides cortesanas, las amatorias incluidas. Bernarda Linares, con su visión mundana y práctica, con su sensualidad de niña consentida, de mujer enredada en amores, me permitió ver a la Juana Inés de los saraos de palacio, la que estudiaba pero también departía con los hombres invitados al salón. Y el balcón de la virreina, desde el cual las mujeres miraban tras la celosía, la perspectiva de una plaza mayor con su catedral inacabada en una capital bulliciosa, habitada por castas y mezclas, mercaderes y religiosos.

Las esclavas negras como Juana de San José, que la madre de Juana Inés le regaló al entrar al convento, o Virgilia, que asistía a las chicas en palacio, me dieron otra óptica y permitieron que el pensamiento mágico coexistiera con el religioso, los bailes y las maneras amorosas más libres de las clases bajas.

Entrar al convento de San Jerónimo fue cambiarle el ropaje a Juana Inés y comenzar a ascender con ella por la escalera de sus logros, de sus apadrinamientos, de sus poderosos lazos con la virreina María Luisa, que fue su protectora, amiga, la única inteligencia femenina a su altura y mujer con sed de conocimiento y relaciones fundamentales. Mujer de su misma edad que estuvo a su lado incluso a su vuelta a España y de quien se ha dicho que sor Juana estuvo enamorada, quizás porque es más fácil este enfoque, que la altura y la sutileza de una amistad apasionada basada en la admiración mutua y la lealtad. En todo caso yo me inclino por esta relación de amistad profunda que será fundamental en *Yo, la peor*, pues la marquesa de la Laguna será el pivote de la última batalla con la palabra que sostendrá Juana Inés antes de morir y contra todas las suposiciones del arzobispo Aguiar y Seijas, el obispo Fernández de Santa Cruz y el confesor Núñez de Miranda (a quienes he llamado los lobos). A partir de esos últimos meses de la vida de Juana Inés, en que las condiciones que le fueron favorables se voltearon en su contra, Juana Inés y María Luisa Manrique, con las monjas portuguesas de *La Casa del Placer*, darán la estocada final. En la estructura de la novela, estos últimos meses en cuatro cartas son el presente detrás del cual las voces de las mujeres recorren la vida de Juana Inés. Encontrar la estructura dependió de las lecturas y la información que me iban dando claridad y complicaban la figura de Juana Inés.

Sin el hallazgo de *Los enigmas ofrecidos a la discreta inteligencia de la soberana asamblea de la Casa del Placer, por su más rendida y aficionada Soror Juana Inés de la Cruz, Décima Musa* que —indica Sara Poot Herrera— fueron localizados por Enrique Martínez López en la Biblioteca Nacional de Lisboa, en 1968, y muchos años después dados a conocer por Antonio Alatorre, no hubiera sido posible darle esa dimensión a la novela, es decir, la certeza de que Juana Inés no renunció nunca a la palabra escrita, a su sed de conocimiento, a la comunicación con el mundo, al desahogo de su inteligencia. Si ya el lúcido ensayo de Paz sobre Juana Inés había puesto el acento en su deseo de saber y en la libertad del estudio por encima de todo, el hallazgo de los enigmas (acertijos literarios que sor Juana mandaba a las monjas portuguesas para que ellas los descifraran), recalcaba la vocación irrenunciable de Juana Inés. Le devolvían su estatura guerrera, de una heroína y no de una mártir de la historia. Ese papel de Juana Inés me emocionó. Por eso imaginé su batalla contra el arzobispo, el obispo (sor Filotea) y el confesor como la del Quijote con el Caballero de la Blanca Luna (disfraz del bachiller). A Juana Inés y al Ingenioso Hidalgo les tienden una trampa, ambos la libran de diferente manera. *El Quijote* ya había sido publicado en 1605 y quiero pensar que la monja tendría noticias de él, aunque no lo hubiera leído.

Los estudiosos de sor Juana fueron mi guía; con sus reflexiones, hallazgos y luminosa pasión por la vida y la obra de la décima musa, me dieron asideros y alas para la invención. No todos ellos están en la bibliografía que consigno, pues muchas referencias están dentro de los consultados. Sabemos que no es posible acercarse a sor Juana sin visitar los textos de Dolores Bravo, Margo Glantz (y el espléndido apartado sobre sor Juana que dirige dentro de la biblioteca virtual Miguel de Cervantes), Elías Trabulse, Antonio Alatorre, Octavio Paz, entre otros. Los textos de Sara Poot Herrera sobre los nuevos hallazgos en la vida de sor Juana fueron fundamentales para añadir la intriga y el antídoto (bien dice de quienes la asediaron: «dijeron para ocultar, se ocultaron para decir»). Por más que los estudiosos disientan entre sí, pues el tema sin duda enigmático desata polémicas, el novelista debe elegir, optar por las especulaciones que le parezcan más adecuadas para comprender a la figura y su tiempo, y asirse de los nudos concretos de información comprobable (aunque posteriores hallazgos la desbarranquen). En la escritura de la novela hay mucho de viaje y permiso, con inevitables paradas en sitios concretos.

A sor Juana le tocó vivir la segunda mitad de un siglo luminoso en que el renacimiento ocupaba las actitudes de los hombres de aquel tiempo: dudar y conocer. El avance de la ciencia derrumbaba viejas nociones y el planeta y el universo estaban más cerca por las recientes exploraciones y los descubrimientos debidos, entre otros, al telescopio de Galileo. Sin duda había un sustrato nutritivo para que sor Juana no dejase de asombrarse y equiparse. Por ello fue amiga de inquietudes semejantes como la del matemático Sigüenza y Góngora, o la del jesuita Kino. (La crónica de Sigüenza y Góngora fue indispensable para narrar los dramáticos sucesos de la ciudad en la década de 1690: la inundación de la capital, el motín y el incendio.) Si el barroco fue luz y oscuridad, símbolo y representación, Juana Inés se montó en ello.

La obra de Juana Inés, sorprendente, seductora, compleja como el *Primero sueño*, inagotable, asombrosa, no es objeto de esta novela, pero sin duda es referencia. La novela está del otro lado de sus escritos, en el momento y la circunstancia en que éstos ocurrieron. Y aunque me acerco a ellos muy poco, pues no son objeto de la novela, me serví de ellos durante la escritura. Me propuse leer un poema diario (no siempre lo logré), para estar en la música y en las imágenes de su tiempo. Fue sobre todo una forma de acompañarme. Una especie de fetichismo. Necesitaba a sor Juana.

Ahora que he concluido *Yo, la peor*, mi interés no se ha agotado. Podría nunca haber puesto punto final a la novela. Por el renovado deseo de saber más, de conocer mejor su tiempo, su temperamento, las circunstancias que la rodearon. Pero dejo eso para quienes dedican parte de su vida al estudio de la enigmática figura. Para mí ha sido un privilegio estar cerca de ella durante la escritura. Si he logrado atrapar una mirada suya, estaré complacida. Ahora, la admiro más.

MÓNICA LAVÍN
2009

CRONOLOGÍA

Año	Vida de Juana Inés de la Cruz	Acontecimientos en la Nueva España
1648	Nace Juana Inés en Nepantla.	
1651	Se muda a la hacienda de Panoayan. Asiste a la escuela Amiga.	
1655 o 1656	Muere Pedro Ramírez, abuelo de Juana Inés, en Panoayan.	
1656	Nace Diego Ruiz Lozano, medio hermano de Juana Inés. Gana premio por «Loa al Santísimo Sacramento» en Amecameca. Se va a la Ciudad de México con sus tíos María y Juan Mata.	
1662	Muere Beatriz Ramírez Rendón, abuela, en Panoayan.	
1664		Llegan los virreyes marqueses de Mancera: Leonor Carreto y Antonio Sebastián de Toledo.
1665	Vive en palacio como «muy querida de la virreina» Leonor Carreto Juana Inés escribe un soneto a la muerte de Felipe IV.	
1667, agosto	Ingresa al convento de las Carmelitas Descalzas (Santa Teresa la Antigua).	

Año	Vida de Juana Inés de la Cruz	Acontecimientos en la Nueva España
1667, noviembre	Sale del convento y vuelve a Palacio.	
1668	El virrey de Mancera la pone a prueba frente a los hombres más preparados del reino.	
1669, 24 febrero	Ingresa al convento de San Jerónimo. Ceremonia del velo.	
		Los marqueses de Mancera terminan su reinado y se quedan en la Ciudad de México durante seis meses.
1671	Enferma de tifo.	
1673	Su madre Isabel le regala a la esclava Juana de San José. Llegan sus medias hermanas Antonia e Inés al convento de San Jerónimo.	Llegada de Manuel Fernández de Santa Cruz, futuro obispo de Puebla. El nuevo virrey duque de Veragua toma el poder el 8 de diciembre y muere cinco días después. Nuevo virrey el obispo Payo Enríquez de Ribera. Se casa hija de Leonor Carreto.
1674		Muere Leonor Carreto, marquesa de Mancera en Tepeac.
1676-1677	Escribe y publica los villancicos de san Pedro.	
1680	Comienza correspondencia con el padre Diego Calleja. Se le encarga el arco para la recepción de los nuevos virreyes. Escribe el *Neptuno alegórico* y diseña el arco. Muere su tía María Mata. Comienza amistad con la virreina María Luisa.	Fray Payo termina sus dos periodos de virrey. Llegan los nuevos virreyes: los marqueses de la Laguna.
1682	Sor Juana despide a su confesor Núñez de Miranda.	

Año	Vida de Juana Inés de la Cruz	Acontecimientos en la Nueva España
1683	Vende a Juana de San José, con su hijo de pecho, a su hermana Josefa. Tiene un lío por préstamo a su hermana Josefa. Representación de *Los empeños de una casa* en el palacio virreinal.	El pirata Lorencillo toma Veracruz y exige pago por rehenes. Aguiar y Seijas, arzobispo. Nace José María, hijo de los virreyes; es bautizado en catedral por el arzobispo.
1685	Escribe *Primero sueño*.	
1686	Escribe el *Divino Narciso*.	Virrey, don Melchor Portocarrero y Lasso de la Vega.
1688	Su sobrina Isabel María profesa en el convento de San Jerónimo. Muere su madre Isabel Ramírez.	Se van a España los marqueses de la Laguna. Llegan los virreyes don Gaspar de Sandoval y Elvira María de Toledo, condes de Galve.
1689	Publicación de *Inundación castálida* (Madrid). Representación de *Amor es más laberinto* en Palacio.	
1690	Escribe *Crisis de un sermón*. Termina la obra del arco de la enfermería del convento.	Fernández de Santa Cruz publica la *Crisis de un sermón* como *Carta Atenagórica* junto con la *Carta de sor Filotea de la Cruz*.
1691	Escribe *Respuesta a sor Filotea*. Escribe los villancicos de santa Catarina.	Inundaciones en la Ciudad de México. Eclipse de sol (23 de agosto). Triunfo de la Armada de Barlovento. Se imprimen los villancicos de santa Catarina en Puebla y se cantan en Oaxaca.
1692	Recibe la publicación del segundo volumen de sus obras.	Motín en la Ciudad de México e incendio en el palacio virreinal. Muere el conde de Paredes (ex virrey).
1693	Le pide al padre Núñez de Miranda que vuelva a ser su confesor.	Indagaciones en torno al juicio secreto a sor Juana.
1694	Celebra sus bodas de plata (8 febrero). Confirma sus votos (17 de febrero).	

Año	Vida de Juana Inés de la Cruz	Acontecimientos en la Nueva España
1694	Rubrica con sangre el arco del convento (15 de marzo).	
1695	*Los enigmas de la Casa del Placer* están terminados y listos para publicarse a finales de enero. Muere en el convento (17 de abril).	Muere Núñez de Miranda (17 febrero).
1716	Fecha del primer manuscrito puesto en circulación de *Los enigmas de la Casa del Placer.*	

LECTURAS SUGERIDAS

Esta novela no podría haber sido escrita sin los valiosos estudios y publicaciones revisados:

BENÍTEZ, Fernando, *Los demonios en el convento*, México, Ediciones Era, 1989.

BUXÓ, José Pascual, «Poética del espectáculo barroco», *Revista de la Universidad de México*, México, núm. 53, julio de 2008.

CALLEJA, Diego, Juan José de Eguiara y Eguren, Amado Nervo, *et al, Testimonio de claustro, Sor Juana Inés ante la crítica*, selección, prólogo y fichas de autor de Lourdes Franco, México, Asociación Nacional del Libro, A. C., 1995.

CRUZ, sor Juana Inés de la, *Obras completas*, México, Editorial Porrúa, Colección Sepan Cuantos…, núm. 100, 2001.

GLANTZ, Margo, *Sor Juana: la comparación y la hipérbole*, México, Sello Bermejo, Conaculta, 2000.

GONZALBO Aizpuru, Pilar (comp.), *Historia de la vida cotidiana en México. Tomo II. La ciudad barroca*, coordinado por Antonio Rubial García, México, El Colegio de México, Fondo de Cultura Económica, 2005.

PAZ, Octavio, *Sor Juana Inés de la Cruz o Las trampas de la fe*, México, Seix Barral, Biblioteca Breve, 1982.

Poot Herrera, Sara, «Sor Juana: nuevos hallazgos, viejas relaciones», en la Biblioteca Virtual Miguel de Cervantes.

Rubial García, Antonio, *Monjas, cortesanos y plebeyos. La vida cotidiana en la época de sor Juana*, México, Taurus, 2005.

——, «Sor Juana y los poderosos», en la Biblioteca Virtual Miguel de Cervantes.

Sigüenza y Góngora, Carlos, *Relaciones históricas*, México, Universidad Autónoma de México, Biblioteca del Estudiante Universitario, 1972.

Soriano Vallès, Alejandro, *Aquella Fénix más rara*, México, Nueva Imagen, 2000.

Trabulse, Elías, *El círculo roto*, México, Fondo de Cultura Económica, Tezontle, 1984.

Vallejo Villa, Augusto, «Acerca de la loa», *Letras Libres*, México, octubre de 2001.

Wissmer, Jean-Michel, *Las sombras de lo fingido. Sacrificio y simulacro en sor Juana Inés de la Cruz*, 2ª ed., Instituto Mexiquense de Cultura, México, 2001.

AGRADECIMIENTOS

Al apoyo del Fondo Nacional para la Cultura y las Artes a través del Sistema Nacional de Creadores de Arte.

Al historiador Isaac García Venegas por la información y orientación bibliográfica.

A Guadalupe Quintana Pali por su hospitalidad en Caribbean House de Puerto Morelos, Quintana Roo, así como a Patricia Urías y su hospitalidad tepozteca que permitieron retiros de trabajo en la novela.

A Miguel Ángel Lavín por su lectura comentada. A Andrés Ramírez que le puso alas.

ÍNDICE

III
El sosiego de los libros

PAPELES SUELTOS